ADE
Denn nich

Marcella Grazioso war vier Jahre alt, als sie aus einem Kinderheim in Catania, Sizilien, adoptiert wurde. Sie wächst in Mailand auf, wo sie Schule und Universität absolviert und inzwischen als Lehrerin arbeitet. Die attraktive junge Frau ist etwas ungeübt im normalen täglichen Leben außerhalb von Kirche, Schule und Haus, denn sie wurde von ihren Adoptiveltern in aller Strenge erzogen, elterliche Liebe hat sie nie erfahren. Und so beschließt Marcella, nachdem ihre Adoptiveltern verstorben sind, endlich herauszufinden, wer ihre wirklichen Eltern waren und weshalb man sie zur Adoption freigegeben hatte. Auf Anraten einer Freundin ihrer Adoptivmutter wendet sie sich an eine Fernsehsendung, in der nach vermissten Personen geforscht wird. Durch Zufall sieht Inspektor Lucio Mauris die Sendung, in der der Beitrag zu Marcella ausgestrahlt wird, und erkennt die junge Frau sofort wieder: Vor kurzem war er bei einer Recherche zu möglichen Mafiakontakten auf den Namen Grazioso gestoßen und hatte daraufhin mit Marcella Kontakt aufgenommen, die ihm aber nicht weiterhelfen konnte. Doch dann meldet sich diese plötzlich einige Tage nach der Sendung bei ihm: Sie hat einen anonymen Brief mit einem Zeitungsartikel über ein grausames Blutbad in Catania Anfang der 70er Jahre erhalten. Dabei wurde eine ganze Familie ausgelöscht. Marcella bittet Mauris um Hilfe, denn die Frage, welchen Bezug ihre eigene Geschichte zu dieser Tragödie hat, lässt sie nicht mehr los. In den Akten finden sich zunächst keine Hinweise, aber dann erfährt Mauris, dass damals nicht alle Familienmitglieder getötet wurden. Ein vierjähriges Mädchen blieb wie durch ein Wunder verschont – und das aus einem einzigen schrecklichen Grund …

Adele Marini ist Journalistin und hat sich auf Reportagen über Verbrechen und Gerichtsberichterstattungen spezialisiert. Ihrem zweiten Roman »Denn nichts ist je vergessen« liegt ein wahres Verbrechen zugrunde. Die Autorin lebt mit ihrem Mann in Mailand.

# Adele Marini

# Denn nichts ist je vergessen

Roman

Deutsch
von Katharina Schmidt

**GOLDMANN**

Die Originalausgabe erschien 2006
unter dem Titel »Milano, solo andata«
bei Fratelli Frilli Editori, Genua.

**FSC**

**Mix**

Produktgruppe aus vorbildlich
bewirtschafteten Wäldern und
anderen kontrollierten Herkünften

Zert.-Nr. SGS-COC-1940
www.fsc.org
© 1996 Forest Stewardship Council

Verlagsgruppe Random House FSC-DEU-0100
Das für dieses Buch verwendete FSC-zertifizierte Papier
*München Super* liefert Mochenwangen.


1. Auflage
Deutsche Erstveröffentlichung April 2009
Copyright © der Originalausgabe 2006
by Fratelli Frilli Editori
Copyright © der deutschsprachigen Ausgabe 2009
by Wilhelm Goldmann Verlag, München,
in der Verlagsgruppe Random House GmbH
Umschlaggestaltung: Design Team München
Umschlagfoto: Plainpicture/wildcard
Redaktion: Barbara Neeb
IK · Herstellung: Str.
Satz: deutsch-türkischer fotosatz, Berlin
Druck und Bindung: GGP Media GmbH, Pößneck
Printed in Germany
ISBN: 978-3-442-46781-5


www.goldmann-verlag.de

FÜR MEINEN SOHN ANDREA

»Nicht dir allein, Kind,
ward Leid beschieden unter allen Sterblichen,
dass du dich klagend überhebst
der andern deines Hauses, die
doch von gleichem Stamm und Blut wie du.«

*Sophokles, Elektra, 153–156*
*(Wolfgang Peter, 1988)*

# KAPITEL 1

*Catania, 14. September 1974*

Es war dunkel. Kalt. Still.

Die Kugellampen zwischen den Büschen in dem von nächtlichem Tau getränkten Park warfen ihr Licht auf eine Szenerie, die bei Tag vollkommen normal ausgesehen hätte, zu dieser Tageszeit jedoch surreal und ein wenig beunruhigend wirkte. Ein kleines Mädchen saß ganz allein auf der Steintreppe vor einer Jugendstilvilla. Hinter ihr, im Schutz eines kleinen gewölbten Vordachs, eine monumentale Eingangstür aus Eichenholz.

Fest verschlossen.

Das kleine Mädchen, es war höchstens vier oder fünf Jahre alt, hatte ein rundliches Gesicht, lange, blassgoldene Haare und trug etwas, das wie ein weißblau geblümter Schlafanzug aussah. Gerade dieses Detail fiel dem Jäger auf, als er um die Ecke bog und zufällig einen Blick über den Zaun warf.

Nicht die ungewöhnliche Zeit.

Nicht die Dunkelheit, die die grünlich schimmernden Kugeln nur ein wenig erhellten.

Nicht die kieksende Stimme, mit der die Kleine auf ihre große Babypuppe einplapperte, die sie fest in ihren nackten Ärmchen hielt.

Was den Mann alarmierte, war dieser Schlafanzug aus Baumwolle, der viel zu dünn war für die kalten Temperaturen, die vor der Morgendämmerung Mitte September herrschten. Besonders auf dieser Seite des Hügels, über die der frische, vom Meer kommende Wind fegte.

Der Mann, der die Privatstraße zur Villa jeden Morgen als Abkürzung benutzte, um zum Kamm des Hügels bis in die am höchsten gelegenen Wälder zu gelangen, blieb verwundert stehen, um sich das Ganze anzusehen, während das Kind, das ihn wohl kommen gehört hatte, ihm nur einen kurzen Blick aus dem Augenwinkel zuwarf und sich dann wieder in sein Spiel vertiefte.

Das war seltsam. Mehr als seltsam.

»Hey, Kleine …«

Keine Antwort. Das Mädchen musste bemerkt haben, dass da jemand auf der anderen Seite des Tors stand, aber es hielt den Blick fest auf seine Puppe gerichtet. Der Jäger stützte sich am Gitter ab, kratzte sich am Kinn, während sein Hund, der wahrscheinlich die Unsicherheit seines Herrn gewittert hatte, schnuppernd die Schnauze hob und die Ohren spitzte.

»Kleine, hörst du mich?«, rief der Jäger noch einmal leise, schließlich war es erst Viertel vor fünf und in dem Haus dort wohnten reiche Leute.

Wieder Schweigen.

Der Mann blieb kurz stehen, bis er endlich einen Entschluss fasste. Er pfiff den Hund heran und ging seines Weges. Ganz in der Nähe, am Ende des Pfades, stand eine Telefonzelle. Als er sie erreichte, kramte er in den Taschen seiner Baumwolljacke und fand dort eine Telefonmünze. Er steckte sie in den Schlitz des Apparates, sah sich kurz um, ob ihn auch niemand beobachtete, dann nahm er den Hörer ganz vorsichtig mit gespreiztem Zeige- und Mittelfinger ab, und achtete genau darauf, ihn nicht mit seinen Fingerkuppen zu berühren. Mit der freien Hand holte er den Kugelschreiber aus der Tasche, den er immer dabeihatte, und wählte damit die 113.

Dem Mann in der Telefonzentrale beschrieb er in wenigen Worten die Situation, so wie er sie gesehen hatte.

»Da sitzt ein kleines Mädchen ganz allein im Garten der Villa und spielt! Nein Signore, sie wurde nicht ausgesetzt. Sie sitzt in dem Garten der Villa, wo sie wohnt. Aber ist es nicht merkwürdig, dass sie ganz allein dort spielt, jetzt in der Kälte, nicht wahr?«

Er redete schnell, so als wollte er nicht unterbrochen werden. Als er nach seinem Namen gefragt wurde, hängte er ein.

Obwohl es jetzt schon dämmerte, war auf der Straße vor der Telefonkabine kein Mensch zu sehen. Der Mann pfiff wieder nach dem Hund und lief zügig den Pfad hinauf. Er hatte seine Pflicht getan. Jetzt sollten sich die Bullen darum kümmern.

Eine knappe halbe Stunde später hatte sich die Szenerie vollkommen verändert. Die Straße, die an der Villa entlangführte, war voller Menschen, und durch die Kronen der Eukalyptusbäume sah man blaue Lichter aufblitzen. Die Blinklichter der Kranken- und Polizeiwagen.

Jetzt war das Geplapper der Kleinen nicht mehr zu hören, dafür erfüllten Stimmen von Polizeibeamten die Luft, die geschäftig mit Bändern und Böcken die Gegend absperrten. Ganz offensichtlich musste dort etwas Schreckliches geschehen sein, denn vor dem Tor, wo kurz zuvor der Mann stehen geblieben war, kam ein Krankenwagen nach dem anderen an. Sie hielten dort ein paar Minuten, danach fuhren sie wieder weg.

Ohne Sirene.

Denn wenn man kommt, um Tote einzuladen, muss man schließlich nicht die halbe Stadt wecken.

Und in der Villa gab es reichlich Tote.

Ein richtiges Blutbad.

# KAPITEL 2

Im ersten Stock, im Schlafzimmer des Hausherrn, lag die Leiche einer jungen blonden Frau.

Der Tod hatte sie im Tiefschlaf überrascht. Die Bettwäsche und die Matratze unter ihr waren mit Blut getränkt, das sich auch auf dem Parkett zu einer dunklen Lache ausbreitete. Ein kraftvoller Schnitt mit einem Rasiermesser hatte ihr beinahe den Kopf vom Rumpf getrennt. Durch die Wundränder konnte man den rötlich-weißen Knorpel erkennen. Wer immer diesen Schnitt ausgeführt hatte, musste über beachtliche Körperkräfte verfügen oder in einem Anfall von Raserei gehandelt haben.

In einem kleinen, in Weiß und Blau gehaltenen Raum neben dem Elternschlafzimmer, dessen Wände mit Figuren aus Zeichentrickfilmen bemalt waren, lag ein Kind. Drei Jahre alt, höchstens. Ebenfalls im Schlaf vom Tod überrascht. Ein schneller, beinahe schmerzloser Tod, das sah man an seinem heiteren, entspannten Gesichtchen, den friedlich geschlossenen Augen. Der Körper lag gerade da und wies keinerlei Anzeichen von Gegenwehr auf.

Und dann war da ein Paar.

Beide mussten sehr gelitten haben. Plötzlich aus dem Schlaf geweckt, hatten sie wohl verzweifelt versucht, etwas zu unternehmen. Ihn, er war ungefähr sechzig, hatte man durch den ganzen Flur des oberen Stockwerks verfolgt und seinen gesamten Körper mit Messerstichen überzogen, genau wie die Hände, mit denen er sich zu schützen versucht hatte. Die Hiebe hatten sie völlig zerfleischt. Schließlich war er besiegt oben an der Treppe, die ins Erdgeschoss führte, in sich zusammengesunken.

Auch die Frau, etwa mittleren Alters, aber noch so schlank und fest wie ein junges Mädchen, hatte vergebens versucht zu fliehen.

Der Tod hatte sie im Erdgeschoss ereilt, etwa einen Meter vom Telefon entfernt, das ihr aber nichts genützt hätte, da das Kabel durchtrennt war. Sie musste hinuntergerannt sein, um die Polizei zu alarmieren, doch kurz bevor sie den Apparat berühren konnte, hatte jemand sie mit dem Rasiermesser erledigt. Sie trug nur ein Nachthemd, als sie floh, und hatte unterwegs ihre Pantoffeln verloren. Einer lag auf der Treppe, der zweite neben ihrem von den Schnitten entstellten Gesicht. Sie war neben der Küchentür zu Boden gefallen und hatte dabei die Wände, die Möbel, an die sie sich geklammert hatte, und den Boden mit ihrem Blut überflutet. Noch mehr Blut hatte ihr Leinennachthemd durchtränkt und auf die zarte weiße Stickerei schreckliche rötliche Blumen gemalt.

Dann war da noch ein dreizehnjähriger Junge.

Sie hatten ihn in seinem Zimmer im ersten Stock auf dem Boden liegend gefunden. Bei ihm war nicht das Rasiermesser zum Einsatz gekommen, das jemand in der Küche auf der Spüle liegen gelassen hatte. Er musste jäh aus dem Schlaf gerissen worden sein, und man hatte von der Tür aus mit einem Schrotgewehr auf ihn geschossen. Der Schuss hatte seine Schulter, das Gesicht und einen Teil seines Brustkorbs zerstört.

So etwas konnte man nicht überleben. Doch als die Sanitäter kamen, hatte er noch ganz schwache Lebenszeichen von sich gegeben. Und so war nur für ihn die Ruhe der Morgendämmerung im Aufheulen der Sirenen gebrochen worden.

Schließlich der Hausherr.

Um die fünfzig, groß, dunkler Teint wie ein Araber, ein dichter Schnurrbart umrahmte seinen im Tode verzerrten Mund. Er lag in unnatürlicher Haltung da, etwa auf der Hälfte der Treppe, die das Obergeschoss mit der Eingangshalle verband. Sein Kopf hing nach unten, und eines seiner Beine hatte sich zwischen zwei Streben des Geländers verfangen, die den Fall des Körpers aufgehalten hatten. Er war von Kopf bis Fuß blutüberströmt, und mitten auf seiner Brust, wo man ihn vielleicht mit der gleichen Waffe getroffen hatte wie den Jungen, öffnete sich ein tiefer Krater. Nur ein Schuss, der allerdings tödlich. Die Waffe lag am Fuß der Treppe, neben dem toten Körper eines mächtigen Golden Retrievers. Auch ihn hatte man mit einem Schuss aus nächster Nähe erledigt.

Über allem lag ein schwerer Geruch. Der süßliche, widerliche Geruch nach Blut und gewaltsamem Tod. Doch das Grauenhafteste war das Summen der schillernden Fliegen, die zu Dutzenden zum Festschmaus gekommen waren.

In dieser Villa hatte sich ein Blutbad ereignet. Ein Blutbad, dem nur ein vierjähriges Mädchen auf rätselhafte Weise entkommen war.

# KAPITEL 3

*Catania, 30. September 1974*

Die Familienversammlung wirkte noch bedrückender als eine Totenwache. Eigentlich war sie selbst eine Totenwache oder zumindest eine Generalprobe dafür, da man sie sozusagen noch mit den Toten im Haus abhalten musste, obwohl diese natürlich woanders untergebracht waren. Auch zwei Wochen nach dem Blutbad lagen die Leichen immer noch in den stählernen Schubfächern des Leichenschauhauses und warteten auf die Freigabe für die Beerdigung.

Die düstere Feierlichkeit des Raums trug das Ihre dazu bei, dass die schon von Trauer geprägte Stimmung noch bedrückender wirkte. Das Oberhaupt der Familie hatte alle im Salon zusammengerufen, der ganz selten geöffnet wurde, und die Frauen des Hauses waren seit dem Morgen damit beschäftigt gewesen, den Raum zu lüften, die Schonbezüge von den Sesseln abzuziehen und Staub zu wischen.

Sie hatten sich zur Zeit des abendlichen Kaffees versammelt. Er wurde in diesem Raum serviert, den sperrige Möbelstücke und doppelte Vorhänge, durch Spiegel noch vervielfacht, erdrückten. Nur die Eltern und deren Kinder waren zusammengekommen, nicht die Schwiegertöchter oder der Ehemann der einzigen Tochter, schließlich hatte man Familienangelegenheiten zu besprechen, mußte man schwerwiegende Entscheidungen treffen, und das ging niemand außer den Blutsverwandten etwas an.

Das galt besonders für die Frauen.

In diesem Punkt war Don Mariano unerbittlich: Frauen, die nur angeheiratete Verwandte sind, reden irgendwann. Geben an. »Sie tragen das Herz auf der Zunge«, hatte er während des Abendessens verkündet, das der Versammlung vorausgegangen war. Nein, kein fremdes Blut. Nicht, wenn man über Leben, Tod und Geld diskutiert.

Die Kinder, respektvoll und gehorsam wie sie waren, waren alle gekommen.

Alle bis auf Adolfo, selbstverständlich, doch dafür gab es Gründe. Wegen ihm und seiner Familie lastete seit Tagen diese tragische Stimmung auf dem Haus.

Adolfo war der beklagenswerte Tote. Nein, er war einer der Toten.

Sie hatten sich alle auf unbequemen Polsterstühlen im Kreis um Don Mariano versammelt, der in einem riesigen Sessel versank.

Neben dem Vater saß sein ältester Sohn Ignazio, der dazu bestimmt war, eines Tages das Kommando über die verwickelten Geschäfte zu übernehmen, die dem Patriarchen Macht, Geld und in den letzten Jahren auch den Titel eines *Cavaliere del Lavoro* eingetragen hatten. Er hatte seinen Stuhl neben den Sessel seines Vaters gerückt, als wolle er damit unterstreichen, dass er in der Hierarchie über seinen Geschwistern stand.

Er war vor einer Woche mit seiner Frau Lucia und seinen beiden Kindern vom Festland gekommen, um sich mit der Familie im Schmerz zu vereinen. Eigentlich hätte er schon vor Tagen nach Hause fahren müssen. Der Besuch bei den Eltern hatte sich nur wegen der entnervenden Warterei auf das Begräbnis so lange ausgedehnt. In diesem Augenblick hielten sich seine Kinder unter der Aufsicht einer Bediensteten im Spielzimmer auf, seine Frau war diskret verschwunden und hatte gesagt, sie würde in der Küche beim Abwasch helfen.

Auf der anderen Seite des Vaters saß die Zweitgeborene, die einzige Tochter, Francesca, sie war ziemlich abgehetzt und leicht verspätet angereist, aber sie war entschuldigt, da sie vor wenigen Wochen niedergekommen war und ihr Kind stillen musste.

Donna Amalia, natürlich ganz in Schwarz, saß direkt neben ihrer Tochter, ihre Augen waren rot unterlaufen, aber ihrem Blick sah man an, wie stolz sie darauf war, bei diesem seltsamen Familienrat auch einmal dabei sein zu dürfen. Unter anderen Umständen wäre sie deswegen schrecklich aufgeregt gewesen.

Amalia war immer schon eine zurückhaltende Frau gewesen, die ihre Söhne mehr fürchtete als ihren Ehemann. Da sie nie genau wusste, was man sagen und was man lieber verschweigen sollte, schwieg sie immer, um ja nichts falsch zu machen. Doch in diesem Moment erregte die Tatsache, dass sie hier saß und vielleicht auch ihre Meinung sagen musste, nichts als eine schwache Neugier, da der Schock sie bereits vollständig betäubt hatte. Was sollte eine Mutter, die auf tragische Weise ihren Sohn und einen Enkel verloren hatte, schon noch erschüttern?

Im Hintergrund des Raumes, ziemlich abseits von den anderen, saß Antonio, der jüngste Sohn, auch er trug wie sein Vater und seine Brüder Trauerflor am Jackenärmel, aber das war das Einzige, was ihn mit seiner Familie verband.

Antonio war eine späte Frucht der Ehe seiner Eltern, ein Nachkömmling. Fünfzehn Jahre lagen zwischen ihm und dem Drittgeborenen, Adolfo, und seine Mutter, die nicht mit dieser Schwangerschaft gerechnet hatte, da sie damals schon unter den Hitzewallungen des Klimateriums litt, hatte diese ein wenig beschämt, aber auch mit einer ganz anderen

Freude erlebt als bei den anderen drei Kindern. Eine Freude, die beinahe an Ekstase grenzte, als dieses schöne, gesunde und quicklebendige Baby das Licht der Welt erblickte.

Noch heute konnte sich Donna Amalia nie an ihrem Sohn sattsehen, der so unerwartet in ihr Leben getreten war, als die anderen beiden Söhne und auch die Tochter, inzwischen beinahe erwachsen, sie nicht mehr brauchten. Und so hatte sie, die von allen auf Abstand gehalten wurde, ihre gesamte unterdrückte Zuneigung Antonio geschenkt. Alle Mütter haben ihre Lieblinge, doch Amalia übertrieb es. Sie hatte ihren Jüngsten mit einer blinden Liebe erzogen, die ihr verwehrt hatte, sein wahres Gesicht zu sehen.

Und das wahre Gesicht Antonios war das eines Raubtiers.

Dem Jungen hatte es überhaupt nicht gutgetan, dass er nach Strich und Faden verwöhnt und von der Wiege bis zur Volljährigkeit quasi in Mutterliebe gebadet wurde, die zäher klebte als Zuckersirup. Im Gegensatz zu seinen älteren Brüdern und seiner Schwester, deren Erziehung der Vater durch Gürtelhiebe besorgt hatte, hatte er schon früh Anzeichen jener zügellosen Arroganz gezeigt, typisch für einen Menschen, dem die ganze Welt vollkommen egal ist, *si futtie du munnu intiru*, wie es in Sizilien heißt.

Und die Folgen ließen nicht lange auf sich warten. Schon als kleiner Junge hatte er ständig Ärger, legte sich mit seinen Spielgefährten an und hätte beinahe blutige Familienfehden ausgelöst. Jetzt war er dreiunddreißig, und obwohl er verheiratet war und drei kleine Kinder hatte, brachte er sich immer noch in Schwierigkeiten.

Große Schwierigkeiten.

An diesem Abend, während er mit seinen Geschwistern in dem düsteren Raum saß, erschreckte ihn der Gedanke zu Tode, dass sein Vater etwas von der Sache erfahren könnte, denn er wusste genau, dann würde er ihn diesmal nicht verschonen.

Solange alle ihren Kaffee nicht ausgetrunken hatten, sagte keiner ein Wort. Don Mariano schwieg beharrlich, musterte den Raum mit hartem Blick, es sprach schon Bände, dass er ständig seine Augenbrauen hektisch hochzog, ohne dass er ein Wort sagen musste. Seine Kinder warteten respektvoll ab, zeigten keine Anzeichen von Ungeduld. Sie würden ja doch bald erfahren, was es zu erfahren gab.

»Es ist ein Brief angekommen. Ich lese euch jetzt daraus vor«, entschloss sich Don Mariano endlich zu reden, nachdem er zur Genüge erst seine Familie, dann seine Möbel, die Bilder und die ganze Einrichtung des Zimmers betrachtet hatte. Bei diesen Worten gab er seiner Frau ein Zeichen. Donna Amalia stand hastig auf, ging zu einer Anrichte voller Fotografien und Krimskrams und kam mit einem dicken Umschlag aus braunem Papier zurück.

»Der ist von Adolfo«, erklärte Don Mariano und riss ihn ihr beinahe aus der Hand. »Er hat ihn wenige Tage vor seinem Tod geschrieben.«

Bei dieser Enthüllung zog ein kalter Windhauch durch den Raum.

»Adolfo?«, sagte Ignazio und warf seiner Mutter einen erstaunten Blick zu. Die Frau zuckte nur die Schultern und deutete auf ihren Ehemann, dann nahm sie schnell wieder neben ihrer Tochter Platz.

»Sind wir hier versammelt, weil er uns auch betrifft?«, fragte Ignazio. Eine überflüssige Frage eigentlich, die aber dazu diente, alle wieder auf den Boden der Tatsachen zurückzubringen. Genug geweint, dachte er. Jetzt ist es Zeit zu handeln. Die Toten – Friede ihrer Seele – müssen sich um nichts mehr kümmern, haben weder Gedanken noch Verpflichtungen oder Geschäfte. Das sind Bürden, die weiter auf den Schultern der Lebenden lasten.

»Genauso ist es, er betrifft uns alle. Ich lese euch jetzt vor. Adolfo lässt uns wissen, wie er über seine Angelegenheiten verfügt hat. Hier drinnen findet sich sein letzter Wille«, erklärte Don Mariano.

»Adolfo lag die Familie nicht am Herzen. Er war …«

Ignazio, der sonst eher gelassen und schweigsam war, hatte ein wenig die Stimme erhoben.

»Lassen wir die Toten ruhen!«, bellte Don Mariano, der sich nicht unterbrechen ließ, nicht einmal von seinem ältesten Sohn. »Hier drinnen steht alles geschrieben. Jetzt müssen wir darüber reden, wie zivilisierte Menschen. Für Wut ist später noch Zeit genug. Alles, was wir jetzt tun müssen, ist zusammenzuhalten. Zusammenhalten!«

Den letzten Satz betonte das alte Familienoberhaupt besonders und zog die Augenbrauen bis über den Rand seiner Brille hoch, um die Bedeutung dieses Gedankens zu unterstreichen.

Die Stille, die folgte, war so erwartungsvoll gespannt, dass das Knistern der Blätter, die aufreizend langsam einzeln aus dem Umschlag gezogen wurden, auf alle wie eine elektrische Entladung wirkte, die einem Gewitter vorausgeht. Nein, eher einem Gewittersturm. Denn genau der brach im Raum los, sobald Don Mariano zu Ende gelesen und allen jedes einzelne Wort, das Adolfo geschrieben hatte, in seiner ganzen Tragweite klar geworden war.

# KAPITEL 4

*Mailand, 14. Juni 2000*

Chefinspektor Lucio Mauris, fünftes Dezernat des mobilen Einsatzkommandos von Mailand, kam früher als sonst ins Büro. Schuld daran war die Hitzeglocke, die sich in jenen Tagen wie ein glühender Deckel über die Stadt gelegt und ihn um sechs Uhr morgens aus dem Bett gerissen hatte, nach einer Nacht, die er damit verbracht hatte, sich den Schweiß abzuwischen und Mücken zu zerquetschen.

Diese Hitze war zu extrem, es war doch erst Juni, das sagte jeder. Doch für Mauris war alles an Mailand extrem, besonders der Sommer.

Er, im Aostatal geboren und später zum Wahlpiemonteser geworden, schaffte es wirklich nicht, sich in dieser riesigen, chaotischen Großstadt einzuleben, die so flach war wie eine Pizza, voller hässlicher, schmutzverkrusteter und mit Schmierereien übersäter Gebäude, die willkürlich und ohne Sinn für Form- und Größenverhältnisse errichtet zu sein schienen.

Eine potthässliche Stadt. Und mit der Hitze wurde es noch schlimmer.

Laut Mauris war die Fähigkeit, einen ganzen Sommer in Mailand zu überleben, ohne die Nerven oder den Verstand zu verlieren, eine Art Bestätigung für die Darwin'schen Lehren von der natürlichen Auslese. Wer es schaffte, den Herbst zu erreichen, ohne Schäden an Körper und Seele davonzutragen, war bereit dafür, sich zu einer höheren Rasse zu entwickeln. Von den anderen las man am Morgen in der Zeitung auf den Seiten mit den Nachrichten aus dem Polizeibericht.

Und warum sollte man sich überhaupt noch wundern, wenn die Schwächeren anfingen durchzudrehen? In diesem riesigen Kessel Mailand, eingeschlossen zwischen Asphalt und Beton, kochte man buchstäblich. Ein bisschen Rosmarin dazu und die Leute würden wie Grillhähnchen riechen und schmecken.

Und dann erst die Nächte! Von Sonnenuntergang bis Sonnenaufgang gab es keinen Augenblick der Ruhe bei der Invasion blutsaugender Mücken. Nie ging ein Windhauch. Und wer wie er gezwungen war, in der Stadt zu bleiben und zu schwitzen, musste sich dann auch noch mit der sprunghaft angestiegenen Kriminalität herumschlagen, die zu Beginn der Sommerferien, sobald sich die Stadtviertel leerten, so stark zunahm, dass die Kommissariate die Anzeigen nicht bewältigen konnten.

Und weil Mauris Schichtdienst hatte, konnte er seine Mutter, die in Turin wohnte, nur alle zwei Monate besuchen, und ins Aostatal, wo noch die aus der Familie lebten, die die friedliche Erhabenheit der Berge den Verlockungen von Fiat und Olivetti vorgezogen hatten, schaffte er es nur ein paar Tage im Sommer und an wenigen Winterwochenenden. Die übrige Zeit des Jahres litt er unter Heimweh, das ganz besonders heftig wurde, sobald er aus dem Fenster seines Kabuffs im Polizeipräsidium schaute.

Ein dunkler, unheimlicher Verschlag. Wirklich unheimlich. Wenn er nach unten blickte, vier Stockwerke tief, sah er den düsteren Hof, in dem 1969 der Körper des Terroristen Pinelli zerschmettert war. Ganz zu schweigen von der Büste in Erinnerung an den daraufhin von den Roten Brigaden getöteten Commissario Calabresi, die dort in einer Nische stand. Mauris erinnerte dieses Trauerdenkmal mehr an die Toten des blutigen Anschlages, der sich während der Gedenkfeier ereignet hatte, als an das Opfer des Commissario.

Von seinem Schreibtisch aus hätte er gern eine schöne Bergkette gesehen, saftige grüne Hänge, doch hier gab es nur von den Abgasen der Stadt geschwärzte Mauern.

Fast keinen Himmel. Und schon gar keinen blauen!

An Tagen wie diesen, wenn die Luft sich zu wabernden, fließenden Wellen verdichtete, kam es den Mailändern vor, als lebten sie in einer milchigen Blase, die ihnen Beklemmungsgefühle und Kopfschmerzen bescherte. Wenn er gekonnt hätte, wäre Mauris sogar zu Fuß nach Turin zurückgegangen. Aber hier war seine Arbeit, und deshalb hatte er sich beinahe damit abgefunden, anstelle des Po mit den Navigli vorliebnehmen zu müssen.

Beinahe, aber eben nicht ganz und vor allem nicht immer.

Woran er sich überhaupt nicht gewöhnen konnte, war, dass er jede Nacht von Juni bis in den späten September hinein diesen ekelhaften, brütenden Gestank einatmen musste, der durch die weit geöffneten Fenster nach drinnen drang. Kochender Asphalt und Benzin, Müll, der in den schwarzen Säcken vor sich hin gärte, und der Urin der Betrunkenen, die in den Pubs der Umgebung die Nacht zum Tage machten.

Als er in sein Büro kam, eine düstere Kammer von der Form und der Größe eines Eisenbahnwaggons, das er sich mit seinem Kollegen Giuseppe Salerni teilen musste, besserte sich seine Laune keineswegs. Die Klimaanlage lief noch nicht, und in diesen Tagen der verfrühten Sommerhitze kam man sich hier drinnen vor wie in der Sauna. Unter seinem Schnurrbart knurrte er ein betont gutturales »B'N'giorrrno« hervor, damit der andere begriff, dass er schlechte Laune hatte. Bevor er sich an den Schreibtisch setzte, knöpfte er sich die Jacke auf und bemerkte dabei, dass sein hellblaues Hemd morgens um halb neun bereits Schweißflecken aufwies.

Sein »B'N'giorrrno«, das perfekt zu einem Südfranzosen gepasst hätte, war jedoch nicht aufgesetzt. Viele seiner Kollegen nahmen Mauris seinen französischen Akzent übel, da sie glaubten, er sei affektiert. Doch tatsächlich waren dieses R, das in seinem Hals kratzte wie Schleifpapier, die engen, betonten Vokale und die gelegentlichen französischen Einsprengsel, die ihm ab und zu unterliefen, völlig natürlich. Für jemanden wie ihn, einen richtigen *salasse*, der im Aostatal geboren und aufgewachsen war, war Französisch die Muttersprache und die des Vaters obendrein. Die einzige Sprache, in der er sich als echter *montagnard* von der Geburt bis zum Schulalter ausdrückte, als er gezwungen wurde, neben dem *Patois savoyard* noch ein ungeliebtes Italienisch zu sprechen, das, praktisch als Zeichen des Protests, von einem so starken südfranzösischen Akzent geprägt war, dass er sowohl die Jahre in Turin als auch die in Mailand überdauert hatte.

Als er sich nun die Jacke auszog, bemerkte Mauris die dunklen Schweißränder unter den Achseln.

»*Merde*!«

Wenn ihn etwas störte, dann war es, nicht untadelig auszusehen, besonders im Büro. Besonders morgens. Doch da war nichts zu machen. In dieser Stadt musste man nur eine halbe Stunde in der Hitze im Auto sitzen, und schon sah man aus, als hätte man in seinen Kleidern in einer Hundehütte geschlafen. So war das eben.

»Was gibt es heute?«, fragte er.

»Ich glaube, da ist ein Fax«, antwortete sein Kollege und schaute von den Papieren auf, in denen er blätterte. »Das kam vor fünf Minuten. Es ist dringend.«

»Natürlich ist es dringend«, brummte Mauris und fischte aus dem Eingangskorb einen dünnen Stapel Papier. »Wie alles, was von da unten aus dem Süden kommt. Aber wenn wir mal etwas dringend brauchen, kann man sich ruhig Zeit lassen. Wenn's hochkommt, schicken sie vielleicht mal eine Brieftaube.«

Das stimmte so nicht. Nur ein einziges Mal war eine Nachricht, die sie nach Palermo geschickt hatten, liegen geblieben, doch dabei hatte es sich um einen Fehler des Beamten gehandelt, der mit der Verteilung der eingehenden Mitteilungen beauftragt war. Als er das Fax aus Mailand erhielt, in dem sie um Informationen über einen Festgenommenen gebeten wurden, hatte er es »weniger dringend« eingestuft. Leider hatte es sich um einen Vorbestraften gehandelt, der mit gefälschten Papieren unterwegs war. Da sie nichts hatten, was für eine Anklage ausgereicht hätte, und sie aus dem Süden nichts gehört hatten, waren die Beamten gezwungen, den Mann auf freien Fuß zu setzen. Ein Irrtum, der später einen Juwelier und seinen Sohn das Leben kostete, die bei einem Überfall getötet wurden.

Das Fax, das diesen Morgen eingetroffen war, stammte aus dem Polizeipräsidium von Caltanissetta und enthielt eine lange Liste mit Namen. Alles anscheinend unbescholtene Bürger, ohne Vorstrafen, die in Süditalien geboren waren und jetzt in Mailand lebten. Die Sizilianer baten die Kollegen in Mailand, jeden der Genannten unter Beobachtung zu stellen und Verbindungen, Verwandte und Freunde zu überprüfen. Im Grunde hatte man den starken Verdacht, diese Leute bildeten einen Ableger des organisierten, süditalienischen Verbrechens, und sie seien in den Norden gekommen, um die bereits von der Unterwelt der Poebene durchdrungenen Strukturen zu infiltrieren. In der Liste tauchten irgendwelche armen Teufel auf genauso wie angesehene Freiberufler mit jeder Menge Titel wie Dottore, Avvocato oder sogar Cavaliere vor ihrem Namen. Vor allem Anwälte jedenfalls. Männer, Frauen, sogar ein Geistlicher. Ein bisschen von allem. Wirklich eine Kleinigkeit, die einzeln durchzugehen, dachte Mauris mit bitterer Ironie, den besonders der Codename der Operation amüsierte: *Piazza pulita* – »Reiner Tisch«.

Der Ispettore war groß, ungefähr achtunddreißig, sein Gesicht war von geraden, regelmäßigen, aber auch sehr harten Zügen geprägt. Ein Gesicht, das auf den ersten Blick kalte Autorität ausstrahlte und einem auf den zweiten leichtes Unbehagen vermittelte. Das lag an seinen ausgeprägten Kiefern, die in Stein gemeißelt zu sein schienen und von geraden, dünnen Lippen durchteilt wurden. Aber vor allem an diesen intensiv himmelblauen, eiskalten Augen. Klare, trotzdem undurchdringliche, leicht mandelförmig geschnittene Augen, die den Gesprächspartner fixierten und sich beim geringsten Schatten eines Verdachts zu schmalen Schlitzen zusammenzogen.

Die Augen eines Bullen.

Und Lucio Mauris war ein Bulle, daran gab es keinen Zweifel. Das heißt jemand, der sich nie entspannt. Jemand, der sogar den Himmel, die Steine, die Blätter misstrauisch beäugt.

Doch seine besten Fähigkeiten als Polizist zeigte Mauris während der Verhöre. Er konnte einem Festgenommenen eine ganze Nacht lang immer wieder dieselbe Frage stellen. Stunden über Stunden, mit derselben ausdruckslosen, kontrollierten Stimme, demselben stumpfen, gleichgültigen Blick. Solange, bis er in den Antworten einen Riss, eine Lücke entdeckte. Ein sicheres Anzeichen, dass der andere im Begriff stand umzufallen. Dann änderte er schlagartig seinen Kurs.

Kaffee? Zigaretten? Vielleicht ein Brötchen?

Kaum zeichnete sich die Möglichkeit ab, für die Ermittlungen nützliche Informationen zu erhalten oder noch besser, ein vollständiges und umfassendes Geständnis, wurde Mauris zum besten Freund desjenigen, der das Pech hatte, mit ihm in diesem Verhörraum eingesperrt zu sein. Also die Art von Freund, die dir den Kopf hält, während du all das Schlechte aus dir herauswürgst, was in dir steckt und weswegen du dich mies fühlst.

Ein Bulle und ein Schlitzauge.

Saß nämlich vor ihm auf dem am Boden verankerten Stuhl eine Frau, die nicht aussagen wollte, kochte Mauris sie erst langsam weich und brachte sie so erbarmungslos an den Rand der Verzweiflung, und dann lächelte er sie nur noch an. Natürlich mit einem falschen Lächeln, das dazu gedacht war, sie zu verwirren, aber dennoch unvermittelt sein Aussehen veränderte. Dann entspannten sich seine Wangen, sein Mund öffnete sich und ließ unschuldig weiß blitzende Zähne sehen, seine Augen glitzerten komplizenhaft, und sein Gesicht wirkte auf einmal schön, ja gewinnend.

Der Inbegriff einer liebevollen Ermutigung.

Alles zu sagen, was denn sonst.

Doch dieser Zustand war nur von kurzer Dauer. Sobald er bekommen hatte, was er wollte, also Namen, Fakten, Verbindungen, Umstände, verwandelte sich sein Mund wieder in diese harte Linie, und das Lächeln, das die Natur ihm in einem unaufmerksamen Augenblick geschenkt hatte, schloss sich so schnell wie ein Riss in den Wolken vor einem Gewitter.


An diesem Morgen, nach einer schlaflosen Nacht, war Mauris nur ein angefressener Bulle. Er saß an seinem Schreibtisch, und während er auf seinem Kugelschreiber herumkaute, überflog er die Liste und markierte die Namen, die ihm bekannt vorkamen. Als er am Ende angelangt war, schaute er hoch.

»*Connerie!* Peppino, die da unten haben wohl einen Vogel.«

»Wie?«

»Die wollen, dass wir die ganze Stadt überprüfen. Theoretisch müssten wir eine komplette Mannschaft abstellen für etwas, das sie dort im Süden eigentlich viel schneller erreichen könnten. Dort haben sie Ermittler, die alles über diese Leute wissen, wie sie leben, woher ihr Geld kommt und was sie angestellt haben. Und dann haben sie Informanten. Wir hier haben nicht das Geringste und müssen bei null anfangen, weil diese Leute fast alle keine Vorstrafen haben. Wir können uns ja schon glücklich schätzen, wenn sie uns irgendwelche Informationen geben. Was zum Teufel soll das denn sein, dieser ›reine Tisch‹?«

»Lass mich mal sehen, vielleicht kenne ich ja jemanden.«

Peppino stand kurz vor der Pensionierung, hatte den Dienstgrad eines Sovrintendente erreicht, und bevor er im fünften Dezernat in der Via Fatebenefratelli gelandet war, hatte er alle Kommissariate Mailands und der Umgebung durchlaufen. Er war eine wandelnde Kartei, zum einen wegen seiner Erfahrung, vor allem aber, weil er über die wunderbare Gabe verfügte, sich Gesichter, Namen und Fakten einzuprägen, die im Laufe der Jahre in unzähligen Fächern seines Hirns geordnet Platz gefunden hatten. Und so kam es ab und zu vor, dass ein Beamter, der mit einer Routineuntersuchung befasst war, bei ihm nachfragte, noch ehe er das Datenverarbeitungszentrum konsultierte, genauer gesagt, das wertvolle CED, das Computersystem, das in Echtzeit mit sämtlichen Polizeikräften verbunden war. Zumindest in der Theorie.

»Den da, Salvatore Abbatino, Sohn des verstorbenen Carmelo, kenne ich«, hakte Peppino einen Namen ab. »Vermögensdelikte, illegaler Waffenbesitz, Erpressung, Betrug. Er ist fast immer mit Bewährungsstrafen davongekommen. Ein Anzeichen dafür, dass er gute Anwälte hat. Und dass er bei jemandem auf der Gehaltsliste steht. Dieser Aldo Grazioso, Sohn des Giovanni, sagt mir ebenfalls etwas. Frag mal die von der Antimafia-Behörde, ob da bei ihnen etwas klingelt, ich denke dabei an einige *Pentiti*. Das ist aber ziemlich lange her, deshalb weiß ich nicht mehr, welche es waren und warum sie ihn da mit hineingezogen haben. Alle anderen kenne ich nicht. Schau dich doch mal in Corsico, Baggio, Gratosoglio und Rozzano um. Vor allem in Rozzano, da findest du ein Stück wahres Sizilien. Die ideale Gegend, um Hilfe zu finden und um unterzutauchen. Na, schau einfach mal.«

»Danke, Peppino«, sagte Mauris knapp, da ihm diese Flut an Ratschlägen ein wenig auf die Nerven gegangen war.

Wenn man Ermittlungen im CED anstellen will und nichts außer Namen hat, erfordert eine solche Aktion immer Zeit, Geduld und Glück, und es erleichtert die Suche ungeheuer, wenn man nach jemandem recherchiert, der schon einmal mit dem Gesetz in Konflikt gekommen ist. Am besten vor kurzem, da die Ermittler noch nicht sehr lange über ein abteilungsübergreifendes Informationssystem auf diese riesige Datenbank zugreifen konnten, an deren Entstehen alle Polizeikräfte zusammengearbeitet haben: Staatspolizei, Carabinieri, Finanzpolizei, Staatliche Forstbehörde und so weiter, die sie jeden Tag, jede Stunde mit neuen Informationen füttern.

Für alles, was vor dem Ende der achtziger Jahre geschehen ist, als die Justizarchive auf Computer umgestellt wurden, müssen die Beamten in Tonnen von verstaubten Akten graben, die in den Katakomben der Polizeipräsidien verstaut sind, und darauf hoffen, dass sie so etwas Nützliches ans Tageslicht fördern. Eine Hoffnung so hauchdünn wie die Schleimspur einer Schnecke, wenn es sich um organisierte Kriminalität handelt, da man erst von 1992 an, als die DIA, die Antimafia-Behörde, geschaffen wurde, begonnen hatte, Informationen über Verbrechen zusammenzuführen, die mutmaßlich mit der Cosa Nostra in Verbindung standen. Alle Beamten wussten, dass es nur ein Glückstreffer sein konnte, wenn man Namen und Verbindungen fand, die nicht im CED aufgenommen waren. Dazu kommt, dass die richtige Auswahl aus den zahlreichen Namensvettern noch durch die Hartnäckigkeit erschwert wird, mit der auch heute noch in Süditalien die Söhne nach ihren Vätern benannt werden. Sogar die Vornamen sind also immer gleich.

Dieser Brauch, der noch heute in vielen Familien dort Pflicht ist, scheint geradezu eigens dazu entstanden zu sein, um die Ermittler in den Wahnsinn zu treiben. Und das ist ganz leicht zu verstehen.

Ein junges Paar. Sie, schwanger, verbringt neun Monate damit, den Kalender mit den Namenspatronen durchzuschauen, oder wahrscheinlich eher die Klatschzeitschriften, auf der Suche nach Anregungen für den Namen ihres ungeborenen Kindes.

Brenda? Glenda? Pamela? Byron? Brad? Oder vielleicht doch lieber ein gängigerer Name wie Laura? Carlotta? Lorenzo?

Vergebliche Mühe, denn in den Familien mit Respekt gelten bestimmte Regeln. Der erste Sohn erhält den Namen des Vaters des Ehemanns. Der zweite den des Vaters der Ehefrau. Die erste Tochter bekommt den Namen ihrer Großmutter väterlicherseits. Die zweite den ihrer Großmutter mütterlicherseits. Und wenn die Eltern der Mutter und des Vaters zufriedengestellt sind und weitere Kinder geboren werden, kommen die Onkel und Tanten an die Reihe, natürlich beginnt man auch hier wieder mit den Geschwistern des Mannes. Denn die Frauen kommen immer zuletzt, auch bei der Namensgebung. Und diese Pflicht gilt für alle Kinder, vom Ältesten bis zum Letztgeborenen.

Daraus entsteht natürlich ein furchtbares Chaos. In jeder traditionsbewussten Familie kursieren also nicht mehr als vier oder fünf Vornamen mit immer dem gleichen Nachnamen. Und wie soll man verstehen, wer was wem getan hat, wenn in diesen verwickelten Verwandtschaftsbeziehungen Dutzende von Personen den gleichen Namen haben und vielleicht sogar das gleiche Geburtsdatum, denn es kommt durchaus vor, dass eine Carmela oder eine Concetta, die verschwägert oder Cousinen sind, am gleichen Tag in den Wehen liegen.

Das Leben eines Ermittlers ist hart. Und da ist es nicht erstaunlich, dass den Beamten oft nichts anderes übrig bleibt, als sich auf Kronzeugen zu verlassen oder auf den Zufall. Oder auf beide, also darauf zu warten, dass irgendjemand sich irgendwo entschließt, über irgendetwas auszupacken, aus Rache oder im Tausch gegen Vergünstigungen. Und vielleicht, wenn er dies und das erzählt, eventuell auch irgendeinen Namen nennt, über den man tagelang fruchtlose Ermittlungen angestellt hat.

An diesem Morgen war es zu heiß, um lange am Computer zu sitzen. Ispettore Mauris beschloss daher, mit seinen Nachforschungen bei den beiden Personen zu beginnen, auf die ihn Peppino aufmerksam gemacht hatte. Er gab die Namen ein, und wie er erwartet hatte, wurde er beim ersten sofort fündig. Ein kleiner Gauner, bei Nacht stieg er in Wohnungen ein, und wenn es hell wurde, schlug er Frauen. Vielleicht war er nicht einmal ein Mafioso, denn die Mafia konnte keine Leute gebrauchen, die sich für so banale *zanzate* verhaften ließen.

Beim zweiten Namen auf der Liste, Grazioso Aldo, Sohn von Giovanni Grazioso, gab es keine Spuren im System. Es fand sich nur ein Walter Grazioso, der wegen Mordes verurteilt war, aber den konnte man ausschließen, da er laut der Information auf dem Bildschirm seit Jahren die gute Luft im Zuchthaus *Bad e' carros* auf Sardinien genoss.

Mauris blieb also nichts anderes übrig, als die übliche Routine abzuarbeiten. Einwohnermeldeamt, Kraftfahrzeugzulassungsregister, die Banken. Während sich seine Laune von Minute zu Minute verschlechterte, tat Mauris das Offensichtlichste, das aber meist vergessen wird: Er schlug das Telefonbuch auf, und da fand er seinen Grazioso Aldo, mitsamt Adresse und Telefonnummer.

Er konnte so viel Glück kaum fassen, notierte sich alles, und da der Name auf der Liste unterstrichen und mit einem Stern gekennzeichnet war, was bedeutete, dass er wichtig war, entschloss er sich, einmal kurz hinzufahren, um ihn sich persönlich anzuschauen. Bevor er ging, teilte er die Liste unter den Männern seiner Truppe auf, und nachdem er seine von zu vielem Schweiß ganz steif gewordene Leinenjacke angezogen hatte, stürzte er sich wieder in die Hitze der Hundstage.

Mauris war ein aufmerksamer Polizist und verfügte über eine für seinen Beruf sehr wertvolle Begabung. Er war fähig, auf den ersten Blick verdächtige Einzelheiten wahrzunehmen, die alarmierend waren und ein Hinweis darauf, dass Gefahr im Verzug war. Eine Art sechsten Sinn für das Verbrechen, der jedoch an diesem Morgen – vielleicht seiner schlechten Laune wegen – versagte.

Als er das richtige Haus erreichte, eine hohe Mietskaserne an der Straße nach Rozzano am südlichen Stadtrand von Mailand, brauchte er ein paar Minuten, bis er den Namen, den er suchte, auf dem riesigen Klingelbrett fand, das so groß war wie ein Laken und in so viele Spalten aufgeteilt, wie es Treppenaufgänge gab. Aber da war er: Grazioso Aldo, Aufgang C, vierter Stock.

Zufrieden sah Mauris sich um, um die Umgebung »zu fotografieren«, wie er es nannte, was bedeutete, sich jedes Detail des Ortes einzuprägen, an dem er sich einer Ermittlung wegen aufhalten musste. Er schaute sich schnell, scheinbar zufällig, wie zerstreut um, aber in Wirklichkeit waren alle seine Sinne hellwach, jedenfalls war das seine Absicht.

Die Gegend wirkte ruhig und sah nach dem aus, was sie war, eine Schlafstadt. Aber nicht heruntergekommen. Das Mietshaus stand in einer von mehreren Reihen gleich aussehender Wohntürme aus den sechziger Jahren direkt neben einem großen zugeparkten Platz. Ein Alptraum aus Beton, neun Stockwerke hoch. Aber es schien kürzlich renoviert worden zu sein, auch wenn die üblichen Sprayer schon wieder ihre Zeichen hinterlassen hatten. Auch die runde Grünfläche in der Mitte des Platzes mit ihren brav aufgereihten Bänken, auf denen Rentner mit und ohne Hund saßen, wirkte sauber und einigermaßen gepflegt.

Mauris entdeckte einige Läden, eine Bar mit Zigarettenverkauf, einen Zeitungskiosk und eine Trattoria, die genau wie das Viertel nach diesen häßlichen, aber beeindruckend hohen Wohntürmen *Alle Torri* hieß, sowie einen kleinen Supermarkt.

Er bemerkte, dass eines der Hochhäuser gerade saniert wurde und seine Vorderseite vollkommen hinter Gerüsten verschwunden war. Ein gefundenes Fressen für Diebe, dachte er bei sich.

Dann sah er zwei junge Männer, die träge zwischen einer Bank und einem Abfallkorb herumhingen. Zwei Junkies mit ihrem kleinen Reservelager, nahm er zunächst an.

Doch waren das wirklich Junkies? Er sah genauer hin.

Einer von beiden war so ein Bodybuildertyp. Gelglänzende Haare, pralle, sorgfältig geformte Oberarmmuskeln, hervortretende Venen, die jedoch glatt und anscheinend nicht zerstochen waren, die Schultern, die das T-Shirt mit den abgeschnittenen Ärmeln frei ließ, mit Tätowierungen bedeckt.

Der sieht zu gesund, zu sauber aus für einen, der auf Heroin ist, dachte Mauris. Das muss der Pusher sein, der Dealer, der aber selbst nicht drückt. Sich nur ab und zu eine Linie Koks genehmigt, falls er die richtige Ware bekommt. Denn mit dem Zaster, den er mit dem Unglück der armen Fixer macht, kann er sich das leisten.

Ein richtiger Schönling.

Der andere war nur Haut und Knochen, wirkte völlig aufgedreht, so nervös wie jemand, der ständig auf Entzug ist, trug schmutzige Hosen und ein Unterhemd in einer undefinierbaren Farbe. Er musste ein *cavallo*, ein »Pferd« sein, also der Sklave des Dealers, der bereit war, für ihn in den Knast zu gehen, wenn er dafür nur sein tägliches Tütchen Stoff bekam.

Der Schönling und das Pferd wohnten nicht unbedingt in dem Viertel, aber es war ganz sicher ihr Jagdrevier. Mauris verschwendete einige Sekunden damit, sie aus der Deckung einer staubigen, immergrünen Kübelpflanze, die vor der Bar stand, zu beobachten, dann wandte er seinen Blick ab, denn das war allenfalls etwas für die Drogenfahndung, und er passte immer auf, dass er niemandem auf die Füße trat.

In der kurzen Zeit, die er scheinbar benötigte, um die Sonnenbrille abzusetzen und ihre Gläser mit einem Taschentuch zu polieren, sah Mauris all dies und prägte es sich ein. Trotzdem entging ihm ein merkwürdiges Detail, das nicht zum Rest passte.

An einer Ecke des Mietshauses, das gerade saniert wurde,

genau an dem aus Balken errichteten Durchgang für die Passanten, lehnte ein beleibter Mann in einem cremefarbenen Leinenanzug, der wirkte, als habe es ihn geradewegs aus dem englischen Kolonialreich hierher verschlagen. Er stand unbeweglich in dem Schattenstreifen, den das Schutzdach warf. Der Mann hielt sich einen breitkrempigen Panamahut vor das Gesicht, als wolle er sich Luft zufächeln, und schien sich mit übertriebener Konzentration das Bauschild durchzulesen. Nummer des Projektes, Name der Firma, des Bauleiters. Hmm, äußerst interessant.

Mauris betrat das Gebäude und schaute zur Pförtnerloge, doch die war leer. Daraufhin betrat er den Aufzug. Und fuhr nach oben.

Auf dem Treppenabsatz gab es vier Türen, aber nur eine trug ein Schild. Mit dem Namen, den er suchte.

Er klingelte, doch es machte niemand auf. Ihm blieb nichts anderes übrig, als wieder hinunterzufahren. Als er in die Eingangshalle kam, bemerkte er die Portiersfrau, die die Post auf die Fächer verteilte. Er wartete, bis sie fertig war, dann sprach er sie an.

»Jaaa?«, fragte sie. »Suchen Sie jemand?«

Mauris begriff sofort, mit wem er es zu tun hatte. Er zwang sich, ruhig zu bleiben und legte alle Höflichkeit, zu der er fähig war, in seine Stimme, während er ihr sein Anliegen erklärte.

»Ich benötige Informationen, die nur Sie mir geben können, Signora«, sagte er und ließ mit einem kurzen strahlenden Lächeln seine blendend weißen Zähnen unter dem gepflegten Schnurrbart aufblitzen.

Die Frau fiel nicht darauf herein. Ihr Fuchsgesicht und ihre kleinen, misstrauisch glänzenden Augen nahmen einen vorsichtigen Ausdruck an, den sie auch noch beibehielten, als er ihr seinen Polizeiausweis unter die Nase hielt. Sie blieb undurchdringlich und hart wie Granit und war offensichtlich fest entschlossen, den Mund nicht aufzumachen. Mauris musste ihr erst damit drohen, sie offiziell ins Präsidium zu bestellen, damit sie sagte, was sie wusste. Und das war so gut wie gar nichts.

Denn, wie sie nervös unter vielen Seufzern erklärte, hatte sie zwar alles getan, um Aldo Grazioso besser kennen zu lernen, doch der war ein sehr zurückhaltender Mieter gewesen.

War ... gewesen?

Das hieß, entweder wohnte er nicht mehr hier oder er weilte nicht mehr unter den Lebenden.

»Wirklich ein anständiger Mensch, wissen Sie? Höflich, aber immer nur ein Gruß, das war's. Wie kann man so jemanden schon kennen?«

»Ist er gestorben?«

»Ja, letztes Jahr, ich glaube, an einem Infarkt.«

Und in der Wohnung, so erklärte ihm die Frau schließlich nach mehrfachem Nachfragen, lebte jetzt die Tochter.

Marcella.

Und zwar allein.

Dann machte sie eine Pause, die sie mit einem vielsagenden Blick begleitete, als wolle sie ihm so zu verstehen geben, dass an diesem Alleinleben irgendetwas nicht ganz koscher war.

»Sie arbeitet als Lehrerin an einer Schule hier im Viertel, wissen Sie? Doch aus der bekommt man nie etwas heraus. Sie ist immer schweigsam. Ein Gruß, mehr nicht. Wie der Vater und die Mutter, die hieß übrigens Angiolina. Aber glauben Sie mir, dass ich nie erfahren habe, was die beiden machten?«

Die hieß. Das bedeutete, die Mutter war auch tot.

»Haben denn beide gearbeitet?«

»Nein, sie war Hausfrau. Nur er ging zur Arbeit. Er reiste viel und blieb dann ein oder zwei Tage fort. Wenn er in der Stadt war, verließ er morgens das Haus und kam abends wieder. Ich habe gehört, er soll Vertreter gewesen sein, aber wofür weiß ich nicht. Vor drei Jahren hatte er seinen ersten Infarkt, und dann ist er nicht mehr gereist. Er ist wohl früher in Rente gegangen, denn bald darauf hat er morgens nicht mehr regelmäßig das Haus verlassen. Nur ein kurzer Gang in den Supermarkt, zusammen mit seiner Frau, und ein Sprung in die Bar, um Zigaretten zu kaufen. Doch er grüßte wenigstens, wenn er hier vorbeikam. Aus seiner Frau bekam man kaum ein ›Guten Tag‹ heraus. Die arme Frau, sah aus wie das blühende Leben, und dann ist sie noch vor ihm gestorben, im November werden es wohl zwei Jahre. Wenn ich an sie denke, habe ich sie nur mit einem mürrischen Gesicht vor Augen. Sie war einfach geizig, mit Worten und mit dem Trinkgeld!«

Als sie zum Trinkgeld kam, begriff Mauris, dass er nicht mehr aus ihr herausholen würde. Außerdem war der Betreffende tot. Was musste er noch wissen? Er beendete das Gespräch mit einem brüsken Danke und verließ das Haus. Draußen bemerkte er den Mann mit dem Panamahut wieder nicht, vielleicht war er einfach nur von der Sonne geblendet, nach dem Halbdunkel in der Pförtnerloge.

Der Mann stand noch genauso unbeweglich vor dem Bauschild wie vorher.

# KAPITEL 5

Es war achtzehn Uhr, als Marcella Signora D'Amico endlich zur Tür begleiten konnte. Sie wartete mit einem Lächeln auf den Lippen, bis diese den Aufzug betreten hatte, dann ging sie in die Wohnung zurück, schloss die Tür mit einem Fußtritt und lief direkt in die Küche, um sich dort das Glas eisgekühlten Weißwein einzugießen, nach dem sie sich seit Stunden sehnte. Sie trug es ins Wohnzimmer, und endlich konnte sie sich nun auf dem Sofa ausstrecken.

Diese Frau war lästig. Nein, sie war eine richtiggehende Landplage. Marcella hätte gern irgendwann den Mut dazu gefunden, sie abzuwimmeln, aber sie war einfach zu schüchtern und zu gut erzogen, um ihr zu sagen, sie solle sich gefälligst um ihre eigenen Angelegenheiten kümmern.

Und dann verband sie beide die Erinnerung an Nadia.

Nadia, ihre einzige Freundin.

Sie hatten alles gemeinsam gemacht: die Schule, die Hausaufgaben, die Pendelei mit der Straßenbahn Nummer fünfzehn, alles. Doch als sie beide in der elften Klasse waren, war Nadia an Leukämie gestorben, und seitdem hatte Marcella die aufdringliche, entschieden lästige Aufmerksamkeit ihrer Mutter geerbt. Nur allein Nadias wegen ließ sie seit Jahren mit einem Lächeln auf den Lippen ungewollte Ratschläge, unangenehme Anmerkungen und manchmal auch boshafte Unterstellungen über sich ergehen, da die Frau sich im Namen eines eingebildeten Gefühls der Verbundenheit berechtigt fühlte, in jeden Winkel ihres Lebens einzudringen.

Obwohl die D'Amico sich bemühte, sie überaus warmherzig zu behandeln, war Marcella sicher, dass sie sie eigentlich nicht liebte. Vielleicht hatte die Frau ihr gegenüber so etwas wie Zuneigung empfunden, als ihre Tochter noch lebte, die nur von dem sozialen Unterschied getrübt wurde, der die beiden Mädchen nach ihrer Sicht der Dinge trennte. Doch seit Nadias Tod hatte sich auch dieses zerbrechliche Gefühl in Luft aufgelöst. Manchmal spürte Marcella hinter dieser aufdringlichen, lauten Zuvorkommenheit einen Hauch Bosheit. Und je mehr Clara D'Amico sich bemühte, ihr gegenüber mütterlichen Sorgen Ausdruck zu verleihen, desto eher merkte Marcella diesen Aufmerksamkeiten einen wilden Groll an, der wahrscheinlich aus dem einfachen Grund entstand, dass sie lebte und Nadia nicht mehr.

Diese nachtragende Feindseligkeit äußerte sich in kleinen und großen Vorstößen, die nur den einen Zweck hatten, dass sie sich schlecht fühlen sollte. Und die Frau hatte wirklich einen besonderen Instinkt dafür, sich gerade die unangenehmsten Themen auszusuchen, die Marcella dann nächtelang nicht schlafen ließen.

Bis sie das nächste Mal zu Besuch kam.

Als sie an diesem Tag um drei Uhr nachmittags die Tür öffnete, hatte Marcella sofort bemerkt, dass sie etwas Wichtiges umtrieb. Die D'Amico hatte im Sturmschritt Flur und Wohnzimmer durchquert, ihren dicken Hintern in den einzigen bequemen Sessel der ganzen Wohnung fallen lassen, sich nicht mit den üblichen Höflichkeiten aufgehalten, sondern war gleich zur Sache gekommen. Sie hatte ihr verkündet, sie sei einmal quer durch ganz Mailand gefahren, von

San Siro bis hier ins Le Torri-Viertel, um mit ihr über so eine Idee zu reden, die ihr letzte Nacht durch den Kopf gegangen war, als sie mal wieder vergeblich auf Schlaf gewartet hatte.

»Marcella, ich mach mir Sorgen um dich, du bist zu allein, mein Kind«, hatte sie lächelnd begonnen.

Natürlich, hatte Marcella gedacht und sich innerlich darauf vorbereitet, einen der üblichen Vorstöße zu bremsen. Seit einiger Zeit hatte es sich Clara D'Amico nämlich in den Kopf gesetzt, sie mit ihrem Neffen aus Monza zu verkuppeln. Einem Buchhalter, der wenig sagte und noch weniger Ehrgeiz hatte. Sie hatte ihn vor ein paar Monaten kennen gelernt, als er bei seiner Tante vorbeigeschaut hatte und bei dieser Gelegenheit eine leise Bewunderung für sie gezeigt hatte. Er war klein, mit vorzeitigem Haarausfall geschlagen, kurzsichtig und hatte darüber hinaus Mundgeruch, aber, wie Signora D'Amico ihr so zartfühlend wie immer versichert hatte, stand er seinen Mann, und mit ihm würde Marcella eine anständige Partie machen.

»Signora, ich habe Ihnen doch gesagt, dass ich nicht ans Heiraten denke. Im Augenblick bin ich zufrieden, wie es ist, ich …«

Doch an diesem Tag hatte die D'Amico etwas ganz Anderes im Sinn.

»Wer redet denn vom Heiraten? Ich habe doch nicht Gino gemeint, aber wo wir schon mal dabei sind, du tätest recht daran, ihn zu ermutigen, denn heutzutage eine feste Anstellung als Buchhalter zu finden, ist gar nicht so einfach. Doch jetzt habe ich von deiner Familie geredet … Von Vater, Mutter, Verwandten … Glaubst du nicht, du müsstest noch irgendwo jemanden haben?«

»Signora Clara«, hatte Marcella schwach zu protestieren versucht, obwohl sie genau wusste, dass sie diesen schmuckbehängten Bulldozer auf zwei Beinen niemals bremsen würde, »darüber haben wir doch schon geredet. Meine Familie sind die, die mich adoptiert haben. Ich suche keine andere.«

Das stimmte so nicht.

Marcella war von einem Ehepaar adoptiert worden, das sich um sie gekümmert hatte und gewissenhaft allen Elternpflichten nachgekommen war, doch dabei die einzige, auf die es wirklich ankommt, vernachlässigt hatte, nämlich sie zu lieben. Das Verhältnis der beiden zu ihrer Adoptivtochter war sogar so kühl, dass man beinahe denken konnte, sie hätten die Adoption im Nachhinein bereut.

Natürlich war so etwas undenkbar, trotzdem blieb die Tatsache bestehen, dass Marcellas Familienleben immer so gefühllos, so unpersönlich gewesen war, dass sie genauso gut im Kinderheim hätte aufwachsen können. Das Einzige, was ihr die Graziosos außer einem Dach über dem Kopf, ihrem Namen, einer Ausbildung bis zum Studienabschluss in Literatur und einem bescheidenen Wohlstand gegeben hatten, diesen jedoch erst nach ihrer beider Tod, war eine so strenge Erziehung, dass sie sie in ihrer Pubertät in eine düstere, passive Melancholie getrieben hatte.

Zwischen den Graziosos und Marcella hatte es nie richtige Gespräche gegeben, obwohl diese beiden sie sich doch offensichtlich gewünscht hatten, da sie sich entschlossen hatten, ihr ein Heim zu geben.

Angiolina und Aldo Grazioso waren nie sehr mitteilsam gewesen. Sie verschwendeten so wenig Worte und Gesten wie möglich, Körperkontakt fand praktisch nicht statt, selbst als Marcella klein war und ab und zu eine liebevolle Hand gebraucht hätte, die sie streichelte, ihr nachts ein Glas Wasser gereicht, den Schlafanzug angezogen, ein Pflaster auf das aufgeschürfte Knie geklebt hätte.

Doch all das gab es nicht. Nie.

Sie hörte stets nur barsche Befehle, und alles, was man für sie tat, geschah aus reinem Pflichtbewusstsein, im Haus herrschte eine kalte Höflichkeit, die die Forderung nach absolutem Gehorsam dahinter nicht verbergen konnte.

Marcella hatte schnell begriffen, dass Sätze wie »Kannst du das bitte für mich tun?« »Würde es dir etwas ausmachen, dies zu tun?« eigentlich bedeuteten »Mach das, was ich dir sage, und zwar sofort und ohne Diskussion.« Ausnahmen von den festgelegten Regeln waren undenkbar. Ihre Verbote oder Befehle zu erklären, fiel den Graziosos nicht einmal im Traum ein, so wie man nicht im Entferntesten daran denken würde, einem Hund oder einer Katze zu erklären, warum sie nicht auf die Sessel im Wohnzimmer dürfen. Auf diese Weise wuchs Marcella auf, dem äußeren Anschein nach wohlbehütet ohne Entbehrungen oder Unannehmlichkeiten, tatsächlich in verzweifelter Traurigkeit. Mit dem Ergebnis, dass sie sich zu einem schüchternen, unsicheren Menschen ohne Antrieb entwickelte. Ein trübes, passives Leben, in dem nur ein Traum Platz hatte: Sie wollte ihre richtigen Eltern finden und diese Wohnung für immer verlassen.

Unter dem strengen, wachsamen Blick ihrer Adoptivmutter war Marcella ohne besondere Ereignisse in ihrem Leben groß geworden, an die sie sich hätte erinnern können, oder Jahrestage, die es zu feiern galt. In ihrem Leben hatte es keine Tanten, Großmütter, Geschenke gegeben oder laute Familienfeste, mit Süßigkeiten, Lasagne oder gefülltem Truthahn bis zum Umfallen. Sie hatte nur die Graziosos gehabt, die stumm ihr Programm abspulten, beinahe wie auf Zehenspitzen, auch miteinander wenig redeten, und sich nur an sie wandten, um ihr Befehle zu geben oder sie an ihre Pflichten zu erinnern.

Die einzige Freude in ihrem Leben war die Freundschaft

mit Nadia gewesen und die Nachmittage, die sie bei den D'Amicos verbracht hatte. Herrliche Stunden, obwohl Nadias Mutter sich ständig in ihre Gespräche einschaltete und alles versuchte, um Marcella Informationen über ihre Vergangenheit und ihre Adoptiveltern zu entreißen, die durch ihre Unnahbarkeit in diesem Wohnhaus, in dem sich sonst alle kannten, eine Art geheimnisumwittertes Rätsel darstellten.

Das Paar war vor fünfundzwanzig Jahren ins Le Torri-Viertel gezogen, 1975, kurz nachdem sie Marcella adoptiert hatten, doch das Verhältnis zu ihren Nachbarn hatte sich seit dem ersten Tag nicht verändert. Die ganze Zeit waren sie still und heimlich gegangen und gekommen, und die Nachbarn, sogar die diversen Portiersfrauen, die in jenen Jahren aufeinander folgten, hatten ihnen nicht mehr entlocken können als einen trockenen, knappen Gruß, den sie aber nur gewährten, wenn es die Höflichkeit unbedingt erforderte.

Marcella hatte sich angepasst. Sie hatte sich unter den Leuten, die bestimmt herzlicher gewesen wären, hätten sich ihre Eltern vielleicht ein wenig zugänglicher und gesprächsbereiter gezeigt, immer gefühlt, als wäre sie nur eine Fremde auf Besuch. Ein einsames Geschöpf, mit wenigen persönlichen Kontakten und beinahe ohne Wünsche, außer dem, irgendwann nach denen zu suchen, die sie in die Welt gesetzt hatten. Der Traum eines unglücklichen Mädchens, auf den es alles setzte.

Doch darüber konnte sie im Moment ganz sicher nicht reden.

Nicht mit der D'Amico.

»Du machst einen Fehler, wenn du nicht nach deiner Familie suchst«, hatte die Frau unbeirrt auf sie eingeredet. »Jetzt, wo deine Eltern, mögen sie in Frieden ruhen, tot sind, müsstest du etwas unternehmen, um zu erfahren, wessen Kind du bist und woher du kommst. Es ist wichtig, die eigene Vergangenheit zu kennen. Nimm mal an, du willst morgen heiraten und Kinder kriegen. Glaubst du nicht, es wäre richtig zu wissen, ob deine wirklichen Verwandten alle gesund sind? Ob es bei ihnen nicht etwa Erbkrankheiten gibt?«

»Erbkrankheiten? Was denn für Erbkrankheiten?«, hatte Marcella bestürzt gefragt. An diesen düsteren Aspekt ihres Adoptivdaseins hatte sie ehrlich gesagt noch nie gedacht.

»Na ja, eben solche Krankheiten. Denk mal an die Kinder, die mongoloid geboren werden oder sonst wie behindert«, war die Frau unverzagt fortgefahren. »Denn schau mal, das ist alles eine Frage der Abstammung. Wenn du das vorher weißt, kannst du dich darauf vorbereiten und eventuell etwas unternehmen.«

Marcella hatte geschwiegen und ihren Gast, der nun sein Thema gefunden hatte, einfach reden lassen, während sie nachdachte. Sie hörte kein Wort mehr von dem, was die D'Amico sagte, und beschränkte sich darauf, sie anzusehen und ab und an zu nicken, während sie an etwas anderes dachte. Natürlich war sie wütend darüber, dass es diese Frau mit ihren boshaften Augen, die niemals stillstanden, wieder einmal geschafft hatte, ihr Anlass zu schmerzhaften Überlegungen zu geben.

Signora Clara war es wieder einmal gelungen, ihr einen nagenden Zweifel in den Kopf zu setzen. Marcella wollte ihren Groll jedoch nicht offenbaren. Vor allem wollte sie ihr nicht zeigen, dass die Sorge, nicht zu wissen, wo ihre Wurzeln waren, sie schon länger beschäftigte. Hätte die D'Amico gemerkt, dass sie ins Schwarze getroffen hatte, würde sie sie nie mehr in Ruhe lassen.

Marcella quälten nicht Bedenken, sie könne ihrem Nachwuchs irgendwelche Erbkrankheiten übertragen, denn das war ihrer Ansicht nach nur eine dumme boshafte Bemerkung. Was sie in tiefe Verzweiflung stürzte, war die Tatsache, dass sie dieser Frau, die in dem einzig bequemen Sessel dieser Wohnung saß, zustimmen musste. Es war wirklich wichtig, die eigene Vergangenheit zu kennen. Sie selbst hatte sich schon öfter gefragt, warum ihre Eltern sie wohl weggegeben hatten, und hatte ihre Neugier immer verdrängt, denn allein das Nachdenken darüber löste in ihr tiefes Unbehagen aus. Doch früher oder später würde sie diese Frage ernsthaft angehen müssen.

Und jetzt stieß sie Signora D'Amico geradezu mit der Nase darauf, wie sie das angehen konnte.

»Also siehst du, mein Kind, du musst nicht einmal viel dafür tun. Ein Brief genügt. Du musst nur dahin schreiben. Wenn es sie interessiert, kümmern sie sich um den Rest. Sie antworten dir, laden dich in die Sendung ein. Und dann kann es sein, dass dich jemand wiedererkennt.«

Marcella, die in ihre eigenen Überlegungen vertieft gewesen war, kam schlagartig in die Gegenwart zurück.

»Was soll ich tun?«

»Ich hab's dir doch gesagt. Du musst einen Brief an die Sendung schreiben. Aber du hörst mir ja gar nicht zu, Marcella.«

»Was für eine Sendung?«

»Die, in der sie nach den Leuten suchen. Gerade gestern war da eine im Fernsehen, genau so ein Findelkind wie du.«

Marcella hatte nicht mit der Wimper gezuckt, sondern nur ihren Gast ärgerlich angefunkelt, während all die Wut in ihr kochte.

Ein Findelkind!

Ihre Gesprächspartnerin, die nicht mehr aufzuhalten war wie ein Zug in voller Fahrt, hatte es überhaupt nicht bemerkt.

»Also wie ich schon sagte, gestern Abend war eine Frau in der Sendung, die ihre Verwandten wiedergefunden hatte. Und alle waren da und küssten sich und weinten. Und dabei musste ich an dich denken, Marcella.«

Endlich war sie nach den zahllosen Vorreden auf den Punkt gekommen.

Die Graziosos hatten Marcella adoptiert, als sie vier Jahre alt war, und hatten das nie vor ihr verborgen, sie hatte sie schließlich immer »Mama Angiolina« und »Papa Aldo« genannt und nicht einfach Mama und Papa, wahrscheinlich, weil damit eine Grenze zwischen Gefühl und gesellschaftlichen Konventionen gezogen wurde. Außerdem war ihr etwas, auch wenn das wirklich nur sehr wenig war, aus ihrem vorherigen Leben in Erinnerung geblieben. Winzige Erinnerungsfetzen, die sie als Kind ausgeschmückt hatte, um einer Wirklichkeit zu entkommen, die zu traurig war, um sie zu ertragen. Und jetzt verlieh diese Frau ihren geheimsten Gedanken Ausdruck, und um sie zum Handeln zu bringen, war ihr nichts Besseres eingefallen, als ihr Zweifel einzuflößen, ob ihre Herkunft nicht unangenehme Überraschungen bergen könnte.

Erbkrankheiten, darunter tat sie es nicht!

Marcella war sonnenklar, dass der D'Amico dieses Thema schon lange im Kopf herumspukte, denn schon damals, seit Nadia und sie die sechste Klasse besuchten, hatte sie sie immer mit mitleidiger Herablassung behandelt. Sie hatte bis jetzt geschwiegen, weil sie keinen Vorwand gefunden hatte, ihr ihre Überlegungen diesbezüglich unter die Nase zu reiben. Aber jetzt gab es da diese Sendung.

Wie hieß sie noch?

Ach ja. *Chi l'ha visto.*

# KAPITEL 6

Gott sei Dank hat alles irgendwann mal ein Ende. Nachdem sie die Tür hinter Signora D'Amico geschlossen hatte, hatte es sich Marcella gerade mit ihrem Glas eiskalten Weißweins und ihrer Katze, die sie umschnurrte wie ein Sägewerk, auf dem Sofa gemütlich gemacht, als die Sprechanlage krächzte und sie hochschrecken ließ. Diese Hexe hat etwas vergessen, dachte sie, und stand widerwillig auf, um auf den Sprechknopf zu drücken.

Aber es war nicht die D'Amico, sondern die Portiersfrau, die ihr mitteilte, dass gerade ein Einschreiben für sie gekommen sei.

Dieses Einschreiben bestand dann nur aus einem zweimal gefalteten Blatt Papier, das mit einer Metallklammer zugeheftet war. Es kam aus dem Polizeipräsidium, und auf der Rückseite waren Datum und Uhrzeit der Ablieferung vermerkt, mit der gekritzelten Unterschrift der Portiersfrau als Bestätigung. Marcella öffnete die Klammer mit einem unguten Gefühl. Es handelte sich um die Aufforderung, baldmöglichst Ispettore Capo Lucio Mauris vom fünften Dezernat des mobilen Einsatzkommandos in der Via Fatebenefratelli aufzusuchen, es ginge um »dringende Informationen«.

Nachdem Marcella das Blatt überflogen hatte, unterschrieb sie hastig die Annahmebestätigung, bevor sich die Portiersfrau bei dem Versuch, einen Blick auf den Brief zu werfen, vollends den Hals verrenkte, dann kehrte sie zu ihrem Wein und ihrer Katze zurück, einer Siamkatze namens Marlene, mit der sie seit einem Jahr die Wohnung teilte, seit ihre Nachbarin von gegenüber sie bei ihrem Umzug gebeten hatte: »Schätzchen, kannst du sie für ein paar Tage bei dir behalten? Ich hole sie ab, sobald ich mich eingerichtet habe.« Natürlich war sie nie wieder aufgetaucht.

So wie Marlene auf den Verlust ihres Frauchens reagiert hatte, nahm Marcella an, dass sie durch die Veränderung gewonnen haben musste. Die Katze hatte zu ihrem Glück nie Anstalten gemacht, Vergangenem nachzutrauern. Sie hatte es sich in der Wohnung bequem gemacht, die nach dem Tod von Aldo und Angelina Grazioso für Marcella zu groß geworden war, und dort Sessel und Sofas in Beschlag genommen. Alles, was sie für ihr liebevolles Schnurren forderte, das sie mit königlicher Herablassung gewährte, waren eine Schüssel mit Futter pro Tag, frisches Wasser und ein sauberes Katzenkistchen für ihre Körperhygiene.

Marcella gefiel dieses Zusammenleben sehr, und so hatte sie die wortbrüchige Nachbarin nie kontaktiert, im Gegenteil, wenn sie an sie dachte, krampfte sich ihr Herz zusammen bei der Vorstellung, sie könne eines Tages zurückkommen, um Marlene wieder zu sich zu holen. Denn inzwischen hatte sie sich angewöhnt, lange Gespräche mit ihr zu führen. Die Katze hörte ihr ganz ernsthaft zu, starrte sie mit ihren blauen Augen mit dem leichten Silberblick an, und wenn es ihr passte, antwortete sie mit einem dumpfen Knurren, das Marcella das Gefühl vermittelte, Marlene habe sie verstanden. Merkwürdige Gespräche waren das, aber nicht seltsamer als eine Sitzung beim Psychotherapeuten, dachte sie. Und zum Glück viel billiger.

Als Marcella die Vorladung in der Hand hielt, verzog sie keine Miene. Der Besuch der D'Amico hatte sie so aufgewühlt, dass sie sich jetzt gar nicht groß mit Vermutungen aufhielt. Es blieb ihr sowieso keine Zeit dazu, da sie kaum ihr Glas wieder in die Hand genommen hatte, als der Wind auffrischte. Auf einen Schlag verdunkelte sich der Himmel, und ein grollender Donner kündigte das Gewitter an, auf das sie seit Tagen gewartet hatten. Widerwillig stand sie noch einmal auf, legte schnell die Vorladung auf die schwere Kommode in ihrem Schlafzimmer und schloss eilig Türen und Fenster, die schon im Wind schlugen.

In Mailand gibt es selten Unwetter. Höchstens ein- oder zweimal im Jahr gelingt es den kräftigsten Strömungen, diese gallertartige Blase zu durchdringen, die über der Stadt hängt. Doch wenn dies geschieht, wüten sie furchtbar. Nach ein paar ersten Böen legt sich der Wind plötzlich. Der Himmel wird bleiern und drückend, und die Wolken werden von Blitzen zerrissen, lange bevor es zu regnen beginnt.

Sobald die ersten Tropfen fallen und der Wind sich erneut wütend erhebt, leeren sich die Straßen. Weniger aus Angst vor dem Regen, der sich dann eimerweise in diese flache Wanne ergießt, die die Stadt ist, und die Straßen in reißende Bäche verwandelt. Nein, die Mailänder fliehen, um nicht von herumfliegenden Gegenständen am Kopf getroffen zu werden. Vor allem Äste und Zweige der Ulmen, Ahornbäume und Platanen in den Alleen, die mit dem Wind wie Stroh umhergetrieben werden, weil die Bäume zum größten Teil krank sind.

Die wenigen Bäume in den Alleen von Mailand, die nicht den reservierten Fahrspuren für Busse und Parkplätzen weichen mussten, sind alle stark beschädigt. Entweder erstickt sie der Smog, oder ihre Wurzeln werden von den ständigen Erdarbeiten angegriffen, da in Mailand unterirdisch verlegte

Kabel und Rohrleitungen öfter als anderswo kaputt zu gehen pflegen und man dort aus Gewohnheit oder Bequemlichkeit auch dann, wenn mehrere zugleich defekt sind, immer eine nach der anderen repariert.

Du gräbst ein Loch – zuerst für die Wasserleitung –, dann schließt du es wieder.

Du öffnest das gleiche Loch wieder – diesmal ist es die Gasleitung – und schließt es wieder.

Und das gleiche Spiel mit Abwasserkanälen, Telefonleitungen und Stromkabeln.

Eins nach dem anderen.

Und nur keine Hektik.

In manchen Gegenden der Stadt haben die Bretter der Absperrungen Wurzeln geschlagen. Im Frühling treiben sie aus, und die Leute, die vorbeikommen, sagen: »Schau mal, ich hätte doch gewettet, dass das Birkenholz ist!«

Baustellen, die nie geschlossen werden, und wen interessiert es, wenn die Bagger die Wurzeln der hundertjährigen Ulme nebenan durchtrennen. Oder wenn der Presslufthammer die Lebensadern einer Pinie genauso strapaziert wie die Nerven aller Anwohner. In Mailand gehen Straßenarbeiten genauso schnell voran wie die Arbeiten am Dom, an dem nach sechseinhalb Jahrhunderten immer noch gebaut wird.

Während eines Gewitters geht die Gefahr allerdings nicht nur von den Bäumen aus. Wenn sich der Wind erhebt, fliegen in Mailand auch Blumentöpfe mit Geranien von Fensterbrettern durch die Luft oder Müllsäcke. Und Dachziegel, Simse und Fliesen von den Blocks mit den Sozialwohnungen, die wie durch ein Wunder immer noch stehen, obwohl seit fünfzig Jahren nichts an ihnen gemacht wurde. Und die Scheiben der Fenster, die morgens offen gelassen wurden, als der Himmel noch wolkenlos war, und dem, der morgens das Haus verließ, um zur Arbeit zu gehen, in diesem beruhigenden milchigen Weiß erschien, das man in der Stadt hartnäckig als blauen Himmel bezeichnet.

Die Mailänder kennen ihre Stadt und deren Tücken genau, deshalb leeren sich die Bürgersteige, sobald sich der Wind erhebt, in den Umgehungsstraßen staut sich der Verkehr, an den Kreuzungen geht nichts mehr, die Ampeln spielen verrückt, und die Verkehrspolizisten gehen auf Tauchstation.

Der Mann im hellen Leinenanzug mit dem weißen Panamahut sah, wie die dicke Frau in dem gemusterten Seidenkleid aus der Haustür kam, die er schon seit Tagen beobachtete. Sein Instinkt riet ihm, die Frau nicht aus den Augen zu verlieren. Er ließ sie ein paar Schritte vorgehen, dann folgte er ihr in einer gewissen Entfernung.

Nach den ersten heftigen Windstößen war die Luft wieder ganz ruhig. Schon fielen die ersten großen Tropfen und vermischten sich auf dem Asphalt mit dem Geruch nach Staub und Ozon.

Während er träge mit dem Panamahut vor seinem Gesicht wedelte, versuchte der Mann sich vorzustellen, in welche Richtung die Signora gehen und welches Verkehrsmittel sie wählen würde. Da er sie vor Stunden bei ihrer Ankunft beobachtet hatte, wusste er, dass sie kein eigenes Auto besaß.

Er setzte auf ein Taxi, und damit behielt er Recht.

Dieser kräftige, sorgfältig, wenn auch entschieden altmodisch gekleidete Mann, der sich anscheinend entspannten Schrittes über den Bürgersteig bewegte, bot ein seltsames Bild, wie er da nur dem Anschein nach träge, aber in Wirklichkeit schnell und entschlossen hinter der dicken Frau herlief.

In dieser Vorstadtgegend wohnten hauptsächlich kleine Angestellte, Beamte, Rentner und Einwanderer aus Nicht-EU-Staaten, deren Aufenthalt hier zumindest so legal war, dass sie eine Einzimmerwohnung mieten konnten. Durchschnittsmenschen, ein bisschen grau und unscheinbar, mit wenig Fantasie und einer äußerst geringen Neigung zu altmodischer Eleganz. Natürlich stach jener raffinierte weiße Anzug zwischen all dieser banalen Normalität hervor wie das Federkleid eines Schwans zwischen Enten. Nur auf der Piazza del Duomo und einigen Straßen der Innenstadt wäre der Mann unbemerkt geblieben. Dort hätte man ihn für einen Touristen aus Südamerika gehalten und ihm keinen zweiten Blick geschenkt.

Vorausgesetzt, man hatte ihm nicht ins Gesicht gesehen.

Ja, das Gesicht.

Die Hälfte des Gesichts, genauer gesagt die rechte Seite, war glatt und unbeschädigt, mit ausgeprägten Gesichtszügen, die jedoch nicht einer gewissen weichen Schönheit entbehrten. Die andere Hälfte war komplett zerstört. Ein Bild wie aus einem Horrorfilm. Besonders im Vergleich zu dem gesunden Teil des Gesichts. Das löste in jedem, der ihm gegenüberstand, einen unüberwindlichen Schauder aus.

Den Mann schien es nicht zu kümmern, welche Reaktionen er bei den Passanten auslöste. Er lief eilig vorwärts, den Blick auf die ungeschickte, schwere Gestalt geheftet, die schnell vor ihm herging.

Die Signora kam rasch voran. Keuchend und ein wenig derangiert beobachtete sie auf ihrem Weg beide Richtungen der Straße, weil sie hoffte, sie könne ein Taxi anhalten, bevor es an den Halteplatz auf der anderen Seite des Platzes kam, wo sich schon eine kleine Warteschlange gebildet hatte. Natürlich hatte sie es eilig, dem Regen zu entkommen, der den ersten großen Tropfen nach zu urteilen die reinste Sintflut werden würde. Der Mann hätte sie nicht aus den Augen verlieren können, nicht einmal dann, wenn er halb blind gewesen wäre, denn die wütenden Windstöße, die Staub und altes Papier aufwirbelten, blähten ihren plissierten Rock so auf, dass er wie ein Heißluftballon aussah, und zwangen sie, stark gebeugt zu gehen, damit ihre Oberschenkel bedeckt blieben.

Der Mann beobachtete, wie sie an der Haltestelle der Straßenbahn Nummer fünfzehn vorbeilief, an der jede Menge Menschen standen, und sich schwankend in Richtung Taxihalteplatz bewegte. Sie wirkte nervös, und jedes Mal, wenn sie einen hellen Wagen sah, blieb sie stehen und winkte heftig, um ihn anzuhalten. Ihr Arm war noch ausgestreckt, als es ihm gelang, sie zu überholen und blitzschnell ein freies Taxi anzuhalten, das sie beide im gleichen Moment bemerkt hatten. Ein Glückstreffer, denn die Mailänder Taxifahrer halten selten mitten auf der Straße, um Fahrgäste aufzunehmen, besonders in der Nähe eines Halteplatzes.

»Nehmen Sie dieses Taxi?«, fragte sie ihn hoffnungsvoll, als sie keuchend neben ihm auftauchte, während er schon die Tür geöffnet hatte und gerade einsteigen wollte.

»Signora, ich habe es zuerst angehalten, und ich gebe zu, dass ich es ziemlich eilig habe, aber da es regnet und ich sehe, dass Sie keinen Schirm haben …«

»Danke, vielen Dank«, keuchte sie und schlüpfte mit einer unvermuteten Beweglichkeit in den Wagen, dann versuchte sie, die Tür zu schließen, die der Mann immer noch aufhielt.

»Also eigentlich wollte ich Ihnen vorschlagen, sich das Taxi mit mir zu teilen, denn wie ich schon sagte, habe ich es eilig, und ich glaube nicht, dass sich um diese Zeit und bei dem Unwetter so leicht ein zweiter freier Wagen finden lässt. Wohin müssen Sie denn?«

»Nach Hause. Ich wohne in der Nähe des Stadions.«

»Ausgezeichnet, das liegt mehr oder weniger auf meinem Weg. Darf ich Sie zu der Fahrt einladen?«

Signora D'Amico presste die Lippen aufeinander, ihr Blick wurde misstrauisch. »Sie sind sehr freundlich, aber das scheint mir nicht angebracht. Wir können jeder die Hälfte bezahlen.«

»Ich bestehe darauf.«

Kurzes Zögern. Die Signora versuchte wieder, die Tür heranzuziehen, während der Taxifahrer langsam ungeduldig wurde, aber dann siegte ihr natürlicher Hang zur Sparsamkeit über das Misstrauen.

»Also, wenn Sie so darauf bestehen, nehme ich an.«

Clara D'Amico rückte beiseite, um dem Mann Platz zu machen, der Wagen fuhr los und tauchte in den chaotischen Abendverkehr ein, auf dem Weg an das andere Ende der Stadt.

Erst als sie dem Fahrer ihre Adresse genannt hatte, wandte sich die Frau ihrem Reisegefährten zu und konnte ihm so das erste Mal ins Gesicht sehen.

Heilige Muttergottes, was für ein schlimmer Unfall!, dachte sie und wich unwillkürlich ein wenig zurück.

Der Mann schaute ungerührt geradeaus, um diesen Augen, die jede einzelne Narbe zählen zu wollen schienen, so wenig Befriedigung wie möglich zu geben, und tat so, als bemerke er den bestürzten Ausdruck auf dem Gesicht seiner Begleiterin nicht. Er war zufrieden und wusste, am Ende der Fahrt würde er noch zufriedener sein. Die Fahrt zu ihrer Wohnung würde mindestens vierzig Minuten dauern, und er war ein Meister darin, lange Gespräche anzuknüpfen, in denen hauptsächlich seine Gesprächspartner redeten.

Während das Taxi mit Signora D'Amico und ihrem großzügigen Begleiter an Bord sich hupend seinen Weg durch den am Rande des Zusammenbruchs stehenden Verkehr bahnte, öffnete der Himmel seine Schleusentore und goss eimerweise Wasser aus, das zischend auf dem kochend heißen Straßenpflaster aufkam und Staubwolken emporwirbelte.

Marcella hatte ihre Wäsche hereingeholt und Türen und Fenster verriegelt. Danach hatte sie sich auf das Sofa gelegt und ließ ihren Gedanken freien Lauf, bis es Zeit war, schlafen zu gehen. Als sie gegen elf Uhr aufstand, um mit der Katze auf dem Arm in ihr Schlafzimmer zu gehen, hatte der Sturm sich gelegt, und der Himmel, der wie frisch gewaschen aussah, war voller Sterne. Während sie Fenster und Rollläden weit öffnete, um frische Luft hereinzulassen, überraschte sie sich bei dem Gedanken, dass sie endlich eine Entscheidung getroffen hatte. Ihre ersten wirklichen Sommerferien würde sie damit verbringen, ihre Familie zu suchen.

# KAPITEL 7

*Mailand, 15. Juni 2000*

Der Unterrichtsbetrieb war beendet. Jetzt standen nur noch die Notenkonferenzen und die Abschlussprüfungen der achten Klasse an, dann ging es in die Ferien.

Beim Aufwachen genoss Marcella die herrliche Gewissheit, dass sie lange im Bett liegen bleiben konnte, da sie an diesem Tag keine Pflichten in der Schule hatte, die Notenkonferenzen würden später beginnen, ein kleiner Luxus, der ihr immer noch ein wenig Schuldgefühl vermittelte, da ihr die Adoptiveltern ihre wahrhaft spartanischen Ansichten mitgegeben hatten.

Für die Grazianos war es verabscheuenswert, geradezu unerträglich, spät schlafen zu gehen und morgens lange im Bett zu bleiben, zum Essen ins Restaurant zu gehen oder mit Freundinnen zum Schaufensterbummel in die Stadt zu fahren, also eigentlich alles, was Menschen zu ihrem reinen Vergnügen tun, ohne einen Zweck oder einen unmittelbar damit verknüpften Nutzen.

Marcella suchte noch die kühlende Frische ihres Lakens, als sie sich an ihre Vorladung ins Präsidium erinnerte. Bei diesem Gedanken war sie auf einmal hellwach.

Sie war im Allgemeinen kein grüblerischer Typ, deshalb hatte sie auch gestern Abend, als ihr die Portiersfrau den Brief übergeben hatte, das Ganze nur als irgendeinen Termin unter anderen für den nächsten Morgen registriert. Aber jetzt, als sie aufstand, um sich einen Kaffee zu kochen, fragte sie sich doch, worum es dabei ging. Sie konnte es sich nur so erklären, dass jemand sie als Zeugin genannt hatte, ohne sie darüber in Kenntnis zu setzen.

Marcella unterrichtete Italienisch an einer Schule in Rozzano, einem der sozialen Brennpunkte im Hinterland von Mailand. In ihrer Klasse gab es reichlich Kinder, deren Eltern geschieden oder gewalttätig waren. Ein paar von ihnen wurden vom Jugendamt betreut, und es war ihr schon passiert, dass die Polizei sie einbestellt und zu Missbrauchsfällen befragt hatte. Deshalb zermarterte sie sich auch jetzt nicht das Hirn. Sie zog sich an und bürstete sich sorgfältig ihre wunderschönen Haare. Dann füllte sie Marlenes Napf, die bereits gierig um ihre Beine strich und sie zärtlich in ihre Fesseln biss. Schließlich genehmigte sie sich ebenfalls ein reichhaltiges Frühstück mit Joghurt, Fruchtsaft, Kaffee und einer ofenheißen Brioche. Noch so eine Todsünde: nach Mama Angiolinas strengem und unnachsichtigem Weltbild durfte es morgens nur Milchkaffee und Brot geben.

Marcella frühstückte am Küchentisch und ließ dazu das Radio laufen. Sie verspeiste alles mit einem Wohlgefühl, das über den reinen Genuss an den Dingen, die vor ihr standen, hinausging. Sie schmeckten nach Freiheit, und für sie wäre ab jetzt der Duft dieser Brioche mit der Freude verbunden, einfach so durch die Stadt streifen zu können.

Endlich kein Unterricht mehr, und vor ihr lagen jetzt zwei ganze Monate Ferien! Jetzt würde sie frei von irgendwelchen zeitlichen Beschränkungen durch Mailand bummeln können. Ohne ihren Adoptiveltern über jede Minute Rechenschaft ablegen zu müssen. Nicht zu Fuß, mit öffentlichen Verkehrsmitteln und diesem lästigen Umsteigen, sondern per Auto. Mit dem alten, verbeulten Kleinwagen, den sie von Papa Graziano geerbt hatte, der ihr in den letzten Wochen seines Lebens erlaubt hatte, sich in der Fahrschule anzumelden, um ihren Führerschein zu machen.

Ihre Vorfreude war so groß, dass es Marcella nur bei dem Gedanken daran schwindelte. Sie hatte sich sogar eine Liste erstellt mit den Dingen, die sie sich ansehen wollte, und die war ziemlich lang.

Sie wusste genau, wie viele Kostbarkeiten Mailand hinter seiner ungepflegten, unattraktiven Oberfläche verbarg, denn sie hatte ja die Schüler oft auf Ausflüge zu Museen und anderen kulturellen Sehenswürdigkeiten begleitet. In ihren fünf Jahren als Lehrerin hatten diese Exkursionen immer nur ihren Appetit angeregt, ohne dass sie ihren Hunger nach Kunst, Altertümern, Geschichte je befriedigen konnten, denn wenn man etwa zwanzig Jugendliche zu beaufsichtigen hat, darf man sich durch nichts ablenken lassen, falls man sie alle gesund nach Hause bringen will. Endlich würde sie überall allein hingehen und so lange bleiben können, wie sie wollte. Jetzt musste sie sich nur noch aufraffen und beeilen, sonst würde sie den ganzen Morgen am Frühstückstisch vertrödeln, und dann vielleicht während der zweiten »Rushhour« auf der Straße sein.

Diese zweite »Rushhour« gibt es nur in Mailand. Es ist eine zweite Stauwelle, die sich zwischen neun und zehn Uhr nahtlos an den Berufsverkehr der frühen Morgenstunden anschließt und deshalb umso ärgerlicher ist für Menschen, die es tatsächlich eilig haben. Denn sie wird von Autofahrern verursacht, die nicht befürchten müssen, zu spät zur Arbeit zu kommen. Boten auf Auslieferungstour, Hausfrauen und Rentner, die zum Einkaufen fahren, Handelsvertreter, die es gemütlich angehen und an den Ampeln in der Zeitung blättern, abbremsen und beschleunigen, wie es ihnen gerade in den Sinn kommt, sich in die falsche Spur einfädeln und stur abbiegen, auch wenn es verboten ist. Direkt vor den Augen von Verkehrspolizisten, die kaum mal jemanden anhalten.

In Mailand werden Strafzettel fast ausschließlich wegen der Verletzung des Halteverbots verteilt, und das nicht zu knapp, aber nur, wenn der Fahrzeugführer nicht in Sichtweite ist. Ein kurzer Blick auf das Nummernschild, den Strafzettel unter die Scheibenwischer geschoben, und das war's. Saubere Arbeit, ohne Streitigkeiten und ohne das Risiko, dass man an Berserker gerät, die handgreiflich werden. Die Folge: Man muss nur den Zündschlüssel herumdrehen und den Gang einlegen, und schon kann man sicher sein, dass man alles tun kann, was man will, also auch zu jeder Tages- und Nachtzeit schreckliche Staus verursachen.

Marcella hatten die wenigen Monate gereicht, in denen sie sich den Luxus erlauben konnte, mit dem Auto statt wie sonst mit Straßenbahn und Bus zur Schule zu fahren, um zu begreifen, dass die viel zitierte Mailänder Effizienz nur ein Mythos war. Sie fuhr sehr gern Auto, doch wenn sie unbedingt pünktlich ankommen musste, bedeutete das immer Stress.

Dieses Gewitter war ein Segen gewesen.

Die Fahrt vom Le Torri-Viertel bis in die Via Fatebenefratelli dauerte fünfundzwanzig Minuten, trotzdem erreichte sie das Präsidium ohne groß zu schwitzen, und als sie einen Parkplatz fand, fühlte sie sich fast so frisch wie beim Verlassen des Hauses.

Das blauweiß geblümte, weich fallende Seidenkleid war kaum verknittert und ließ sie noch schlanker wirken. Wie hatte ihr Turnlehrer einmal im Scherz zu ihr gesagt: »Du bist ein röhrenförmiges Mädchen.«

Marcella, die damals noch in der Pubertät war, hatte nicht begriffen, ob das als Kompliment oder sarkastisch gemeint war. Zu dieser Zeit war sie groß und sehr dünn, hatte zu schmale Arme und Beine und überlange Füße. Sie konnte nur das anziehen, was ihre Adoptivmutter für sie kaufte, und das waren immer Röcke und Strickjacken in Unfarben für den Winter und sackartige Röcke und Blusen für den Sommer. Alles Sachen, die eigens dazu gewählt schienen, sie farblos und plump erscheinen zu lassen.

Während sie auf den düster wirkenden Bau des Präsidiums zulief, fiel ihr Blick auf ihr Bild in einem großen Spiegel mit Goldrahmen, der in der Mitte des Schaufensters eines Antiquitätenhändlers stand. Als sie sich betrachtete, so groß und schlank, mit dem dünnen Rock, der ihre Beine umspielte, und den langen glatten Haaren, die die vertikale Ausrichtung ihrer Figur noch unterstrichen, erinnerte sie sich an die Bemerkung ihres Lehrers und verstand endlich, was er gemeint hatte. Röhrenförmig stand für gelenkig, schlank, fließende, harmonische Bewegungen. Unwillkürlich lächelte sie ihrem Spiegelbild zu und ging schneller, während die Stadt um sie herum mit ihrem üblichen übertrieben gehetzten Tempo an ihr vorüberrauschte.

Als sie vor Inspektor Mauris stand, so groß, blond und rosig wie eine Schwedin, konnte der sich einen langen, wohlgefälligen Blick auf sie nicht verkneifen. Wenn diese tolle Blondine Sizilianerin war, dann war er ein Zulu, dachte Mauris.

Marcella, die nun ganz bestimmt Sizilianerin war, wenn auch eher von der normannischen Seite, tat ihrem Nachnamen Grazioso aber auch Ehre an. Sie war wirklich graziös, besaß eine natürliche Anmut und Eleganz, der sie sich nicht bewusst war, denn so unsicher, wie sie war, fand sie eine Menge Fehler an sich. Zum Beispiel glaubte sie, ihre Augen seien zu klein, und da sie schräg geschnitten waren, würde es aussehen, als stünden sie zu weit auseinander. Und durch diese gerade, langweilige Nase, die zu ausgeprägten Wangenknochen und die sehr hohe Stirn sah sie ihrer Meinung nach ein wenig bizarr, nicht gerade weiblich aus.

Es stimmte, Marcellas Gesicht wirkte seltsam, da die hohen, ausgeprägten Wangenknochen nicht zu der hellen Hautfarbe, zu den Sommersprossen einer echten Blondine und zu den fast durchsichtig himmelblauen Augen passten. Ganz zu schweigen von ihren glatten, honigblonden Haaren, die von sehr hellen Strähnen durchzogen waren, keine künstlich blondierten Strähnchen, das war alles Natur. Doch in diesem seltsamen Zusammenspiel aus blasser Farbe und vertikalen Linien lag ihre Anziehungskraft. Eine Anziehungskraft, die Marcella, obwohl sie schon auf die Dreißig zuging, noch nie richtig bemerkt hatte.

Mauris forderte sie auf, den kleinen Raum zu betreten, in dem es roch, als sei hier lange nicht gelüftet worden, und in dem die schwülheiße Luft stand, obwohl das Fenster weit geöffnet war. Er bot ihr einen Platz auf einem Stuhl vor seinem Schreibtisch an und kam sofort zur Sache.

»Machen Sie sich keine Sorgen. Es handelt sich nur um eine einfache Routinekontrolle. Würden Sie mir bitte sagen, in welchem Verhältnis Sie zu Grazioso Aldo, Sohn von Grazioso Giovanni, stehen?«

»Das ist mein Vater. Mein Adoptivvater, meine ich. Er ist im vergangenen Jahr gestorben. Entschuldigen Sie, könnten Sie mir bitte erklären, worum es hier geht?«, traute sich Marcella ausgesprochen verwirrt zu fragen.

Mauris wich der Frage mit einem breiten, freundlichen Lächeln aus. »Die Tatsache, dass er verstorben ist, bestätigt unsere Ansicht, dass es sich um eine Namensgleichheit handeln muss. Also, die gesuchte Person ist jemand anders ...«

»Ja, ich weiß, was eine Namensgleichheit ist.«

»*Bon*. Wann, hatten Sie gesagt, ist Ihr Vater verstorben?«

»Ich hatte es noch nicht gesagt. Er ist letzten November gestorben. Herzinfarkt. Er hatte schon einen Infarkt hinter sich, und man hatte ihm auch einen Bypass gesetzt. Nach dem Tod seiner Frau, meiner Adoptivmutter, hatte er begonnen, sich zu vernachlässigen.«

»Natürlich, er war verheiratet mit ...«, Mauris schaute auf ein Blatt, das er aus der Akte vor ihm gefischt hatte. »Malisarda, Angela, ebenfalls verstorben. Jetzt leben Sie allein in der Wohnung in der Via Dei Missaglia, in der vorher auch Ihre Adoptiveltern wohnten, obwohl als Eigentümer immer noch Grazioso Aldo verzeichnet ist, *c'est juste*, äh, trifft das zu?«

»Mein Vater ist erst kürzlich verstorben. Solche bürokratischen Vorgänge dauern, ich wusste nicht ...«

Marcella war nun verwirrt und besorgt und meinte, endlich die Gründe für ihre Vorladung erraten zu haben. Vielleicht waren Unregelmäßigkeiten in den Erbschaftsdokumenten aufgetaucht. Oder sie hatte irgendeinen wichtigen Antrag versäumt. Doch der Inspektor wechselte abrupt das Thema.

»Erinnern Sie sich noch daran, wann Sie zu den Graziosos gekommen sind? Ich meine, haben sie Ihnen erzählt, dass Sie adoptiert wurden, oder haben Sie es selbst herausgefunden? Erinnern Sie sich noch an Ihre frühere Familie?«

Was hatten denn alle plötzlich?

Marcella schaut bestürzt zu Inspektor Mauris hoch. War ihre Adoption etwa das Thema der Woche? Sie zwang sich jedoch, ruhig zu bleiben und antwortete: »Sie haben mich adoptiert, als ich vier Jahre alt war.«

Marcella wurde zusehends verwirrter und auch leicht beunruhigt. Sie fragte sich, worauf diese Fragen abzielten. »Ich war noch klein, und von meiner Familie weiß ich so gut wie gar nichts mehr. Ich hatte eine Mutter, wie übrigens alle Menschen, und ich glaube, auch einen Bruder, mit dem ich wahrscheinlich gespielt habe. Vielleicht lebte auch ein Hund bei uns im Haus, denn mir geht ein Name durch den Kopf, der so ähnlich lautet wie Mull. Aber das ist alles verschwommen. Ich weiß nicht, ob es sich wirklich um meine Vergangenheit handelt oder ob ich etwas davon nur erträumt habe …«

»Alles in Ordnung. Machen Sie sich keine Sorgen. Für uns ist damit alles erledigt, Signorina.«

Unvermittelt verabschiedete er sie. Mauris stand auf, um sie zur Tür zu bringen, und Marcella merkte, dass in ihr eine dumpfe Verärgerung aufstieg.

»Entschuldigen Sie, Ispettore, aber warum wurde ich überhaupt vorgeladen, wenn Sie doch schon alles über mich und meine Familie wussten? Darf ich Sie fragen …«

»Wir suchten nur noch eine Bestätigung. Es ist alles in Ordnung.«

Damit war das Thema für ihn abgeschlossen. Doch dann packte er plötzlich sein umwerfendes Lächeln aus.

»Manchmal kommen uns Verdächtige unter, die den gleichen Namen tragen und am gleichen Tag geboren wurden wie unbescholtene Bürger«, ließ sich der Inspektor zu einer Erklärung herab und streckte ihr die Hand hin. »Wir müssen eben alles überprüfen. Ich bin untröstlich, dass ich Sie herbemühen musste. Kompliment für Ihr Kleid. Es steht Ihnen wirklich ausgezeichnet.«

Marcella hatte keine Gelegenheit mehr, ihm einen verärgerten Blick zuzuwerfen, da Mauris schon an seinen Schreibtisch zurückgegangen war und in Papieren blätterte.

Als sie auf der Fahrt nach Hause an dieses seltsame Gespräch zurückdachte, blieb Marcella noch ein Zweifel mehr, der sie beschäftigte.

Sicher, es war reiner Zufall, dass am Vortag Clara D'Amico

die Geister ihrer Vergangenheit aus der Versenkung geholt hatte und am nächsten Morgen ein Beamter der Polizei auf dem gleichen Thema herumgeritten war und ihr die Fragen gestellt hatte, die sie schon oft vergeblich versucht hatte, sich selbst zu beantworten. Sie glaubte an Zufälle, aber trotzdem gelang es ihr nicht, die Unruhe zu zügeln, die langsam, aber unerbittlich in ihr aufstieg wie eine Flutwelle.

Jahrelang, seit sie alt genug war, um zu verstehen, dass die Graziosos für sie nicht die gleiche Art Papa und Mama waren wie die von ihren Mitschülern, hatte sich Marcella Fragen über ihre ursprüngliche Familie gestellt. Ihre Adoptiveltern hatten ihr nie verheimlicht, dass sie sie im Alter von viereinhalb Jahren aus einem Waisenhaus zu sich geholt hatten, im Gegenteil, sie erinnerten sie nur zu oft daran. Aber sie hatten ihr nie Genaueres darüber erzählt. Hatten ihr nur den Namen des Heims genannt, aus dem sie sie geholt hatten, nachdem das Jugendgericht entschieden hatte, sie ihnen anzuvertrauen.

Es hieß »*Casa del sorriso*«, lag in Catania und wurde von den Schwestern des Ordens *Preziosissimo Sangue* geführt.

Das war alles.

Marcella kannte sich nicht sehr mit Gesetzen aus, aber da sie sich diesbezüglich erkundigt hatte, wusste sie, dass sie mit einem besonderen Adoptionsvorgang adoptiert worden war, genauer gesagt nach der Regelung des Gesetzes Nummer 431 aus dem Jahr 1967, in dem zum ersten Mal in Italien das Prinzip »des Vorrangs des Kindeswohls« eingeführt wurde, nach dem das betreffende Kind, das vom Gericht als adoptionsfähig erklärt wurde, endgültig jede Verbindung zu seiner Herkunftsfamilie abbrach, im Gegensatz zu dem, was das bisherige Gesetz vorsah, nämlich die reguläre Adoption, die zuließ, dass man den elterlichen Namen behielt und erfuhr, aus welcher Familie man stammte, wenn das bekannt war.

Marcella war 1975 zu den Graziosos gekommen. Wenn sie es sich recht überlegte, erfüllte sie die Tatsache nicht gerade mit Freude, dass die Richter in ihrem Fall nach dem Prinzip des vorrangigen Kindeswohls entschieden hatten. Was kann daran dem vorrangigen Wohl des Kindes dienlich sein, wenn einem buchstäblich die Wurzeln gekappt werden?

Marcella hatte fünfundzwanzig Jahre mit zwei Menschen zusammengelebt, die sie behandelt hatten wie eine Fremde. Sie hatten es ihr nie an dem Notwendigen fehlen lassen, aber sie hatten immer alles dafür getan, dass ihr Verhältnis zu Marcella kalt, distanziert und oberflächlich geblieben war. Das war wohl eine Frage des Charakters, hatte sie sich gesagt, sobald sie in der Lage war, die höfliche Zurückhaltung ihrer Adoptiveltern mit der lauten, übertriebenen, erdrückenden Überschwänglichkeit zu vergleichen, die Signora D'Amico Nadia gegenüber an den Tag legte. Ein Vergleich, den sie seit der sechsten Klasse täglich vor Augen hatte, denn die Graziosos und die D'Amicos wohnten im gleichen Haus, und Marcella hatte eine ganze Weile mehr Zeit in der Wohnung der Freundin verbracht als zu Hause, bis die Graziosos auch dem einen Riegel vorschoben.

# KAPITEL 8

Während sie langsam nach Hause fuhr, gelangte Marcella zu der Überzeugung, dass sie so bald wie möglich etwas tun musste, um wieder eine Verbindung zu ihrer Vergangenheit zu finden. Doch der Gedanke, ihr eigenes Leben an die große Glocke zu hängen, indem sie sich an eine Fernsehsendung wandte, wie es ihr die D'Amico geraten hatte, stieß sie zunächst ab. Einen Brief könnte sie natürlich schreiben, aber an wen genau sollte sie ihn richten? Und was sollte sie schreiben, damit man sie ernst nahm, ohne dass sie sich zu sehr demütigen und ins Pathetische verfallen musste?

*Chi l'ha visto* war eine seriöse Sendung. Marcella hatte sie einige Male verfolgt, und ihrer Meinung nach war sie gut gemacht. Viele Fälle hatte man gelöst, da gab es nichts zu sagen. Aber würde die Redaktion ihren Fall in Erwägung ziehen, der ihr immer banaler erschien, je länger sie über ihn nachdachte? Die übliche Adoptivtochter, die nach ihren leiblichen Eltern suchte, also wirklich!

Marcella war so in ihre eigenen Überlegungen vertieft, dass sie aufs Geratewohl durch die Gegend kurvte. Normalerweise benutzte sie den Wagen nur, um an Regentagen zur Schule zu fahren. Nie, um sich innerhalb Mailands zu bewegen. Nach einem Jahr am Steuer fühlte sie sich immer noch als Führerscheinneuling und trug sogar noch brav den Aufkleber für Fahranfänger deutlich sichtbar auf der Heckscheibe. Sie wusste genau, dass sie sich ihrer Unerfahrenheit am Steuer wegen voll und ganz aufs Fahren konzentrieren sollte, doch ab und zu versuchte ihr Hirn, sich dem zu entziehen, verlor sich in den vielen Gedanken, die ihr durch den Kopf schwirrten und sie ablenkten. Was sollte sie nur tun? Und vor allem, wie sollte sie vorgehen?

Die richtige Idee kam ihr, sobald sie in das organisierte Verkehrschaos an der Piazza Cavour einbog und vor sich den Palazzo dei Giornali sah, an dessen Fassade zahlreiche Leuchtreklamen mit den Namen der Zeitungen ins Auge fielen. Als sie das alte Stadttor in der Via Manzoni erreichte, wurde sie instinktiv langsamer, obwohl die Abbiegerampel für ihre Richtung Grün zeigte. Sie achtete nicht auf das wütende Hupen hinter ihr und ließ es Rot werden, sodass ihr ein wenig Zeit zum Überlegen blieb, bevor die Ampel wieder auf Grün schaltete.

Soweit sie sich erinnerte, arbeitete eine Mitschülerin aus dem Gymnasium in der Redaktion einer Zeitung. Wo war das doch gleich? Bei der *Repubblica* oder beim *Corriere della Sera*? Keine Ahnung! Sie hatten einander zuletzt gesehen, als Marcella noch eine befristete Stelle hatte, und Maria Laura, die als freie Mitarbeiterin für die diversen Lokalteile der Zeitungen arbeitete und hin und wieder Vertretungsstellen als Lehrerin annahm, zufällig an ihrer Schule gelandet war. Damals beschäftigte sie sich überwiegend mit den Nachrichten aus den Polizeiberichten. Ob sie es wohl geschafft hatte, eine feste Anstellung bei einer Zeitung zu finden?

Die Abbiegerampel schaltete auf Grün. Marcella bog ab, und als sie sich in die richtige Spur eingeordnet hatte, hatte sie auch ihre Entscheidung getroffen. Sobald sie zu Hause war, würde sie Maria Laura anrufen, denn wenn sie noch als Journalistin arbeitete, würde sie ihr bestimmt Informationen über die Sendung geben können, die sie interessierte. Schließlich war *Chi l'ha visto* eine journalistische Sendung, oder? Aber war sie auch seriös?

Sie würde Maria Laura auch gern fragen, ob sie zufällig jemanden in der Redaktion dort kannte, an den sie sich direkt wenden konnte.

Nur mal so aus Neugier.

Und dabei merkte sie, dass sich die Idee der D'Amico schon recht massiv in ihrem Kopf breit gemacht hatte. Sie hätte nie im Traum daran gedacht, dass sie einmal auf diese Frau hören würde.

Bei dem Gedanken musste sie lachen. Absolut absurd, dachte sie schulterzuckend. Es ist ganz natürlich, dass jemand, der adoptiert wird, sich früher oder später Fragen zu den eigenen Wurzeln stellt und beschließt, nach seiner ursprünglichen Familie zu suchen.

Am besten dachte sie gar nicht mehr an diese Hexe. Am besten dachte sie überhaupt nicht nach. Sonst hätten sie Zweifel und Schwierigkeiten überrollt und sie dazu gebracht aufzugeben, bevor sie überhaupt angefangen hatte.


Maria Laura war gerade in die Redaktion gekommen, als Marcella sie anrief, noch am gleichen Nachmittag, nachdem sie ewig herumtelefoniert hatte, um ihre Handynummer zu bekommen.

Sie arbeitete jetzt für die Lokalredaktion von *La Stampa* und sagte, bis vier Uhr sei sie ziemlich frei. Danach sei sie sehr beschäftigt. Sie war froh, nach so langer Zeit von Marcella zu hören, stellte jedoch sofort klar, dass sie ihr nicht viel Zeit widmen konnte.

»Rufst du mich aus einem bestimmten Grund an?«

»Ja, natürlich. Aber es ist nicht so dringend. Ich kann dich auch zu Hause noch einmal anrufen.«

Marcella wollte sich schon von Maria Laura verabschieden und auflegen, als diese die leichte Enttäuschung in ihrer Stimme bemerkte.

»Komm, gib mir ein Stichwort. Im Moment sehe ich nur die Agenturmeldungen durch und warte darauf, dass der Chefredakteur aus der Sitzung kommt und die Aufgaben verteilt.«

Marcella zögerte. Das Letzte, was sie wollte, war, jemandem in knappen Worten am Telefon eine Situation erklären, die für sie so peinlich und verworren war.

Maria Laura erriet das.

»Hör mal, ich habe heute noch keinen Kaffee getrunken. Genau gegenüber der Zeitung ist eine kleine Bar. Sie heißt *Sardi's*. Wir könnten uns dort in einer halben Stunde treffen. Glaubst du, du kannst das schaffen?«

»Ich denke schon. Um diese Zeit ist nicht viel Verkehr. Also um halb vier?«

»Ich erwarte dich.«


Als die beiden ehemaligen Mitschülerinnen einander wieder begegneten, brauchten sie nicht viel Worte. Eine Umarmung, ein paar Sätze, um die Ereignisse der letzten drei Jahre zusammenzufassen, dann kam Marcella direkt zur Sache. Es genügte ein Hinweis, denn Maria Laura wusste schon, dass sie ein Adoptivkind war.

»Du meinst, du möchtest herausfinden, wer deine Eltern sind, richtig? Entschuldige, aber glaubst du wirklich, dass das eine gute Idee ist? Hast du dir das genau überlegt?«

»Ich bin mir überhaupt nicht sicher, ob es eine gute Idee ist. Aber es ist nun einmal so, dass ich diesen Gedanken schon ewig mit mir herumtrage. Und jetzt, wo meine Adoptiveltern tot sind, ist es anscheinend urplötzlich zu einem dringenden Bedürfnis geworden. Ich weiß nicht, ob du mich verstehen kannst. Also, ehrlich gesagt, verstehe ich mich selber nicht. Ich weiß nur, dass ich es tun muss, das ist alles.«

»Und wenn du auf etwas stößt, das du besser nicht wissen solltest? Außerdem, entschuldige, aber warum willst du alles im Fernsehen an die große Glocke hängen? Kannst du nicht einen Privatdetektiv beauftragen, der an deiner Stelle ermittelt? Auf diese Weise würde wenigstens alles diskret behandelt.«

»Schau mal, daran habe ich auch schon gedacht, aber ich musste den Gedanken aufgeben. Das ist viel zu teuer. Bereits vor ein paar Jahren kostete es zwei oder drei Millionen Lire, nur um mit den Ermittlungen zu beginnen. Dazu unbegrenztes Spesenkonto. Keine Erfolgsgarantie. Das hat man mir gesagt. Ich habe hin und her gerechnet, und glaub mir, das kann ich mir nicht leisten.«

»Wer hat dir diese Informationen gegeben?«, fragte Maria Laura verblüfft.

»Gleich zwei Agenturen. Ich hatte mich sofort nach meinem Abitur bei ihnen erkundigt. Weißt du, damals war ich mit meinen Adoptiveltern reichlich über Kreuz. In diesem Moment sah ich keinen anderen Ausweg, als meine richtige Familie zu finden, um ein wenig zur Ruhe zu kommen. Na gut, ich dachte, meine Mutter und mein Vater hätten mich aus Gründen, die ich nicht kenne, in ein Heim gegeben. Aber sie werden nicht allein auf der Welt gewesen sein. Irgendwo muss es doch noch Verwandte geben, was weiß ich, einen Onkel, eine Großmutter. Also, ich erinnere mich zum Beispiel vage, dass ich einen jüngeren Bruder hatte. Die Graziosos haben mich bei sich aufgenommen, als ich viereinhalb Jahre alt war, davor hatte ich sechs Monate in einem Heim verbracht. Die Pflegestelle wurde nach einem Jahr in eine endgültige Adoption umgewandelt. Ich war also alt genug, um ein paar schwache Erinnerungen zu bewahren. Leider bloß verblasste Bilder, die ab und zu in meinem Kopf auftauchen. Vor allem die eines kleinen Jungen. Er spielte mit mir, aber ich kann nicht sagen, wer er war. Ich weiß nur, dass er einen geblümten Schlafanzug hatte. Mein Gott, das ist alles so verschwommen in meinem Kopf. Den Schlafanzug könnte auch eine meiner Puppen getragen haben. Wenn ich die Augen schließe, meine ich, ihn vor mir zu sehen. Doch, den Jungen hat es wirklich gegeben. Ich glaube, er war blond. Und er weinte immer. Heute müsste er ein Jahr jünger sein als ich. Wo er jetzt wohl ist? Wurde er auch adoptiert? Wenn er noch lebt, muss er ja irgendwo sein.«

Maria Laura lauschte diesem Wortschwall, der so gar nicht zu der eigentlich zurückhaltenden Marcella passte, ohne sie zu unterbrechen. Erst als sie ein klares Bild der Situation im Kopf hatte, entschloss sie sich, ihr etwas zu sagen.

»Marcella, hör auf mich, lass die Erinnerungen, wo sie sind. Heute bist du allein und frei wie ein Vogel. Du kannst dir das Leben aufbauen, das du dir am meisten wünschst.«

Maria Laura war ganz entschieden gegen die Idee. Sie wusste, wie so etwas ablief. Wenn Marcella adoptiert worden war, hieß das, ein Jugendrichter hatte für sie einen Adoptionsbeschluss ausgestellt, nachdem man sie für adoptionsfähig erklärt hatte. Das geschah vor fünfundzwanzig Jahren nur in besonders schweren Fällen. Zum Beispiel, wenn man ein Neugeborenes auf der Straße fand und keine Möglichkeit hatte, seine Herkunft zu ermitteln oder wenn feststand, dass die natürlichen Eltern unfähig oder tot waren und kein Blutsverwandter die Verantwortung für das Kind übernehmen wollte. Oder noch schlimmer, wenn in der Familie so Schwerwiegendes vorgefallen war, dass ein derart drastischer Schnitt unausweichlich geworden war. Worum es sich auch immer handelte, Marcella würde gut daran tun, weiter nichts zu wissen.

Maria Laura war eine kluge, einfühlsame junge Frau. Sie wäre gern noch länger geblieben, um sich mit Marcella zu unterhalten. Aber ein Blick auf die Uhr ließ sie zusammenzucken. Es war spät geworden. Sicher würde oben schon jemand nervös.

*»Wo zum Teufel steckt die Franceschini bloß? Hat sie kein Handy?«*

O Gott, das Handy! Sie hatte es auf ihrem Schreibtisch liegen lassen. Seufzend stand sie auf, um zur Kasse zu gehen. »Du Glückliche hast jetzt Ferien. Zwei Monate! Ich hätte auf meine Mutter hören und weiter Vertretungsstellen übernehmen sollen. Jetzt wäre ich bestimmt schon auf Cuba, läge an einem Strand in der Sonne, in der Hand einen eisgekühlten Cocktail mit Papierschirmchen. Übrigens, warum fährst du nicht einfach weg? Ans Meer meine ich, nicht nach Cuba. Hör mal«, Maria Laura drehte sich plötzlich zu Marcella um. »So auf die Schnelle fällt mir niemand ein, an den du dich wenden könntest. Ich kann dir zumindest sagen, dass *Chi l'ha visto* eine Sendung mit einer ausgezeichneten Redaktion ist. Dort arbeiten vernünftige, seriöse Leute. Aber es sind immer noch Journalisten, keine Pfarrer, die das Beichtgeheimnis bindet. Also stell dich darauf ein, wenn du dich an sie wendest. Journalisten suchen immer nach der Sensationsmeldung. Und wenn sie sie finden, machen sie eben ihren Job. Und der besteht nicht darin, sie zu bewahren wie das dritte Geheimnis von Fatima. Ich gehe jetzt lieber rauf und höre mich mal unauffällig um, wer in deinem Fall was tun könnte. Ich rufe dich an, sobald ich etwas weiß. Wohnst du noch immer an der gleichen Adresse?«

»Ja, im LeTorri-Viertel, im Süden der Stadt. Porta Ticinese, Navigli, weißt du, wo das ist?«

»Klar, das kenne ich. Ich wollte nur wissen, ob du noch die gleiche Telefonnummer hast.«

»Ja, die hat sich nicht geändert.«

»O.k., dann hören wir voneinander. Und jetzt entschuldige mich, aber ich muss wirklich los. Küsschen.«

Marcella spürte, wie Maria Lauras Mund ihre Wange streifte, aber sie hatte sich noch nicht umgedreht, da war diese schon verschwunden.

# KAPITEL 9

Maria Laura hielt Wort. Gegen neun Uhr abends rief sie an und hielt sich nicht erst lange mit unnötigen Vorreden auf, schließlich hatten sie sich am Nachmittag schon alles gesagt, was zu sagen war, sondern kam direkt zur Sache.

»Ciao, ich bin's. Ich habe mit dem Kollegen gesprochen, der bei uns übers Fernsehen schreibt. Er kennt tatsächlich einen der Redakteure von *Chi l'ha visto*, einen gewissen, bitte lach jetzt nicht, Massimo Azeglio. Er heißt wirklich so wie dieser Politiker aus dem neunzehnten Jahrhundert. Der Name ist also leicht zu behalten. Hier ist seine Durchwahl.«

Das sagte sie in einem Atemzug, dann schwieg sie so lange, dass Marcella schon befürchtete, das Gespräch wäre unterbrochen worden.

»Hallo, Franceschini, bist du noch dran?«

»Ja, ja. Ich überlege nur … Ach nichts, achte gar nicht auf mich.« Maria Lauras eben noch unsichere Stimme gewann ihre Festigkeit wieder. »Ruf ihn morgen früh gegen zehn Uhr an. Melde dich auf jeden Fall bei ihm, selbst wenn du deine Meinung in der Zwischenzeit änderst, denn er erwartet deinen Anruf. Wahrscheinlich musst du nach Rom, denn dort ist der Redaktionssitz. Wenn es tatsächlich zu etwas kommt, kannst du auch dann immer noch entscheiden, ob du das tatsächlich tun willst.«

»Danke, Maria Laura.«

»Gern geschehen. Halte mich aber auf dem Laufenden, und wenn etwas Interessantes dabei herauskommt, denk daran, dass ich ebenfalls Journalistin bin.«

»O Gott, ich wünsche mir nur, dass nichts dabei herauskommt, was jemanden interessieren könnte, der sich wie du mit Mord und Totschlag beschäftigt. Du kannst aber auf jeden Fall auf mich zählen. Vielleicht finde ich ja heraus, dass ich die heimliche Tochter und Alleinerbin eines Milliardärs bin. In diesem Fall würde ich deine Zeitung kaufen und dich in den Aufsichtsrat befördern …«

»Warum nicht? Aber du könntest auch entdecken, dass du die Tochter von jemandem bist, der dich aus dem Weg schaffen wollte, und der damals nur keinen Erfolg hatte. In diesem Fall würde ich eine große Kerze für dich kaufen und dich in meine Gebete einschließen.«

»Das ist wirklich übertrieben!«, sagte Marcella lachend. »Wahrscheinlich liegt die Wahrheit genau in der Mitte. Weder Milliardäre noch Mörder. Nur eine arme Frau, die mich nicht durchbringen konnte …«

»Ach, Marcella …«, Maria Laura klang jetzt wieder ernst.

»Sag schon.«

»Also, ich weiß, es steht mir eigentlich nicht zu, dir so etwas zu sagen. Aber darf ich das trotzdem, obwohl wir zwei nie dicke Freundinnen gewesen sind?«

»Meinst du, ich soll auf mich aufpassen?«

»Nein. Das weißt du schon selbst. Ich wollte dir sagen, überleg dir gut, was du da vorhast, denn was auch immer du herausfinden solltest, danach kannst du es nie mehr aus deinem Gedächtnis löschen.«

Marcella seufzte. Maria Laura nannte ihre Alpträume beim Namen.

»Glaub mir, ich habe es mir gut überlegt. Seit Jahren frage ich mich, wer ich bin und wo ich herkomme. Als ich klein war, habe ich in den Augenblicken, als ich glaubte, die Wirklichkeit nicht mehr ertragen zu können, mir in meinem Kopf eine wunderbare, märchenhafte Vergangenheit zurechtgestrickt, obwohl ich dann nie wirklich daran glauben konnte. Auf jeden Fall werde ich ich selbst bleiben, was auch immer passiert. Aber ich kann mir einfach keine Zukunft für mich vorstellen, wenn ich nicht die Gründe erfahre, die meine Mutter dazu getrieben haben, mich wegzugeben. Also, genau das will ich herausfinden, nicht nur, wer mich auf die Welt gebracht hat, um mich dann in die Obhut von Fremden zu geben und sich nicht weiter darum zu kümmern, was aus mir werden würde.«

»Marcella, genau diese Gründe könnten dir wehtun.«

»Darüber denke ich lieber nicht nach. Höchstwahrscheinlich waren meine Eltern einfach so arm, dass sie mich nicht ernähren konnten. Ich bin in Sizilien geboren, weißt du? Vielleicht waren dort vor dreißig Jahren die Leute wegen der Vorurteile dazu gezwungen, Dinge zu tun, die heute undenkbar wären.«

»Gar nicht so undenkbar. Wenn du Zeitungen liest, erfährst du, dass unsere Lokalteile voll sind mit Nachrichten von ausgesetzten Kindern. Sie lassen sie überall, sogar in Müllcontainern. Hier, in Norditalien und heute. Von wegen nur vor dreißig Jahren auf Sizilien!«

»Mein Gott! Trotzdem, meine Mutter könnte mich auch gegen ihren Willen ins Heim gegeben haben. Vielleicht war sie nicht verheiratet? Inzwischen könnte sich alles geregelt haben, und vielleicht will sie mich ja wiedersehen. Und wenn sie Geld braucht, könnte ich ihr helfen.«

»Na klar, ich hätte gewettet, dass du so etwas sagen würdest. Ich hoffe, du bist nicht so naiv, diese Absicht der Erstbesten auf die Nase zu binden, die sich bei dir meldet. Aber ja, du könntest natürlich Recht haben.« Der Zweifel in Maria

Lauras Stimme widersprach ihrer aufbauenden Antwort. »Trotzdem verstehe ich nicht genau, warum du unbedingt … na gut, viel Glück jedenfalls. Ich hoffe, du findest schnell, was du suchst und dass die Wahrheit angenehm ist.«

Maria Laura unterbrach abrupt das Gespräch und ließ Marcella so nervös zurück, dass nicht einmal Marlene mit der tröstlichen Wärme ihres kleinen Körpers sie beruhigen konnte.

# KAPITEL 10

*Mailand, 16. Juni 2000*

Am nächsten Morgen war es wieder heiß. Diese typische Mailänder Hitze. Feucht und schwül. Erdrückend. Marcella, die jetzt die zweite Nacht in Folge wenig geschlafen hatte, fühlte sich unglaublich müde und niedergeschlagen. Da sie unter ihrem Laken, das sich zu einem feuchten Strang zusammengedreht hatte, keine Ruhe fand, stand sie früh auf. Während sie ruhelos durch ihre kleine Küche lief, Gegenstände verrückte und die bunten Topflappen, die Mama Angiolina eigenhändig gehäkelt hatte, an einen anderen Platz legte, erschien ihr der Einfall, sich wirklich auf die Suche nach ihrer Familie zu machen, immer verrückter. Wenn sie jetzt so darüber nachdachte, sollte sie es vielleicht doch lieber sein lassen. Plötzlich hatte sie Angst, sie könnte dadurch ihre kleine beschauliche Welt zerstören, die nach dem Tod ihrer Eltern sogar eine freie Welt geworden war, und beschwor alle gespenstischen Erinnerungen ihrer Kindheit herauf. Verschwommene Gesichter, undeutliche Schatten, Satzfetzen, Namen, Ereignisse, die sich in den hintersten Winkeln ihres Gedächtnisses zu verbergen schienen.

Wenn sie zurückdachte, gelang es Marcella nie, diese schwammige Grenze zu erreichen, die Erinnerungen von Träumen und Fantasien trennte. In diesem Moment waren es genau diese Bilder, die sich ständig zu verändern schienen, zwar deutlich sichtbar, aber dennoch unerreichbar, Schatten, die ihr einzuflüstern schienen, nichts zu unternehmen. Aber anrufen musste sie trotzdem. Das hatte sie Maria Laura versprochen.

Pünktlich um zehn Uhr hob Marcella den Hörer ab und wählte die Nummer, während sie sich sagte, dass sie immer noch aufhören konnte, bevor sie den nächsten Schritt tat.

Massimo Azeglio wartete tatsächlich auf ihren Anruf. Sie hatte ihm kaum ihren Namen genannt, als er sie schon unterbrach und fragte, ob sie bereit sei, zu ihm nach Rom zu kommen.

Marcella zögerte.

»Natürlich nicht gleich heute«, erklärte der Journalist hastig, dessen Stimme Marcella den breiten, unverwechselbaren Tonfall der Piemontesen anhörte. »Vielleicht später, falls wir uns entschließen sollten, uns der Sache anzunehmen. Soweit mir die Kollegin von *La Stampa* erklärt hat, geht es bei Ihnen nicht um jemand, der vermisst wird. Sie sind adoptiert worden und möchten Ihre leibliche Mutter wiederfinden, richtig?«

»Ja, ich …«

»Gut, das bedeutet, das Ganze eilt nicht, und wir können das Thema ruhig angehen. Sollten wir Sie bitten, als Studiogast zu uns zu kommen, werden Ihnen die Ausgaben für Reise und Unterkunft erstattet. Fürs Erste genügt es, wenn Sie uns eine Mail oder, wenn Ihnen das lieber ist, auch einen Brief schicken, und darin Ihre Geschichte erzählen. Schreiben Sie uns einfach eine Zusammenfassung mit allen wesentlichen Details. Namen, Fakten, Daten und allem, was die Nachforschungen erleichtern könnte. Legen Sie auch aktuelle Fotos von Ihnen und Ihren Adoptiveltern bei, und wenn Sie haben, Bilder aus Ihrer Vergangenheit. Haben Sie etwas zu schreiben? Ja? Gut, dann notieren Sie sich die Adresse.

Schicken Sie alles, so schnell Sie können. Wir melden uns dann so bald wie möglich bei Ihnen.«

Marcella, die sich gerne noch ein wenig informiert und Fragen zur Sendung gestellt hätte, bevor sie ihr ganzes Leben schwarz auf weiß vor ihnen ausbreitete, fühlte sich von der oberflächlichen und wenig entgegenkommenden Art des Redakteurs ziemlich überfahren. Doch wieder einmal gewann ihr sanfter, nachgiebiger Charakter die Oberhand. Sie hatte nicht den Mut, Einwände zu erheben. Und versprach, alles zu tun.

»Dann verlieren Sie keine Zeit. In gut einem Monat ist Ende dieser Sendestaffel. Wenn wir nicht innerhalb einer Woche etwas von Ihnen erhalten, müssen wir alles auf den nächsten Winter verschieben.«

Beim Abschied versprachen sie, bald voneinander hören zu lassen.

Jetzt musste Marcella sich nur noch hinsetzen und schreiben. Oder gar nichts unternehmen.

Nachdem sie den Hörer aufgelegt hatte, war Marcella entspannter. Es würde ihr auf jeden Fall guttun, alles aufzuschreiben. Sie würde den Brief abschicken, und das hieß dann, dass sie Madame D'Amicos Rat genau befolgte, na ja, was soll's. Fatalistisch, wie sie einmal war, dachte sie, wenn es das Schicksal wollte, dass sie ihre Familie wiederfand, dann würde sie es auf jeden Fall schaffen. Mit und ohne Ratschläge, selbst wenn sie von Signora Clara kamen.

Ja, Clara D'Amico.

Gestern Abend, in den fünfundsiebzig Minuten, die sie im Taxi mit dem fremden Mann verbracht hatte, während sich um sie herum wegen des Unwetters der Verkehr staute, hatte sie eine Menge ausgeplaudert, was sie besser nicht gesagt hätte.

Diese Frau war von Natur aus geschwätzig, aber auch misstrauisch und wachsam. Normalerweise verhielt sie sich Fremden gegenüber zugeknöpft. In diesem besonderen Fall waren aber die Umstände, drei, um genau zu sein, gegen sie. Zunächst einmal war der Mann unglaublich geschickt darin, ein Gespräch nach seinem Willen zu lenken und seinen Gesprächspartner zum Reden zu bringen, ohne dass der es merkte.

Hinzu kam noch, dass sie glaubte, ihm etwas schuldig zu sein, weil er die Taxifahrt für sie bezahlte. Also fühlte sie sich moralisch verpflichtet, höflich zu sein. Und in diesem Fall bedeutete das, seine Fragen zu beantworten.

Außerdem war da noch sein verunstaltetes Gesicht. Als Clara D'Amico plötzlich neben einem vom Schicksal so benachteiligten Menschen saß, fühlte sie sich gleich unangenehm berührt. Sie konnte ihrem Begleiter nicht ins Gesicht sehen. Sie wusste nicht, was sie zu ihm sagen, wie sie sich bewegen sollte, ohne ihn zu berühren, und wie sie verhindern sollte, dass man ihr einen gewissen Ekel ansah. Steif wie ein Stockfisch saß sie da, klammerte sich beinahe die ganze Fahrt über an den Griff über dem Seitenfenster und spürte, wie ihr der Schweiß in Strömen über Gesicht, Schultern und Brust rann und ihr Kleid an der Haut festklebte, was ihre Verlegenheit bis ins Unermessliche steigerte. Wie hätte sie sich unter diesen Umständen auf das Gespräch konzentrieren sollen? Um zu verbergen, wie unbehaglich sie sich fühlte, konnte sie nur noch freundlich sein. Das kam seinen Plänen vollkommen entgegen.

Ihre Unterhaltung hatte mit einer banalen Bemerkung begonnen, typische Phrasen unter Fremden, die gezwungen waren, dicht nebeneinander in einem geschlossenen Raum zu sitzen.

»Haben Sie dieses Unwetter gesehen? Damit hätten Sie

bestimmt nicht gerechnet, als Sie heute Morgen das Haus verlassen haben.«

»Bestimmt nicht. Sogar um drei Uhr nachmittags, als ich losging, schien noch die Sonne.«

»Als ich ging auch. Aber wenn man einen weiten Weg zur Arbeit hat, kann man nicht noch lange überlegen, wie das Wetter wohl werden wird.«

»Ich war gar nicht auf dem Weg zur Arbeit, ich wollte eine Freundin meiner Tochter besuchen.«

An dieser Stelle hatte die Signora weit ausgeholt und von Nadia erzählt, ihrer Krankheit und ihrem frühen Tod.

»Das arme Kind war so schön! Wie eine Rose!«, sagte sie schließlich und ließ einen Augenblick lang den Griff los, um das Foto zu suchen, das sie immer bei sich trug.

Der Fremde sah es lange an und vermittelte ihr mit seinem Blick genau die richtige Mischung aus Bewunderung und Bedauern. Dann schwieg er eine Weile. Schließlich seufzte er mitleidig, und dann warf er einen Satz ein, der das Gespräch genau auf das Thema brachte, das ihm so wichtig war.

»Ich kann mir denken, dass Ihre Freundin sehr an Ihrer Tochter gehangen hat, wenn Sie so lange in Verbindung geblieben sind.«

»Natürlich! Man könnte sagen, Marcella ist bei uns zu Hause groß geworden. Als sie und Nadia noch kleiner waren, war sie ständig bei uns.«

»Und warum? Hatte sie denn kein Zuhause? Was war mit ihren Eltern?«

»Natürlich hatte sie ein Zuhause, und was für eines! Sie wohnte über uns. Aber sie hatte keine richtigen Eltern. Sie war ein Findelkind. Ihre Eltern hatten sie aus dem Waisenhaus geholt und adoptiert. Zwei anständige Menschen. Brave Leute. Aber glauben Sie mir, die haben Marcella nicht geliebt. Das arme Kind war immer bei uns. Sie und Nadia« –

dabei hatte sie ihre Zeigefinger aufeinander zubewegt, bis sie sich berührten – »waren wie Schwestern.«

Von da an bestand keine Notwendigkeit mehr, um das eigentliche Thema herumzuschleichen. Der Mann beschränkte sich darauf, wenige, gezielte Fragen zu stellen, ab und zu etwas einzuwerfen, um die Abschweifungen der Signora einzudämmen, die ihrerseits nicht erst ermutigt werden musste, alles auszuplaudern, was sie über Marcella und die Graziosos wusste. Da sie überzeugt war, sie würde ihren Gesprächspartner nie wiedersehen, hatte sie ihm sogar von dem Gespräch erzählt, das sie und Marcella am Nachmittag geführt hatten.

»Das arme Mädchen ist so allein!«, hatte sie schließlich erklärt, während sie einen Blick aus dem Seitenfenster warf und bemerkte, dass der Wagen endlich den Piazzale Lotto hinter sich gelassen hatte und in die lange Straße, die in Richtung San Siro führte, eingebogen war. Die Straßen waren immer noch verstopft, und die Überschwemmungen verbesserten die Lage nicht gerade. Aber so Gott wollte, hatten sie ihr Ziel bald erreicht, denn sie war es inzwischen leid, hier mit diesem seltsamen Menschen im Taxi zu sitzen.

Als er ihr dies ansah, wusste er, dass ihm nicht mehr viel Zeit blieb.

»Hat dieses Mädchen denn keinen Freund?«

»Nein, das glaube ich nicht. Ihre Eltern haben sie nie ausgehen lassen. Leute aus dem Süden, Sie verstehen?«

»Ja sicher, sicher. Ich komme übrigens selbst aus dem Süden.«

»Oh bitte, entschuldigen Sie …«

Diese Peinlichkeit verschlug der D'Amico die Sprache. Aber sie erholte sich sofort davon.

»Soweit ich weiß, hatte Marcella noch nie einen Freund. Aber irgendwo muss sie doch Verwandte haben. ›Such nach ihnen‹, habe ich ihr heute noch gesagt. ›Jetzt, wo du nicht mehr befürchten musst, dass du damit die Menschen verletzt, die dich durchgefüttert haben, kannst du endlich herausfinden, wer du bist und woher du kommst.‹ Vorher war nicht daran zu denken. Die Graziosos saßen ihr immer unerbittlich im Nacken. Aber jetzt, wo sie nicht mehr da sind … Die Familie ist wichtig, habe ich Recht? Ich …«

Als sie merkte, dass der Wagen anhielt, unterbrach sich die Frau mitten im Satz, um sich umzudrehen und aus dem Fenster zu schauen.

»Danke, ich wäre jetzt da. Hier wohne ich. Also, auf Wiedersehen.«

Bevor sie sich entschloss auszusteigen, reichte sie ihrem Begleiter eine Spur affektiert die Hand. Während der langen Fahrt hatte Clara D'Amico sich mehrmals gefragt, ob er sich das Angebot, die gesamte Fahrt zu bezahlen, noch einmal überlegen würde. Doch als der Mann ihre Unsicherheit bemerkte, nahm er ihre Hand und verabschiedete sich.

»Guten Abend, Signora. Es war mir ein Vergnügen, Sie kennen zu lernen. Und vielen Dank, dass ich mir das Taxi mit Ihnen teilen durfte.«

Als seine Begleiterin ausgestiegen war, wartete der Mann, bis sie im Haus verschwunden war, dann sagte er dem Fahrer, er solle umkehren und genau den gleichen Weg zurückfahren. Er hatte ihm die Adresse eines bescheidenen Hotels an der Porta Ticinese angegeben, nur ein paar hundert Meter von dem Platz entfernt, an dem sie eingestiegen waren.

# KAPITEL 11

*Mailand, 23. Juni 2000*

Die Antwort, auf die Marcella wartete, kam schon nach einer Woche, viel früher, als sie erwartet hatte. Obwohl sie jeden Morgen beim Aufstehen versucht hatte, sich geistig auf den Moment vorzubereiten, an dem sie sie erhalten würde, stürmten dennoch jede Menge widersprüchlicher Gefühle auf sie ein.

Der Redakteur, mit dem sie gesprochen hatte, rief sie an und teilte ihr mit, man habe ihren Fall für interessant befunden und deshalb beschlossen, ihn für eine der nächsten Folgen ins Programm zu nehmen. Wenn sie einverstanden sei, würde er mit einem Team nach Mailand fliegen, um sie zu interviewen und mit den Aufnahmen für den Beitrag zu beginnen, der später auf Sendung ging. In den darauffolgenden Tagen würden sie dann nach Sizilien reisen, um weitere Aufnahmen an den Orten ihrer Kindheit zu machen und mit den Nachforschungen zu beginnen.

In der Geburtsstadt ihrer Adoptiveltern und im Waisenhaus.

Das war doch Catania, richtig?

Später, wenn der Beitrag fertig gedreht und geschnitten war, würden sie Marcella zur Livesendung nach Rom kommen lassen. Natürlich nur, wenn sie noch interessiert war.

Marcella nahm in der Stimme des Redakteurs eine gewisse Befriedigung wahr, als verbuche er die Tatsache, dass er die

Zustimmung seines Vorgesetzten bekommen hatte, als persönlichen Erfolg. Sie dagegen hatte heftiges Herzklopfen.

Völlig überrascht wusste sie nicht, was sie antworten sollte. Massimo Azeglio spürte, wie es in ihr arbeitete, aber er drängte sie nicht.

»Einverstanden«, meinte Marcella schließlich und spürte, was für eine wichtige Entscheidung sie damit getroffen hatte. »Nein, ich habe meine Meinung nicht geändert. Wann werden Sie herkommen?«

»Morgen früh, wenn das geht. Wir sind um neun am Flughafen Linate, und dann nehmen wir uns zu Ihnen nach Hause ein Taxi. Hören Sie, wollen wir uns nicht duzen? Das würde alles vereinfachen.«

»Ja, natürlich.«

»Also, dann erwarte uns so gegen zehn. Machst du dir Sorgen?«

»Nein, aber um zwei Uhr nachmittags muss ich in der Schule sein. Ich bin Lehrerin, und wir haben dann Prüfungen. Na ja, und außerdem stürze ich mich gerade kopfüber in ein Abenteuer, bei dem ich nicht weiß, wo es hinführen wird …«

»Keine Sorge wegen der Prüfungen. Ab zwölf Uhr mittags bist du wieder frei. Und was das andere angeht, wir treffen schriftliche Vereinbarungen, an die wir uns auch halten. Was auch immer nach deinem Fernsehauftritt passiert, wir werden dir beistehen. Die Redaktion wird alle Reaktionen für dich filtern. Zwischen dir und den Zuschauern wird es auf jeden Fall Schranken geben. Niemand wird dich finden, wenn du es nicht möchtest.«

»Ich habe nicht nur daran gedacht.« Marcella klang wie jemand, der zwar vor dem Unausweichlichen resigniert hatte, aber keinesfalls aus Überzeugung. »Schließlich öffne ich damit eine Tür und habe keine Ahnung, was mich dahinter erwartet.«

»Du könntest auch nichts hinter dieser Tür finden. Aus deinem Brief geht hervor, dass die Nachforschungen schwierig sein werden. Es ist nicht gesagt, dass noch irgendjemand von deiner Familie lebt. Und selbst wenn, heißt das noch lange nicht, dass er die Sendung sieht. Und wenn er sie sieht, heißt das noch lange nicht, dass er dich auch wiedererkennt. Und sollte er dich wiedererkennen, könnte es immer noch sein, dass er nicht mit dir in Kontakt treten will. Was ich damit sagen möchte, Marcella, erwarte keine Wunder, denn in Fällen wie deinem gibt es zu viele Wenn und Aber.«

»Auf jeden Aufruf in unserer Sendung, zu dem eine Antwort eintrifft«, fuhr der Redakteur fort, nachdem er ihr kurz Zeit gegeben hatte, seine Ausführungen zu verdauen, »kommen Dutzende, die ins Leere laufen. Das Schlimmste, was dir also passieren kann, ist wahrscheinlich, dass überhaupt niemand anruft, außer natürlich den üblichen Spinnern, Spaßvögeln und Leuten, die zu viel Zeit haben. Aber darauf sind wir eingestellt und wissen, wie wir die entlarven können. Also sei nicht enttäuscht, falls nicht mehr passiert, denn das gehört zum Spiel.«

»Na danke, aber für mich ist das kein Spiel.«

»O. k., jetzt hol dir etwas zu schreiben. Hast du? Also, wir brauchen folgende Nachweise: Wohnsitz, Staatsangehörigkeit, Familienstand, Geburtsurkunde und alle Dokumente bezüglich der Adoption, die du bekommen kannst. Frag eventuell beim Jugendgericht an, ob du Kopien von den Dokumenten über die Verfügung der Pflegestelle und den Adoptionsbeschluss erhalten kannst. Man wird sie dir nicht geben, aber versuch es trotzdem. Und merk dir jedes Wort genau, das ihnen herausrutschen sollte. Das ist die Basis, auf der wir mit unseren Nachforschungen in Sizilien beginnen. Wenn du alles beisammen hast, pack es zusammen, und schick es an die RAI. Ach, und leg noch alle Fotos bei, die du hast. Von deinen Adoptiveltern und von dir als kleines Mädchen.«

»Von meinen Eltern habe ich nur ein paar alte Passbilder und das gerahmte Hochzeitsfoto. Von mir habe ich keine Aufnahmen außer denen, die ich euch schon geschickt habe, das sind die gleichen wie in den Dokumenten. Es gibt sonst nur noch die Klassenfotos aus der Grundschule, aber darauf ist nicht viel zu erkennen, denn ich war immer die Größte in der Klasse, und die Lehrerinnen haben mich deshalb ganz nach hinten gestellt.«

Der Redakteur war verblüfft. Konnte es sein, dass zwei Menschen, die sich ganz bewusst für ein Kind entschieden hatten, keine Erinnerungen an die wichtigsten Augenblicke der Kindheit und des Aufwachsens ebendieses Wesens bewahren wollten, das, nach allem, was er gesehen hatte, ein außergewöhnlich hübsches Mädchen gewesen sein musste?

»Komm, Marcella, überleg noch einmal genau. Kommunion, Firmung, Geburtstage … es muss doch irgendwelche Fotos geben.«

»Meine Eltern mochten keine Fotos. Sie sagten, die dienten nur dazu, sich eitel zur Schau zu stellen. Aber jetzt, wo du es sagst, ich erinnere mich, als ich zur Erstkommunion und zur Firmung gegangen bin, hatte der Pfarrer einen Fotografen beauftragt, Bilder von den Kindern zu machen, da er verhindern wollte, dass uns fotografierende Eltern mit ihren Blitzlichtern während der Zeremonie von unserer Andacht ablenkten. Meine Eltern wollten keine Einzelaufnahmen von mir, aber sie konnten nicht verhindern, dass ich auf den Gruppenbildern erschien, die das Pfarramt angekauft hat. Ich glaube, diese Bilder werden dort noch im Archiv aufbewahrt. Man könnte Don Aldo fragen, aber ich weiß nicht, ob …«

Das war vollkommen verrückt!

»Mach dir keine Sorgen, wir kümmern uns darum, falls wir sie brauchen. Morgen kommen wir erst mal mit unserer Kamera zu dir und nehmen alle Fotos auf, die du uns zur Verfügung stellst. Denk daran, für den Erfolg unserer Nachforschungen ist es überaus wichtig, dass wir dich in verschiedenen Altersstufen zeigen können. Mach dir aber keine Sorgen. Wir sind darauf spezialisiert, Archive auf den Kopf zu stellen, und die Pfarrer lieben uns.«

Marcella notierte sich, was sie tun sollte, und war froh darüber, Aufgaben zu haben, die einige Vormittage ausfüllen würden. Dann verabschiedeten sie sich bis zum nächsten Morgen.

Die Maschinerie war angerollt.

Marcella konzentrierte sich sofort auf die Dokumente und stellte eine Liste der Behörden zusammen, wo sie diese besorgen musste. Wenn schon nichts anderes dabei herauskam, dachte sie, dann würde sie wenigstens die Einsamkeit nicht so sehr spüren, wenn sie mit einem konkreten Ziel in der Stadt herumfuhr.


Der erste Sommer, den sie allein verbringen würde. Zwei Monate absolute Freiheit. Marcella wusste noch nicht so genau, ob sie darüber glücklich oder erschrocken sein sollte. Nach den Prüfungen konnte sie Mailand für ein paar Tage verlassen, vielleicht ans Meer fahren, oder in die Emilia Romagna, aber im Moment fühlte sie sich noch nicht dazu imstande. Das Wort »Sommerurlaub« hatte nie in den Wortschatz der Graziosos Einzug gehalten, die ihr im Sommer höchstens erlaubt hatten, einige Nachmittage zum Sonnenbaden im Idroscalo, dem Freizeitpark am See beim Flughafen, zu verbringen, natürlich unter der Aufsicht von Papa Grazioso, der dort angelte. Über Urlaub würde sie später nachdenken, im Augenblick bedeutete es für sie den Gipfel der Glückseligkeit, ganz in Ruhe und ohne zeitliche Beschränkungen durch Mailand zu streifen.

Am nächsten Morgen, als Massimo Azeglio mit einer jungen Assistentin und einem Kameramann vor der Tür stand, war Marcella schon seit Stunden bereit, die Wohnung war auf Hochglanz poliert, und sogar Marlenes Fell glänzte, weil Marcella sie gründlich gebürstet hatte. Dafür war die Katze nun äußerst nervös und sprang in den Wäschekorb, sobald die Eindringlinge die Wohnung betraten, und man merkte deutlich, sie würde kein Schnurrhaar zeigen, bevor diese Leute nicht wieder verschwunden waren.

Marlene war nicht die Einzige in der Wohnung, die angespannt war. Der Mann, der jetzt vor Marcella stand, hätte allerdings jeden Menschen befangen gemacht. Er war etwa Mitte dreißig, groß und dürr, nichts als Kanten im Gesicht, das durch den vorzeitigen Haarausfall noch hagerer wirkte. Massimo Azeglio drückte ihre Hand und schien sie dabei prüfend zu betrachten, als wolle er herausfinden, ob die Ware, die er gerade erwarb, auch makellos war. Marcella beeindruckten aber nicht so sehr die durchdringenden Augen, sondern sein rötlicher Schnauzbart mit nach oben gezwirbelten Enden und sein gleichfarbiger Kinnbart, die deutlich zeigten, dass es Azeglio geradezu darauf anlegte, den billigen witzigen Bemerkungen rund um seinen Namen noch Nahrung zu liefern.

Damit waren die Ähnlichkeiten mit seinem berühmten Namensvetter allerdings noch nicht beendet. Das ganze Gesicht dieses Mannes, aus dem sich eine lange spitze Nase wie ein schroffer Sporn erhob, auf der eine kleine runde Nickelbrille thronte, wie sie im neunzehnten Jahrhundert Mode war, wirkte wie aus einer anderen Zeit.

Während der Kameramann und die Assistentin durch die

Wohnung liefen, Kabel verlegten und mit ihren Belichtungsmessern die Helligkeit überprüften, forderte Massimo Azeglio Marcella auf, die Fotos zu holen und alles, was ihre Geschichte sonst noch untermauern konnte. Zum Beispiel die Kleidungsstücke, die sie getragen hatte, als sie das Heim verließ, alte Familiendokumente, Gegenstände aus ihrer Kindheit.

Marcella zeigte ihm verlegen die magere Ausbeute auf dem Wohnzimmertisch. Aldo und Angelina Graziosos Personalausweise, seinen Führerschein und ein Hochzeitsfoto, das zu dunkel und zu stark verblasst war, als dass man darauf ihre Gesichter genauer erkennen konnte. Dann noch ihre Passfotos und die Aufnahmen aus der Schule. Das war alles.

»Ich hatte noch Fotos von den Monatskarten der Verkehrsbetriebe, aber ich habe sie jetzt nicht mehr gefunden. Meine Mutter hatte die Manie, stets die Schubladen zu leeren. Als ich meinen Abschluss an der Universität gemacht hatte, hat sie meine alten Schulzeugnisse und Schulhefte zusammengepackt und mich gezwungen, alles zum Altpapiercontainer zu bringen. Sie hat immer gesagt, Papier zieht Staub an, und Staub ist schlecht für die Lungen. Ich habe nur mein Tagebuch aus der achten Klasse gerettet. Hier ist es«, sagte sie und holte es aus einer Schublade.

»Das ist alles«, meinte sie abschließend und setzte sich dem Redakteur gegenüber, der schon den Notizblock gezückt hatte, während der Kameramann mit der Fernsehkamera auf der Schulter um sie herumlief.

»O. k., mach dir keine Gedanken. Bevor wir jetzt mit dem Interview beginnen, das mit der Kamera aufgezeichnet wird, musst du diese Papiere durchlesen und unterschreiben«, erklärte Azeglio und holte einen Stapel Blätter aus einer Ledermappe. »Das ist die Einverständniserklärung, dass wir Bilder von dir senden dürfen und dass du die Klauseln zum Schutz der Persönlichkeitsrechte akzeptierst. Eine unvermeidliche Formalität.«

Marcella schaute besorgt tief in seine eiskalten, blassblauen Augen hinter der Brille. Angesichts dieser Papiere wurde ihr endgültig bewusst, dass sie sich Millionen von Fernsehzuschauern präsentieren würde, Fremden, die von ihr Besitz ergreifen, alles über ihr Leben erfahren würden und die Informationen, die sie ihnen selbst gab, gegen sie verwenden könnten.

»Warum braucht ihr denn eine schriftliche Einverständniserklärung?«, fragte sie bestürzt. »Genügt es denn nicht, dass ich euch angerufen und in meine Wohnung gebeten habe?«

»Das nennt man Verzichtserklärung«, erläuterte Massimo. »Die lassen wir uns immer von jedem unterschreiben, der gefilmt wird, zusammen mit der Einverständniserklärung, dass wir die Personalien und alles andere weitergeben dürfen. Dazu verpflichtet uns das Gesetz zum Schutz der Privatsphäre, aber auch unser Berufsethos und ganz klar auch die natürliche Vorsicht. Anders gesagt, der Sender will sich den Rücken decken, indem er dich erklären lässt, dass du im Vollbesitz deiner geistigen Kräfte zustimmst, dein Gesicht der ganzen Welt zu zeigen, damit du ihn in keinem Fall im Nachhinein verklagen kannst.«

»Oh Gott, vielleicht mache ich ja doch einen Fehler ...«

»Keine Sorge, es ist noch nie etwas passiert.«

Massimo sprach in einem ruhigen, leichten, beiläufigen Ton mit ihr, aber sie hörte ihm doch eine leichte Sorge an. Natürlich nur, weil er fürchtete, der Beitrag würde sich in Rauch auflösen, dachte sie. Ganz bestimmt sorgte er sich nicht um sie. »Allerdings ist es schon so«, fuhr er nach einer kurzen Pause fort, »wenn man mit dem eigenen Gesicht und unter dem eigenen Namen in Millionen Haushalte kommt, um eine Geschichte wie deine zu erzählen, Marcella, muss man schon irgendwie damit rechnen, dass sich auch Abstauber, Witzbolde und Spinner melden könnten. Üblicherweise beschränken sich solche Leute darauf, uns anzurufen, und werden dabei gleich entlarvt. Unsere Redaktion filtert vor und gibt an niemanden persönliche Telefonnummern weiter. Aber es ist nie auszuschließen, dass jemand, der etwas cleverer ist als die andern, sie auch selbst herausfindet. Von dem Moment an, wenn du im Fernsehen auftrittst, musst du dich vorsehen, denn du bist sehr ... äh ... attraktiv. Und da gibt es dann immer irgendeinen Kerl, der lästig werden kann, weil er deine Adresse herausgefunden hat. In diesem Fall könntest du seltsame, vielleicht sogar obszöne Briefe und Anrufe erhalten. Wir raten allen Betroffenen, niemals, aus gar keinem Grund, mit jemandem persönlich in Kontakt zu treten. Sollte dich jemand zu Hause anrufen, musst du ihm sagen, er soll die Nummer wählen, die während der Sendung eingeblendet wird. Oder uns über das Internet kontaktieren. Was eventuelle Briefe angeht, bring sie alle zu uns, besonders, wenn sie anonym sind. Und du darfst dich auf gar keinen Fall dazu bereit erklären, dich mit jemandem zu treffen, der dir Informationen verspricht. Das ist wirklich gefährlich.«

»An diese Möglichkeit habe ich gar nicht gedacht. Ich lebe allein, und wenn jemand mit bösen Absichten es schafft, mich zu finden, wüsste ich nicht, wie ich mich verteidigen sollte ...«

»Marcella!«, rief Massimo laut. Da er gemerkt hatte, dass er sie erschreckt hatte, ließ er seine Stimme nicht mehr so hart, sondern ruhiger und freundlicher klingen. »Ich erzähle dir ja nicht, was passieren wird. Ich warne dich nur. Du ahnst ja gar nicht, was sich die Leute alles einfallen lassen. Aber wenn du auf niemanden hörst und nicht von dir aus die Initiative ergreifst, hast du nichts zu befürchten. Schick alle zu uns oder direkt zur Hölle. Hast du mich genau verstanden? Vergiss vor allem nie, dass wir immer mit der Polizei in Kontakt stehen. Sie verfolgen unsere Sendung, und mal angenommen, du müsstest dich wegen irgendeines Problems an sie wenden, dann werden sie sich dir mit höchster Aufmerksamkeit widmen. Möchtest du ein bisschen Zeit haben, um dir alles noch einmal zu überlegen?«

»Ja, eigentlich …«

»Und da ist noch etwas Wichtiges«, fuhr Azeglio mit einem Seufzer fort, ohne auf ihren schwachen Einwand einzugehen. »Bevor du dich endgültig entscheidest, solltest du wissen, wenn man in der Vergangenheit von Menschen stöbert, finden sich manchmal die seltsamsten Dinge. Dinge, die etwas in Bewegung setzen. Eins zieht das andere nach sich, und manchmal erfährt man so auch von Verbrechen, die vor langer Zeit begangen wurden, oder stößt auf Ereignisse, die eine Bedrohung für die Beteiligten darstellen. In diesen Fällen wenden wir uns immer an die Justizbehörden. Manchmal sogar, bevor wir die betroffene Person darüber informieren, falls wir den Verdacht haben, sie könnte in etwas Illegales verwickelt oder in Gefahr sein. Es ist schon vorgekommen, zum Glück nur selten, dass wir auf etwas Alarmierendes gestoßen sind und Verbrechen aufgedeckt haben, von denen niemand etwas wusste, und dann haben wir stets die Polizei oder die Carabinieri benachrichtigt. Unsere Sendung ist keine Unterhaltungsshow, sie soll den Bürgern und der Gerechtigkeit dienen. Das musst du dabei immer im Kopf behalten.«

»Entschuldige, aber in meinem Fall kann ich mir nicht vorstellen, dass so etwas herauskommen sollte.«

Marcella war sichtlich verwirrt. Sie schaute von Massimo zum Kameramann, der weiter unerschütterlich sie und den Raum aus allen möglichen Perspektiven aufnahm.

Vielleicht war es wirklich besser, das Ganze bleiben zu lassen.

Vielen Dank und entschuldigt bitte, dass ich euch so viel Mühe gemacht habe.

Ihnen noch einen Kaffee anbieten, sie verabschieden und die ganze Angelegenheit vergessen.

Aber die Zweifel würden bleiben.

Marcella befahl sich, sich nicht aus der Ruhe bringen zu lassen und weiterzumachen.

»Ich möchte doch nur, dass sich jemand von meiner ursprünglichen Familie meldet«, meinte sie schließlich, nachdem sie länger geschwiegen hatte. »Meine einzige Hoffnung ist, eine Verbindung zu meiner Vergangenheit zu finden. Wenn sich niemand meldet, na gut. Wo soll ich unterschreiben?«

»Recht so. Ich bin sicher, dass du nichts zu befürchten hast. Es tut mir leid, dass ich dich erschreckt habe, aber ich musste dir schließlich alles sagen.« Der Redakteur war so offensichtlich erleichtert, dass es Marcella beinahe so vorkam, als tauche unter seinem Schnurrbart eine Sprechblase mit einem großen »AH!« auf.

Wäre sie nicht so naiv gewesen, hätte sie begriffen, dass eine geheimnisvolle Geschichte wie ihre genau der Traum eines jeden investigativen Journalisten war. Eine Geschichte mit vielen offenen Fragen. Fragen, die Massimo Azeglio in seinem Kopf festhielt wie auf einem Notizblock.

Warum hatten Marcellas Adoptiveltern Sizilien sofort nach ihrer Adoption verlassen?

Warum hatten sie nicht einmal, als sie klein war, ein Foto von ihr gemacht?

Warum hatte Marcella nie einen Verwandten von ihnen kennen gelernt?

Konnte es sein, dass beide Adoptiveltern Einzelkinder

waren? Gab es wirklich keine Onkel und Tanten, keine Vettern?

Es hätte ihn fürchterlich gewurmt, wenn sie jetzt, nachdem sie ihm diese ganze Herrlichkeit gezeigt hatte, ausgestiegen wäre.

»Schau mal, darüber müssen wir jeden ohne Ausnahme informieren«, sagte er rasch, um sie zu beruhigen. »Aber es bedeutet nichts.«

Gelogen.

»Und dann, in deinem Fall, wer weiß! Wir haben schon Glück, wenn überhaupt ein oder zwei Leute anrufen.«

Nochmals gelogen.

»Und das vor allem, weil du sehr hübsch bist. Soweit ich es sehe, besteht bei diesen Nachforschungen kein Risiko.«

Lügen, Lügen, nichts als Lügen!

»Also, setz es auf die Liste der lästigen, aber notwendigen Formalitäten«, schloss er und richtete seine Augen hinter der kleinen runden Brille auf sie. »Gibt es noch Einwände?«

»Nein, keine Einwände mehr, nur dass ich nicht weiß, ob ich mich nicht zu weit aus dem Fenster lehne.«

»Keine Sorge, als ich raufgekommen bin, habe ich gesehen, dass hier unter dir ein Balkon voller Blumen ist. Du würdest also auf Petunien landen.«

Massimo lachte und klopfte ihr leicht auf die Schulter. »Normalerweise finden unsere Kunden, was sie suchen, und bleiben am Leben. Im äußersten Fall sind sie mit dem, was sie erfahren, nicht zufrieden. Aber dagegen ist nichts zu machen. Umgetauscht wird nicht.«

Um ein Uhr gingen die drei, nachdem sie alle Fragen beantwortet und der Kameramann genug Zooms und Nahaufnahmen von ihr im Kasten hatte.

Marcella beschloss, etwas früher aus dem Haus zu gehen,

auch wenn sie so das Mittagessen ausfallen lassen musste, aber so langsam bedrückte sie dieses Zimmer. Außerdem war ihr Kühlschrank leer, und sie brauchte einiges. Nach der Schule würde sie daher in den Supermarkt gehen. Nein, sie würde ins Zentrum fahren, sich draußen vor eine Bar in der Galleria setzen und sich dort einen Toast gönnen, damit sie beim Essen die abendlichen Passanten beobachten konnte. Einkaufen konnte sie noch, wenn sie zurückkam.

Ein schöner Plan.

Aber eine halbe Stunde später, während sie wie üblich auf die Straßenbahn Nummer fünfzehn wartete, die wie immer kam, wann sie wollte, fragte sie sich doch, was sie sich da aufgebürdet hatte.

# KAPITEL 12

*Mailand, 30. Juni 2000*

Es war nach neun Uhr abends. Über die Stadt brach eine weitere schwüle Nacht herein, die sich durch purpurfarbene Federwolken ankündigte. Lucio Mauris, der gerade nach Hause gekommen war, hatte so schlechte Laune, dass er lieber nicht in die Trattoria hinunterging, in der er manchmal aß, obwohl er Hunger hatte. An diesem Abend war es zu heiß, und er war zu gereizt für den üblichen Smalltalk mit dem Besitzer, der stets an seinen Tisch gestürzt kam, sobald er auftauchte.

Dieser aufmerksame Empfang hatte nichts mit der Tatsache zu tun, dass es immer besser war, sich mit einem aufstrebenden Polizisten gutzustellen, sondern lag daran, dass beide Fans des gleichen Fußballklubs waren. Beide waren Anhänger von Juventus Turin, und wenn sie in der Trattoria zusammenkamen, tauschten sie sich ausgiebig über die Meisterschaft, die neuesten Spielereinkäufe und -aufstellungen aus, während der Wirt so tat, als würde er die Bestellung aufnehmen. Und es war völlig unwichtig, dass die Begeisterung für *Juve* bei dem Wirt der pure Protest war, um sich nicht ständig zwischen Fans der beiden Mailänder Klubs Inter und Milan aufteilen zu müssen, und für Mauris das zornige Heimweh eines Zugezogenen. Wichtig war nur, dass sich die beiden ab und zu verbrüderten und, wenn ihre *Signora Juve* gewann, das mit diversen Grappa und Trinksprüchen feierten.

Mauris bedeuteten diese kurzen Gespräche in der Trattoria sehr viel. Durch sie fühlte er sich weniger einsam in einer Stadt, die er als feindselig empfand. Deshalb freute er sich, wenn er nach Hause kam und merkte, dass sein Kühlschrank leer war, weil er dann eine Ausrede hatte, nicht allein essen zu müssen.

Meistens, aber nicht immer.

Nicht an diesem Abend.


Es war Freitag, und er hatte einen besonders harten Tag hinter sich. Der hatte schon morgens schlecht angefangen, als er das Hemd vom Vortag anziehen musste, weil die Wäscherei, in die er sonst alles brachte, bereits Betriebsferien machte und er einfach nie die Zeit fand, die Sachen, die sich im Wäschekorb angesammelt hatten, zur Reinigung im Einkaufszentrum draußen vor der Stadt zu bringen. Mit dem Ergebnis, dass er kein sauberes Hemd hatte und dringend ein paar neue kaufen musste, bis er seine waschen und bügeln lassen konnte. Zum Glück hatte man in Mailand mit seinen vielen Wochen- und Trödelmärkten in den Vierteln und ständigen Sonderangeboten immer die Möglichkeit, sich etwas Brauchbares zu besorgen, ohne sich gleich in Schulden stürzen zu müssen.

Nach diesem Missgeschick war der Tag nur noch schlimmer geworden.

Die Sommerferien hatten begonnen, und die Leute fuhren in Urlaub. Der Hauptbahnhof war ein einziges Chaos. Auf einem Nebengleis, wo normalerweise die Waggons abgestellt wurden, die gereinigt werden mussten, hatten sich unter den gleichgültigen Blicken dutzender Menschen zwei Obdachlose eine Messerstecherei mit tödlichem Ausgang geliefert, und wahrscheinlich war es dabei bloß um einen Schlafplatz für die Nacht gegangen. Beide hatten keine Papiere bei sich, und da der eine verblutet war, bevor sich jemand endlich entschloss, die Polizei zu alarmieren, hatte der zuständige Staatsanwalt bei seinem Eintreffen am Tatort zunächst den halben Bahnhof lahmgelegt, um Zeugen zu suchen, und dann die Leute vom fünften Dezernat herbestellt, damit sie die Identifikationen vornahmen.

Mauris hasste diese Art Ermittlungen.

Obdachlose, illegale Einwanderer, Penner. In den wenigen Habseligkeiten von Menschen wühlen zu müssen, die Tag für Tag ums Überleben kämpften, in einer Stadt, die in seinen Augen ein gefährlicher Sumpf war.

Falsche Versprechungen und ein Haufen Dreck.

Natürlich traf es immer die Schwächsten.

Ein falscher Schritt auf dieser scheinbar so glänzenden Oberfläche, und der Sumpf zog einen hinab.

Man musste sich nur an einem Tag wie diesem an den Bahnsteigen aufhalten, um festzustellen, dass in Mailand bestenfalls die Gleichgültigkeit überwog. In diesem hektischen Gewimmel menschlicher Ameisen beiderlei Geschlechts, die Pakete und Koffer schleppten, hatte sich niemand auch nur umgedreht, als er die Schreie hörte. Niemand hatte sich die Mühe gemacht, mit dem Handy die 113 anzurufen. Oder die paar Schritte zur Station der Bahnpolizei zu gehen.

Es war doch nur ein Streit zwischen Pennern.

So war ein armer Kerl gestorben, und der andere rang mit dem Tod. Mauris konnte es nicht lassen, Mailand ständig mit seinem schönen, eleganten Aosta zu vergleichen. Dort war es noch nicht völlig aus der Mode gekommen, Mitleid mit anderen Menschen zu haben. Turin, na ja, darüber sollte man lieber den Schleier der Barmherzigkeit fallen lassen. Aber, so tröstete er sich, Turin war schön, so stolz und königlich, dass man der Stadt ihre dunklen Seiten und düsteren Geheimnisse verzieh. Und zumindest soweit er sich erinnern konnte, war Turin eine Stadt, in der man seinen Nächsten schlimmstenfalls nicht beachtete. Man setzte nicht auch noch alles daran, einen Ertrinkenden noch tiefer ins Wasser zu stoßen. Vor allem hätte man nicht gleichgültig zugesehen, wie zwei arme Kerle mit Messern aufeinander losgingen, um sich den schmutzigen Fußboden eines abgestellten Eisenbahnwaggons streitig zu machen. In Mailand, wo es nur wenige Obdachlosenheime gab, die öffentlichen Parks nachts geschlossen wurden, die Sozialstationen sich in ständigem Kampf mit den städtischen Behörden befanden, während die ehrenamtlichen Helfer der *Caritas*, der *City Angels* und auch die Leute von *Exodus*, die nachts auf den Bahnhöfen herumliefen und Schlafsäcke und heiße Getränke verteilten, zwar Wunder vollbrachten, aber doch nur ein Tropfen auf den heißen Stein waren, kam dies immer häufiger vor.

Sobald er seine Wohnung betreten hatte, nachdem er den Tag über äußerst unkooperative Zeugen aufgetrieben und befragt, die Identität des Messerstechers ermittelt und angeordnet hatte, einen Wachtposten vor die Intensivstation der Poliklinik zu stellen, genehmigte sich Mauris zunächst mal eine lange Dusche, um Erschöpfung, Schweiß und eventuell auch Flöhe abzuwaschen, die er sich bei der Tatortbesichtigung geholt haben konnte, dann machte er sich an die Erkundung seines Kühlschranks. Wie vorauszusehen fand er dort nur Schimmelpilz- und Bakterienkolonien, aber er dachte nicht einmal entfernt daran, noch einmal das Haus zu verlassen. Lieber begnügte er sich mit einem hart gekochten Ei, einem Brötchen vom Vortag und dem einzig verbliebenen Bier aus einem Sixpack. Dieser Entschluss war zwar gut für seine schlanke Linie, aber er gab seinem Schicksal eine fatale Wendung.

Hätte er vorher gewusst, was auf dieses improvisierte Abendessen folgen sollte, wäre Mauris so, wie er war, noch in Hausschuhen und Bademantel aus der Wohnung geflüchtet. Aber es ist typisch für das Schicksal, dass es leise vor sich hin arbeitet und ohne die geringste Vorwarnung zuschlägt.

Typisch und furchtbar ärgerlich.

Ein Handtuch um die Hüften geschlungen, richtete Mauris sein frugales Mahl auf einem Tablett an, trug es ins Wohnzimmer, schaltete den Fernseher ein und wappnete sich, eine weitere furchtbar leere und beinahe schlaflose Nacht zu verbringen.

Wie er diese einsamen Nächte in Mailand hasste!

Aber was konnte man schon von einer Stadt erwarten, die nur einen Müllberg namens Monte Stella aufzuweisen hat statt des Montblancs und nur ein paar schäbige Grünflächen statt des riesigen Parco Valentino? Ganz zu schweigen von dem Verkehrschaos, den viel zu vielen Banken, der übertriebenen Präsenz der Modedesigner, die das Leben aus den Straßen im Zentrum vertrieben hatten. Als ob die Leute ausschließlich Kleider, Schuhe, Taschen, Gürtel und so einen Mist brauchten.

Für Mauris war diese Stadt, in der er wahrscheinlich noch wer weiß wie viele Jahre verbringen musste, mit ihrer schamlosen Selbstdarstellung, der Geldgier und der Oberflächlichkeit nur arrogant, vulgär und laut.

Und falsch.

Das Fernsehprogramm war natürlich auch eine Enttäuschung. Er hätte es wissen sollen. Ab Ende Juni, mit Beginn der Urlaubzeit, strahlten die Sender fast nur noch Wiederholungen aus. Nicht, dass es im Winter viel Interessanteres zu sehen gab, aber wenn man suchte, konnte man doch manchen guten Film entdecken. Im Sommer keine Chance. Wenn man durch die Programme zappte, war das, als suche man in seinem

Schrank nach etwas Neuem, was man aber nie fand, weil man sich seit Jahren nichts mehr angeschafft hatte.

Mauris wollte schon die Fernbedienung aus der Hand legen und schlafen gehen, als das Gesicht einer Frau, die er zu kennen glaubte, seine Aufmerksamkeit fesselte. Er blieb bei dem Kanal und durchforstete mehr aus Überraschung als aus echtem Interesse sein Gedächtnis, bis er ihm einen Namen zuordnen konnte.

Aber natürlich, das war sie, die Tochter dieses Vorbestraften. Nein, dieses Menschen, der den gleichen Namen wie ein vermutlicher Mafioso trug. Wie hieß er noch? Ach ja, Grazioso.

Der Ispettore erinnerte sich noch an den Namen, obwohl seit seiner kurzen Begegnung mit Marcella im Präsidium zwei Wochen vergangen waren, weil es ihn, wie schon viele vor ihm, erstaunt hatte, wie gut der Nachname zu der jungen Frau passte, die wirklich grazioso, hübsch war. Nein, sie war sogar ausgesprochen schön. Ein bisschen verkrampft vielleicht. Ein bisschen zu introvertiert, aber mit Sicherheit jemand, der ins Auge fiel.

Er hörte sofort auf, die Sendertasten zu drücken, und stellte den Fernseher lauter.

»*Merde*!«

Die junge Frau beantwortete die Fragen der Moderatorin einer dieser Sendungen, die die Polizei normalerweise nicht leiden können, weil deren Macher sich einbildeten, Ermittlungen in ungelösten Fällen anstellen zu müssen, und damit bei den Zuschauern den Verdacht aufkommen ließen, dass die professionellen Ermittler damals Indizien außer Acht gelassen oder, schlimmer, Beweise unterschlagen hätten.

War das *Chi l'ha visto*?

Gott sei Dank, wenigstens eine halbwegs seriöse Sendung!

Trotzdem mochte er sie nicht, weil er davon ausging, dass diese Art Programm nur den Geltungsdrang von vielen armen naiven Menschen ausnutzte, die im Tausch für ein paar Minuten Öffentlichkeit die demütigendsten Geschichten vor aller Welt zur Schau stellten.

*Quelle connerie*!, so eine Scheiße, fluchte Mauris laut. Das richtete sich nicht gegen die Sendung, die, wie er zugeben musste, ein streng journalistisches Konzept verfolgte, in der es korrekt zuging und die auch tatsächlich etwas ausrichten konnte. Sondern gegen die junge Frau, die gerade in diesem Moment in Großaufnahme gezeigt wurde.

Konnte es sein, dass auch diese Marcella Grazioso, die er eigentlich für intelligent, gebildet und zurückhaltend gehalten hatte, der Versuchung eines Fernsehauftritts nicht hatte widerstehen können? Und wofür nur? Er legte sein sowieso nicht schmeckendes Brötchen hin und begann, aufmerksam zuzuhören.

Seiner Meinung nach war es nur sinnvoll, sich an solche Sendungen zu wenden, wenn man Minderjährige, alte Leute mit Gedächtnisstörungen oder psychisch Kranke nach Hause zurückholen wollte.

Die minderjährigen Ausreißer fanden sie fast immer. Er hätte denen erst einmal rechts und links eine runtergehauen, doch stattdessen wurden sie von ihren Eltern wie Helden empfangen und mit Tränen und Geschenken für ihre feige Flucht belohnt, die halb Italien in Atem gehalten hatte. Zumindest die vernünftige Hälfte, die andere wartete ungeduldig auf die nächste Folge, wo sie dann am liebsten erfahren wollten, dass die Betroffenen ein schlimmes Ende genommen hatten.

Was die armen Teufel mit psychischen Problemen und die alten Leute betraf, die in Pantoffeln das Haus verließen und im Nichts verschwanden, sobald sie um die nächste Ecke bogen, da war es wirklich eine Gnade Gottes, wenn es diesen Weg gab, sie schnell wiederzufinden.

Doch für alle Bürger im Vollbesitz ihrer geistigen Kräfte, die eines Tages beschlossen, ihre Spuren zu verwischen, war *Chi l'ha visto* die reinste Katastrophe. Denn, so dachte der Ispettore, wenn ein erwachsener Mensch beschließt, abzuhauen und alles hinter sich zu lassen, so hat er verflucht noch mal das Recht dazu. Und bestimmt auch seine guten Gründe. Da konnte sich die Familie noch so sehr in der guten Stube versammeln und vor den Kameras eifrig schwören, dass der teure Giovanni glücklich war, seine Ehe gut und überhaupt sein Leben nur eitel Sonnenschein war.

Alles schamlose Lügen.

Mauris wusste aus Erfahrung, dass keine Hölle so schmerzhaft sein konnte wie das Leben in bestimmten Familien. Und wenn der teure Giovanni es eben irgendwann vorzog zu verschwinden, hatte er in neun von zehn Fällen Gründe dafür, die einen anderen Menschen dazu gebracht hätten, sich eine doppelläufige Flinte zu schnappen oder mit der Axt zuzuschlagen.

So sah er das jedenfalls.


Die junge Frau redete. Mauris stellte den Fernseher lauter.

»Woran erinnern Sie sich noch aus der Zeit im Waisenhaus?«, fragte sie die Moderatorin.

»An fast nichts«, antwortete Marcella. »Meine Adoptiveltern haben mir erzählt, ich sei nur wenige Monate bei den Nonnen geblieben. Ich erinnere mich nur an lange weiße und graue Gewänder, die Flure, in denen es nach Minestrone roch, und die roten Lichter vor den Madonnenstatuen, die mich abends ängstigten. Aber ich bin nicht sicher. Vielleicht sind das keine realen Erinnerungen, sondern Bilder in meiner Fantasie, die ich mir im Laufe der Jahre selbst geschaffen habe.«

Bewundernd bemerkte Mauris, wie gut sich Marcella ausdrückte und wie ruhig und zurückhaltend sie sich verhielt.

»Was hat in Ihnen plötzlich den Wunsch ausgelöst, Ihre Familie wiederzufinden?« Die Moderatorin ließ nicht locker.

»Alles und nichts. Vielleicht sage ich jetzt etwas ganz Banales, aber ich glaube, es war das Bedürfnis, mich selbst zu finden. Mir selbst eine echte Identität zu verschaffen, zu wissen, wer ich wirklich bin. Ich habe immer gewusst, dass ich nicht die Tochter der Menschen bin, bei denen ich gelebt habe. Deshalb fühle ich mich entwurzelt.«

»Was erwarten Sie sich von der Frau, die Sie geboren hat, falls es Ihnen gelingt, sie wiederzufinden?«

»Gar nichts. Ich will meine Eltern nur kennen lernen, ich will wissen, wo sie wohnen, was für ein Leben sie führen. Hören, welche Gründe sie damals hatten. Ihnen vielleicht helfen, wenn ich feststellen sollte, dass sie in Schwierigkeiten sind.«

»*Encharmillante, mais t'est fin folle ma p'tite!* Du bist schön, aber vollkommen verrückt, meine Kleine«, rutschte es Mauris laut in *Patois* heraus, und das drückte genau aus, was er über ihre Naivität dachte. Doch obwohl sie ihm leidtat und er ein ungutes Gefühl hatte, konnte er für den Rest der Sendung den Blick nicht vom Bildschirm lösen.

Ob sich wohl irgendjemand von den Millionen Fernsehzuschauern, die gerade bestimmt genüsslich dieses ganze Leid in sich aufsogen, melden würde, um die Hinweise zu liefern, nach denen die junge Frau forschte?

Seiner Meinung nach war ihre Art zu suchen falsch und dazu noch gefährlich.


Auch der Mann sah Marcellas Auftritt im Fernsehen aus purem Zufall. Er saß allein in seiner Wohnung in Catania und wollte gerade sein Abendessen aus Pizza und Bier zu sich nehmen, als ihm einfiel, dass das zweite Programm nach den Nachrichten alte Filme mit Bud Spencer und Terence Hill wiederholte. Deshalb schaltete er den Fernseher ein und zappte einmal kurz durch alle Kanäle, ehe er den richtigen Sender auswählen wollte. Und da sah er sie plötzlich, im dritten Programm, in Großaufnahme.

Zunächst konnte er es kaum glauben. Doch als dann eine Einzelkamera Marcella so nah zeigte, bis ihr schönes Gesicht beinahe den gesamten Bildschirm ausfüllte, hatte er keine Zweifel mehr. Leise vor sich hin fluchend stellte er den Fernseher lauter. Und während seine Pizza kalt und sein Bier warm wurden, setzte er sich bequem in seinen Sessel und beschloss, sich nicht ein Wort entgehen zu lassen.

Sie war adoptiert worden und suchte jetzt ihre ursprüngliche Familie. Eine Geschichte, wie sie tausend Mal passierte, aber für ihn war sie wirklich einzigartig.

Der Mann erinnerte sich an das schier endlose Gespräch, das er mit dieser schrecklichen Matrone mit dem keuchenden Atem geführt hatte, während sie im Unwetter Mailand durchquerten. Wie hieß sie noch? Angestrengt versuchte er, sich zu erinnern, doch der Name fiel ihm nicht ein. Das war unwichtig, denn er hatte sich alles aufgeschrieben: Den Namen, den er flüchtig auf ihren Kreditkarten gelesen hatte, als sie ihr Portemonnaie geöffnet hatte, um das Foto ihrer Tochter zu suchen, den von dem Mädchen, das gestorben war, der auf der Rückseite ihres Schulfotos gestanden hatte, und schließlich noch die Adresse, zu der er sie mit dem Taxi gebracht hatte.

Das waren zwar ziemlich unwichtige Informationen, aber man konnte ja nie wissen.

Während er die Sendung verfolgte, die außer dem Interview auch einen Beitrag zeigte, der in dem Heim gedreht worden war, aus dem die Adoptiveltern die junge Frau geholt hatten, als sie noch sehr klein war, dachte er, wie viel Zeit und Geld man verschwendet hatte, um sie zu überwachen und sicherzugehen, dass der Plan unverändert ausgeführt wurde.

In der Einspielung erkannte er die Nonnen, die sich hatten filmen lassen, und hörte verärgert, wie sie wiederholten, was sie schon ihm erzählt hatten, nämlich so gut wie nichts, und zwar mit der gleichen Zurückhaltung, den gleichen kalten, gleichgültigen Blicken, den kaum gekräuselten Lippen, als genüge es, das Ganze so ausdruckslos zu erzählen und inhaltsleere Sätze zu bilden, um jene Wahrheit zu ersetzen, die sie auf keinen Fall verraten würden.

Gebannt blieb der Mann vor dem Bildschirm sitzen, bis der Abspann der Sendung erschien.

Dann machte er sich wieder über seine inzwischen kalte, ungenießbare Pizza und das lauwarme Bier her und dachte, dass er sich die ganze Mühe völlig umsonst gemacht hatte. Er hätte nur abwarten müssen, dann wäre ihm das, wonach er gesucht hatte, auf einem Silbertablett serviert worden. Doch jetzt war alles noch komplizierter geworden. Von nun an musste er äußerst vorsichtig vorgehen und auf der Hut sein, um zu verhindern, dass sich noch jemand einmischte, nachdem er die Sendung gesehen hatte. Auf jeden Fall musste er noch einmal hinfahren. Noch mehr Geld ausgeben.

Das Mädchen war wunderschön.

Dieses zarte, sanfte Gesicht, die hellen klaren Augen hatten ihn tief berührt. Der Mann spürte einen heftigen Stich im Zwerchfell, eine physische Empfindung.

Unruhe, Schmerz oder doch Angst?

So wie er es sich seit jeher angewöhnt hatte, verdrängte er hastig aus seinem Kopf jeden Hauch eines Gefühls, jedes irreale Empfinden und konzentrierte sich auf konkrete Tatsachen: das Gesicht der jungen Frau, die Haare, das Kleid, das sie während der Sendung getragen hatte.

Ein dünnes Kleid, vielleicht Seide, dunkelblau mit winzigen weißen Blumen, darüber eine schlichte blaue Jacke. Dieses einfache, aber elegante Kleid hatte er schon an ihr gesehen, erinnerte er sich. Ein Zeichen dafür, dass sie nicht im Geld schwamm. Wie auch? Niemand kannte ihre finanzielle Lage besser als er.

Gut, dachte er, und kräuselte unwillkürlich seine Lippen zu etwas, das ein Lächeln sein sollte.

Gut, sehr gut.

Während er seinen Gedanken nachhing und sich an das Gespräch im Taxi erinnerte, kam ihm plötzlich eine Idee. Es war schon sehr merkwürdig, dass eine junge Frau, die so intelligent und gebildet war wie sie, in einer so heiklen und persönlichen Angelegenheit die Ratschläge dieser alten, asthmatischen Vettel befolgt hatte. Noch seltsamer fand er allerdings, dass es ihr gelungen war, sie in so kurzer Zeit umzusetzen.

Zufall? Das musste er überprüfen.

Eins stand jedoch fest: Diese junge Frau war allein auf der Welt, war unsicher, und wenn sie auf diese vulgäre, geschwätzige Frau gehört hatte, hieß das, dass sie sonst keine Freunde hatte, auf die sie sich stützen konnte, während sie doch dringend nach einem Halt suchte.

Der Gedanke, dass er diese Rolle übernehmen könnte, brachte ihn erneut zum Lächeln, obwohl man die Grimasse, die auf seinem Gesicht erschien, eigentlich nicht so nennen konnte.

# KAPITEL 13

An jenem Abend hatte niemand während der Sendung angerufen.

Nachdem der Abspann gelaufen war, hatte sich Marcella verabschiedet und schnell das Fernsehstudio verlassen, nicht ganz sicher, ob sie enttäuscht oder erleichtert sein sollte.

Bevor die Moderatorin sie gehen ließ, hatte sie ihr aufmunternd gesagt, sie solle die Hoffnung nicht aufgeben.

In Fällen wie ihrem, hatte sie erklärt, gab es nie unmittelbare Reaktionen. Aber bestimmt hatte irgendjemand ihren Aufruf verfolgt, der jemanden kannte, der wieder irgendwann jemanden kennen gelernt hatte … das war eine Kette, die immer funktionierte. Aber eines war sicher: Niemand, der nicht wenigstens auf den Osterinseln lebte, konnte den Adleraugen der Fernsehzuschauer entgehen, und da die Sendung via Satellit auch im Ausland ausgestrahlt wurde, hatte sich die Jagd auf die ganze Welt ausgeweitet. Marcella brauchte sich also keine Sorgen zu machen, sie hatte ihre Angel ausgeworfen. Früher oder später würde jemand anbeißen.

Marcella war ein Schauer über den Rücken gelaufen, als sie diese Worte hörte, die sie beruhigen sollten. Tatsächlich rechnete sie nicht sehr damit, dass jemand sich meldete, um ihr mitzuteilen, was sie wissen wollte. Es war ihr nicht leichtgefallen, vor den Fernsehkameras zu sprechen. Angesichts des blinkenden Aufnahmelichts war ihr einen Moment lang die Luft weggeblieben, und sie hatte geglaubt, sie würde gleich ohnmächtig werden. Zum Glück wurde die Live-sendung genau da für den Beitrag aus dem Heim unterbro-chen, und sie hatte Zeit gehabt, sich zu erholen. Aber es war schmerzlich für sie gewesen, aller Welt ihr Leben zu erzäh-len, zu erklären, wie allein sie war, dass sie keine familiären Bindungen hatte, nicht einmal einen Namen, denn den der Graziosos hatte sie nie als ihren empfunden.

Einmal, während sie gerade auf eine Frage der Moderato-rin antwortete, waren ihr die Tränen in die Augen gestiegen. Als sie ihr eigenes trauriges Gesicht auf dem Bildschirm ent-deckte, war sie zu Stein erstarrt.

Ein armes Findelkind, so hatte sie die Signora D'Amico genannt.

Und genau das war sie auch.

Doch dann hatte die Werbeunterbrechung begonnen, und sie hatte ihre Fassung wiedergefunden und wurde so ruhig und selbstbeherrscht wie vorher. Doch der Gedanke, dass die D'Amico vor Freude jubeln würde, wenn sie sie im Fernse-hen sah, verursachte ihr Gänsehaut.

Sie stellte sich vor, wie diese Frau in ihrem riesigen Wohn-zimmer saß, umgeben von Nachbarn und Verwandten, die zusammengekommen waren, um sich gemeinsam die Sen-dung anzusehen, in der sie sich selbst ein wenig wie eine Hauptperson vorkommen musste. Die Beschämung, die Marcella dabei empfand, nahm ihr auch noch den letzten Rest an Stolz.


Die folgenden Tage waren ausgesprochen anstrengend. Es war schrecklich heiß, und die Stadtviertel leerten sich. Mar-cella wäre gern in ein öffentliches Freibad gegangen, um sich zu sonnen oder zum Idroscalo, aber sie konnte nicht weg, weil die Leute von der Sendung sie gebeten hatten, sich ständig zur Verfügung zu halten. Sie besaß kein Handy und hatte keine Lust, sich einen Anrufbeantworter anzuschaffen, deshalb war sie, um erreichbar zu sein, gemeinsam mit Marlene, die wegen der schwülen Hitze auch unruhig war, in der großen Wohnung gefangen. Eine Art düstere Höhle, in der immer Dunkelheit herrschte, da sie die Läden den ganzen Tag geschlossen lassen musste, wenn die Raumtemperatur unter 35 Grad bleiben sollte. Dort war es genauso bedrückend wie in einer unterirdischen Grabkammer, und Marcella fühlte, dass sich ihre schlechte Laune bald zu einer echten Depression auswachsen würde.

Die Tage plätscherten langsam und ereignislos dahin, bis eine Woche nach ihrem Fernsehauftritt Massimo Azeglio anrief.

»Es kommen Briefe, und wir haben auch ein paar Anrufe erhalten. Bleib ganz ruhig«, versuchte er, das Ganze herunterzuspielen. »Wir sind noch dabei, alles zu überprüfen und wissen noch nicht, was davon zuverlässig ist und was nicht. In solchen Fällen ist es ganz normal, wenn sich auch einige Spinner melden. Also, ich fasse mal für dich zusammen. Es haben sich Leute gemeldet, die die merkwürdigsten Dinge über dich zu wissen glauben oder gehört haben. Bis jetzt gibt es keine Probleme. Wir überprüfen das. Aber ich habe hier auch einen Brief, stell dir vor, mit dem Poststempel von Catania. Er kam gestern, und ich glaube, den solltest du dir ansehen. Hast du eine Faxnummer, an die ich ihn dir schicken kann?«

»Die Schule ist geschlossen. Sonst lasse ich mir ein Fax immer ins Sekretariat schicken. Warte mal. Ich versuche, dort jemanden zu erreichen, und dann melde ich mich wieder bei dir.«

»Einverstanden.«

»Es dauert nur eine Minute. Was steht drin?«

»Das lässt sich nicht so am Telefon erklären. Am besten liest du es selbst.«

Die Stimme des Redakteurs klang jetzt ausdruckslos und kontrolliert, was Marcella beunruhigte. Doch sie konnte nichts tun, als diesen Anruf zu tätigen, in der Hoffnung, jemanden zu finden, der ihr Zugang zum Faxgerät verschaffte.

Sie hatte Glück. Eine halbe Stunde später kam der Brief.

Wie vorauszusehen, handelte es sich um einen anonymen Brief. Eigentlich war es nicht einmal ein richtiger Brief.

Nur zwei Blätter. Eines enthielt eine kurze Nachricht in Druckbuchstaben, die mit einer Schablone auf ein kariertes Blatt aus einem Notizblock geschrieben waren.

Sie lautete:

HIER FINDEST DU, WAS DU SUCHST. JETZT, WO DU BESCHEID WEISST, GIB AUF UND GEHE DEINEN EIGENEN WEG WEITER. DAS IST EIN RAT.

Beim anderen Blatt handelte es sich um einen vergilbten und verdreckten Zeitungsausschnitt aus *Il giornale della Sicilia*. Ein sechsspaltiger Artikel aus einer Seite des Lokalteils von 1974.

### Familie eines bekannten Chirurgen aus Catania ausgelöscht

*Professor Aldo Cinisi, in ganz Sizilien als »Chirurg mit den goldenen Händen« bekannt, wurde Dienstagnacht mit Kindern, Ehefrau und den Schwiegereltern brutal ermordet. Fünf Tote.*

*Catania, 15. September.*
Den Beamten des Einsatzkommandos, die gestern auf einen anonymen Anruf hin zur Villa von Professore Cinisi fuhren, bot sich

ein grauenhafter Anblick: Die gesamte Familie des Professors, auch seine kleinen Kinder und die betagten Schwiegereltern, hatten unbekannte Mörder im Schlaf überrascht und brutal ausgelöscht. Der Professor wurde auf der Treppe seiner Villa über den Hügeln der Stadt in einer Blutlache gefunden.

Dieses Detail spricht dafür, dass er – leider vergeblich – versucht hat, sich gegen die Mörder zu wehren.

Die Ermittlungen zur Auffindung der Täter dieses Blutbads und ihrer eventuellen Auftraggeber konzentrieren sich auf die komplizierte Verflechtung zwischen wirtschaftlichen und politischen Interessen im Gesundheitsbereich.

Wir erinnern daran, dass Professore Cinisi, Inhaber des Lehrstuhls für Gefäßchirurgie an der Universität von Messina, der alleinige Besitzer einer Klinik für Langzeitkranke und Kranke im Endstadium in Kalabrien war und außerdem die Mehrheit an einem großen Diagnostikzentrum auf Sizilien besaß. Beide Einrichtungen hatten jahrelang von einträglichen Vereinbarungen mit privaten und öffentlichen Krankenkassen profitiert. Diese Voraussetzung legt den Verdacht nahe, es könne sich um eine gewaltsame Reaktion von Familien handeln, die Interessen auf dem gleichen Gebiet verfolgten, das auf unserer Insel wegen mangelhafter und maroder öffentlicher Strukturen eine Goldmine ist.

Im Moment scheint Rache das wahrscheinlichste Motiv. Trotzdem verfolgen die Ermittler auch andere Spuren, einschließlich politischer Machtkämpfe und Familienfehden.

Professore Cinisi wurde ja mehr als einmal von Studenten und wissenschaftlichen Assistenten der Vetternwirtschaft beschuldigt. Im vergangenen Jahr war Cinisi deswegen ein Opfer studentischer Gewalttaten geworden.

Man hatte ihn zwei Tage lang in den Räumlichkeiten seines Instituts in der Universität gefangen gehalten und allen möglichen Demütigungen ausgesetzt. Die Studenten, deren Identität später im Präsidium festgestellt wurde, hatten ihm zwangsweise einen sogenannten »politischen Prozess« gemacht, in dessen Verlauf er nach Aussagen einiger Zeugen wegen Begünstigung und sogar wegen Unregelmäßigkeiten bei der Postenvergabe in der Fakultät und vor allem wegen protektionärer Stellenvergabe in den Kliniken, die er leitete, verurteilt wurde. Hierbei muss erwähnt werden, dass sich Cinisi vor den Studenten und den Kontrollausschüssen stets als unschuldig im Sinne der Beschuldigungen erklärt hatte.

Der Mord an Professore Cinisi und die Auslöschung seiner ganzen Familie ist ein schwerer Anschlag auf die Würde unserer Nation. Ein brutaler Akt, der im Rahmen der Eskalation krimineller Gewalt befürchten lässt, dass nun ein blutiger Kampf um die politische und wirtschaftliche Kontrolle des Gebiets im Gange ist. Für die Stadt Catania ist sein Tod ganz sicher ein schmerzlicher Verlust, der die gesamte Bürgerschaft erschüttert hat (weitere Artikel im Innenteil).

Marcella saß allein in dem staubigen, nach Desinfektionsmittel stinkenden Sekretariat und las den Artikel, ohne jedoch den Sinn der Worte zu erfassen.

Sie begann noch einmal von vorn, aber da sie merkte, dass der Beamte aus dem Sekretariat, der sie hereingelassen hatte, im Flur auf sie wartete, um abzuschließen, sobald sie fertig wäre, und wieder nach Hause zu gehen, faltete sie die Blätter aus dem Fax zweimal zusammen, steckte sie in die Innentasche ihrer Handtasche und verließ den Raum.

Als sie später darüber nachdachte, konnte sie sich nicht mehr erinnern, wie sie es geschafft hatte, die Treppen hinunterzugehen, sich von dem Mann zu verabschieden und nach Hause zu fahren. Instinktive Bewegungen, die in ihrem Schockzustand im gleichen Moment aus dem Gedächtnis gelöscht wurden, in dem sie stattfanden.

Zu Hause nahm sie erst einmal eine lauwarme Dusche, die zwar den Schweiß von ihr abwusch, ihre bohrende Angst allerdings nicht lockern konnte, dann begann sie, alles noch einmal von vorne zu lesen, doch die Buchstaben tanzten vor ihren Augen. Ihr wurde schwarz vor Augen, und zu beiden Seiten des Gesichts lief ihr eiskalter Schweiß herunter.

Gleich würde sie in Ohnmacht fallen.

Kaum hatte dieser Gedanke ihr Gehirn erreicht, da begann sie auch schon zu handeln. Sie setzte sich auf das Sofa, ließ den Kopf hängen und schloss die Knie fest darum, wie sie es im Erste-Hilfe-Unterricht gelernt hatte, den der Schulleiter allen Lehrkräften verordnet hatte, nachdem ein Schüler mit Atemproblemen beinahe im Unterricht gestorben wäre. Sie atmete mehrmals tief durch, und nach wenigen Minuten ging es ihr besser. Der Anfall von Übelkeit ging vorüber, und die Dunkelheit, die sich über ihren Blick gelegt hatte, verschwand. Obwohl sie nicht genau wusste, was mit ihr los war, konnte Marcella doch klar genug denken, um nicht gleich aufzustehen, sondern lagerte die Beine hoch auf die Sofakissen und streckte sich aus.

Als Marlene sie in dieser Lage entdeckte, sprang sie ihr sofort schnurrend in den Schoß.

Ein bisschen tröstliche Wärme, die jedoch nicht ausreichte, um Marcellas eiskalte Furcht zu vertreiben.

# KAPITEL 14

*Mailand, 7. Juli 2000*

Ach, Mailand!

Diese Nacht war es windig gewesen. Vielleicht hatte ein Gewitter im Gebirge feuchte Luftmassen, die jedoch keinen Tropfen Regen mehr enthielten, mit denen sie dort den glühend heißen Beton hätten abkühlen können, in die Ebene gebracht. Jedenfalls war der Himmel am nächsten Morgen wolkenlos, strahlend blau und klar wie ein Kristallspiegel, als Marcella, erschöpft nach einer schlaflosen Nacht, die Rollläden hochzog und die Fenster weit aufriss.

Es war einer der seltenen Morgen, an denen einem Mailand den überraschenden Anblick einer glänzenden, blitzsauberen Stadt schenkte. So schön, dass sie schon unwirklich aussah, mit der wie ausgesägt wirkenden Silhouette des Monte Resegone am Horizont. Marcella sog die klare Luft in langen Zügen ein, um ihren erhitzten Kopf zu kühlen.

Gut, du hast es ja so gewollt. Jetzt weißt du also, wer du bist. Kennst deine Vergangenheit …

Ihr war kalt. Vollautomatisch, nur einem inneren Befehl folgend, nahm sie eine kochend heiße Dusche und zog sich ein hässliches leichtes Baumwollnachthemd an, eins aus dem Stapel in Mama Angiolinas Schrank, die genügsam und für jeden Funken Eleganz unempfänglich gewesen war und für sich und ihre Tochter immer nur die abstoßendsten Sachen gekauft hatte, die sie an den Marktständen finden konnte.

Marcella war das egal. Diese Wohnung betrat niemand außer der Portiersfrau, die ihr die Post brachte. Außerdem war sie es gewohnt, sich bequem zu kleiden. Deshalb ließen sie die düsteren Violetttöne, die grellen Rots, die Schwarz- und Brauntöne, die sich zu schrecklichen Mustern mischten, völlig kalt. Sie war sich überhaupt nicht bewusst, dass die Farben, die sie trug, sie blass und geradezu kränklich aussehen ließen. Doch sie nahmen ihr nicht ihre zarte, flüchtige Anmut, die sie wie eine zweite Haut umgab.

Immer noch in dieser leichten Betäubung versunken, nahm sie Marlene auf den Arm und legte sich mit dieser dicken, schnurrenden Fellkugel, die ihr als Einzige Wärme und Trost spendete, wieder ins Bett. Es war Juli, aber ihr war kalt.

Eine Kälte, die sie innerlich wie äußerlich erfüllte.

Marcella brauchte den ganzen Morgen, der auf die schlaflose Nacht folgte, bis sie endlich wieder ein wenig klarer sah. Sie frühstückte gerade das Nötigste, denn ihr Magen war wie zugeschnürt. Nur ein schwarzer Kaffee ohne Milch und Zucker und ein Toast, aber das genügte, um sie wieder ein wenig auf die Beine zu bringen. Sobald sie glaubte, wieder normal denken zu können, holte sie die Faxseiten aus der Handtasche und las sie noch einmal in Ruhe durch.

Als sie jedes Wort genau erfasst hatte, beruhigte sie sich ein wenig.

Der Artikel berichtete über ein Blutbad, bei dem alle Mitglieder der Familie Cinisi gestorben waren.

Was hatte sie mit dieser Geschichte zu tun?

In welchem Verhältnis stand sie zu Professore Cinisi?

Sie gewann bald die Überzeugung, dass es sich um einen Scherz handeln musste. Jemand hatte sie in der Sendung gesehen und gedacht, er könne so in ihr den Verdacht erwecken, dieses Blutbad habe etwas mit ihr zu tun.

Außerdem war der Brief anonym.

Sie erinnerte sich, dass Maria Laura und auch Massimo, jeder auf seine Art, versucht hatten, sie davor zu warnen, dass ihre persönliche Geschichte die Fantasie irgendeines Psychopathen anregen könnte. Wie auch immer, nun blieb ihr kein anderer Ausweg. Sie musste nach der Wahrheit suchen, sonst würde der Zweifel ihr Leben zerstören.

Marcella merkte, dass sie entschlossener denn je war, ihre wahre Herkunft aufzudecken, auch auf die Gefahr hin, dass sie dann dunklen Gespenstern der Vergangenheit ins Auge schauen musste. Doch nun war sie völlig verwirrt.

Und was sollte sie jetzt tun?

An wen sollte sie sich wenden?

Von der Redaktion der Sendung *Chi l'ha visto* konnte sie sich wohl nicht mehr viel erwarten. Die hatte ihren Part erfüllt. Vielleicht würden weitere Briefe kommen, vielleicht noch ein paar Anrufe. Die Redakteure würden dem nachgehen. Sie waren tüchtig und gewissenhaft. Und genau das war ja der Punkt. Niemand würde sie vor dem beschützen können, was dabei zum Vorschein kommen konnte.

Der erste Gedanke, der ihr durch den Kopf schoss, sobald sie sich ein wenig beruhigt hatte, war, sich an einen Privatdetektiv zu wenden. Zum Teufel mit den Kosten! Wenn nötig, würde sie einen Kredit aufnehmen, wenigstens wäre ihr dann ein wenig Diskretion gesichert.

Ja, aber …

Sie hatte keine Vorstellung, wie viel so eine Ermittlung kostete, die sich über Monate hinziehen konnte. Da sie sich ja bereits informiert hatte, ahnte sie schon, dass auch die bescheidenste Agentur ihre Mittel weit übersteigen würde. Sie überprüfte den Saldo ihres Girokontos, den Auszug hatte ihr die Bank erst vor ein paar Tagen zugeschickt, und verwarf daraufhin diese Idee mit einem Seufzer des Bedauerns. Bei ihrem Gehalt als angestellte Lehrerin hätte sie nicht einmal die Anzahlung aufbringen können. Da erinnerte sie sich an den Polizeibeamten, den sie vor zwei Wochen im Präsidium kennen gelernt hatte. Er hatte einen guten Eindruck auf sie gemacht. Warum ging sie nicht zu ihm und bat ihn um Rat? Sie würde ihm das Fax zeigen, und er konnte ihr dann bestimmt sagen, ob sie sich tatsächlich Sorgen machen musste.

Marcella war unschlüssig und schob den Gedanken den gesamten Vormittag wie einen Pingpongball in ihrem Kopf hin und her. Schließlich überwog ihr Bedürfnis, irgendetwas zu tun. Sie suchte nach dem Brief, mit dem man sie ins Präsidium bestellt hatte. Sie hatte ihn aufgehoben, weil Mama Angiolina ihr beigebracht hatte, es gäbe immer den richtigen Moment, um etwas wegzuschmeißen, und las dort den Namen.

Ispettore Capo Lucio Mauris.

Sie versuchte, sich zu erinnern, wie er aussah, und in ihrem Kopf erschien das Bild eines großen Mannes mit einem ausgeprägten französischen Akzent. An sein Gesicht konnte sie sich nicht erinnern. Ein Zeichen dafür, dass sein Aussehen sie nicht sonderlich beeindruckt hatte.

Aber er war ein Polizeibeamter.

Der Einzige, den sie je kennen gelernt hatte.

Ein Mann, der dem Gesetz diente.

Er war, dachte sie mit der typischen Naivität eines Menschen, der noch nie mit der Justiz zu tun hatte, ein Beamter, der dafür sorgen musste, dass Gesetze eingehalten wurden. Und deshalb würde er sie anhören.

Dieser letzte Gedanke wischte jeden Widerstand fort.


Ispettore Mauris konnte sich noch sehr gut an Marcella erinnern!

Als ihm die Zentrale ihren Anruf durchstellte, verlor er keine Zeit mit höflichem Geplauder, sondern machte sofort einen Termin in seinem Büro mit ihr aus.

Marcella war überpünktlich.

Als sie eintraf, wirkte sie mitgenommen und dünner auf Mauris, aber vielleicht bildete er sich das auch nur ein, weil er ihren Auftritt im Fernsehen im Kopf hatte, bei dem sie beinahe geweint hatte. Trotzdem war sie immer noch atemberaubend schön.

Er empfing sie mit einem kurzen Gruß, vermied sorgfältig, sie die Bewunderung und das Mitleid, die sie in ihm auslösten, spüren zu lassen, und ließ sie auf einem Plastikstuhl, den er vor seinen Schreibtisch gestellt hatte, Platz nehmen. Dann sah er sie an und wartete darauf, dass sie etwas sagte.

Marcella schwieg verlegen. Also brach Mauris das Schweigen.

»Signorina Grazioso, wenn ich mich nicht irre, haben Sie ein Problem, nicht wahr?«

»Ja, das heißt, nein, also, Sie irren sich nicht. Es ist nur so kompliziert. Ich weiß nicht, wo ich anfangen soll.«

Unter dem Blick des Ispettore, der ihr weder freundlich noch ermutigend schien, wurde Marcella immer verlegener und fürchtete, er habe es eilig, und sie vergeudete nur seine Zeit.

Mauris begriff …

»Ganz ruhig! Fangen Sie an, wo Sie möchten. Nun …«, fügte er hinzu und wandte den Blick von ihr ab, damit sie nicht noch verlegener wurde, »ich habe Sie in dieser Sendung gesehen, also weiß ich schon über einiges Bescheid. Sie sind doch deswegen hier, oder? Haben Sie Drohungen erhalten?«

»Ja, das heißt, nein, also nur das hier. Aber ich weiß nicht, ob das eine Drohung ist.«

Sie gab ihm den Brief mit dem Zeitungsausschnitt. »Sie haben mich wirklich in der Sendung gesehen?«

»Ich gebe es ja nicht gern zu, aber für uns ist es beinahe Pflicht, diese Sendung zu verfolgen. Das ist Teil unserer Arbeit, obwohl ich gestehen muss, dass ich an dem Abend diesen Sender zufällig eingeschaltet hatte.«

Mauris sah sie an, und auf seinem Gesicht erschien dieses unglaubliche Lächeln.

»Nachdem ich Sie dort gesehen habe, hätte ich wetten mögen, dass Sie herkommen. Nicht wahr, Peppino, was habe ich gesagt?«

So gefragt murmelte Giuseppe Salerni etwas wie »Ja, ja, genau« und senkte seinen Kopf wieder über den Bericht, den er gerade in den Computer tippte.

Mauris genügte diese knappe Bestätigung, danach konzentrierte er sich auf den Zeitungsausschnitt. Er las ihn von oben bis unten durch, dann noch einmal und machte sich dabei geheimnisvolle Notizen.

Marcella wartete schweigend ab.

Schließlich sah er sie an und sagte ganz neutral:

»Das ist nichts Neues.«

»Wie bitte? Was heißt das?«

»Das heißt, jemand, der in solchen Sendungen auftritt und mit intimen Geschichten aus seinem Privatleben in die Träume der anderen Leute eindringt, muss mit so etwas rechnen. Ich weiß nicht, Signorina, ob zwischen dem hier beschriebenen Vorfall und Ihrem persönlichen Fall eine Verbindung besteht, aber ich glaube, jemand hätte Sie vorwarnen sollen, dass man Sie mit allem möglichen Dreck überhäufen könnte. Jetzt sind Sie sehr verwirrt, und dies lässt den Schluss zu, dass Sie bereit sind, dem zu glauben, der Ihnen dieses Zeug geschickt hat, und deshalb alles tun werden, was in Ihrer Macht steht, um herauszufinden, ob es stimmt.

Sonst werden Sie nie wieder ruhig schlafen können. Habe ich Recht?«

Marcella nickte nur, da ihre Stimme ihr den Dienst versagte.

Mauris sah sie weiter an, die Augen zu Schlitzen zusammengepresst, und fuhr fort: »Wenn Sie mir den Zeitungsausschnitt hierlassen, kann ich ein paar Nachforschungen anstellen, aber ich kann Ihnen nicht garantieren, dass wir auch etwas finden. Ich an Ihrer Stelle würde nichts weiter unternehmen. Und auf keinen Fall Verbindung zu dieser unglücklichen Familie aufnehmen. Aber Sie könnten niemals mit diesen Zweifeln leben, richtig?«

Marcella nickte.

»*Bon*, also hier mein Rat. Nehmen Sie Kontakt zu den Verantwortlichen der Sendung auf. Fordern Sie, dass sie alles einstellen. Vergewissern Sie sich, dass über Ihren Fall nicht mehr berichtet wird, und vor allem, jetzt kommt der schwierigste Teil, wenn Sie das schaffen, sind Sie wirklich gut, stellen Sie sicher, dass niemand auf die Idee kommt, den Inhalt dieses anonymen Briefes und des Artikels zu verbreiten. Verlangen Sie, das ist schließlich Ihr gutes Recht, dass man aufhört, in dieser Geschichte herumzuwühlen. Haben Sie mich verstanden?«

Marcella nickte, doch sie sah ihn erstaunt an.

»Sprechen Sie bitte mit niemandem über die Sache, bevor wir nicht herausgefunden haben, was dahintersteckt. Tun Sie so, als hätten Sie diesen Brief nie bekommen. Hier geht es um ein Blutbad, und der Artikel scheint echt zu sein. Ich glaube zwar nicht, dass er etwas mit Ihnen zu tun hat. Doch wenn ich mich irre, könnten Sie in Gefahr sein.«

»In Gefahr? Warum?«

»Denken Sie einen Augenblick nach, dann kommen Sie schon selbst darauf. Das Blutbad könnte der Grund für Ihre

Adoption sein. Wenn dem so ist, war es keine gute Idee, an die Öffentlichkeit zu treten, dann wäre die Mühe umsonst gewesen, die sich die Jugendrichter vor Jahren gegeben haben, um Ihnen eine neue Identität zu verschaffen. Anders gesagt, um Sie denen zu entziehen, die Ihnen etwas hätten antun können. Um Sie von der Bildfläche verschwinden zu lassen. Habe ich mich klar genug ausgedrückt?«

Marcella nickte noch einmal.

»Ich werde tun, was Sie sagen«, meinte sie, sobald sie sicher war, dass ihre Stimme nicht mehr zitterte. »Aber ich weiß nicht genau, ob die Verantwortlichen der Sendung auf mich hören werden. Sie haben das Original des Briefes.«

»Sie müssen auf Sie hören«, sagte der Ispettore schneidend. »Haben Sie zufällig einen Vertrag oder so etwas unterschrieben?«

»Sie haben es Verzichtserklärung genannt.«

»Das ist nur die Erlaubnis, Bilder von Ihnen im Fernsehen zu zeigen. Schreiben Sie sofort einen Brief, und schicken Sie ihn per Eilboten an die Redaktion, um Zeit zu gewinnen, oder noch besser per Fax.«

Nachdem Marcella sich verabschiedet hatte, schaute Mauris ihr noch eine Weile nach, während sie sich auf dem Flur des fünften Dezernats entfernte. Ihm gefiel die Geschichte überhaupt nicht, aber das hatte er lieber für sich behalten. Dieser Zeitungsausschnitt und die beiliegende Botschaft hatten wenig mit den anonymen Briefen der üblichen Spinner zu tun.

Natürlich bestand immer noch die Möglichkeit, dass diesen Grazioso, wie immer der noch mit Vornamen hieß, über den er im Auftrag der sizilianischen Kollegen Informationen einholen sollte, nicht nur eine Namensgleichheit mit der Mafia verband. Er war in seinem eigenen Bett gestorben, hatte die junge Frau erzählt, aber das bedeutete gar nichts.

In dieser Geschichte gab es merkwürdige Zufälle und Übereinstimmungen, die einem eiskalte Schauer den Rücken herunterjagen konnten.

Man konnte darauf wetten, dass diese junge Frau in nächster Zeit Hilfe und viel Glück brauchen würde.

# KAPITEL 15

Nachdem Marcella sich von Mauris verabschiedet hatte, fuhr sie nicht gleich nach Hause. Sie machte sich auf den Weg zur Stadtbibliothek in der Innenstadt.

Es war ein herrlicher Tag, und sie leistete sich den Luxus, den Wagen dort stehen zu lassen, wo sie ihn geparkt hatte, also auf dem sehr teuren Parkplatz in der Nähe des Polizeipräsidiums. Sie ging zu Fuß zur Bibliothek, nicht weil sie gerade Lust auf einen Spaziergang hatte, sondern weil die Bibliothek in der Nähe des Gerichts lag und sie dort zu dieser Tageszeit sicher keinen Parkplatz für ihren Fiesta gefunden hätte.

Sie hatte bestimmt nicht vor, mit jemand anderem über den Brief zu reden, schon gar nicht mit ihren Kolleginnen, die sie, seit diese sie in der Sendung gesehen hatten, den ganzen Tag mit Anrufen bombardierten. Alle kamen um vor Neugier und wollten unbedingt wissen, ob sich schon jemand gemeldet hatte. Auch die Portiersfrau aus ihrem Haus versuchte sie jedes Mal mit Blicken zu röntgen, wenn sie an der Pförtnerloge vorbeikam.

Ispettore Mauris hatte versprochen, ein paar Nachforschungen anzustellen, doch sie wollte selbst auch etwas tun und die Zeitungen von 1974 durchsehen, ob sie vielleicht noch andere Einzelheiten über das Blutbad berichteten.

In diesem stark verschmutzten Zeitungsausschnitt ging es

um einen gewissen Professore Cinisi und seine Familie, aber er war sehr allgemein gehalten. Nicht einmal die Namen der Familienangehörigen, die mit ihm ermordet worden waren, tauchten darin auf, da die Fortsetzung des Artikels und die Hintergrundberichte fehlten. Marcella hoffte, in den auf Mikrofilm archivierten Zeitungen des entsprechenden Jahrgangs im Lesesaal weitere Informationen zu finden.

Vor allem hoffte sie auf Bilder von den Opfern, um so ihre Erinnerung besser durchforsten zu können. Falls sie kein Gesicht wiedererkannte, würde sie die Angelegenheit fallen lassen, versprach sie sich. Schließlich war sie im September 1974 vier Jahre alt gewesen, deshalb müsste sie sich doch an irgendetwas erinnern. Sie war sicher, wenn sie das Gesicht ihrer Mutter sah, würde sie es wiedererkennen.

Ja, es gab Fotos.

Sie waren verblasst, ein wenig unscharf, aber noch ganz brauchbar.

Während sie vor dem Apparat saß, an dem sie sich die Mikrofilme ansah, klopfte ihr Herz so laut, als wollte es ihren Brustkorb sprengen. Marcella betrachtete jedes einzelne Gesicht lange und forschend. Sie fürchtete sich davor, etwas zu finden, das die losen Fäden ihrer Erinnerung zusammenfügte.

Nichts zu machen. Keines der Gesichter war ihr vertraut.

Sie wollte schon erleichtert aufseufzen, als sie den Hund entdeckte.

Zwei Fotos.

Eines zeigte einen großen, hellen Retriever inmitten der Familie. Mit offenem Maul und freudig aufgerichtetem Schwanz.

Auf dem anderen Foto, das nach dem Fund der Leichen auf-

genommen wurde, war der Hund nur noch ein blutiges Fell-
bündel am Fuß der Treppe. Der Hund des Hauses, der zusammen mit den Familienangehörigen erschossen worden war.

Marcella befiel eine plötzliche Unruhe, die durch nichts zu
unterdrücken war; sie las den zugehörigen Artikel vollständig
durch und erfuhr so den Namen des Hundes. Er hieß Müll.

Laut dem Artikel hatte der Hausherr ihn erst wenige Tage
vor seiner Ermordung aufgelesen. Jemand hatte ihn in einem
Haufen Abfall auf der Brücke eines alten Fischkutters ausgesetzt, der verschrottet werden sollte. Er hatte ihn an Bord
seines eigenen Bootes genommen, ihn gesäubert und ihn dann
seiner Tochter zu ihrem vierten Geburtstag geschenkt.

Müll!

Das war doch der Name, den sie schon immer in ihrem
Kopf herumtrug, der sich wie eine winzige Briefmarke in
einem Winkel ihres Gedächtnisses festgesetzt hatte. Konnte
das Zufall sein? War es wirklich möglich, dass sie in ihrer
fernen, unergründlichen Kindheit mit einem Hund gespielt
hatte, der denselben ausgefallenen deutschen Namen trug
wie dieser Hund, nämlich Müll?

Warum gab ein Sizilianer wie Professore Cinisi seinem
Hund einen deutschen Namen?

Die Antwort auf diese Frage fand sie in einem ausführ-
licheren Artikel, der auch die genauen Namen der Toten auf-
führte.

Dort stand tatsächlich, dass die Frau des Professore Renate
Füller hieß und Deutsche gewesen war.

Dem Foto nach musste sie eine sehr hübsche Frau gewesen
sein, blond, mit feinen Gesichtszügen, die sie jünger wirken
ließen als dreißig, dieses Alter stand in der Bildunterschrift.
Sie hatte lange, glatte Haare und einen dichten Pony, der ihr
bis über die Augen reichte. Fast alle Zeitungen hatten dieses Foto gewählt, das aus einem Familienalbum zu stammen

schien, die Cinisis im Garten, hinter ihnen ein riesiger Rosenstrauch. Ein Bild, das, wie sie las, wenige Tage vor dem Blutbad aufgenommen wurde.

Renate wirkte auf dem Foto ernst und nachdenklich. Neben ihr stand ihr Ehemann Adolfo Cinisi, der einen Jungen an der Hand hielt, Gustav Krause stand in der Bildunterschrift.

Gustav, dessen Gesicht vollständig im Schatten lag, stammte aus einer früheren Ehe Renates, einer Mussehe, die eilig geschlossen worden war, als sie sechzehn Jahre alt war, und ein Jahr darauf genauso schnell wieder geschieden war.

Also war Adolfo Cinisi ihr zweiter Mann.

Marcella saß lange da und starrte diese zu einem Gruppenfoto aufgereihte Familie an, die das Objektiv der Kamera in steifen, gezwungenen Posen festgehalten hatte, keiner von ihnen lächelte. Auf der Suche nach irgendwelchen Empfindungen durchwühlte sie verzweifelt jeden Winkel ihrer Erinnerung.

Nichts.

Cinisi war ein gut aussehender Mann, achtundvierzig Jahre alt, dunkler Teint, Haare und Schnurrbart waren schwarz. Der Junge, Gustav, hatte helle, glatte Haare wie seine Mutter. Er war von zartem Körperbau, hatte lange, sehr dünne Beine, die die weiten Shorts dürr und knochig wie bei einem alten Mann wirken ließen.

Dann entdeckte sie das Foto eines kleinen Kindes: Luca Cinisi, der Sohn von Renate und Adolfo.

Luca wurde wenige Tage vor seinem dritten Geburtstag umgebracht, hieß es im Artikel mit der grausamen Detailverliebtheit der Lokalberichterstattung.

Auf dem Foto hier war er ein Jahr alt, man hatte es wie das andere Bild bestimmt mit irgendwelchen Tricks aus einem Familienalbum entwendet. Seine Mutter hielt ihn auf dem

Arm, und er zog lächelnd an ihren Haaren. Das Bild dieses Kindes erweckte als einziges in Marcella die Spur eines Gefühls. Als sie es betrachtete, überfuhr sie ein leichter Schauder, doch es gelang ihr nicht, in diesem Reservoir voller Schatten, das ihr Gedächtnis war, die Verbindung zu finden, die sich ihr entzog. Und nach dem ersten Blick verflüchtigte sich auch diese winzige Reaktion.

Nichts. Absolut null.

Sie war mit der Gewissheit aufgewachsen, einen kleinen Bruder zu haben, doch sosehr sie sich auch bemühte, sie konnte sich weder an sein Gesicht noch an seinen Namen erinnern. Manchmal war sie sogar selbst davon überzeugt, das Bild von dem Jungen, den sie als kleines Mädchen auf dem Arm gehalten zu haben meinte, sei nur eine Frucht ihrer Fantasie. Eine Flucht vor der Traurigkeit und Einsamkeit, die sie ihre gesamte Kindheit über begleitet hatten.

Das Blutbad, so las sie, war in der Nacht vom 13. auf den 14. September 1974 geschehen, acht Tage nach ihrem vierten Geburtstag, dem 5. September. Also war das Kind auf dem Foto ein Jahr nach ihr auf die Welt gekommen.

Kann ein vierjähriges Mädchen seinen drei Jahre alten Bruder auf dem Arm halten?

Ja, das geht, wenn die Mutter in der Nähe ist und ihm hilft.

Doch es konnte alles auch nur Zufall sein. Denn sosehr Marcella sich bemühte, ihr erschöpftes Gedächtnis zu quälen, sie fand nichts. Alles an dem kleinen Luca war ihr fremd, sogar sein Name.

In einem Hintergrundartikel, der am 16. September erschienen war, veröffentlichte *Il Giornale della Sicilia* auch zwei Bilder von Renates Eltern und erläuterte, sie seien ermordet worden, als sie zusammen mit Gustav Krause zu Besuch bei ihrer Tochter waren. Als seine Mutter ihre zweite

Ehe mit Adolfo Cinisi einging, hatte sich der kleine Junge entschieden, bei ihnen in Deutschland zu leben.

Marcella sah sich die dunklen Bilder ausführlich an, die eindeutig Kopien von Passbildern waren.

Die beiden hießen Liselore und Hans Füller und hatten damals in Freiburg gelebt. Er war sechzig Jahre alt, hatte graues, fast weißes Haar und ein Gesicht wie aus einem Holzblock geschnitten. Nicht hässlich, aber hart und kantig, ein gerader schmaler Mund durchschnitt es und ließ es entschieden, vielleicht sogar grausam wirken.

Liselore dagegen sah ihrer Tochter sehr ähnlich. In der Bildunterschrift stand, sie sei bei ihrer Ermordung fünfundfünfzig gewesen, aber auf diesem Foto wirkte sie jünger. Sie war ebenfalls blond und hatte ein schmales, feines Gesicht. Eines von diesen frischen, lächelnden Gesichtern, die nie zu altern scheinen.

Als sie den Mikrofilm weiter durchsah, fand Marcella auch ein Foto des Hauses, in dem das Blutbad stattgefunden hatte, doch es war sehr dunkel, und man konnte kaum etwas darauf erkennen. Eine große, gediegen und streng wirkende Jugendstilvilla mit einer breiten Freitreppe an der Vorderseite. Sie sah sich jede Einzelheit genau an.

Ihre Gefühle dabei: Fehlanzeige. In ihrem Kopf herrschte völliges Dunkel.

Nachdem sie den übrigen Vormittag und den gesamten Nachmittag damit verbracht hatte, alle Artikel über das Blutbad durchzulesen, die zwischen dem 15. und dem 20. September 1974 in den lokalen und überregionalen Zeitungen und in einigen Illustrierten erschienen waren, ohne dass sie über den Hund hinaus Hinweise fand, die sie mit den Opfern verbanden, gelangte Marcella zu der Überzeugung, jene Tragödie habe nichts mit ihr zu tun.

Doch was war mit Müll?

Das konnte eine falsche Erinnerung sein. Eine Mischung aus ihrem Wunsch, wirklich eine Familie gehabt zu haben, und den zärtlichen Regungen, die der kleine Hund in ihr ausgelöst hatte. Ein Streich, den ihr Kopf ihr spielte.

Ziemlich erleichtert beschloss sie, sich genau an die Ratschläge des Ispettore zu halten. Sie hatte in keinem Artikel, die sich mit der unglücklichen Familie befassten, einen Hinweis auf ein vierjähriges Mädchen gefunden, das alles unversehrt überstanden haben sollte. Also konnte es sich nicht um ihre Familie handeln. Sicherheitshalber fotokopierte Marcella alle Artikel und ließ sich Vergrößerungen von den Bildern machen, bevor sie die Bibliothek verließ.

Zu Hause las sie später alles noch einmal in Ruhe durch und stellte sich eine Liste mit den wichtigsten Punkten zusammen.

1) Es hatte ein Blutbad gegeben.
2) Ein Mafiaanschlag (?)
3) Sechs Opfer, vier Erwachsene und zwei Kinder, dazu der Hund des Hauses.
4) Hauptziel des Angriffs: Professor Cinisi, ein berühmter und sehr reicher Chirurg mit ausgedehnten, nicht unbedingt lupenreinen wirtschaftlichen Interessen bei öffentlichen Ausschreibungen im Gesundheitswesen. Interessen, die, wie die Ermittlungsbeamten vermutet hatten, irgendeinem hohen Tier der lokalen Unterwelt ein Dorn im Auge gewesen sein mussten.
5) Tatwaffe: Ein Jagdgewehr, das dem Professor gehörte und ordentlich registriert war, außerdem ein Rasiermesser, beide wurden am Tatort gefunden.
6) Mögliche Motive: Rache, die sich gegen den Professor richtete, beruflicher Neid.

7) Verdächtige: In Anbetracht der Bedeutung des Ziel-
   objekts, der Anzahl der getöteten Personen und der
   Brutalität, mit der das Massaker ausgeführt worden
   war, tendierten die Ermittlungsbeamten zu der An-
   nahme, die Auftraggeber des Verbrechens (wer?)
   gehörten einem mächtigen Mafiaclan an, vielleicht
   aus Palermo, aber der Befehl für die Morde sei
   von den obersten Mafiabossen gekommen. Keine
   Namen, keine Verhaftungen – jedenfalls den Berichten nach.
8) Täter: Ein Trupp von kleinen Handlangern.
9) Ort des Massakers: Die Villa des Professors auf den
   Hügeln über Catania.
10) Tatzeit: nicht genau bekannt. Auf jeden Fall aber
    zwischen Mitternacht und fünf Uhr morgens in der
    Nacht vom 13. auf den 14. September.

Das war alles.

Die Zeitungen, die den Fall einige Tage lang ausführlich auf
den Titelseiten behandelt hatten, brachten keine Details über
den Verlauf der Ermittlungen, bis auf die üblichen banalen
Sätze von Pressekonferenzen wie: »Wir machen Fortschritte.«,
»Der Kreis schließt sich.« »Wir verfolgen jede Spur.«

Doch ein interessantes Detail gab es noch. Marcella entdeckte es in einem kurzen Kommentar aus dem *Corriere della
Sera* vom 19. September.

### Schatzsuche in Sizilien

Das beachtliche Vermögen von Professore Adolfo Cinisi, des he-
rausragenden Chirurgen, der kürzlich mit seiner ganzen Familie
ermordet wurde, ist spurlos verschwunden. Ein weiteres Rätsel
in dem mysteriösen Fall.

Nach einer kurzen Zusammenfassung der Fakten erklärte der Journalist, dass Adolfo Cinisi kurz vor seinem Tod völlig unerklärlich seinen gesamten Besitz veräußert hatte, auch seine Anteile an den beiden Kliniken sowie sämtliche Immobilien seiner Familie, zu denen neben der Villa in Catania, dem Schauplatz des Blutbades, noch eine große Villa am Meer in der Nähe von Aci Trezza und einige Wohnungen in Catania, Palermo und Messina gehörten. Von dem Geld, das in Banknoten aufgestapelt sicher einen Turm so hoch wie ein Wolkenkratzer ergeben hätte, fehlte jede Spur.

Wo war all dieses Geld geblieben?

Der Journalist legte eine Vermutung nahe. Adolfo Cinisi habe sich bedroht gefühlt und deshalb vielleicht diesen Haufen Geld mit irgendwelchen Tricks ins Ausland transferiert und war vielleicht gerade auf dem Weg zu seinem Vermögen, als er umgebracht wurde. In anderen Worten, er versuchte, mit der gesamten Familie das Land zu verlassen, aber jemand hatte dies zu verhindern gewusst.

Marcella wusste nicht viel über Steuergesetze, aber doch, dass 1974 der Geldbetrag, den man aus Italien ausführen durfte, sehr niedrig gewesen sein musste. Sie konnte sich noch gut erinnern, dass Papa Aldo besonders gern darüber gejammert hatte. Er hatte beruflich öfter im Tessin zu tun und hätte recht gern etwas von den Dingen, die in der Schweiz günstiger waren, mit nach Hause gebracht. Kaffee, Brühwürfel, Zigaretten, Schnaps. Doch jedes Mal bekam er es mit den Zöllnern zu tun, die das Geld zählten, das er bei der Ausreise aus Italien bei sich trug, und sein Auto gründlich durchsuchten, wenn er zurückkam.

Auch sie kam nicht umhin, sich nun zu fragen, wo dieses zu Bargeld gemachte Vermögen geblieben war. Und wie viele Touren hatte man wohl gebraucht, um all die Scheine über die Grenze zu bringen?

# KAPITEL 16

*Caltanissetta, 8. Juli 2000*

Dottore Domenico Callura, der endlich sein Büro in der Staatsanwaltschaft von Caltanissetta für sich allein hatte, legte das Blatt mit den streng vertraulichen Fragen, mit denen ihn sein Freund Lucio Mauris von der Mailänder Mordkommission geradezu überschüttet hatte, in eine neue Sichthülle ab. Es waren zu viele, als dass er sie im Kopf behalten konnte. Deshalb hatte er sie ordentlich aufgeschrieben und die Fragen zum Teil sinngemäß vervollständigt, da Mauris sie ihm telefonisch gestellt hatte und ihr Gespräch von dem Verkehrslärm empfindlich gestört worden war.

Mauris hatte ihn auf seinem Privatapparat in der Staatsanwaltschaft von einer öffentlichen Telefonzelle aus angerufen, die dem Motorenlärm im Hintergrund nach zu urteilen mitten auf einer Umgehungsstraße stehen musste. Während er sich seine Notizen noch einmal in Ruhe durchlas, schnaubte er durch seinen Schnurrbart, der so lang und dicht war, dass er über seine Lippen fiel.

Dieser verdammte Mauris. Jedes Mal, wenn er sich meldete, wirbelte er Calluras Leben kräftig durcheinander. Er brachte Unglück. Nein, er war das Unheil in Person, ständig auf der Suche nach einem geeigneten Ort, wo er zuschlagen konnte.

Lucio Mauris und Mimì Callura waren beide Torineser von Fiats Gnaden. Der erste behauptete, seine Wurzeln reichten bis zu den prähistorischen Einwohnern des Aostatals, den mysteriösen *salasses*, zurück, die die unglaubliche Fähigkeit besaßen, sich selbst an die widrigsten Klimabedingungen anzupassen, die feinen, aber zähen Wurzeln des anderen waren am Ionischen Meer zu finden.

Ihre Wege hatten sich in der sechsten Klasse gekreuzt, aber die Freundschaft zwischen ihnen war nicht die gewöhnliche zwischen Klassenkameraden. Sie waren Geschäftspartner im Tauschhandel mit den *Panini*-Sammelbildchen, vereint gegen den Rest der Klasse, Komplizen bei Streichen und Prügeleien.

Sie hatten sich seit dem ersten Schultag zusammengetan. Mauris, der wegen seiner braunen Hautfarbe, mit der er aussah wie ein Araber, nur *Mau Mau* genannt wurde, obwohl doch seine Vorfahren, die *salasses*, eher der nordische Typ waren, genauer gesagt Kelten, und so dunkel nur wurden, wenn sie sich monatelang nicht wuschen und die Sonne sie gebräunt hatte. Und Domenico, von der Mama Mimì gerufen, der gerade frisch aus Kalabrien nach Turin gekommen war und sich sofort wegen seines süditalienischen Kosenamens prügeln musste, weil er in der Klasse für Lachstürme sorgte, besonders nachdem die Musiklehrerin die tolle Idee hatte, mit den Schülern eine Aufführung von *La Bohème* im Teatro Regio zu besuchen.

Mau Mau und Mimì machten alles gemeinsam. Sich prügeln, eingefleischte *Juve*-Fans sein, von zu Hause fortlaufen, und jeden Morgen an der gleichen Haltestelle den Bus Nummer 74 nehmen, für den Weg zur Schule und wieder nach Hause zurück.

Sie steckten immer zusammen.

Vor allem, das lässt sich ganz banal so sagen, weil sie einander gut leiden konnten. Und dann hatten sie die äußeren Umstände so eng zusammengeschweißt wie zwei Erbsen in einer Schote.

Sie waren Nachbarn, wohnten im gleichen Block mit den Sozialwohnungen im alten Marktviertel. Da sie gleich alt waren, waren sie in derselben Klasse gelandet. Sie hatten zum Abschluss dieser Schule gerade so eben die Mindestnoten plus einem Fußtritt vom Rektor obendrauf bekommen und nach dem Abitur beschlossen, nachdem sie wie durch ein Wunder die Gymnasialzeit überstanden hatten, ohne in der Jugendstrafanstalt zu landen, auch weiterhin ihren Lebensweg gemeinsam fortzusetzen, und sich beide für die gleiche Fachrichtung eingeschrieben. Jura.

Rauflustig, sarkastisch, respektlos und unverschämt, wie sie waren, hatte sie das Band aus ihrer Komplizenschaft und *Omertà* vereint, das in ihrer Kindheit nicht einmal die Ohrfeigen der Eltern zu lockern vermochte. Und so hatten sowohl der Mauris aus dem Aostatal und der Callura aus dem Süden bei all den wagemutigen Streichen, verbotenem Schwimmen im Fluss Po und Schlägen der jeweiligen Väter doch irgendwie ihren Studienabschluss geschafft.

Mit diesem Stück Papier allerdings trennten sich ihre Wege, zumindest in geografischem Sinn. Zuerst war Lucio gegangen, er war bei einer Stellenausschreibung in Rom zum Zuge gekommen und war in den Polizeidienst eingetreten.

Sitte, Drogenfahndung, Kriminalpolizei.

Sein Studienabschluss ermöglichte es ihm, in die begehrtesten Positionen zu gelangen, und er benutzte jede Beförderung dazu, sich an strategische Posten versetzen zu lassen, weil ihn das, wie er hoffte, von Präsidium zu Präsidium schließlich ruhmbedeckt und um viele Erfahrungen reicher zurück nach Aosta führen würde. Mailand sollte seiner Absicht nach die vorletzte Station auf seinem Weg den italienischen Stiefel hinauf sein, dort war er dem fünften Dezernat mit dem Rang eines Ispettore Capo zugeteilt worden. Es gefiel ihm zwar nicht, aber diese Stufe fehlte ihm noch, ehe er zum Commissario befördert werden konnte und der Weg frei war zu einer Stelle in seinen Bergen. Also harrte er, zitternd vor Ungeduld, aus. Doch jetzt war es nicht mehr weit nach Aosta, dachte er sich.

Bei Mimì war es ganz anders gelaufen. Er wurde wegen eines leichten Herzgeräusches für untauglich erklärt und konnte sich so in aller Ruhe gleich auf seine Prüfung zum Staatsanwalt vorbereiten, und während Lucio mit seiner Truppe in waghalsigen Aktionen gegen das Verbrechen in der Landeshauptstadt zu Felde zog, hatte er eine ruhigere berufliche Laufbahn bei Gericht gewählt. Und nachdem er von Stellenausschreibung zu Stellenausschreibung zunächst diverse Staatsanwaltschaften in Norditalien durchlaufen hatte, war er schließlich in den Antimafiapool bei der Staatsanwaltschaft von Caltanissetta eingetreten, einer Stadt, die für ihn als Süditaliener ideal war, weil er dadurch sozusagen zu seinen Wurzeln zurückkehrte.

Obwohl mittlerweile der gesamte Stiefel zwischen ihnen lag, hatten Lucio und Mimì immer Kontakt gehalten. Manchmal hatten sie sogar öfter miteinander zu tun, als ihnen lieb war, weil ihre jeweiligen Berufe sie dazu verleiteten, Gefälligkeiten und Informationen auszutauschen, was mehr als einmal Unannehmlichkeiten nach sich gezogen hatte. Wie diese Geschichte, die Mimì gerade auf den Schreibtisch geflattert war.

Schon in dem Moment, als er erfasste, dass Lucio ihn aus einer öffentlichen Telefonzelle anrief, wusste Dottore Callura genau, dies war einer der Fälle, in denen es für beide von ihnen besser gewesen wäre, wenn Mauris ihn nicht angetroffen hätte. Stattdessen hatte er an seinem Schreibtisch gesessen, den Hörer abgenommen und sich persönlich gemeldet, da Mauris die private Nummer gewählt hatte.

»Büro des Staatsanwalts, wer spricht da bitte?«

»*Salut*, Mimì, ich bin's, Lucio. Hast du kurz Zeit?«

Jetzt war es zu spät, um die Flucht zu ergreifen.

Diesmal brauchte Lucio also Informationen über einen alten Fall. Ein Blutbad, das 1974 in Sizilien verübt wurde, als dort noch alle Inselbewohner dazu neigten, bei Gott und allen Heiligen zu schwören, dass diejenigen, die in den Straßen der Städte ermordet wurden und auf dem Land mit der abgesägten Schrotflinte erschossen wurden, Selbstmord begangen hätten oder Opfer von Fremden, von jemand von außerhalb geworden wären. Die Mafia war natürlich nur ein Märchen, das sich Journalisten vom Festland ausgedacht hatten, um Sizilien zu diskreditieren, während die Cosa Nostra nur eine literarische Fantasie dieses gottverdammten Amerikaners mit seinen verfluchten sizilianischen Wurzeln war, der den *Paten* geschrieben hatte.

1974, wie übrigens heute noch, herrschten auf der Insel Schutzgeld, *Omertà*, Verbrechen und Gleichgültigkeit. Und vor allem Angst. Eine Angst, die so groß war, dass die Leute auch angesichts der brutalsten und offensichtlichsten Morde nichts sahen, nichts hörten und nichts sagten, wie die berühmten drei Affen.

Gerade deshalb war Dottore Callura so erstaunt, als er die alten Akten durchging, die neben Dokumenten, den Verhörprotokollen der Ermittlungsbeamten und den Berichten der Streifenpolizisten noch zahlreiche Zeitungsausschnitte enthielten, dass hier ganz explizit die Mafia erwähnt wurde.

Ein Zeichen dafür, dass die Angelegenheit zu viel Aufsehen erregt hatte, um sie unter den Teppich zu kehren.

Ein böses Zeichen.

Mimì Callura erlebte noch eine Überraschung, als er entdeckte, dass der Fall zwar unter dicken Papierstapeln begraben lag, aber nie offiziell zu den Akten gelegt worden war. Es hatte ein paar Verdächtige gegeben, die später wieder entlastet wurden. Zahlreiche Vermutungen, denen jedoch nie weiter nachgegangen wurde. Doch Auftraggeber und Täter blieben im Dunkel. Vorsichtshalber lud er das ganze Dossier selbst auf ein Wägelchen, fuhr es zu seinem Kombi und nahm es mit nach Hause, wo er es in Ruhe durchblättern konnte, ohne Neugier zu erregen.

Lucio wollte von ihm wissen, ob vielleicht jemand dem Blutbad entkommen war. Und wenn ja, wer? Wie alt war die betreffende Person damals? Wie war sie dem Blutbad entkommen?

Eine Menge Fragen, die dem Staatsanwalt die Idee vermittelten, sein Freund habe sich schon ein genaues Bild von der Situation gemacht und suche nur nach Bestätigungen.

Eine Meinung, von der er annahm, dass man sie besser nicht am Telefon erwähnte.

Dottore Callura bemühte sich. Er blätterte Akten durch, las Protokolle, überprüfte Informationen, verglich Abschlussberichte und gab schließlich doch auf. In den Akten fand sich kein Hinweis auf eine Person, die gemäß Mauris' Vermutungen das Blutbad überlebt haben sollte.

Den Berichten der Beamten am Tatort und vor allen den Fotos der Spurensicherung nach hätte man annehmen können, Landsknechte hätten sich über die Villa hergemacht. Sie hatten sogar den Hund des Hauses umgebracht! Um nichts unversucht zu lassen, rief Callura einen pensionierten Commissario aus dem Präsidium von Catania an, der jahrelang die Abteilung, die im Auftrag der Staatsanwaltschaft von Caltanissetta ermittelte, geleitet hatte und ihm ab und zu einen Tipp gab. Er hieß Rocco Bonarriva und war im September 1974 bestimmt im Dienst gewesen.

Sein Anruf war ein Volltreffer!

Rocco Bonarriva war zu dieser Zeit nicht nur im Dienst, er hatte sogar die Ermittlungen geführt.

»Dottore, es gab damals nicht viele, die bereit waren, als Commissario zu arbeiten«, sagte er als Erklärung für diesen glücklichen Zufall. »Um die Posten in den Stationen im Umland von Catania haben wir Karten gespielt. Und ich hatte noch nie viel Glück im Spiel.«

Er war sofort nach den Streifenbeamten am Tatort eingetroffen, die die Zentrale nach dem anonymen Anruf losgeschickt hatte, und konnte sich noch sehr gut an diese Nacht erinnern.

»Na, wer wird die je vergessen? Ich hatte noch jahrelang Alpträume.«

Bonarriva erinnerte sich auch noch an das Detail, das Callura am wichtigsten war. Eine *picciridda*, ein kleines Mädchen, etwa drei oder vier Jahre alt, hatte das Blutbad überlebt. Bei dem Alter war er sich nicht ganz sicher, aber er konnte sich so genau an das Kind erinnern, weil er es selbst in seine Arme genommen und in seinem Auto in Sicherheit gebracht hatte, um es später an die Leute vom Jugendamt zu übergeben.

Was wohl aus dem kleinen Mädchen geworden war? Callura ließ diese Frage wie beiläufig fallen, um nicht zu verraten, dass es ihm genau darum ging.

Als guter Sizilianer fiel Bonarriva nicht auf den Köder herein, sondern blieb genauso allgemein, vermutete vorsichtig, man habe sie vielleicht aus Sizilien weggebracht, entfernten Verwandten anvertraut, vielleicht auch zur Adoption freigegeben … Das Mädchen hatte auf jeden Fall einen anderen Namen bekommen. Das war so üblich, wenn nach solchen Morden Waisen zurückblieben.

Die Kleine, erklärte Bonarriva, hatte Verwandte in Sizilien, die sich um sie hätten kümmern können. Leute mit Geld. Aber vielleicht wären sie nicht in der Lage gewesen, sie ausreichend zu beschützen. Bonarriva wusste nichts Genaues, denn ihre Spur hatte sich sofort verloren.

»Und die Presse?«

»Uii, das gab einen Riesenwirbel. Und auch wieder nicht.«

»Weswegen?«

»Wegen des Blutbads. Das Ganze sorgte für ziemliche Aufregung, und die Zeitungen schrieben wochenlang darüber.«

»Und worum nicht?«

»Aaah, wegen der Kleinen natürlich! Ich würde Ihnen gern mehr sagen können, Dottore«, meinte der alte Commissario abschließend. »Aber Sie müssen verstehen, damals hatten wir anderes zu tun. Gerade war der Kampf unter den Familien um die Vorherrschaft über dieses Gebiet ausgebrochen. Jemand äußerte den Verdacht, gerade dieses Blutbad habe festgelegt, wer auf der Sieger- und wer auf der Verliererseite stand.«

Diese Informationen verdienten eine weitere Vertiefung. Mimì Callura, stellvertretender Staatsanwalt von Caltanissetta, bat im Namen der Freundschaft den alten Polizisten um ein privates Treffen, der mit seinen zweiundsiebzig Jahren noch nichts davon wissen wollte, sich in seiner freien Zeit nur um die Olivenbäume auf seinem kleinen Grundstück zu kümmern, wie seine Frau es sich wünschte, sondern ab und zu, wenn ihn jemand darum bat, ein paar Fälle aufklärte. Kleine private Ermittlungen, meist ging es dabei um Ehebruch, aber sie genügten, um seinen Geist rege zu halten und seine Augen munter, die tief in seinen dicken, stets perfekt rasierten Wangen versanken.

# KAPITEL 17

*Catania, 9. Juli 2000*

Sie trafen sich in einer Pasticceria in der Innenstadt, die an der Via Etnea, der elegantesten Straße von Catania, an deren Ende man den Ätna erhaben und drohend aufragen sah, Tische im Freien aufgestellt hatte.

Mimì Callura und Rocco Bonarriva nahmen vor einem Gestell mit *Cannoli* und anderem sahnetriefenden Süßgebäck mit Ricotta und kandierten Früchten Platz. Eine Freude für den Gaumen und die pure Hölle für den Cholesterinwert.

Bei ihrer Ankunft hatten sie sich beiläufig begrüßt, als wären sie zwei alte Bekannte, die einander dort zufällig begegneten. Bevor sie zur Sache kamen, tranken sie erst einmal schweigend ihren Kaffee und genossen dazu ein paar von diesen Köstlichkeiten. Keiner von ihnen musste erst erwähnen, dass dieser gemeinsame Kaffee unter ihnen bleiben sollte, und dass sie sich weder an ihn erinnern noch später irgendjemandem davon erzählen würden.

Bonarriva sprach als Erster das Thema an, in aller Ruhe, mit langen Pausen und vorsichtigen Anspielungen, wie ein typischer Sizilianer eben. Dottore Callura ließ ihn gewähren.

»Also, wegen der Sache, nach der Sie mich gefragt haben, Dottore, da muss ich Ihnen bestätigen, was ich Ihnen schon am Telefon sagte. Dem Gemetzel entkam wirklich ...«, ein langer Schluck Kaffee, gefolgt von einem winzigen Bissen eines mit Marzipan gefüllten Gebäcks, dann drückte er leicht die blütenweiße Serviette auf die Lippen, »diese *picciridda*, dieses kleine Mädchen.«

»Hmm ...«

»Als wir eintrafen, fanden wir sie im Garten. Sie war drei oder vier Jahre alt. Man hatte sie verschont. Oder vielleicht vergessen ...«

»Und warum steht nichts davon in den Akten? Warum findet sich nicht einmal in den Berichten der Beamten, die am Tatort waren, etwas darüber?«

»Auf Anordnung des Staatsanwalts. Das Mädchen wurde sofort weggebracht und den Schwestern des Ordens *Preziosissimo Sangue* in Catania anvertraut. Es kam nicht ins staatliche Waisenhaus, sondern in das Kloster, das auf Anordnung des Jugendgerichtes besondere Fälle aufnahm. Wir hatten alle Befehl, darüber Stillschweigen zu bewahren. Und wenn das eingehalten wurde, lag es nur daran, dass eben nur wenige Bescheid wussten. Die Verstärkung kam erst später, die Carabinieri, die von der Streife benachrichtigt worden waren, und die Leute von der Spurensicherung erfuhren nichts von der Kleinen.«

»Aber was ist mit der Familie? Das waren doch bekannte Leute. Wie kommt es, dass kein Journalist sich gefragt hat, was aus dem Mädchen geworden war, nachdem es nicht unter den Opfern auftauchte?«

»Es ist seltsam, aber genau so war es. Über die Morde wurde viel geschrieben, auch von überregionalen Zeitungen. Diese Bluttat erregte viel Aufsehen. Doch an die Kleine hat niemand gedacht.«

»Und warum wurde sie bei den Nonnen in Obhut gegeben? Hatte sie denn keine Verwandten?«

»Die hatte sie, die hatte sie, und ob. Alles Verwandte väterlicherseits. Großeltern, Onkel, Tanten, Vetter. Doch es gab da gewisse Spekulationen. Zweifel, die weder bestätigt noch entkräftet wurden. Also, man dachte folgendermaßen: entweder wurde die Kleine aus irgendeinem Grund verschont oder einfach vergessen. In beiden Fällen war es besser für sie, wenn sie von der Bildfläche verschwand. Später schaltete sich das Jugendgericht ein, besorgte ihr neue Eltern, die sie aus Sizilien fortbrachten, und eine neue Identität.«

»Ja, aber haben ihre wirklichen Verwandten, Großeltern, Onkel, Tanten, nicht nach ihr gefragt, als sie von dem Blutbad erfuhren? Sie mussten doch von ihrer Existenz gewusst haben, und da sie nicht unter den Opfern auftauchte …«

»Ich weiß nicht, ob sie nach ihr gefragt haben. Auf jeden Fall haben sie sich nicht gerade ein Bein ausgerissen, um sie zu sich zu holen. Vielleicht hatten sie Angst. Vielleicht war ihnen diese kleine Deutsche auch völlig egal. Sie wissen, Dottore, dass ihre Mutter eine geschiedene Frau aus Deutschland war, die schon einen Sohn hatte? Sie hieß …«

Dottore Callura war schneller. Er zog einen Zettel aus der Tasche und nannte den Namen vor Bonarriva.

»Renate Füller, so hieß sie. Ja, sie muss Deutsche oder Österreicherin gewesen sein.«

»Sie war ganz bestimmt Deutsche«, berichtigte ihn Bonarriva. »Diesen Missgriff haben die Cinisis dem Professore nie verziehen. 1974 war eine solche Heirat in den höheren Kreisen Siziliens eine Schande.«

»Die Mutter wird doch noch Verwandte in Deutschland gehabt haben? Hat sich von denen niemand gemeldet? Hat niemand nach ihr gefragt?«

»Die Mutter war ein Einzelkind, und ihre Eltern kamen ja bei dem Massaker um. Aber da war noch jemand. Ein Stiefbruder. Der Sohn aus erster Ehe.«

»Warten Sie.« Mimì Callura schaute wieder in seine Notizen. »Hier ist von einem gewissen Gustav Krause die Rede.

Ein kleiner Junge. Aber in den Akten steht doch, er sei umgekommen?«

»Er war lebensgefährlich verletzt, aber nicht tot. Überlebte wie durch ein Wunder. Er lag tagelang im Koma. Die Nachricht, dass er sich wieder erholte, wurde nie weitergegeben oder nicht wahrgenommen. Wahrscheinlich spielt da auch eine Rolle, dass man da schon lange nicht mehr über den Fall sprach und inzwischen andere Bluttaten geschehen waren. Zur Zeit der Tat schrieben die Zeitungen nur, dass er unter den Opfern war und berichteten nicht mehr von seiner Genesung. Na ja, was man so Genesung nennt, denn man hatte mit einem Schrotgewehr auf ihn geschossen, und eine Hälfte seines Gesichts und sein Brustkorb waren danach nur noch Hackfleisch.«

»Was ist aus ihm geworden?«

»Das kann ich Ihnen nicht sagen. Er blieb Monate im Krankenhaus und wurde später aufs Festland gebracht. Ich glaube, nach Rom. Schließlich hat man auch ihn dem Jugendamt übergeben. Vielleicht hat ihn ja jemand adoptiert, aber das bezweifle ich, denn er war schon ziemlich groß. Zwölf oder dreizehn Jahre alt. Außerdem, wer hätte sich den schon zu sich nach Hause geholt, bei dem Aussehen? Wahrscheinlich ist er in irgendeinem Heim gelandet. Wenn seine Verletzungen so schwer waren, dass er ständig auf Hilfe angewiesen ist, lebt er wahrscheinlich noch in irgendeinem Pflegeheim. Ich müsste ein paar Ermittlungen anstellen, um mehr darüber zu erfahren. Vielleicht lebt er ja sogar hier in Catania.«

»Aber er war doch Deutscher. Hatte er denn keinen Vater mehr?«

»Den hatte er, und man konnte ihn auch ausfindig machen. Aber der hatte nach der Scheidung wieder geheiratet und wollte nichts von dem Jungen wissen. Er sagte, er hätte nicht das Geld für die Ärzte.«

Dottore Callura wurde immer verblüffter. An dieser Geschichte stimmte etwas hinten und vorne nicht.

»Wer hat das Vermögen von Professore Cinisi geerbt?«

»Ah, jetzt kommt das Beste! Niemand hat die *piccioli*, das schöne Geld des Professors, bekommen. Und das aus zwei Gründen. Erstens, weil niemand wusste, ob wirklich Geld da war, und wenn ja, wo er es versteckt hatte. Zweitens, weil die einzige Erbin, die kleine Tochter, die überlebt hatte, unauffindbar war. Keine Erbschaft und keine Erbin. Das ist doch seltsam, oder? Adolfo Cinisi war ein reicher Mann, nein, er war mehr als reich. Man nannte ihn den ›Chirurgen mit den goldenen Händen‹, nicht nur, weil er so gut darin war, Leute aufzuschneiden, wenn Sie verstehen, was ich meine. Ihm gehörten Kliniken und Häuser. Trotzdem hat man nichts gefunden. Es war alles weg. Sogar die Villa, der Schauplatz des Blutbades, war, was für ein Zufall, kurz vor dem Verbrechen verkauft worden. Kommt Ihnen das nicht merkwürdig vor? Es wurde viel geredet, denn die neuen Besitzer trafen ein, kaum dass man das Blut in der Villa aufgewischt hatte. Leute vom Festland. Das war vielleicht besser so, denn niemand von hier hätte auch nur im Traum daran gedacht, in so ein Haus zu ziehen. Bei all den Toten!«

»Ja, das ist wirklich seltsam«, murmelte Dottore Callura in seinen Bart.

»Ja, sehr seltsam. Man hat auch bei den Banken ermittelt, aber selbst dort fand sich nichts. Vor allem diese Tatsache ließ den Verdacht aufkommen, die Mafia hätte dabei ihre Hände im Spiel. Der Professore war reich, seine Familie angesehen. Und heute wie damals macht hier niemand, der nicht als Baron geboren wurde, ein Vermögen, wenn er nicht denen die Hände küsst, die hier das Sagen haben. Verstehen Sie mich? Es hieß, Adolfo Cinisi wäre in schlechte Gesellschaft geraten. Glücksspiel, Schulden. Aber das wurde nie bewiesen. Man weiß nur, dass all das schöne Geld … fftt, einfach verschwunden ist. Der Fall wurde nie abgeschlossen, obwohl schon lange nicht mehr ermittelt wird. Denn es besteht immer noch die Hoffnung, Dottore, dass früher oder später jemand redet. Sie wissen schon, Gesetz 41 bis. Ein nettes Feuerchen unter dem Hintern dieser Kerle. Deswegen haben Sie die Akten noch gefunden.«

»Ein Blutbad von diesen Ausmaßen, und es hat niemand geredet? Niemals? Was ist mit Informanten?«

»Ach, Dottore, Informanten!« Bonanno fächelte sich das Gesicht mit seinem Hut. »1974 gab es hier keine Informanten. Also welche, die lange genug noch am Leben blieben, meine ich. Wenn es einem von denen je in den Sinn gekommen wäre zu singen, dann hätte man ihn ins Irrenhaus eingewiesen, denn so jemand konnte ja nur verrückt sein, und um ganz sicherzugehen, hätte man ihn später erschossen. Damals war in den Präsidien folgender Spruch im Umlauf: ›Mafiosi reden nicht. Wenn sie reden, heißt das, sie sind verrückt, und wenn sie verrückt sind, können sie keine Mafiosi sein.‹ Haben Sie je die Geschichte von dem armen Leonardo Vitale gehört? Eigentlich war er der erste *Pentito*, ein reuiger Mafioso, der aussteigen und gegen die eigene Organisation aussagen wollte, der erste nach Joe Valachi, aber der zählt nicht, denn der Fall war ja in Amerika.

Also, Vitale war zwar nur ein armer Teufel, aber er war als Mitglied der Mafia aufgenommen worden und wusste viel. Nachdem er zahlreiche Morde begangen hatte, bekam er eine Glaubenskrise. Im Angesicht der Jungfrau Maria mit dem durchbohrten Herzen bereute er und wollte auspacken, um sein Gewissen zu erleichtern. Und was tat er also? Er ging zu den Carabinieri, und weil ihm das nicht reichte, auch noch zur Staatsanwaltschaft. Wenn sie seine Hinweise und Anschuldigungen ernst genommen hätten, hätten sie damals halb Sizilien ins Gefängnis stecken können. Aber niemand wollte ihm Glauben schenken. Er war beharrlich, wurde lästig. Also hat man ihn ins Irrenhaus eingewiesen, um ihn sich vom Hals zu schaffen. Als er dann aus der Klapsmühle entlassen wurde, hat er nur noch wenige Tage gelebt. Die Mafia, ja, die hat ihm geglaubt! Sie ließen ihn an einem Sonntagmorgen auf den Stufen einer Kirche erschießen. Der arme Vitale war zwar verrückt, und niemand glaubt einem Verrückten. Aber sicher ist sicher!«

»Also, der Fall Cinisi wurde nie zu den Akten gelegt.« Dottore Callura dachte laut nach. »Und wenn man ihn heute wieder aufnehmen würde? Neue Ermittlungen anstellte?«

»Bedienen Sie sich. Die Gerechtigkeit hat es nicht eilig. Vor allem hier in Sizilien nicht.«

Ein langes Gespräch. Mimì Callura und Rocco Bonarriva trennten sich danach mit einem Kopfnicken und einem kurzen Händedruck. Bevor jeder seines Weges ging, sprach der pensionierte Commissario noch eine düstere Warnung aus.

»Dottore, die Toten tun niemandem mehr etwas. Aber glauben Sie mir, ich habe viele von ihnen gesehen und kenne mich da aus: Man lässt sie besser ruhen.«

# KAPITEL 18

*Mailand, 9. Juli 2000*

Lucio Mauris rief Marcella am frühen Morgen an.

Seit ihrem Besuch im Präsidium waren zwei Tage vergangen.

»Kann ich heute Abend zu Ihnen kommen? Ich habe Ihnen etwas mitzuteilen.«

»Kann ich nicht zu Ihnen kommen? Das Schuljahr ist zu Ende, und ich bin also völlig frei.«

»Ich wollte mich nicht mit Ihnen verabreden, Signorina Grazioso«, reagierte Mauris sarkastisch auf den Hauch Misstrauen in ihrer Stimme. »Ich möchte nur nicht, dass meine Kollegen mitbekommen, dass ich Telefon, Fax und was uns der Staat sonst noch zur Verfügung stellt, benutze, um ohne jede Ermächtigung in einem Fall zu ermitteln, der nie in meinen Kompetenzbereich fiel. Wir haben nämlich auch unsere Vorschriften.«

Er betonte die Worte »ermitteln« und »Vorschriften« so stark, dass sein R diesmal guttural ausfiel, eher deutsch als französisch.

»Mein Gott, entschuldigen Sie bitte. Kommen Sie ruhig zu mir. Ich wollte doch nicht …«

Marcella war verwirrt, aber er ließ nicht zu, dass sie sich in sinnlosen Entschuldigungen verlor. »Keine Sorge, es ist alles in Ordnung. Passt es Ihnen um acht Uhr? Wenn es Ihnen lieber ist, können wir uns auch nicht bei Ihnen zu Hause treffen, sondern irgendwo draußen und zusammen etwas essen gehen.«

»Kommen Sie ruhig zu mir. Ich wohne Richtung Porta Ticinese. Also, Sie fahren nach Rozzano …«

»Ich weiß, wo Sie wohnen. Ich werde da sein.«

Klick, schon hatte er aufgelegt und das Gespräch beendet. Ispettore Mauris hatte definitiv irritierende Manieren.

Clara D'Amico fand keine Ruhe. Der Anblick von Marcella im Fernsehen, das war ein Schock für sie gewesen. Nie im Leben hätte sie sich vorstellen können, dass dieses Mädchen, das immer für sich blieb, sich an nichts beteiligte, ihren Ratschlag so wörtlich genommen hätte. Mit offenem Mund hatte sie vor dem Fernseher gesessen und gehört, wie die junge Frau ihre Lebensgeschichte erzählte, und dabei hatte sich ein wenig Enttäuschung in ihr breitgemacht und in ihrem Magen gekribbelt wie ein nervöses Mäuschen.

Marcella hatte zwar ihren Ratschlag befolgt, doch dann alles im Alleingang unternommen. Sie hatte vorher nichts mit ihr besprochen, obwohl die Anregung doch letzten Endes von ihr gekommen war, und sie, konnte man sagen, zu dieser Sendung gebracht hatte. Doch Clara D'Amico war nicht dazu geschaffen, jemandem lange böse zu sein. Nachdem sie ein paar Tage hart mit ihrem Groll gerungen hatte, ergab sie sich eines Morgens bedingungslos. Doch im Grunde trug nur ihre Sucht, sich in die Angelegenheiten anderer Menschen einzumischen, den Sieg davon.

»Ich muss jetzt bei ihr sein«, verkündete sie ihrem Mann, als sie nach einer schlaflosen Nacht das Bett verließ, mit dunklen Ringen unter den Augen, die ihr das Aussehen eines traurigen Pandabären verliehen. »Das arme Kind ist doch ganz allein. Sie braucht mich jetzt. Was meinst du?«

»Hmm, mach, wie du denkst.«

Der Mann wusste eigentlich gar nicht, worüber seine Frau redete. Er hatte schon vor Jahren gelernt, sich mit ihr zu unterhalten, ohne ein Wort von dem zu hören, was sie sagte, indem er einfach ab und zu nickte und ihr ein paar allgemeine Antworten gab, die zu allem passten. Manchmal merkte Signora D'Amico das und wurde wütend, aber dieses Mal deutete sie diese knappe Aufforderung als deutliche Zustimmung. Eine Bestätigung, dass sie sich in Bewegung setzen sollte.

Von da an rief sie Marcella täglich an, manchmal zwei- oder dreimal, um zu hören, ob es etwas Neues gab und um ihr jedes Mal wieder zu versprechen, dass sie sie sehr bald besuchen käme.

Marcella antwortete ihr höflich, ohne sie jedoch im Geringsten zu ermutigen. Ja, danke. Nein, danke. Machen Sie sich keine Umstände, war alles, was sie sagte. Und bei diesen knappen Worten überlegte sie, wie lange sie noch Ruhe haben würde. Signora D'Amico litt nämlich an chronischem Asthma, das sich je nach Jahreszeit und Witterung verschlechterte. Wenn sie ihre Anfälle bekam, dauerte dies ein, zwei Wochen, und sie musste zu Hause bleiben, alle Fenster schließen, die Klimaanlage anstellen, die Sauerstoffflasche in der Nähe und in jedem Zimmer ein Kortisonspray haben.

An diesem Tag ging es ihr jedoch besser.

Die Gewitter hatten die Luft gereinigt, und obwohl die Hitze noch drückend war, beschloss sie, jetzt sei der richtige Moment zum Aufbruch zu dem gekommen, was inzwischen in ihren Gedanken zu einer Mission geworden war.

Sie musste zu diesem Mädchen und sehen, wie es zurechtkam.

Wie auf Kohlen, nervös wie eine Maus in der Falle, wartete sie, bis sich der Tag zu Ende neigte.

An diesem Abend hatte sie das Essen früher als gewöhnlich auf den Tisch gebracht. Nachdem sie abgeräumt und entschieden hatte, jetzt sei die Luft erträglicher für ihre erschöpften Lungen und das Licht nicht mehr zu grell für ihre entzündeten Bindehäute, rief sie ein Taxi und ließ sich ins Le Torri-Viertel bringen.

Es fiel ihr nicht einmal im Traum ein, ihren Besuch per Telefon anzukündigen, da sie davon ausging, dass Marcella zu Hause war.

Wo hätte dieses arme Mädchen schon hingehen sollen?

Es war eine alte Gewohnheit Signora Claras, nie anzurufen, bevor sie sich auf den Weg machte, um jemanden zu besuchen. Hatte sie es sich einmal in den Kopf gesetzt, stand sie plötzlich vor der Tür, unangekündigt wie der Gerichtsvollzieher, den in ihrer Lieblingsfarbe Orange geschminkten Mund zu einem breiten Lächeln verzogen und vollkommen davon überzeugt, jeder müsse ihr Kommen als großen Gunstbeweis betrachten. War Marcella nicht zu Hause, oder antwortete sie nicht schnell genug auf ihr Klingeln, dann stand sie sogar mitten in der Wohnung, denn sie hatte Signora D'Amico selbst die Schlüssel dazu gegeben.

Diese Unbesonnenheit hatte Marcella bald bereut, aber jetzt gab es kein Zurück mehr. Das war an dem Tag gewesen, als ihr Vater den Herzinfarkt erlitten hatte, dem er wenige Tage danach erlag. Marcella hatte plötzlich ins Krankenhaus gemusst und nicht genug Zeit, für Marlene eine Pension zu suchen. Als die D'Amico noch am gleichen Tag in der Klinik aufgetaucht war, war sie so herzlich und fürsorglich gewesen, dass Marcella sie spontan gefragt hatte, ob sie sich nicht um ihre Katze kümmern könne.

Signora Clara hatte schon immer eine Schwäche für Marlene und ließ sich darum nicht lange bitten, aber damit sie

sich um sie kümmern konnte, brauchte sie die Wohnungs-
schlüssel.

Sie hatte die Katze geholt und sie die ganze Zeit bei sich
behalten, in der Marcella am Bett ihres Adoptivvaters geblieben war, obwohl sie deshalb mit Mundschutz in ihrer
Wohnung herumlaufen musste, um zu verhindern, dass ihre
Tierhaarallergie ausbrach. Danach hatte sie ihr den Schlüs-
selbund nie mehr zurückgegeben. Oder noch besser, sie hatte
die Ersatzschlüssel behalten, die sie sich »aus Gründen der
Bequemlichkeit« hatte machen lassen.

»Schau mal, Marcella«, hatte sie ihr erklärt, »jetzt bist du
ganz allein. Nimm einmal an, dir passiert etwas, dir geht es
nicht gut. Ein Anruf und ich bin sofort da und bringe alles in
Ordnung. Nein, nein, das macht mir keine Umstände. Ich bin
glücklich, wenn ich dir helfen kann. Außerdem ist Marlene
immer froh, mich zu sehen, nicht wahr, mein Kätzchen?«

So war das gelaufen. Und wie kann man protestieren,
wenn jemand nur helfen will? Marcella hatte schweren Herzens zugestimmt und später nie einen Weg gefunden, um
der D'Amico, ohne sie zu beleidigen und undankbar zu wirken, begreiflich zu machen, dass sie ihre Schlüssel zurück-
haben wollte. Jedes Mal, wenn sie einen Vorstoß wagte, unterbrach die D'Amico sie sofort und sagte: »Nein, das macht
mir nichts aus, das ist keine Mühe für mich.«

Dann konnte Marcella nichts anderes tun, als sich bei ihr
zu bedanken, und die Wohnungsschlüssel blieben, wo sie
waren, in den dunklen Untiefen dieser riesigen Handtasche,
die die D'Amico stolz und aus Vorsicht an einem Schulter-
riemen trug, um sich gegen Taschendiebe zu schützen.

An diesem Abend erreichte Clara D'Amico Marcellas Wohnblock gegen halb neun. Sie stieg aus dem Taxi und schlüpfte
schnell durch die Haustür, um dann nach Verlassen des Auf-

zugs festzustellen, dass auf ihr Klingeln niemand antwortete.

Verärgert, als hätte man ihr das mit Absicht angetan, drückte sie heftig auf den Knopf, doch nachdem sie mehrfach lange geklingelt hatte, musste sie aufgeben. Marcella war nicht da.

Sie blieb an der Tür stehen und überlegte. Soweit sie wusste, verließ das Mädchen abends nie das Haus. Also musste sie seit dem Nachmittag unterwegs sein. Das bedeutete, sie würde bald zurückkommen. Daher entschloss sie sich, da sie schon mal hergekommen war, könnte sie genauso gut auf Marcella warten.

Natürlich in ihrer Wohnung.

Sie kramte gerade in ihrer Tasche nach den Schlüsseln und hatte sie gerade gefunden, als sie hörte, wie jemand unten den Aufzug rief. Sie lauschte und hörte ihn kurz darauf hinauffahren. Erleichtert drehte sie sich um, um Marcella mit einem breiten Lächeln auf ihrem verschwitzten Gesicht zu empfangen, und hatte schon die Arme ausgebreitet, um sie wie eine schnaufende Bärenmama an sich zu drücken.

Es war nicht Marcella.

Signora D'Amico gefror das Lächeln auf den Lippen, ihre Arme fielen schwer an ihrem Körper herab. Ein Blick genügte, und sie erkannte den Mann wieder, der gerade den Aufzug verließ. Außerdem, wer hätte dieses Gesicht schon vergessen?

»Sie?«, entschlüpfte es Clara D'Amico gegen ihren Willen.

Der Mann blieb ebenfalls einen Augenblick wie gelähmt auf dem Treppenabsatz stehen, die Überraschung hatte ihm die Sprache verschlagen. Er hatte nicht erwartet, hier auf die einzige Person in der ganzen Stadt zu treffen, mit der er ein wenig in Kontakt gekommen war. Die einzige, die Gelegenheit gehabt hatte, seine verwüsteten Gesichtszüge eingehend zu betrachten und sich den Klang seiner Stimme einzuprägen. Doch diese Lähmung dauerte nur einen Moment. Dann schlug er blitzschnell und tödlich zu.

Mit unerwarteter Schnelligkeit holte er aus der Sporttasche, die er über der Schulter trug, eine Dose Betäubungsspray, das vor allem Chloroform enthielt. Einmal Sprühen mitten ins Gesicht genügte, um einen gesunden, kräftigen Mann außer Gefecht zu setzen.

Solche Sprays sind illegal. Man findet sie auf dem Schwarzmarkt, und sie werden vor allem angeblich als Waffe zur Selbstverteidigung gegen Vergewaltigung und Taschendiebstahl verkauft. Tatsächlich werden sie zu einem ganz anderen Zweck eingesetzt. Verbrecher verwenden sie, um damit ihre Opfer zu betäuben, bevor sie ihnen Wohnungen und Geschäfte ausräumen.

Während er selbst den Atem anhielt, sprühte der Mann der Frau eine großzügige Dosis ins Gesicht, dabei zielte er auf ihre Augen, die geweiteten Nasenlöcher und den vor Überraschung weit aufgerissenen Mund. Und er begnügte sich nicht damit, sie mit einer Sprühwolke einzunebeln, die selbst einen Bison niedergestreckt hätte. Er sprühte weiter in dieses breite Gesicht, solange die Frau sich auf den Beinen hielt, als wäre es Schädlingsbekämpfungsmittel und sie eine Kakerlake. Erst als er sah, dass sie auf dem Treppenabsatz schwer in sich zusammensank, nahm er den Finger vom Sprühknopf und versuchte vergeblich, mit seinem freien Arm den Fall dieses schwitzenden Fleischbergs aufzuhalten.

Die arme Frau fiel mit einem dumpfen Knall auf den Boden, aber das hörte niemand, denn die Portiersfrau hatte sich schon in ihre Wohnung zurückgezogen, und auf diesem Geschoss wohnte niemand außer Marcella. Außerdem war der Wohnblock in diesen schwülen Tagen beinahe menschenleer.

Als die D'Amico schließlich regungslos auf den Granit-platten lag, sah der Mann sich kurz um und lauschte. Dann beschloss er, lieber schnell zu verschwinden. Er hielt sich nicht erst damit auf, den Zustand seines Opfers zu über-prüfen, das mit dem Gesicht nach unten in unnatürlicher Haltung auf dem Boden lag. Er verzichtete sogar darauf, sein Vorhaben auszuführen, nämlich den Briefumschlag, den er in der Tasche hatte, unter Marcellas Tür durchzustecken. Schnell und lautlos wie eine Ratte stieg er über den Körper und ging zum Aufzug.

Noch bevor der süßliche Geruch der einschläfernden Sub-stanzen verflogen war, verlor Clara D'Amico, die sich bei dem Sturz die Nasenscheidewand gebrochen hatte, den stummen Kampf mit ihren kranken Bronchien. Während bei ihr das Betäubungsspray wirkte, hatte sie die schlimmste Atemnot ihres Lebens.

Die arme Signora D'Amico brauchte eine gute halbe Stunde zum Sterben. Sie verschied keuchend und auf die Fliesen sabbernd, ohne jemals wieder das Bewusstsein er-langt zu haben. Aber Todesursache war nicht das Gas, das diese heftige Reaktion ausgelöst hatte. Es waren ihr Asthma und das Blut aus ihrer gebrochenen Nase, das sie tief in die Luftröhre eingeatmet hatte. Als der leichte Krankenhausge-ruch verflogen war, fehlte jeder Hinweis auf ein Verbrechen. An ihrem Körper gab es kein Zeichen von äußerer Gewalt-einwirkung, außer natürlich den vom Sturz verursachten Hä-matomen und den Brüchen im Gesicht. Und dadurch wurde Clara D'Amicos unvorhergesehener und unbeabsichtigter Tod ein Meisterwerk.

Ein perfektes Verbrechen.

Als Clara D'Amico zu atmen aufhörte, war der Mann schon weit weg. Ein ganz normaler Fahrgast in der Straßen-bahn Nummer fünfzehn auf dem Weg ins Zentrum.

# KAPITEL 19

Der Abend mit Ispettore Mauris war recht angenehm verlaufen, besonders, wenn man die Umstände berücksichtigte.

Da er etwas zu früh war, nutzte Mauris die Gelegenheit für einen Kontrollblick auf den Platz mit der Grünfläche. Nach seinem letzten Besuch hatte er der Drogenfahndung einen Tipp gegeben und wollte jetzt wissen, ob seine Kollegen etwas unternommen hatten.

Natürlich nicht.

Der Schönling und sein Pferd waren immer noch dort.

Ersterer saß rittlings auf einem Skooter und redete mit ein paar Kumpeln. Ebenfalls auf Motorrollern. Der andere Typ saß auf einer Bank und verscheuchte die Fliegen. Er wirkte ausgezehrt, sein Blick verzückt von dem, was wohl sein abendlicher Trip gewesen war. Wahrscheinlich hatte er sich schon sein Abendessen gespritzt und hielt jetzt eine Siesta.

In dieser Gegend lag die nächste Schule viele Haltestellen mit der Fünfzehn entfernt. Die Grünfläche war nur mit Geräten für die Kleinsten bestückt, es gab weder Flächen zum Fußballspielen oder Körbe für Basketball. Nur Rentner, die hier mit ihren Hunden in kleinen Grüppchen auf den Bänken im Schatten saßen. Na gut, hatte Mauris gedacht. Diese Wichser mit ihren Rollern konnten ihn mal. Er hoffte nur, dass die Mütter in diesem Viertel es schafften, ihre Kinder von ihnen fernzuhalten, und den Erwachsenen stand es frei, sich die Dröhnung ihrer Wahl zu geben.

Für ihn war der Fall damit erledigt.

Als Mauris sich entschloss, zu Marcella hinaufzugehen, war es Punkt acht Uhr. Sie bot ihm einen Platz an und dachte dabei, sie würde sich nur anhören, was er ihr zu sagen hatte, ihm aber keinerlei Vertraulichkeiten gestatten. Dann hatte sie aber aus irgendeinem Grund spontan ja gesagt, als er ihr vorschlug, essen zu gehen. Es war ja auch keine richtige Einladung. Nur eine angenehmere und ungezwungenere Gelegenheit für ein Gespräch unter vier Augen. So hatte er jedenfalls seinen Vorschlag, gemeinsam essen zu gehen, begründet.

Der Ispettore hatte die Trattoria *Alle Torri* um die Ecke, die von außen nicht gerade einladend wirkte, von vornherein ausgeschlossen, ebenso die seines Freundes, des *Juve*-Fans. In seinem hellblauen Leinenanzug, den er am Abend vorher aus der Reinigung geholt hatte, und in dem er wirklich unwiderstehlich aussah, hatte er Marcella, die blond und groß wie eine Schwedin in ihren Jeans und dem T-Shirt, das von einer schicken Leinenjacke veredelt wurde, ebenfalls reizend aussah, zu seinem verbeulten Fiat Uno geführt und war mit ihr direkt zu einer Osteria in Vigentino gefahren.

Dieses Lokal war eine versteckte *crota piemunteisa*. Eine von diesen Osterien ohne Schild, die von außen wie Kaschemmen wirken, aber eigentlich äußerst gehoben und teuer sind. Marcella, die bis jetzt höchstens mal mit ihren Schülern zum Ende des Schuljahres eine Pizza essen gegangen war, war dieser Verdacht bereits gekommen, bevor sie an dem massiven Nussbaumtisch, der ganz fein mit bestickten Platzdeckchen aus Leinen, Porzellan mit Monogramm und Kristallgläsern gedeckt war, Platz nahmen. Die Bestätigung bekam sie, als sie die dicke Speisekarte vor sich hatte. Nur

Tagesspezialitäten mit Steinpilzen, Trüffeln aus Alba, Kräutern und ausgesuchtem Fleisch. Ganz zu schweigen von den verschiedenen Mousses, den Sorbets und der großen Weinauswahl, für die es eigens eine Karte gab.

Jetzt war es zu spät, die Flucht zu ergreifen.

Sie hoffte nur, genug Geld dabei zu haben, damit sie die Hälfte der Rechnung bezahlen konnte, und bemühte sich, die romantische Kerze in der Kristallschale, die Kupfertöpfe an den Wänden und vor allem die augenzwinkernde Ehrerbietung zu übersehen, mit der der Wirt Mauris begrüßt hatte, bevor er sie an ihren Tisch brachte.

Zu viel romantische Atmosphäre für das Thema, das sie eigentlich beim Essen besprechen wollten. Zu viel Sinnlichkeit für zwei Menschen wie sie, die einander kaum kannten. Und dann hatte Marcella auch das Gefühl, dass der Tisch für sie reserviert war, ein Zeichen, dass der Ispettore alles im Voraus geplant hatte, schließlich war Freitagabend, und man wusste ja, dass man dann an einem Ort wie diesem, so intim und so chic, ohne Reservierung nicht einmal zur Tür hineinkam.

Keineswegs ein zwangloses Abendessen, um einfach in Ruhe zu reden.

Als ob er ihre Gedanken gelesen hätte, erläuterte ihr Mauris lächelnd, warum er dieses Restaurant gewählt hatte.

»Dieses Lokal ist klein, die Kundschaft handverlesen, hier können wir ungestört reden, ohne uns anschreien zu müssen. Außerdem ist das Essen hier typisch für meine Heimat. Auch wenn ich nicht direkt aus dem Piemont bin«, hatte er ihr erklärt, für den Fall, dass ihr sein Akzent noch nicht aufgefallen war.

»Ich hätte geschworen, Sie sind Franzose«, hatte Marcella lachend gesagt.

»Das wäre ich auch, wenn der Wiener Kongress, als er das Königreich Sardinien wiederherstellte, uns nicht in das nette

Geschenkpaket an das Haus Savoyen mit hineingepackt hätte. 1861, als das vereinte Italien geschaffen wurde, sind wir ganz offiziell Italiener geworden. Aber ich versichere Ihnen, das hat uns gar nicht gefallen. Sie haben bestimmt begriffen, dass ich aus dem Aostatal komme. Aber wo ich herkomme, ist nicht so wichtig«, hatte er das Thema beendet und dazu eine vage Handbewegung gemacht, als wolle er weiter Nachfragen unterbinden. »Wir essen hier und nicht in einer Pizzeria, weil heute Freitagabend ist. Und normalerweise gönne ich mir freitags ein gutes Essen. Deshalb, Signorina …«, mit diesen Worten winkte er den Maître zu sich.

Dieses französische R, dachte sie, es muss ihn doch im Hals kitzeln wie Champagnerbläschen.

»Deshalb, SignoRina, weise ich Sie schon jetzt daRauf hin, dass wir voR dem Kaffee keine eRnsten Themen beReden weRden. Also entspannen Sie sich, und veRsuchen Sie, das Essen zu genießen, denn wiR teilen uns nachheR die Rechnung.«

Er schien absichtlich viele Wörter mit R zu benutzen, um seinen Akzent zu zeigen. Marcella war verlegen, weil sie hatte durchblicken lassen, wie sehr er sie beeindruckt hatte, und deshalb wieder ernst geworden, aber ihre Anspannung begann sich bereits zu lösen.

»Einverstanden. Ich gehe nicht oft abends aus und betrachte dieses Abendessen als eine Art verrücktes Abenteuer. Alles andere kann warten.«

»*Bon.*«

Nachdem er mit einem Nicken die Flasche Chardonnay akzeptiert hatte, hatte Mauris ihnen eingegossen und sein Glas erhoben.

»*Lévez le topin*!«

»Wie bitte?«

»Ein Trinkspruch. Hoch die Gläser!«

»Reden Sie immer so?«

»Manchmal geht es mit mir durch. Nicht allzu oft. Das passiert, wenn ich sehr wütend oder sehr glücklich bin, wenn ich laut denke und wenn ich mich bei jemandem vollkommen wohl fühle.«

Marcella schwieg.

»Na, warum fragen Sie mich nicht?«

»Was denn?«

»Wie ich mich im Augenblick fühle.«

Eine seltsame Vorbemerkung für ein Essen, das eigentlich nur eine zwanglose Gelegenheit sein sollte, über ein furchtbares Thema zu reden. Marcella fühlte sich zwar ein wenig unwohl, aber sie konnte nichts anderes tun als mitzuspielen.

»Na dann erzählen Sie mir schon. Wie fühlen Sie sich?«

»Im *Patois* gibt es ein schönes Wort dafür. Es heißt *encharmillé*. Aber vielleicht sollte ich Ihnen das lieber nicht übersetzen.«

Das war gar nicht nötig.

»Ja, vielleicht ist das besser«, hatte Marcella zugestimmt und den Blick abgewandt.

Mauris hatte nur gelächelt. Es war lange her, dass er eine junge Frau so erröten gesehen hatte.

Wieder und wieder hatten sie einander zugeprostet. Als die Teigtaschen mit Trüffelfüllung auf sich warten ließen, mussten sie mehr Wein bestellen, aber schon nach dem dritten Trinkspruch duzten sie sich. Als Mauris ihr das vorschlug, glitzerten seine Augen, Marcella war ein wenig schwindelig, und sie hatte nichts dagegen einzuwenden.

Von diesem Augenblick an war das Essen wie im Traum verlaufen.

Anfangs war Marcella noch ein wenig verlegen und abweisend, doch sie hatte nur zu schnell festgestellt, dass sie diesen Polizisten unwiderstehlich fand, der so unverhohlen mit ihr flirtete. Irgendetwas sagte ihr, sie solle aufpassen, sich nicht so gehen lassen. Aber der Wein war einfach köstlich, und was sollte sie außerdem von einem Ispettore der Polizei zu befürchten haben?

Schon vor dem Dessert war Marcella leicht betrunken. Sie war sich dessen bewusst und auch ganz froh darüber, denn der Wein hatte ihre Schüchternheit weggespült, die sie sonst gelähmt hätte.

Lucio Mauris war zwar Polizist, aber er war ein völlig Fremder für sie. Obwohl sie auf die dreißig zuging, hatte Marcella keine Ahnung, wie sie sich ihm gegenüber verhalten sollte, der ständig ihr Glas füllte, als wollte er sie betrunken machen.

Sollte sie ihn ermutigen? Ihn zurückweisen? Gleichgültig tun?

Alles, was sie über die Liebe wusste, hatte sie aus Romanen, den wenigen, die sie heimlich hatte lesen können, da Mamma Angiolina immer darauf bestanden hatte, dass sie jede freie Minute zum Lernen und für die Hausarbeit verwendete.

Eine sexuelle Erfahrung hatte sie allerdings gemacht, aber das hatte nichts mit Liebe zu tun, und außerdem hatte sie alles darangesetzt, um sie aus ihrem Gedächtnis zu löschen.

Sie war sechzehn gewesen und ging in die neunte Klasse. Eines Tages hatte ihr die Italienischlehrerin den Auftrag gegeben, einer Mitschülerin, die seit fast einem Monat fehlte, die Hausaufgaben zu bringen und sie über den aktuellen Lehrstoff zu informieren. Marcella ging direkt nach dem Mittagessen hin, ohne vorher anzurufen, denn bei ihnen zu Hause war das Telefon immer unter Verschluss.

Als sie bei der Mitschülerin vor der Tür stand, hatte sie

geklingelt. Eine Männerstimme hatte geantwortet und sie aufgefordert heraufzukommen.

Der Mann, der ihr die Tür öffnete, Unterhemd, Schlafanzughose, zerwühlte Haare, hatte gesagt, er sei der Vater ihrer Mitschülerin.

»Milena ist nicht da. Sie ist mit meiner Frau unterwegs. Zum Arzt.«

Marcella hatte sich unter tausend Entschuldigungen, dass sie ihn geweckt hatte, schon zum Gehen gewandt, aber bevor sie am Aufzug war, hatte er sie zurückgerufen.

»Warum kommst du nicht rein und machst es dir auf dem Sofa bequem? Sie kommen bestimmt bald zurück.«

Marcella war dankbar, dass sie den Weg nicht zweimal machen musste, und hatte deshalb seinen Vorschlag akzeptiert. Sie war ins Wohnzimmer gegangen und hatte es sich auf dem Sofa bequem gemacht. Genau dort, wo der Mann gesagt hatte.

»Möchtest du etwas trinken, während du wartest, Schätzchen? Eine Coca Cola?«

Er war nett gewesen. Zu nett.

Als er ihr eine Büchse Cola und ein Glas gebracht hatte, hatte er sich, so wie er war, neben sie gesetzt und angefangen, ihr Fragen über die Schule zu stellen, ohne sich darum zu kümmern, dass das Mädchen immer klarer und aus nächster Nähe sah, was sich unter dem dünnen Stoff seiner Hose abspielte.

Als sein Penis, prall und groß geworden, sich den Weg durch den Schlitz der Hose bahnte, hatte er sie angefasst.

Streichelte ihr übers Haar, schob eine Hand unter ihren Pulli. Bei dieser Berührung war Marcella erschrocken hastig von ihm abgerückt und hatte versucht aufzustehen, aber er war schneller gewesen. Er hatte sie im Nacken gepackt und ihr Gesicht gegen seinen Unterleib gepresst. Sie hatte sich gewunden, um ihm zu entkommen, aber dabei nicht gemerkt, dass es ihn noch mehr erregte, wenn sie sich wehrte.

Diese Art Ringkampf hatte eine Ewigkeit gedauert, bis er spürte, dass er sich nicht mehr zurückhalten konnte. Daraufhin hatte er sie in die Kissen gedrückt, war auf sie gestiegen und hatte sie mit seinem Gewicht bewegungsunfähig gemacht.

Es war schrecklich gewesen zu spüren, wie einem die Strumpfhose und die Unterhose vom Leib gerissen werden. Marcella hatte die Furcht gelähmt, sie könnten in dieser Situation von den beiden Frauen des Hauses überrascht werden, die jeden Moment zurückkommen konnten, deshalb hatte sie einfach dagelegen, und der Mann hatte sie sehr leicht nehmen können. Vielleicht war er sogar noch überzeugt, es hätte ihr Spaß gemacht.

Als er von ihr abließ, um ins Bad zu gehen und sich zu waschen, blutete sie zwar und war wie betäubt, dennoch war sie aufgestanden und hatte es irgendwie geschafft, Unterhose und Strumpfhose, die zerrissen waren, hochzuziehen. Dann war sie aus der Wohnung geflüchtet, während sie sich schuldig und beschmutzt fühlte, und hatte dort in der Eile ihren Schulranzen mit ihrer Monatskarte für die Straßenbahn vergessen. Deshalb hatte sie den endlosen Weg bis nach Hause laufen müssen, wo die Inquisition auf sie wartete.

Als sie in diesem Zustand nach Hause kam, hatte Mamma Angiolina gleich die Daumenschrauben angesetzt.

Wo hatte sie ihren Rucksack gelassen?

Woher kam das Blut auf dem Rock und auf ihren Beinen?

Wie hatte sie ihre Strumpfhose so zerrissen?

Um die Mutter zu besänftigen, hatte Marcella erzählt, sie habe ihren Ranzen in der Wohnung einer Mitschülerin gelassen, damit die alles bequem aus ihren Heften und ihrem Aufgabenheft abschreiben konnte, aber sie habe vergessen, ihre Monatskarte rauszunehmen, deswegen habe sie den ganzen Weg zu Fuß gehen müssen. Um schneller zu sein, hätte sie die Abkürzung über den Großmarkt genommen, und dort sei sie in eine Clique Jugendlicher geraten, die sie verfolgt hätten. Da habe sie Angst bekommen, sei fortgerannt und dann böse hingefallen.

Das konnte die Laufmaschen in den Strumpfhosen erklären, aber ihre argwöhnische Adoptivmutter hatte nicht lockergelassen. Sie war ihr bis ins Bad gefolgt und hatte dabei gesehen, dass Marcellas Unterwäsche ebenfalls blutig war. Zum Glück sollte Marcella bald ihre Tage bekommen. So redete sie ihr und sich selbst ein, der Schreck habe wohl ihre Periode früher einsetzen lassen, und ihre Adoptivmutter, die sich immer alle Daten notierte, hatte ihr geglaubt und darauf verzichtet, die Angelegenheit noch weiter zu verfolgen.

Von diesem Tag an hatte Angiolina sie noch mehr unter Druck gesetzt und jede Minute gezählt, die sie außer Haus verbrachte, ihr schließlich sogar verboten, ein Stockwerk tiefer zu Nadia zu gehen, bei der sich schon die ersten Anzeichen der Krankheit zeigten, an der sie im Laufe eines Jahres sterben sollte.

Das war also Marcellas erste und bis zu diesem Zeitpunkt letzte sexuelle Erfahrung. Sie hatte Jahre gebraucht, um sich deswegen nicht mehr schuldig zu fühlen.

Nach Nadias Tod hatte Marcella zu niemandem mehr Zutrauen gefasst, zum einen, weil ihre Mutter sie streng kontrollierte und jeden Versuch, Freundschaft zu schließen, schon im Keim erstickte, zum anderen lag es auch an ihrer angeborenen Zurückhaltung, und so hatte sie ihre Ängste unter einer vorgetäuschten Gleichgültigkeit begraben. Wahrscheinlich wäre sie an Depressionen zugrunde gegangen, wäre nicht eines Tages ein wunderbarer Mann in ihr Leben getreten. Ein Kollege mit einer komplexen Persönlichkeit, immer im labilen Gleichgewicht zwischen künstlerischem Genie und dem puren Wahnsinn.

Er hieß Giorgio und unterrichtete Kunsterziehung. Er und Marcella hatten bereits ein ganzes Schuljahr zusammen an der gleichen Schule verbracht, aber dann genügte ihr ein einziger Nachmittag, um sich in ihn zu verlieben.

Als sie später darüber nachdachte, hatte sie sich gefragt, wie es sein konnte, dass sie, die immer so vorsichtig war, die immer ängstlich auf die Zeiger ihrer Uhr starrte, weil sie fürchtete, zu spät nach Hause zu kommen, eines Nachmittags im Spätherbst nach der Elternsprechstunde, die ungewöhnlich früh geendet hatte, kurz entschlossen in seinen Fiat Panda gestiegen und mit ihm nach Pavia gefahren war. Dort wollten sie sich die Restaurierungsarbeiten am Stadtturm ansehen.

Er hatte sie nur gefragt: »Fährst du mit?« Und sie hatte genauso einfach »Ja« gesagt.

Sie waren um drei Uhr an einem kalten, sonnigen Nachmittag losgefahren.

Er hatte den romantischen Weg entlang der Navigli gewählt, der aber durch die vielen Ampeln und Kreisel länger dauerte. An jenem Tag gab es dort auch noch zusätzliche Staus wegen Straßenbauarbeiten. Sie hatten Pavia fast erreicht, als Marcella nach einem Blick auf die Uhr plötzlich sichtlich nervös wurde bei dem Gedanken, dass sie so viel zu spät zurückkommen würde, als dass sie dafür noch eine glaubwürdige Ausrede erfinden konnte.

Ihm hatte ein Blick genügt, um zu begreifen, dass etwas nicht in Ordnung war, darauf war er ohne ein Wort umgekehrt.

Dann halt kein Pavia heute.

Marcella war so erleichtert gewesen, dass sie ihm, ohne es zu merken, in der halben Stunde, die sie nach Mailand zurück brauchten, mehr über sich erzählte, als sie eigentlich beabsichtigte.

Sie war zwar zu spät nach Hause gekommen, aber nicht so spät, dass es eine Tragödie ausgelöst hätte. Seit sie unterrichtete, mussten ihre Adoptiveltern ihre Kontrolle ein wenig lockern. Als Entschuldigung musste sie diesmal nur erzählen, die Elternsprechstunde sei sehr stark besucht gewesen.

Mamma Angiolinas mürrischer Miene sah man zwar den Argwohn an, doch sie hatte Marcella in Ruhe gelassen und nicht weiter nachgebohrt. Das war ein Glück, denn in den folgenden Tagen hatte sich die Freundschaft zwischen Marcella und Giorgio ins Unermessliche ausgeweitet, bis sie, soweit es ihre Pflichten erlaubten, in der Schule unzertrennlich waren.

Bevor sie überhaupt merkte, wie ihr geschah, hatte sie sich verliebt.

Soweit man es Verliebtsein nennen konnte, dass sie sich zu einem Mann hingezogen fühlte, der erklärt homosexuell war und ihr zwar in die Augen sah und »Ich habe dich gern« sagte, dem es aber vor jedem körperlichen Kontakt graute. Vielleicht war es genau dieser Ekel, den sie aus ganz anderen Gründen ja ebenfalls sich selbst gegenüber empfand, der sie dazu trieb, mit ihm enge Freundschaft zu schließen: Die Sicherheit, dass Giorgio zwar ihre Schönheit, ihre Intelligenz und ihre Freundlichkeit bewunderte und ständig ihre Nähe suchte, aber nie über einen zärtlichen Kuss oder eine freundliche Liebkosung hinausgehen würde.

Sobald sie sich ihrer gegenseitigen Gefühle bewusst geworden waren, hatten Marcella und Giorgio stundenlang miteinander geredet. Sie hatte ihm erzählt, wie unglücklich sie war, und hatte mit ihm sogar in einem schwachen Moment das Trauma dieser lang zurückliegenden Erfahrung heraufbeschworen. Er hatte ihr Vertrauen erwidert, indem er ihr offenbarte, dass er selbst als kleiner Junge Opfer eines ähnlichen Missbrauchs, durch einen entfernten Verwandten, geworden war.

Bei dieser Gelegenheit hatte er ihr zum ersten Mal von seiner Homosexualität erzählt und ihr erklärt, dies habe allerdings überhaupt nichts mit dem zu tun, was ihm zugestoßen war. Doch dieses Trauma hatte tiefe Wunden in ihm zurückgelassen, seine Selbstachtung und tausend andere Facetten seiner Persönlichkeit beschädigt. Wenn er es geschafft hatte, dies alles hinter sich zu lassen, dann verdankte er das einem ganz besonderen Menschen, der ihm viele Stunden lang geduldig zugehört hatte. Das Gleiche wollte er jetzt für Marcella tun, wenn sie einverstanden war.

Von diesem Tag an hatten Giorgio und Marcella »diese Sache« aus jedem möglichen Blickwinkel überprüft, bis sie in der Lage gewesen war zu begreifen, dass sie in die älteste Falle der Welt getappt war und das Ganze als unglücklichen Zufall akzeptieren konnte, so wie ein unangenehmes Ereignis, das nun nicht mehr zu ändern ist.

Genau wie Giorgio war sie Opfer einer Vergewaltigung geworden. Ein sehr brutaler, schmerzhafter, zerstörerischer und demütigender Übergriff, aber eben auch absolut banal in seiner erschreckenden Normalität.

Ihre seltsame Verbindung hatte nur bis zum Ende des Schuljahrs gedauert. Im folgenden Herbst hatte Giorgio eine Stelle in einer Schule am anderen Ende der Stadt bekommen, und bei den Beschränkungen, die ihre Adoptiveltern Marcella auferlegten, war es unvermeidlich, dass sie einander aus den Augen verloren. Später hatte sie erfahren, dass er endlich die große Liebe seines Lebens getroffen hatte.

Eine verhängnisvolle Liebe.

Und zwar in jeder Beziehung, denn der Mann, mit dem sich Giorgio zusammengetan hatte, war HIV-positiv und hatte ihn angesteckt.

Zwei Jahre später starb er an Aids.

Diese Erfahrung hatte Marcella seelisch gebrochen. Erst die plötzliche Trennung von Giorgio, dann sein Tod. Genau wie Nadia hatte er sie verlassen, als sie sich endlich von jemandem geliebt fühlte.

Von da an hatte sie sich in sich selbst zurückgezogen wie eine Schnecke in ihr Haus, entschlossen, jeden zu entmutigen, der zu ihr andere als ausschließlich berufliche Kontakte aufbauen wollte.

Kolleginnen, die mit ihr Freundschaft schließen wollten, wie Männern, die ihre Schönheit anzog, war sie immer mit der gleichen Distanz begegnet.

Bis zu diesem Abend, in der Trattoria, vor einem Teller Teigtaschen mit Trüffelfüllung.

Der Ispettore flirtete wirklich mit ihr und nutzte dazu Wein, gutes Essen und diese romantische Kerze.

Zu viel für einen einzigen Abend.

Eine Überdosis an Freundlichkeit und Sehnsucht hatte ihre Zurückhaltung so weit gelöst, dass sie ihm viel mehr von sich erzählte, als sie eigentlich wollte.

Sie wusste nicht mehr, wie sie auf das Thema gekommen waren, aber irgendwann ertappte sie sich plötzlich dabei, wie sie ihm von ihrer unüberwindlichen Traurigkeit erzählte und dass sie all diese Jahre ständig zwischen einer leblosen Normalität und der glitzernden Illusion, in ein anderes Umfeld zu gehören, gelebt hatte.

Sie hatte stundenlang mit ihm geredet, genau wie mit Giorgio.

Mauris hatte ihr schweigend zugehört, sie dabei immer mit seinen hellen, durchsichtigen Augen angesehen, während seine Hände ständig den Kontakt zu den ihren suchten. Für Marcella war dieses Essen ein absolut magischer Moment gewesen.

Bis zum Kaffee.

Danach hatte sich die Stimmung verändert. Der Ispettore hatte gewartet, bis der Kellner die Tässchen abgeräumt hatte, dann war er auf einmal sehr ernst geworden.

»Hör mir jetzt gut zu, Marcella«, hatte er ohne große Vorreden gesagt. »Ich habe ein paar Ermittlungen angestellt, und ich fürchte, der Schreiber des Briefes weiß, wovon er spricht. Zwei Menschen haben das Massaker an dieser Familie überlebt: ein etwa dreizehnjähriger Junge, der schwer, aber nicht tödlich verletzt wurde, und ein kleines Mädchen, das heute etwa dreißig sein müsste.«

»Ich werde im September dreißig.«

»Eben. Es ist noch nichts bewiesen, also bleib erst mal ganz ruhig, aber du könntest dieses Mädchen sein.«

»Ich? Aber in den Zeitungen habe ich kein Wort darüber gefunden! Glaub nicht, ich hätte nicht selbst schon daran gedacht, aber …«

»Anscheinend war es ein Mafiaanschlag. Das Mädchen wurde nicht erwähnt, weil der Jugendrichter gebeten hat, dass ihre Existenz aus den Akten gelöscht und jeder Hinweis, dass sie am Tatort gewesen sei, geheim gehalten werden sollte. Der ermittelnde Richter ist dieser Bitte nachgekommen. Sie mussten sie schützen, verstehst du? Das Gleiche ist wahrscheinlich auch mit dem Jungen geschehen.«

»Ich habe also einen Bruder!«

»Wenn, dann einen Stiefbruder. Er scheint aus der ersten Ehe der Frau zu stammen, die deine Mutter sein könnte. Damals trug er einen deutschen Nachnamen. Wer weiß, wie er jetzt heißt und wo er lebt, wenn er überhaupt noch am Leben ist.«

Mauris hatte sich vorgebeugt und ihre beiden Hände ergriffen: »Hör mir gut zu, der Fall wurde nie gelöst und nicht einmal zu den Akten gelegt. Obwohl fünfundzwanzig Jahre vergangen sind, gilt er immer noch als nicht abgeschlossen. Ich rate dir, setz einen Schlussstrich unter deine Nachforschungen. Vergiss alles. Fang von vorn an, und bau dir ein eigenes Leben auf.«

»Was sagst du da? Das kann ich doch nicht tun!« Marcella standen Tränen in den Augen. »Diese Frau und dieser Mann, die brutal abgeschlachtet wurden, waren vielleicht meine Mutter und mein Vater. Konnte ich mir bis heute vormachen, meine Eltern hätten mich wie ein Paket vor der Tür der Graziosos abgelegt, ist mir jetzt schon allein der Gedanke unerträglich. Meine richtigen Eltern haben mich nicht ausgesetzt, wie ich immer geglaubt habe, verstehst du? Sie wurden getötet. Jemand hat meine Familie ausgelöscht. Ich muss wissen, warum.«

»Bist du wahnsinnig?«

Ispettore Mauris hatte plötzlich ihre Hände losgelassen, und seine Stimme klang plötzlich hart und angespannt.

»Du hast mich wohl nicht verstanden. Ein Blutbad der Mafia. Liest du denn keine Zeitung? Wenn in all den Jahren die Staatsanwälte und die Polizisten nicht herausgefunden haben, wer es getan hat, wie kannst du da glauben, dass du es schaffen kannst? Vergiss nicht, durch deinen dummen Fernsehauftritt weiß jetzt derjenige, der die Morde in Auftrag gegeben hat, von deiner Existenz. Wahrscheinlich sogar, wo er dich finden kann. Es ist zwar viel Zeit vergangen, aber er könnte immer noch ein Interesse daran haben, dass du genau so endest wie die anderen.«

»Das könnte sein. Aber wenn er mich nicht umbringen

ließ, als ich vier war, warum sollte er es jetzt tun? Ach übrigens, wie kommt es eigentlich, dass ich, wenn ich wirklich dieses Mädchen sein sollte, das Ganze überlebt habe?«

»Das weiß niemand. Vielleicht haben die Killer dich nicht gefunden. Die Beamten sind auf einen anonymen Anruf hin zur Villa gefahren, und anscheinend haben sie dort das kleine Mädchen unverletzt vorgefunden. Der Junge war fast tot.«

»Wo haben sie es gefunden?«

»Das ist nicht klar. Mein Informant sagt, im Garten. Anscheinend hat man sie absichtlich aus dem Haus ausgeschlossen.«

»Das bedeutet also, man hat sie aus dem Haus gebracht, damit sie verschont wird. Falls ich dieses Mädchen bin, dann hat mein Gedächtnis mich im Stich gelassen. Denn ich habe nicht den Schatten einer Erinnerung. Da ist absolut nichts.«

»Wenn du dieses Mädchen bist, hast du bestimmt ein Trauma erlitten, das deinen Kopf leer gefegt hat. Weißt du, wie das funktioniert? Erinnerungen, die zu schmerzlich sind, landen in den entlegensten Kammern des Gedächtnisses. Das genaue Gegenteil vom Pawlowschen Reflex. Nichts wird je ganz gelöscht, aber …«

»Wenn ich dieses Mädchen bin, dann heißt das, ich habe irgendwo einen Bruder. Ich will einfach daran glauben und werde alles daran setzen, um ihn wiederzufinden. Ich habe den ganzen Sommer Zeit, die Schule beginnt erst im September wieder.«

Da Marcella nicht wollte, dass Mauris Einwände erhob, stand sie schnell auf und suchte in ihrer Handtasche nach ihrem Portemonnaie. Doch Mauris hielt ihren Arm fest.

»Falls du gerade nach Geld suchst, dann lass es. Die Rechnung ist schon bezahlt.«

»Aber du hast doch gesagt …«

»Das war gelogen! Aber keine Sorge, solltest du wirklich so verrückt und verantwortungslos sein, auf die Suche nach den Gespenstern deiner Vergangenheit zu gehen, dann sehen wir uns wieder, und das nächste Essen zahlst du.«

Wortlos hatten sie das Lokal verlassen und waren zu Mauris Fiat Panda gegangen, der in der Nähe parkte. Immer noch stumm, in einer Stimmung, die irgendwo zwischen Angst und Verlegenheit schwankte, waren sie ins Le Torri-Viertel gefahren.

Als sie vor Marcellas Wohnhaus ankamen, hatte Mauris den Motor ausgestellt, war ausgestiegen, um den Wagen herumgelaufen und hatte ihr die Tür geöffnet. Eine höfliche, aber eher formelle Geste. Marcella hatte es als Aufforderung gesehen, dass der Abend jetzt zu Ende sei. Sie hatte ihre Handtasche genommen und war hastig ausgestiegen.

Zum Abschied bekam sie nur ein »Ciao«, wobei Mauris leicht ihre Wange berührte. Ein Klaps, wie man ihn einem kleinen Kind gibt.

Damit war der Abend wirklich beendet.

Sobald er die junge Frau in der gläsernen Haustür verschwinden sah, setzte sich Mauris in Bewegung. Er wollte noch eine Runde über den Platz drehen.

Einfach so, aus Neugier.

Der Schönling und das Pferd waren nicht mehr da. Ein Zeichen dafür, dass sogar Dealer irgendwann Feierabend machen. Der Platz war menschenleer und still, taghell erleuchtet von einem riesigen Mond, der die Grünfläche in eine Bühne verwandelte, vor der sich die Silhouetten eines jungen Paars abzeichneten, das hinter einem riesigen Mastiff und einer hässlichen kleinen Promenadenmischung lief. Der Köter, der immer wieder stehen blieb, hielt stolz die eigene Leine zwischen den Zähnen, was ihn dazu zwang, mit erhobenem Kopf zu laufen, damit er nicht stolperte. Als er sah, wie der Hund herumstolzierte, hatte Mauris gelächelt.

Er hätte auch gern einen Hund gehabt. Aber nicht hier in Mailand.

In Turin vielleicht.

Nach seiner Versetzung würde er sich sofort darum kümmern.

Nachdem er einmal gemächlich den ganzen Platz umrundet hatte, setzte sich Mauris in seinen Wagen und fuhr, um nach Hause zu kommen, die lange Allee Richtung Zentrum. Er hatte Marcella nicht angeboten, sie bis an ihre Wohnungstür zu bringen, aus Angst, sie könne das missverstehen, vor allem nach dem, was sie ihm heute Abend anvertraut hatte.

Ein schwerer Fehler.

Einige Stunden später hätte er sich dafür in den Hintern treten können, dass er sie nicht begleitet hatte.

# KAPITEL 20

Nachdem sie sich von Ispettore Mauris verabschiedet hatte, war Marcella schnell im Hausflur verschwunden. Noch ein wenig vom Wein beflügelt, war sie nicht in der Lage, den Sturm der Gefühle, der in ihr tobte, zu analysieren. Zu viele Dinge passierten gerade, nachdem sie fünfundzwanzig Jahre in einer dunklen, undurchdringlichen, bedrückenden Maulwurfshöhle verbracht hatte.

Ob das, was der Polizeibeamte ihr erzählt hatte, wirklich den Tatsachen entsprach, würde sie bald herausfinden. Doch irgendetwas sagte ihr, dass die Wahrheit über ihre Vergangenheit auf einem ganz anderen Blatt stand. Das war weniger ein Gefühl als eine Überzeugung, weil sie nichts dabei empfunden hatte, als sie die Fotografien der Opfer dieses Massakers in den Zeitungen betrachtet hatte. Und es gibt eine Grenze für das, was man aus seiner Erinnerung streichen kann, dachte sie. Das menschliche Gehirn ist kein Computer, wo alles gelöscht wird, wenn es einmal einen Kurzschluss gibt. Mit vier Jahren ist man alt genug, um sich das Gesicht der eigenen Mutter unauslöschlich einzuprägen. Vielleicht kann man es sich nicht aus eigener Gedankenkraft vorstellen, aber man erkennt es, wenn man es sieht …

Sie hätte alles dafür getan, um diese dunklen Schatten zu vertreiben, aber an diesem Abend gab es wenigstens etwas

Schönes, an das sie denken konnte, und dem wollte sie sich so lange wie möglich hingeben.

Marcella hatte immer gewusst, dass es außerhalb der Mauern ihres adoptivelterlichen Gefängnisses, die fünfundzwanzig Jahre lang ihr Leben begrenzt hatten, eine lebendige Stadt gab, die auf eine reiche Geschichte zurückblickte. Eine Stadt voller Möglichkeiten und Leute, die es kennen zu lernen galt. Jetzt würde dieses Mailand, das sie nur aus den unangenehmen Fahrten zur Schule und zurück kannte, bei denen sie immer auf die Uhr schauen musste, ihr endlich ganz gehören.

Im Guten wie im Schlechten war Mailand eine Weltstadt, die man nicht ignorieren konnte. Schon beim Durchlaufen packte sie einen mit all ihren Verführungen. Als beide Graziosos noch lebten, hatte Marcella ein Blick auf die allgegenwärtigen Plakate oder ein schnelles Durchblättern des Lokalteils genügt, um einen Eindruck von dem zu bekommen, was dort stattfand, wo sie nicht hingehen durfte. Und das waren nicht nur Theateraufführungen, Konzerte, Feste und Jahrmärkte, also reine Vergnügungsveranstaltungen. In Mailand verging kein Tag ohne neue Konferenzen, Ausstellungen, Podiumsdiskussionen. Alles einmalige Ereignisse, die für ihren Beruf wichtig gewesen wären, aber auch diese waren Marcella verwehrt. Bücher, Kunsthandwerk, Antiquitäten, Kunst, Musik, anspruchsvolle Filme, Bastelarbeiten, Blumenzucht. Sie würde sich nun aus den unendlich vielen Möglichkeiten die herauspicken können, die ihr und ihrem Persönlichkeitsprofil am meisten entsprachen oder einfach die, die ihr die größte Freude bereiten würden.

Sie hatte diesen für sie völlig verrückten Abend genossen. Es war ihr vorgekommen, als kostete sie das erste Mal von einer verbotenen Frucht, ein Vorgeschmack auf alles, was sie nachzuholen hatte. Sie hatte den ganzen Sommer vor sich, um das zu tun, was sie wollte, und nach dem Sommer würde es weitere geben. Niemand konnte ihr mehr irgendetwas verbieten.

Als sie vor den Aufzügen stand, überlegte sie es sich und beschloss, die vier Treppen, die sie von ihrer Wohnung trennten, lieber zu Fuß zu gehen, um sich die Beine etwas zu vertreten und einen klareren Kopf zu bekommen.

Langsam ging sie Stufe für Stufe hinauf und genoss das Vergnügen, dass sie spät nach Hause kam, denn nun war niemand mehr da, der ihr vorwerfen konnte, wie viele Minuten sie zu spät kam und sie dafür mit einer Extraportion Hausarbeit bestrafte. Schlimmstenfalls wurde Marlene nervös, weil sie ihren Nachtimbiss zu spät serviert bekam.

Marcella spürte leise Gewissensbisse wegen ihrer Gedanken, die ein wenig nach Undankbarkeit denen gegenüber aussahen, die sie ja doch aus dem Waisenhaus geholt hatten, um ihr ein Heim und Bildung zu schenken. Während sie langsam und locker, die Schlüssel schon in der Hand, die Treppe hinaufging, und in ihrem Kopf schon tausend Pläne wie bunte Seifenblasen schillerten, sah sie plötzlich auf der Hälfte zwischen dem dritten und dem vierten Stock ein dunkles getrocknetes Rinnsal auf der Treppe. Verwundert sah sie nach, ob vielleicht Scherben herumlagen. Jemand musste eine Flasche mit einer Flüssigkeit zerbrochen haben. Irgendeine zähflüssige Soße oder Sirup. Wahrscheinlich war es einer der Mieter aus dem fünften Stock, denn im vierten wohnte nur sie, die beiden Wohnungen neben ihr waren nicht vermietet.

Sie achtete darauf, nicht in diese klebrige Flüssigkeit zu treten, und rannte die letzten Stufen bis zu ihrem Treppenabsatz hinauf. Dort konnte sie sich gerade noch am Geländer festhalten, bevor ihre Knie nachgaben.

Direkt vor ihrer Tür gegenüber dem Aufzug, lag, mit dem Gesicht nach unten, eine tote Frau. Marcella musste nicht zweimal hinsehen, um zu erfassen, um wen es sich handelte.

Clara D'Amico.

Die arme, dicke, ständig nach Atem ringende Signora hatte ihren Kampf gegen das Asthma für immer verloren. Unter ihrem Gesicht breitete sich eine große Blutlache aus, aus der einzelne Rinnsale flossen, die in den Ritzen der Granitplatten gestockt hatten. Da der Treppenabsatz nicht ganz eben war, waren sie bis zur Treppe gelangt und dort Stufe für Stufe bis zur Mitte hinuntergelaufen.

Marcella drehte es den Magen um, und sie spürte, dass sie gleich ohnmächtig werden würde, deshalb setzte sie sich für ein paar Minuten hin und legte den Kopf zwischen ihre Knie. Als sie merkte, dass sich die Klammer um ihren Brustkorb löste und ihr Herz nicht mehr so raste, stand sie auf. Sie atmete tief durch, um ihre Übelkeit zu kontrollieren, dann lief sie schnell wieder die Treppe hinunter, um die Notfallklingel in der Pförtnerloge zu drücken, wobei sie sorgfältig darauf achtete, nicht in das Blut zu treten. Sie hätte natürlich in ihre Wohnung gehen und von dort aus die Polizei anrufen können, aber dann hätte sie über die Leiche steigen müssen, und nur der Gedanke verursachte ihr Brechreiz.

Es dauerte eine Ewigkeit, bis sich die Portiersfrau, die bestimmt schon geschlafen hatte, endlich meldete. Aber sie war eine tatkräftige Frau, und als sie einmal begriffen hatte, worum es ging, machte sie sich eilig ans Werk. Sie ließ die geschockte junge Frau in die Pförtnerloge und rief selbst bei der Polizei an, weil Marcella die Hände zitterten. Während die beiden auf die Beamten warteten, setzte sie die Kaffeemaschine auf den Herd in ihrer Kochnische und kochte einen starken Espresso. Als sie merkte, dass sie ja noch ein Nacht-

hemd und Lockenwickler im Haar trug, lief sie in ihr Schlafzimmer, um sich ordentlich anzuziehen, denn bestimmt
würde sie diese Nacht nicht mehr ins Bett kommen.

Die Tage, die auf den Tod der armen Signora Clara folgten,
waren für Marcella ein einziger Alptraum. Am schlimmsten
war für sie der Besuch bei dem Ehemann gewesen, einem
alten, farblosen Männlein, das ganz unter dem Pantoffel seiner Frau stand und völlig unselbstständig war.

Wie zu erwarten, hatte Signor D'Amico, der sich schon
Sorgen gemacht hatte, weil seine Frau nicht zurückgekommen war, die Nachricht sehr hart getroffen.

Er erlitt einen Kreislaufzusammenbruch, von dem er
sich zunächst erholte, aber in der Nacht ging es ihm wieder
schlecht, und er musste ins Krankenhaus eingeliefert werden. Da das Ehepaar außer Nadia keine Kinder gehabt hatte,
musste Marcella sich um all die Aufgaben kümmern, die der
Tod eines lieben Menschen nach sich zieht, denn obwohl die
Zeitungen über Signora Claras einsamen Tod berichteten,
meldete sich kein Verwandter, nicht einmal ihr Neffe aus
Monza, um dem armen Mann beizustehen.

Also war es an Marcella, all diese Aufgaben zu übernehmen. Dass wirklich niemand Anteilnahme zeigte, ließ sie
noch einmal darüber nachdenken, warum sich Signora Clara
so aufdringlich in ihr Leben eingemischt hatte.

Anscheinend hatte sie für die D'Amico nicht nur ein un-
lösbares Band zu ihrer toten Tochter bedeutet, sondern auch
die Hoffnung auf Unterstützung. Sie war zwar kein Mitglied
ihrer Familie, aber doch ein guter Ersatz. Für Marcella war
es eine schmerzhafte Entdeckung, denn sie begriff, allerdings
zu spät, dass diese Frau, so neugierig, klatschsüchtig und bes-
serwisserisch sie auch gewesen sein mochte, sie auf ihre Art
doch wirklich gern gehabt hatte.

Das Begräbnis musste allerdings warten.

Die arme Signora Clara wurde erst ins Leichenschauhaus gebracht und für den Richter zur Verfügung gehalten, der wie immer bei ungeklärten Todesfällen eine genaue Autopsie anordnete.

Man legte eine Akte an, doch die Untersuchungen der Spurensicherung förderten trotz aller Sorgfalt keinen Hinweis zutage, der Anlass zu weiteren Ermittlungen gegeben hätte. Nichts jedenfalls, was auf ein Verbrechen schließen ließ.

Der Obduktionsbefund war ebenfalls negativ. Keine Anzeichen auf Gewaltanwendung bei der Leiche. Nur Hämatome, Abschürfungen und Brüche, die genau mit den zu erwartenden Verletzungen bei einem Sturz nach vorn aufs Gesicht übereinstimmten.

Tod durch Ersticken aufgrund eines Unfalls lautete das Ergebnis des zuständigen Sachverständigen, der sich im Bericht an die Staatsanwaltschaft auch bemühte, einen logischen Ablauf des Unfalls zu rekonstruieren.

»Das Objekt der Untersuchung«, schrieb er in dem Teil des Formulars für Schlussfolgerungen, »litt an chronischem, obstruktivem Bronchopneuma mit ausgeprägtem Asthma und war deutlich übergewichtig. Da die Untersuchungen am Fundort der Leiche keinen sicheren Schluss darüber zulassen, ob die betreffende Person ihren Weg zu dem bekannten Ziel, dem vierten Stock, mit dem in Frage kommenden Mittel, also dem Fahrstuhl zurückgelegt hat, in dessen Kabine zahlreiche Fingerabdrücke gefunden wurden, einschließlich derer von der fraglichen Person, die ihn sicher schon öfter benutzt hatte, kann man nicht ausschließen, dass diese diesmal die Treppe genommen hat.

Ihr schlechter Allgemeinzustand könnte in Verbindung mit der Bronchialkrankheit einen akuten Asthmaanfall ausgelöst haben, mit folgender Hypoxie, die darin gipfelte, dass die betreffende Person das Bewusstsein verlor.

Bewusstlos und somit unfähig zu reflexartigen Bewegungen ist sie vermutlich in Bauchlage auf den Boden aufgekommen und dabei gewaltsam mit dem Gesicht aufgeschlagen, wodurch sie verschiedene Brüche am Kiefer und der Nasenscheidewand davontrug mit anschließender heftiger Blutung. Die Blutung aufgrund der Ruptur der Blutgefäße der Nase, die eintrat, während die betreffende Person nicht bei Bewusstsein war, kann eine weitere Todesursache sein, da Blut in die Trachäe eingeatmet wurde (vergleiche Obduktionswerte) und somit die Erstickung bewirkte.«

Der Gerichtsmediziner hatte keinen Zweifel über die Ursachen für Signora Claras Tod, er hielt ihn ausschließlich für die Folgen von tragischem Leichtsinn. Sie war die Treppe hinaufgelaufen, hatte einen Asthmaanfall bekommen, dann das Bewusstsein verloren, war mit dem Gesicht zuerst brutal auf den Boden geschlagen und dann an ihrem eigenen Blut erstickt.

Es blieb nur ein kleiner Zweifel.

Die toxikologischen Untersuchungen hatten Spuren einer seltsamen Mischung aus flüchtigen chemischen Substanzen, vor allem Äther, im Blut, auf der Gesichtshaut und auf den Schleimhäuten von Augen, Mund und Nase gefunden.

Doch man fand heraus, dass die Signora, um leichter atmen zu können und ihre entzündeten Bindehäute zu beruhigen, ständig zu Sprays und Augentropfen gegriffen hatte. Nicht nur zu denen, die ihr der Hausarzt verschrieb, sondern zu allen möglichen Mittelchen, die ihr irgendjemand empfohlen hatte. Außerdem erklärte Signor D'Amico, seine Frau hätte an jenem Tag, bevor sie das Haus verließ, die Wohnung geputzt und dabei verschiedene Sprühreiniger benutzt, wobei sie ganz sicher ein wenig von diesem schädlichen Chemiecocktail eingeatmet hatte, was die Hypothese des plötzlichen Asthmaanfalls zwar bestätigte, es aber noch schwieriger machte, die Herkunft dieser Spuren eindeutig zu ermitteln. Deshalb wurde auch dieser Zweifel abgetan.

Für die Behörden war Clara D'Amico nur ihrem Schicksal begegnet.

Die Ermittlungen wurden daher nicht weitergeführt, und sobald die Leiche zur Bestattung freigegeben wurde, konnte Marcella die nötigen Vereinbarungen mit dem Beerdigungsinstitut treffen. Eine furchtbar traurige Erfahrung, da sich zu all ihren anderen Problemen noch brennende Schuldgefühle gesellten. Sie konnte sich nicht verzeihen, dass die arme, dicke, vielleicht auch aufdringliche Signora Clara ganz allein und auf so grausame Weise gestorben war, während sie sie an dem einzigen Abend besuchen wollte, an dem Marcella ihr Leben in Gesellschaft eines faszinierenden Mannes genossen hatte.

# KAPITEL 21

*Mailand, 10. Juli 2000*

Es war schon weit nach Mitternacht, als Lucio Mauris in seine winzige Einzimmerwohnung zurückkehrte, nachdem er sich von Marcella verabschiedet hatte. Da er sicher war, eine weitere Nacht mit schwüler Hitze und Mücken vor sich zu haben, zog er sich aus und rieb sich von Kopf bis Fuß mit einem Abwehrmittel aus Geranienessenz ein. Der ein wenig tuntige Duft drehte ihm zwar den Magen um, aber er hoffte, das Mittel würde genauso auf die Mücken wirken, das hatte ihm zumindest der Drogist versichert, als er es ihm zu einem halsabschneiderischen Preis verkauft hatte. Auf jeden Fall war die Mixtur ölig und klebrig, und Mauris hoffte inständig, dass ihm am nächsten Morgen nicht die toten Insekten am Leib kleben würden wie auf einem Fliegenfänger.

Stinkend und pappig, wie er war, legte er sich auf sein Bett in der festen Überzeugung, wieder eine schlaflose Nacht vor sich zu haben. Stattdessen schlief er seltsamerweise so schnell ein, dass er gar nicht dazu kam, sich deswegen Sorgen zu machen. Er schlief tief und fest und träumte sogar in Farbe, wie schon seit Wochen nicht mehr.

Am nächsten Morgen wachte Mauris sehr spät auf und stellte fest, dass ihm gerade noch Zeit für eine schnelle Dusche blieb, dann musste er sich schon beeilen, um rechtzeitig ins Präsidium zu kommen. Das Frühstück musste leider entfallen.

Abgesehen davon, dass sein Kühlschrank leer war und ihm nicht einmal genug Zeit blieb, um den Espressokocher aufzusetzen, hatte er in Mailand schon seit einer Weile die Gewohnheit abgelegt, so ein wunderbares Frühstück zu sich zu nehmen, wie es ihm seine Mutter zu bereiten pflegte.

Wie alle Menschen in Mailand, die jeden Morgen vorsorglich die Zeit durch die Stadt einberechnen müssen, was aber eigentlich nie kalkulierbar ist, hatte er sich damit abgefunden, sich seine Dosis Kalorien und Koffein in Form eines Brioche und eines Cappuccinos in einer Bar in der Nähe des Präsidiums einzuverleiben. Natürlich im Stehen, inmitten Dutzender verschlafener Kollegen, die es ebenfalls eilig hatten.

Als er mit leerem Magen sein Büro betrat, war Peppino Salerni schon dort und wirkte ziemlich aufgeregt.

»Erinnerst du dich an die Kleine, die vor zwei Wochen hier war? Diese Marcella Grazioso?«

»Wie?«

»Na, diese Blondine. Die mit dem Vater, der den gleichen Namen trug wie ein Verdächtiger, wo sich nachher herausstellte …«

»Ich weiß, Peppino, ich weiß. Was ist los?«

»Ihr Name taucht in einem Bericht eines Streifenbeamten auf. Als sie gestern um Mitternacht nach Hause kam, muss sie über die Leiche einer Frau gestolpert sein. Anscheinend eine Freundin von ihr. Also, die Verstorbene von der Grazioso. Und die, also die Tote, wollte sie besuchen und …«

Mauris sprang auf und brüllte: »*Qu'est ce q'tu as ce matin? T'as fifré pas mal, ou bien?* Was zum Teufel ist heute Morgen mit dir los? Hast du was getrunken?«, und funkelte seinen Kollegen an.

»Komm, hier steht alles drin, schau es dir an.«

Während Salerni rätselte, warum sich der Ispettore so aufregte, reichte er ihm einen Stapel Papier, das von den dunklen

Fingerabdrücken des Beamten übersät war, der den Bericht in dreifacher Ausfertigung getippt und sich dabei die Finger am Kohlepapier geschwärzt hatte. Es gab zwar schon seit einer Weile Fotokopierer, aber das Reglement schrieb vor, dass in den Revieren immer noch die Restbestände aus dem Ersten Weltkrieg aufzubrauchen seien.

»Die von der dritten Funkstreife haben uns wegen des Namens Grazioso eine Kopie zukommen lassen, der in ihrem Computer mit unserem Zeichen auftauchte. Sie haben gedacht, es könnte uns interessieren.«

»Wer ist die Tote?«

»Eine gewisse Clara Valenti, verheiratete D'Amico. Sie wurde schon ins Leichenschauhaus gebracht. Dem Urteil des Gerichtsmediziners nach scheint es sich um Tod durch Unfall zu handeln. Der Untersuchungsrichter hat aber auf jeden Fall eine Autopsie angeordnet, der Bericht steht noch aus. Schau, hier findest du alles.«

Lucio Mauris überflog hastig den Bericht, las die detailfreudige Beschreibung des Beamten, der den Anruf angenommen hatte, die Erklärungen der Zeugen, die am Tatort vernommen worden waren, und dann hätte er sich am liebsten selbst in den Hintern getreten.

Dass diese Frau ausgerechnet jetzt gestorben war, nachdem ihm Mimì Callura Informationen aus Caltanissetta besorgt hatte, und nach dem Auftritt der jungen Frau im Fernsehen, der in bestimmten Kreisen wie ein Stich ins Wespennest gewirkt haben musste, gefiel ihm überhaupt nicht.

Ein Zufall? Vielleicht, aber es war schon seltsam, um nicht zu sagen makaber, dass diese junge Frau, in deren Vergangenheit es vermutlich zahlreiche Mordopfer gegeben hatte, jetzt schon selbst über Leichen stolperte.

Eine schlimme Geschichte.

»Von wegen Tod durch Unfall!«, brummte Mauris halblaut,

während er den Bericht überflog. »*ça sent un drôle de goûte*. Das stinkt doch. Sie haben bloß die Falsche erwischt.«

»Wie?«, fragte Peppino, der allmählich gar nichts mehr verstand.

»Ach nichts, ich habe nur laut gedacht. Vielleicht sollten wir noch einmal überprüfen, was es mit diesem Grazioso auf sich hat. Bei dir hat doch da etwas geklingelt, nicht? Vielleicht hattest du ja Recht.«

»Ich habe immer Recht«, sagte Salerni und schaute seinen Vorgesetzten bescheiden und pflichtbewusst an. »Aber du weißt ja, hier musst du schon aufpassen, dass du nicht zu viel voraussagst, was sich später als wahr erweist, sonst heißt es noch, du bringst Unglück wie eine schwarze Katze.«

Bei seinen Worten ließ er den Ispettore nicht aus den Augen, der jedoch keine Miene verzog. Mauris konnte über diese lustig gemeinte Bemerkung schon allein deswegen nicht schmunzeln, weil er Salerni gar nicht zuhörte. Er war mit dem Kopf ganz woanders. Dachte an die arme Frau, die vielleicht an Marcellas Stelle gestorben war.

Und er hatte Marcella allein hinaufgehen lassen!

Vielleicht hatte der Mörder noch im Treppenhaus auf sie gewartet.

Mauris verfluchte sich innerlich, weil er sich von seinen Gefühlen in einen Fall hineinziehen ließ, der nicht in seinen Kompetenzbereich fiel, nein, noch nicht einmal ein echter Fall war, und damit die Regel Nummer eins aller Polizisten übertrat, die hieß, halte dich immer in sicherer Distanz zu beteiligten Personen, egal, ob sie schuldig oder unschuldig sind. Er nahm seine helle Leinenjacke vom Garderobenständer, brummte seinem Kollegen ein »Ich bin dann weg« zu, während er durch die Tür schlüpfte, dann ging er die Treppe hinunter und trat in die schon um zehn Uhr morgens brennende Sonne hinaus.

An diesem Morgen hatte er seinen Wagen weiter weg als sonst geparkt. Leise vor sich hin fluchend lief er dorthin und vergaß dabei völlig, dass er noch nicht gefrühstückt und noch nicht einmal den ersten Kaffee des Tages getrunken hatte, was seiner Laune gewiss nicht zuträglich war. Als er schließlich seinen Wagen erreichte, stellte er fest, dass ihn jemand zugeparkt hatte.

Ein Jeep wie für die *Camel Trophy*, mit einem Haufen Schutzgittern vor der Scheinwerferfront und einer Eisenstange, die einem Nashornangriff standgehalten hätte, stand da ganz lässig in zweiter Reihe und so dämlich, dass er nicht hinausfahren konnte.

In Mailand fahren mehr dschungeltaugliche Offroadfahrzeuge mit Vierradantrieb herum als im Regenwald des Amazonas, dachte er wütend. Der typische Protz der Neureichen, der Leute, die, sollten sie wirklich einmal in die Tropen fahren, sich nur in einem Ferienressort einigeln und dort das Gleiche tun, als wären sie in Rimini. Aber es ist einfach geil, mit einem Jeep einkaufen zu fahren. Völlig egal, wenn man beim Parken eine gesamte Fahrspur blockiert!

Er hupte gellend und lange und stimmte so in den Chor der Fahrzeuge ein, die mit ihm festsaßen. Glücklicherweise kam die Verantwortliche für das Chaos beinahe sofort. Eine Signora, deren dreistes Verhalten und ihr extra schicker *Casual Look* perfekt zu ihrem schwachsinnig-übertriebenen Wagen passten. In aller Ruhe kam diese Madame aus der Privatschule, in der sie bestimmt gerade ihren kostbaren Filius angemeldet hatte. Langsam schritt sie die kurze Treppe herab. Genauso lässig kletterte sie auf das hohe Trittbrett, und entblößte dabei ihre Beine fast bis zum Ansatz ihrer Schenkel, um sich ans Steuer zu setzen und endlich wegzufahren. Bevor sie zwischen den Autos verschwand, hielt sie den Arm aus dem Seitenfenster und streckte den wütend hupenden Autofahrern den emporgereckten Mittelfinger ihrer linken Hand entgegen. Ihre vornehme Antwort auf den Lärm.

Aber Mauris würde das letzte Wort behalten.

Während diese Dschungelkönigin eine ganze Schlange Autofahrer zur Weißglut brachte, hatte er alle Zeit der Welt gehabt, um sich Kennzeichen und Wagentyp und -farbe zu notieren. Sobald er wieder ins Büro kam, würde er die Kraftfahrzeugzulassungsstelle anrufen, und zwar höchstpersönlich, um die Prozedur ein wenig zu beschleunigen, und sobald er Namen und Adresse der Eigentümerin wusste, würde er diese persönlich dem Leiter der Verkehrspolizei übergeben, mit der Bitte, die Unselige für so viele Übertretungen der Straßenverkehrsordnung wie möglich zu verdonnern. Vom verbotenen Parken über Zuparken eines Privatwagens bis zu Behinderung eines Polizeibeamten. Sie würde eine Geldstrafe bekommen, die sich gewaschen hatte, da half dann alles nichts.

Diese ganze Aktion vermittelte Mauris eine solche Befriedigung, dass er darüber seinen drängenden Wunsch, sich mit jemandem anzulegen, vergaß. Irgendwie musste er ja die Schuldgefühle besänftigen, die ihn bewegten.

Oder?

# KAPITEL 22

Das Innere des Gebäudes am Piazzale Gorini, in dem das Leichenschauhaus untergebracht war, wirkte nach der Hitze, die der Beton der Umgebung abstrahlte, kühl wie ein Gletscher.

Mauris fand die Leiche ohne Schwierigkeiten.

Sie war erst vor kurzem eingetroffen, und man hatte sie gleich auf einen Stahltisch gelegt, damit der Gerichtsmediziner mit der Obduktion beginnen konnte. Der Ispettore sah sie sich kurz an, ließ den Blick einen Augenblick auf dem immer noch blutüberströmten Gesicht mit seinen zerstörten, durch den Kieferbruch verschobenen Gesichtszügen ruhen, dann war er schon wieder draußen, saß in seinem Uno, in dem schon wieder eine Hitze wie in einem Verbrennungsofen herrschte.

Inzwischen hatte die zweite Rushhour begonnen. Um vielleicht dem Verkehr noch entkommen zu können, durch den bald kein Durchkommen sein würde, setzte Mauris das mit einem Magneten ausgerüstete Blinklicht auf das Autodach und raste mit Höchstgeschwindigkeit ins Le Torri-Viertel, das genau am entgegengesetzten Ende der Stadt lag.

Marcella war nicht zu Hause.

Auf seine Frage antwortete die Portiersfrau missmutig, sie habe keine Ahnung, wann Marcella das Haus verlassen habe. Sie sei müde, weil sie die ganze Nacht auf den Beinen gewesen wäre und habe schlicht die Nase voll von Fragen, die irgendwie mit den Graziosos oder Leuten, die das Pech hätten, zu ihren Bekannten zu zählen, zu tun hätten.

Mauris hätte sie natürlich zwingen können, sich ein wenig kooperativer zu zeigen, aber da er heute Morgen schon seine kleine Rache gehabt hatte, unterließ er das und ging die Treppe hinauf.

Als er das Stockwerk erreichte, in dem Marcella wohnte, verwandte er einige Minuten darauf, jeden Zentimeter dort abzusuchen und entdeckte dabei die Blutspuren in den Ritzen zwischen den Bodenplatten und auf den Stufen. Er bemerkte, dass der Bereich zwischen Marcellas Wohnung und dem Aufzug immer noch die Kreidestriche der Spurensicherung trug und alle Oberflächen mit dem Puder bedeckt waren, mit dem man Fingerabdrücke sichtbar machte. Aber man hatte den Bereich nicht abgesperrt. Die übliche Schlamperei, dachte er, denn da die Obduktion noch nicht stattgefunden hatte, konnte der Gerichtsmediziner noch nicht völlig ausschließen, dass es sich eventuell um Mord handeln konnte.

Na ja!

Er hätte den Bereich auf jeden Fall gesperrt und mit Absperrband und Siegeln gesichert, denn Spuren, die einmal ausgelöscht, entfernt und zerstört sind, lassen sich nicht wiederherstellen. Und einen geringen Zweifel musste der Untersuchungsrichter zumindest haben, schließlich fehlte der Fußabtreter aus Kokosfasern mit der Aufschrift »Bienvenido«, den Mauris am Abend vorher bemerkt hatte, als er Marcella abgeholt hatte. Die Kollegen von der Spurensicherung mussten ihn mitgenommen haben.

Nachdem er alles, auch das Innere des Aufzugs, inspiziert hatte, riss Mauris ein Blatt aus seinem Taschenkalender, kritzelte darauf ein entschiedenes »Ruf mich an!«, setzte seine

Unterschrift darunter und zwei Telefonnummern, die seines Handy und die seiner Durchwahl im Präsidium, und schob es unter der Wohnungstür durch. Dann lief er schnell die Treppen hinunter und verließ das Haus.

Automatisch ging sein Blick auf den Platz.

Der Schönling war da. Wie sonst saß er auf seinem Skooter und redete mit irgendeinem Typen, beide wirkten träge und ruhig, wie Leute, die von ihrem ehrlichen Tagwerk erschöpft waren, und deren Leben nur um ihr Heim, die kleinen Sorgen des Alltags und das Fitnessstudio kreiste.

Das Pferd war nicht da. Vielleicht hatte er ja seinen freien Tag. Mauris hatte weder Zeit noch Lust, diese Angelegenheit zu vertiefen.

Bevor er in seinen Wagen stieg, ging er kurz auf einen Kaffee in die Bar dort an der Ecke, sonst wäre er auf der Fahrt eingenickt. Er blieb nur fünf Minuten, aber die genügten ihm, um zu bemerken, dass alle Spielautomaten besetzt waren. Ein Rentner und zwei Hausfrauen, was man an den vollen Einkaufstüten erkennen konnte, die sie am Boden neben den Hockern abgestellt hatten, warfen eine Münze nach der anderen in die Schlitze. Wie viel die wohl am Tag verspielten?

Mauris merkte sich gedanklich vor, der Steuerpolizei einen Hinweis zu geben. Sie sollten jemanden schicken, der mal überprüfen sollte, ob mit den Automaten auch alles in Ordnung war. Was er heftig bezweifelte. Als er in sein Büro zurückkam, überraschte er Peppino Salerni dabei, wie er herzhaft in ein riesiges, mit Omelett gefülltes Baguettebrötchen biss.

»Du isst im Büro?«

»Es ist zu heiß, um rauszugehen. Ich habe mir etwas von zu Hause mitgebracht. Möchtest du ein Stück?«

»Nein danke. Bei der Hitze vergeht mir der Appetit.«

»Na dann esse ich mal weiter, wenn es dich nicht stört.«

»*Bon appétit*!«

Während sein Kollege laut mit seinen kräftigen Kiefern kaute, versank Lucio Mauris in undurchdringliches Schweigen. Er versuchte, etwas am Computer zu überprüfen, aber er konnte sich nicht konzentrieren. Die Worte auf dem Bildschirm tanzten vor seinen Augen und ergaben keinen Sinn. Er konnte keine Namen behalten und musste ständig zurückgehen, um sie noch einmal zu lesen. Und das alles, weil sein Kopf von der Erinnerung an Marcella erfüllt war.

Marcella mit ihrem blassen Gesicht, den hellblonden Haaren, diesen traurigen Augen.

Marcella, die so anders war als alle Mädchen, die er bis jetzt kennen gelernt hatte.

Marcella, die keine Aufmerksamkeit einforderte und sich ihrerseits gottlob nicht dazu genötigt fühlte, diese anderen aufzudrängen.

Marcella, die so *encharmillante*, so voller zartem Charme und sich nicht bewusst war, dass sie jeden bezauberte.

Marcella, die den Tod am Leibe trug wie ein dunkles Gewand.

Fluchend sah er vom Bildschirm hoch:

»*Merde*!«

Er war gefährlich nahe daran, diese junge Frau nicht mehr nur als »Fall« zu betrachten.

Höchste Zeit, sich schleunigst am Riemen zu reißen!

# KAPITEL 23

*Mailand, 12. Juli 2000*

Es dauerte drei Tage, bis Marcella sich endlich bei ihm meldete. Als wolle sie zwischen sich und dem Ispettore eine Schranke errichten, rief sie ihn ganz bewusst im Präsidium an.

»Ich habe deinen Zettel gefunden, aber ich habe es nicht geschafft, dich früher anzurufen. Entschuldige bitte.«

Mauris kam ohne Umschweife zur Sache: »Welches Verhältnis hattest du zu der Toten? Hat sie dir etwas bedeutet?«

»Clara D'Amico?«

»Wer denn sonst?«, fragte Mauris unhöflich, beinahe schon unverschämt, aber er konnte nicht anders. Marcella schien es allerdings nicht aufzufallen.

»Sie war die Mutter meiner besten Freundin, Nadia. Einer Mitschülerin, die während meiner Zeit im Gymnasium an Leukämie starb, vielleicht habe ich dir davon erzählt. Sie suchte meine Nähe, besonders in letzter Zeit. Vielleicht hatte sie ihre Muttergefühle auf mich übertragen, denn sie gab mir ständig Ratschläge. Sie war schon fast aufdringlich. Aber jetzt wird sie mir fehlen … Der Gedanke, dass sie gestorben ist, weil ich nicht zu Hause war, macht mich ganz krank … Sie litt an Asthma, und wenn ich da gewesen wäre … Mein Gott, ich habe so ein schlechtes Gewissen!«

»Dann wollte sie gerade bei dir klingeln, als sie starb, stimmt das?«

»Ja. Sie kam wohl nur ein paar Minuten später an, nachdem wir das Haus verlassen hatten. Der Anfall muss ganz plötzlich gekommen sein, sonst wäre sie in die Wohnung gegangen. Sie hatte die Schlüssel.«

»Gerade heute Morgen habe ich den Obduktionsbericht erhalten. Anscheinend war es Tod ohne Fremdeinwirkung. Sie hatte einen Anfall, durch den sie das Bewusstsein verlor. Als sie fiel, ist sie mit dem Gesicht auf den Boden geschlagen und dann an ihrem eigenen Blut erstickt. Entschuldige, dass ich das so brutal sage. Sie hat sehr viel Blut aus der Nase verloren und dieses dann in bewusstlosem Zustand eingeatmet.«

»Ja, so könnte es gewesen sein. Sie litt seit Jahren an Asthma. Ich glaube, sie hatte auch ein kleines Emphysem. Doch normalerweise bekam sie diese Anfälle mit Sprays oder schlimmstenfalls mit Sauerstoff unter Kontrolle. Sie ging nie ohne ein paar volle Inhalatoren aus dem Haus. In der Wohnung stand in jedem Zimmer einer, damit sie sie immer in Reichweite hatte.«

»Das deckt sich mit dem Obduktionsbefund. Sie haben alles Mögliche in ihrem Blut gefunden. Vor allem Äther und Kortison.«

»Das Kortison hat sie so dick und unförmig werden lassen. Die arme Clara, sie war gar nicht fett, sondern nur aufgedunsen.«

»Man hat tatsächlich Kortisonsprays in ihrer Tasche gefunden. Es ist schon merkwürdig, dass sie nicht einmal versucht hat, sie zu benutzen, als sie den Anfall spürte.«

»Ja, das ist merkwürdig.« Marcella zögerte, in Gedanken versunken. »Darüber habe ich auch schon nachgedacht. Der Anfall muss sie im Fahrstuhl überrascht haben, und dann ist sie wohl in Panik geraten. Vielleicht hatte sie schon Atemnot, als sie das Stockwerk erreichte. Aber etwas passt da nicht zusammen. Sie hatte doch meine Wohnungsschlüssel in der Hand, als sie gestorben ist. Ein Zeichen dafür, dass sie schon bei mir geklingelt und festgestellt hatte, dass die Wohnung leer war, denn sie hätte sich nie selbst aufgesperrt, ohne sich vorher zu vergewissern, dass ich nicht da bin. Also muss sie noch ein paar klare Momente gehabt haben, bevor sie das Bewusstsein verlor. Ich frage mich die ganze Zeit, warum sie die nicht benutzt hat, um nach dem Spray zu greifen. Oder um Hilfe herbeizurufen. Im Stockwerk unter mir befindet sich ein Notarsbüro, das erst spätabends schließt.«

»Marcella, du bist die geborene Detektivin. Ich denke genauso, also jemand mit einem Asthmaanfall hat nicht die Zeit, in der Tasche nach Schlüsseln zu suchen. Sein Überlebenswille würde ihn zuerst nach der Spraydose greifen lassen.«

»Ich weiß nicht, was ich davon halten soll.« Mauris bemerkte Trauer und Angst in Marcellas Stimme. »Heute Früh hat mich ihr Ehemann angerufen. Der arme Signor D'Amico, er wollte mir mitteilen, dass er gerade einen Anruf aus dem Leichenschauhaus erhalten hatte. Anscheinend hat der Untersuchungsrichter die Leiche zur Bestattung freigegeben, und er weiß nicht, was er jetzt tun soll. Man hat ihn erst gestern aus der Notfallkardiologie der Poliklinik entlassen. Wenige Stunden, nachdem er die Nachricht vom Tod seiner Frau erhielt, hatte er nämlich einen Herzanfall erlitten. Er war die ganze Nacht aufgeblieben, um auf sie zu warten, und als dann am frühen Morgen die Beamten zu ihm kamen, um ihn zu informieren, hatte er einen Kreislaufzusammenbruch. Davon hatte er sich zunächst erholt, aber in der Nacht darauf hatte er einen Infarkt. Er hatte bereits ein Herzleiden. Der Mann war ja daran gewöhnt, alles ihr zu überlassen! Jetzt ist er wieder zu Hause, aber es geht ihm nicht gut. Ich denke, dass ich mich jetzt um das Begräbnis und alles Übrige kümmern muss.«

»Marcella«, begann Mauris und überlegte sich jedes seiner Worte genau, wobei er die Silben einzeln betonte und die Rs in seinem Hals kratzten, »ich will dich ja nicht beunruhigen, aber diese ganze Geschichte überzeugt mich nicht. Der Untersuchungsrichter mag den Fall ja zu den Akten gelegt haben, aber ich möchte, dass du auf dich Acht gibst. Während du dich um das Begräbnis kümmerst, werde ich ein wenig ermitteln und informiere dich dann, was dabei herausgekommen ist. Sei auf der Hut, und wenn du irgendetwas bemerkst, was dir seltsam vorkommt, wenn du glaubst, dass dir jemand folgt, wenn du jemand Verdächtigen siehst, dann ruf mich an; falls ich mich nicht melde, wähl die Nummer des Beepers. Versprichst du mir das?«

»Versprochen. Es ist sehr freundlich von dir, dass du dir solche Sorgen um mich machst, aber ich glaube nicht, dass etwas Besorgniserregendes hinter Signora Claras Tod steckt. Sie war krank. Ich habe sie mehr als einmal bei einem Anfall erlebt, und ich versichere dir, wenn sie die bekam, war es beängstigend. Außerdem war sie ziemlich ungeduldig, musste immer in Bewegung bleiben. Vielleicht war ja der Aufzug besetzt, als sie kam, und sie ist zu Fuß gegangen. Für eine Asthmatikerin sind vier Stockwerke schon fast so hoch wie ein Berg. Vielleicht hatte sie auch deshalb schon die Schlüssel in der Hand, als sie oben ankam, weil sie spürte, dass sie kurz davor stand, ohnmächtig zu werden. Vielleicht ist sie ja hingefallen, bevor sie klingeln konnte …«

»Vielleicht, vielleicht, vielleicht. Alles nutzlose Vermutungen, weil es keine Zeugen gibt und sie so nie überprüft werden können. Tu auf jeden Fall, was ich dir gesagt habe.«

»Einverstanden. Ich weiß zwar nicht, wovor ich mich in Acht nehmen soll, aber ich werde aufpassen.«

# KAPITEL 24

Der Schmerz traf ihn wie ein Schlag mit dem Hammer, mitten in die Brust. Ein plötzliches Unwohlsein, das sich dann im gesamten Brustkorb ausbreitete.

Das Ganze hatte direkt nach dem Anruf begonnen, für den er sich die Nummer von der Auskunft hatte geben lassen.

Als sich nach langem Klingeln endlich jemand meldete, hatte er den Mann höflich und neutral nach »der Signora« gefragt. Das darauf folgende Schweigen hatte sich so lange hingezogen, das er schon fürchtete, die Verbindung sei unterbrochen. Er wollte schon auflegen und noch einmal anrufen, als die Person am anderen Ende der Leitung ihre Stimme wiedergefunden hatte.

»Die Signora ist nicht da. Sie kann nicht ans Telefon kommen. Wer ist da? Was wollen Sie von meiner Frau?«

»Hier ist das Pfarramt San Lorenzo alle Colonne.« Diese Lüge hatte er sich vorher ausgedacht, und sie war ihm nicht schwergefallen. »Die Signora hat bei uns vor einiger Zeit diese Nummer hinterlassen. Sie wollte, dass wir uns unter den philippinischen Arbeitern umhören, die unsere Gemeinde besuchen, um eine Haushaltshilfe für sie zu finden …«

Dem Mann war die Lüge leicht, äußerst natürlich über die Lippen gekommen, er hatte seine Stimme tief, ruhig und weich klingen lassen. Wie ein Pfarrer, ein Beichtvater. »Ich wollte ihr mitteilen, dass wir im Moment niemanden an der Hand haben, aber …«

»Davon wusste ich nichts. Aber ich brauche niemanden mehr. Meine Frau ist tot … sie ist …«

Genau die Information hatte der Mann gesucht und gleichzeitig am meisten befürchtet.

Sie war tot.

Er hatte aufgelegt, ohne abzuwarten, dass der andere seinen Satz beendete, denn im gleichen Moment spürte er die ersten Anzeichen dieses Schmerzes, der sich in wenigen Minuten bis ins Unerträgliche steigerte. So etwas wie ein heftiges inneres Kribbeln, das ein tiefes, immer schmerzhafteres Muskelzucken in ihm auslöste, begleitet von einem intensiven Druck in der Brust. Er hatte eine Weile keuchend nach Luft geschnappt und versucht, sich zu beruhigen, während sein Atem immer kürzer und schneller ging und sein Brustkorb nur noch ein einziger Schmerz war.

Dieser Anfall, der jeden anderen erschreckt hätte, weil er alle Anzeichen eines Infarktes aufwies, war für den Mann nichts Neues. Zur Sicherheit hatte er sich eine Nitroglyzerinkapsel gegen die Angina Pectoris unter die Zunge geschoben, sonst aber keine weitere Hilfe gesucht. Er hatte sich nur aufs Bett gelegt und war eine Weile dort ruhig liegen geblieben und hatte gewartet, dass der Schmerz nachließ. Kein Arzt hatte je die Ursache für seine Krämpfe herausfinden können. Es gab keine körperliche Ursache. Die Krämpfe traten jedes Mal auf, wenn ihn etwas erschreckte oder erschütterte, und nichts konnte sie lindern. Es war, als würde sein Körper dann aus seinem Unbewussten die Erinnerung an einen anderen Schmerz hervorholen. Einen physischen Schmerz, der sehr real gewesen war. Die Folge eines Schusses mit einem Gewehr, der ihn in einer Nacht vor vielen Jahren nur deshalb nicht getötet hatte, weil die Kugeln ihn durchschlugen, ohne lebenswichtige Organe zu verletzen. Dafür hatten sie seinen Hals, sein Gesicht, seine Brust, aber vor allem seine Seele zerstört.

Damals war er erst ein Junge gewesen.

In jener Nacht war er plötzlich aufgewacht, in einem fremden Zimmer, aus dem Schlaf gerissen von etwas, was er für einen bösen Traum gehalten hatte. Schlaftrunken hatte er die Augen aufgerissen, und da hatte tatsächlich jemand vor ihm gestanden und mit einem Gewehr auf ihn gezielt. Der Schuss, der ihn traf, bevor er begriff, was vor sich ging, hatte sein Bewusstsein ausgelöscht. Er hatte abrupt seine Lebenskreisläufe unterbrochen und ihn auf dem Boden in einer Blutlache zurückgelassen.

Man hatte ihn gerettet, bevor er verblutete. Als er im Krankenhaus zu sich gekommen war, hatte sein Gehirn bereits barmherzig die Erinnerung an das Grauen und den Schuss gelöscht.

Aber nicht sein Körper.

Der hatte in jeder einzelnen Zelle die Erinnerung an den Schmerz aufbewahrt und frischte sie jedes Mal auf, wenn heftige Gefühle sein fragiles seelisches Gleichgewicht durcheinanderbrachten.

Heftige Gefühle wie die, die auf die Nachricht vom Tod dieser Frau gefolgt waren.

Sie war tot!

Und er hatte sie getötet! Er, dem es immer vor Gewalt gegraut hatte.

Seit seiner Kindheit war der Mann daran gewöhnt, dass die Menschen heftig auf sein stark verunstaltetes Äußeres reagierten, seit Jahren trug er daher diese Dosen mit Betäubungsspray mit sich herum, um sich gegen Angriffe wehren zu können, ohne seine eigenen Körperkräfte einsetzen zu

müssen, weil er befürchtete, dass diese ihm im entscheiden-
den Moment nicht gehorchten.

Diese Spraydose, die er auf dem Schwarzmarkt gekauft
hatte, hatte er insgesamt nur zwei Mal benutzt. Vor ein paar
Jahren, als er eines Abends in Catania aus dem Kino kam
und in eine Gruppe betrunkener Skinheads geriet. Und an
jenem Abend gegen die arme Signora. Er hatte vorgehabt,
sie nur zu betäuben, sie so zu verwirren, dass sie sich nicht
mehr erinnerte, wer aus dem Aufzug gekommen war. Doch
die Folgen waren weit darüber hinausgegangen. Die Frau
war tot.

Er blieb über eine Stunde so liegen, bis die Krämpfe langsam nachließen, schließlich ganz aufhörten und er wieder
normal atmen konnte. Dann erlaubte er sich, an die junge
Frau zu denken. Er sah sie vor sich. Schön, blond, unversehrt.
Ein sanftes Wesen, soweit er herausgefunden hatte, als er ihr
nachspionierte, eher passiv und hilflos.

Er war ein harter Mann geworden, der, um mit seinem
Äußeren überleben zu können, um sich eine Glocke aus
Gleichgültigkeit gegenüber dem Schmerz der anderen errichtet hatte. Aber als er an Marcella dachte, spürte er erneut
einen schmerzhaften Stich.

Der Mann blieb noch für eine ganze Woche nach Signora Claras Tod in Mailand, um sich zu vergewissern, dass
er keine Spuren hinterlassen hatte. Ungeduldig blätterte
er jeden Morgen die Zeitungen durch, aber er fand nichts
außer ein paar kurzen Artikeln, die über den traurigen, einsamen Tod auf dem Treppenabsatz eines tristen Wohnblocks
in der Vorstadt berichteten. Er hatte keine Möglichkeit herauszufinden, ob die Polizei ermittelte. Die kurzen Berichte
erwähnten nichts, was etwas Derartiges vermuten ließ. Es
beruhigte ihn auch, dass vor dem Haus keine Streifenwa-
gen standen, man im Stockwerk keine Absperrungen gezo-

gen und die Wohnung der Graziosos nicht versiegelt hatte, trotzdem reichte das nicht, um seine Ängste vollständig verschwinden zu lassen.

Der Mann reiste erst ab, als sich die Wogen geglättet hatten, denn er musste etwas beenden und durfte sich keine Unvorsichtigkeiten erlauben. Vorher hatte er die Gegend erst endlos überwacht, dazu jeden Tag einen anderen Wagen angemietet, bis er entschied, dass sich alles beruhigt hatte. Erst dann entschloss er sich, in Aktion zu treten.

Niemand wusste von ihm. Niemand suchte ihn. Der einzige Mensch, der ihm hätte Schwierigkeiten bereiten können, war tot. Jetzt musste er handeln.

Eines Abends stellte er sich vor das Haus und wartete, bis ein bestimmter Mieter mit seinem Hund Gassi ging. Er hatte ihn vorher mehrere Abende beobachtet und wusste deshalb, dass der Mann, wenn er zu seinem kurzen Nachtspaziergang aufbrach, die gläserne Haustür immer angelehnt ließ, damit er auf dem Rückweg nicht nach seinen Schlüsseln suchen musste.

Eine schlechte Angewohnheit, hatte er gedacht, als er ihn dabei beobachtete. In diesem Viertel richtiggehend gefährlich.

Gefährlich, aber ihm kam es gelegen.

Er wartete, bis Mann und Hund die Grünfläche erreicht hatten, dann schlüpfte er schnell ins Haus, wobei er darauf achtete, die Tür ebenfalls anzulehnen. Entschiedenen Schrittes ging er durch die Tür, die den Eingang vom Treppenhaus trennte, langsam und gelassen wie ein Mieter, der spät nach Hause kam, lief er die vier Stockwerke hinauf und achtete sorgfältig darauf, dass er das Geländer mit seinen Fingerkuppen nicht berührte. Als er die Wohnungstür der Graziosos erreichte, beugte er sich herunter und lauschte.

Stille. Das Radio, das Marcella immer laufen ließ, um ein

wenig Gesellschaft zu haben, war ausgeschaltet. Das hieß wohl, sie schlief schon.

Erleichtert nahm er den Umschlag, den er seit dem Tag seiner folgenschweren Begegnung mit der fetten Signora bei sich trug, und konnte ihn endlich unter Marcellas Tür durchschieben. Jetzt hielt ihn in Mailand nichts mehr. Er fuhr direkt zum Flughafen, bei sich das leichte Köfferchen, sein einziges Gepäck, das er bereits in den Wagen geladen hatte.

Der erste Flug ging morgens um Viertel vor sieben. Jetzt war es kurz nach Mitternacht, er hatte also genug Zeit für einen ausgedehnten Gang durch die Amüsierviertel, die er auf seinen langen, einsamen Fahrten durch Mailand entdeckt hatte.

Er wäre gern in eine der lauten, vollen und schummerigen Kneipen im Navigli-Viertel gegangen, wo es Musik bis zum frühen Morgen und etwas zu essen gab. Er drehte ein paar langsame Runden und entdeckte zu seiner Enttäuschung, dass er für einen freien Parkplatz kilometerweit fahren musste. Und er konnte es nicht riskieren, in Mailand einen Strafzettel zu bekommen, oder schlimmer, dass sein Wagen abgeschleppt wurde. Das hätte die Sache gefährlich kompliziert.

Nein, da war nichts zu machen.

Er würde noch ein wenig aufs Geratewohl herumfahren und sich die beleuchteten Lokale wenigstens von außen ansehen und dann zum Flughafen fahren. Seinen knurrenden Magen besänftigte er mit ein paar Riegeln Mars, die zwar zu süß und klebrig waren, aber viel Energie spendeten, und dachte nach. Die Aussicht, den Rest der Nacht auf den Sitzen der Wartehalle zu verbringen, schreckte ihn eigentlich nicht.

Er war an Schlimmeres gewöhnt.

# KAPITEL 25

*Mailand, 16. Juli 2000*

In den Tagen nach Signora Claras Tod hatte Marcella weder die Zeit noch den Kopf für irgendetwas anderes. Sie war vollkommen davon in Anspruch genommen, die Beerdigung vorzubereiten und dem trauernden Gatten beizustehen. Nun wollte sie beginnen, sich von diesen hektischen Tagen zu erholen, als sie eines Morgens sah, wie Marlene im Flur mit einer Pfote nach etwas angelte, das sich wohl unter der Eingangstür verklemmt hatte. Neugierig ging sie hin und entdeckte in dem Schlitz einen zerknitterten Umschlag. Sie schob die Katze beiseite und fing sich dabei einen Kratzer ein.

Der zugeklebte Umschlag war unbeschriftet.

Kein Name, keine Adresse, kein Absender.

Jemand musste mitten in der Nacht oder früh am Morgen eigens zu ihrer Wohnung hochgekommen sein, um ihn unter der Tür durchzuschieben, denn als sie um elf Uhr abends den Müll heruntergebracht hatte, hatte er noch nicht dort gelegen.

Die Portiersfrau?

Nein, die hätte nämlich geklingelt.

Wer dann?

Sie bekam Gänsehaut. Sie erinnerte sich an die Ratschläge des Ispettore, widerstand dem Drang, den Umschlag sofort mit dem Brieföffner aufzumachen und rief Mauris im Präsidium an.

Der war unterwegs, aber sein Kollege Salerni, der stattdessen an den Apparat ging, versicherte ihr, er würde Mauris über Funk suchen lassen. Wenn der Ispettore im Wagen saß, wie er vermutete, würde er sich innerhalb weniger Minuten melden.

Marcella putzte sich gerade die Zähne, als das Telefon klingelte. Mit Zahnpasta im Mund versuchte sie Mauris zu erklären, was passiert war, aber er unterbrach sie und sagte:

»Warte auf mich, ich bin gleich bei dir.«

Sie hatte gerade noch Zeit sich anzuziehen und den Espressokocher aufzusetzen, als es schon bei ihr klingelte.

»Gib mir den Umschlag, ich bringe ihn in die Zentrale. Sie müssen die Fingerabdrücke nehmen.«

»Zuerst möchte ich wissen, was er enthält.«

»Später. Zuerst müssen wir uns ein wenig damit befassen. Ach, wo ich schon einmal hier bin, nehmen wir gleich deine Fingerabdrücke für den Abgleich. Hast du ein Paar Handschuhe aus Baumwolle oder Latex?«

»Ja, die, mit denen ich abwasche.«

»Gib sie mir.«

Marcella reichte sie ihm, und er zwängte sich unter Zuhilfenahme von ein wenig Puder hinein. Dann wühlte er in seinen Jackentaschen und holte das Notizbuch hervor, das er immer bei sich trug. Er öffnete die mittleren Seiten, wo das Papier absolut glatt war. Auf die linke Seite schrieb er »linke Hand« und auf die gegenüberliegende »rechte Hand«. Dann nahm er einen Bleistift, kratzte vorsichtig mit einem scharfen Messer etwas von der Mine ab, und nachdem er eine hauchdünne Schicht Glyzerincreme auf den Fingerkuppen der jungen Frau verteilt hatte, schwärzte er sie mit dem Grafit und presste sie eine nach der anderen auf das Papier.

Linke Hand, rechte Hand.

»Das ist zwar ein etwas primitives Verfahren, aber es erspart uns Zeit, und du musst nicht selbst zur Spurensicherung, um dir die Fingerabdrücke abnehmen zu lassen«, erklärte er Marcella, die ihn machen ließ und ihm nur bestürzt zusah.

Das war definitiv kein Freundschaftsbesuch. Als er fertig war, brachte ihn Marcella wortlos zur Tür und achtete darauf, dass sie mit ihren grafitgeschwärzten Fingern nicht das feine englische Hemd berührte, das er an diesem Morgen trug.

Bevor sie die Tür öffnete, drehte sich Mauris schon im Gehen noch einmal zu ihr um und legte ihr völlig unerwartet sanft die Hände auf die Schultern.

»Marcella, hör mir zu, das ist kein Spiel. Wir sind hier nicht im Fernsehen. Das hier ist die Wirklichkeit. Die Informationen, die ich auf vertraulichem Wege aus Sizilien erhalten habe, denn offiziell gibt es ja keinen zu bearbeitenden Fall, sind ziemlich beunruhigend. Ich sage es dir noch einmal. Anscheinend bist du wie durch ein Wunder dem Massaker an deiner Familie entgangen. Mit deinem Auftritt im Fernsehen hast du dich in aller Öffentlichkeit präsentiert wie in einer Schaufensterauslage. Wenn dich jemand gesucht haben sollte, hat er dich jetzt gefunden, und das könnte dich zu einer Zielscheibe machen. Genau wie ich es dir neulich beim Abendessen gesagt habe. Erinnerst du dich?«

»Ja, aber das bleiben doch weiterhin Vermutungen. Es gibt keinen Beweis, dass ich …«

Mauris fuhr fort, als habe er sie nicht gehört: »Ich möchte dir wirklich keine Angst einjagen, aber ich muss dich bitten, dass du niemanden in deine Wohnung lässt, zumindest, bis wir mehr wissen. Es kann auch sein, dass wir die Ermittlungen in dem Fall wieder aufnehmen müssen, der ja offiziell nie abgeschlossen wurde. Ich hoffe natürlich, dass nichts geschieht, was uns zu diesem Schritt zwingt. Ich muss jetzt gehen, aber ich komme heute Abend wieder. Bleib inzwischen in deiner Wohnung, und öffne nur Leuten, die du gut kennst, die Tür.«

Er beugte sich hinunter und untersuchte das Schloss, das ihn anscheinend zufrieden stellte.

»*C'est bin tant bon!* Sehr gut, es ist gepanzert, du solltest keine Probleme bekommen! Aber leg auch den Riegel vor. Ciao.«

»Ciao.«

Zu erschüttert, um mehr zu sagen, schloss Marcella die Tür, drehte den Schlüssel so oft herum, wie es ging, legte den Riegel vor und ging ins Wohnzimmer zurück, wobei sie sich fragte, wie sie diesen Tag herumbringen sollte.

Sich die Zeit zu vertreiben, ohne innerlich von der Angst aufgefressen zu werden, stellte sich als einfacher heraus, als sie gedacht hatte. Gegen Mittag meldete sich nämlich Maria Laura Franceschini bei ihr.

Wie schnell man in einer Stadt wie Mailand, die von Verpflichtungen, dem Verkehr, den Entfernungen und vor allem von der Gleichgültigkeit beherrscht wurde, Menschen vergaß, an die man sich gewandt hatte, als man sie brauchte, schoss es Marcella durch den Kopf. Sie hatte nicht mehr an ihre ehemalige Mitschülerin gedacht, seit sie von ihr die Nummer des Redakteurs von *Chi l'ha visto* bekommen hatte. Als sie ihre Stimme hörte, erinnerte sie sich beinahe nicht mehr, dass sie einander ja kürzlich gesehen hatten und dass sie selbst es war, die den Kontakt nach Jahren aufgenommen hatte.

Maria Laura hatte von dem tragischen Todesfall vor Marcellas Wohnung gelesen und wollte mehr darüber wissen. Auch, weil die Tote die Mutter Nadias war, mit der zusammen sie ebenfalls die Schule besucht hatte.

Marcella hatte keine Lust, über Signora Clara zu reden.

Es ging ihr nicht gut und noch einmal die ganze Geschichte zu erzählen, wie sie die Leiche gefunden hatte, hätte ihre innere Unruhe bestimmt noch gesteigert. Aber sie wollte Maria Laura nicht einfach so abfertigen, die in diesem Moment wahrscheinlich nur ihre Arbeit machte, also ihr ein Interview für die Zeitung abzuringen. Um zu vermeiden, dass ihr Telefon lange besetzt war, es konnte ja sein, dass der Ispettore anrief, lud sie sie zu sich nach Hause ein.

»Hör mal, ich bin allein, habe gestern eingekauft und einen vollen Kühlschrank. Was hältst du davon, auf einen Teller Spaghetti und einen Salat zu mir zu kommen? Dann erzähle ich dir alles beim Essen.«

Maria Laura ließ sich das nicht zweimal sagen und bestätigte ihr damit nur, dass sie nicht aus Freundschaft anrief, sondern auf Drängen des Chefredakteurs.

»Danke, aber für mich nur einen Salat. Findet man in deiner Gegend leicht einen Parkplatz?«

»Ja. Das ist hier einfach, besonders um diese Zeit, weil die Leute alle zur Arbeit gefahren sind.«

»Ich komme.«


Anscheinend waren die Straßen leer, da Maria Laura nur zwanzig Minuten für die Fahrt quer durch die Stadt gebraucht hatte. Sie setzten sich an den Küchentisch zu einem typischen Mittagessen, wie es die meisten Büroangestellten in Mailand um diese Zeit einnahmen, einem großen Salat mit Tunfisch, Mozzarella und hartgekochtem Ei, doch der kam nicht aus einer Bar in der Nähe, Marcella hatte ihn frisch zubereitet mit einem wohlriechenden Dressing mit frischem Basilikum, Sardellen und Pinienkernen. Maria Laura holte ihren Rekorder aus der Tasche und fragte:

»Macht es dir etwas aus, wenn ich das aufnehme?«

»Nein, aber warum tust du das?«

»Weil ich aufgrund der Dinge, die du mir erzählst, entscheiden werde, ob das genug Stoff für einen Artikel hergibt. Der Unglücksfall an sich ist ja schon Schnee von gestern, aber mir schwebt da so eine Sozialstudie vor über Menschen, die im Sommer in Mailand einsam in Aufzügen oder im Treppenhaus sterben, ohne dass einer im Traum daran denkt, rechtzeitig Hilfe zu holen.«

»Willst du damit sagen, ich habe etwas unterlassen, um der D'Amico zu helfen?«, fragte Marcella und ging in die Defensive.

»Aber nein, was hast du damit zu tun? Du warst doch gar nicht zu Hause, oder? Aber irgendjemand wird doch im Haus gewesen sein. Kann es sein, dass niemand etwas gehört hat? Diese arme Frau wird doch geröchelt, gekeucht oder irgendwelche Geräusche gemacht haben, bevor sie gestorben ist. Und als sie gestürzt ist, muss man den Fall doch durch das ganze Treppenhaus gehört haben. Na ja«, sagte sie, als sie Marcellas Gesicht sah, »ich kann das Ding auch abstellen, und wir reden nur so ein bisschen.«

»Nein, nein, nimm das nur auf, wenn es dir nützt. Aber …«, Marcella machte eine kleine Pause, um nachzudenken. »Weißt du, du hast eigentlich Recht. Auf diesem Stockwerk wohnt niemand außer mir. Unter mir allerdings ist ein Notarsbüro, wo zu der Zeit bestimmt noch jemand war, denn bei denen wird es immer spät. Und genau über mir wohnt ein Paar mittleren Alters. Die beiden sind unausstehlich. Sie sind total pingelig, wenn es um die Einhaltung der Hausordnung geht. Genau die Art Nachbarn, die dir das Leben zur Hölle machen. Sie beschweren sich über jede Kleinigkeit und schreiben böse Briefe an die Hausverwaltung. Kannst du dir vorstellen, dass sie sich sogar beschwert haben, als mein Vater den Herzinfarkt hatte? Das war nachts. Ich musste den Notarzt rufen. Ein Krankenwagen kam, und das ging natürlich nicht ganz lautlos ab. Obwohl sie am nächsten Morgen von der Portiersfrau erfahren haben mussten, was vorgefallen war, haben die beiden es wirklich gewagt sich aufzuregen, weil sie mitten in der Nacht geweckt wurden. Schon merkwürdig, dass sie das einzige Mal, wo ihre Wachsamkeit genützt hätte, nichts unternommen haben.«

»Vielleicht sind sie im Urlaub«, meinte Maria Laura, aber sie horchte auf.

»Ach was. Gestern Abend, als ich vom Einkaufen zurückkam, bin ich ihm begegnet, als er mit dem Hund rausging!«

»Also, dann erzähl mir alles, wenn dir danach ist«, drängte Maria Laura, die ihre Ungeduld nicht unterdrücken konnte. »Wo warst du? Wann ist es passiert?«

Nun wurde es kompliziert. Wie konnte sie von dem Abendessen mit dem Ispettore im Restaurant erzählen, ohne die ganze Angelegenheit zu erwähnen? Ihren Auftritt im Fernsehen, die Briefe und alles andere? Maria Laura war Journalistin, und Marcella stellte sich schon vor, wie ihre Lebensgeschichte in den Zeitungen ausgebreitet wurde.

Sie entdeckte schon ein gewisses Funkeln in Maria Lauras Augen.

Aber ihr war nicht danach zu lügen.

Dazu war sie nicht fähig, und selbst wenn sie es versucht hätte, hätte sie sich in die eigenen Lügen verstrickt und alles nur verschlimmert. Deshalb entschloss sie sich, an die Solidarität aus den Schultagen zu appellieren.

»Mach es dir gemütlich«, sagte sie seufzend zu Maria Laura. »Da gibt es jede Menge, was du noch nicht weißt. Aber du musst mir versprechen, dass du nicht gleich darüber schreibst. Im Moment wäre es gefährlich, wenn das an die Öffentlichkeit dringt, verstehst du? Du bist wegen Nadias Mutter hier, stimmt's?

»Ja, sicher.«

»Darüber kannst du schreiben, was du willst. Aber bei allem Übrigen, was ich dir jetzt erzählen werde, musst du mir versprechen, dass du mit niemandem darüber sprichst und vor allem keine einzige Zeile darüber schreibst, bis ich es dir sage. Dann hast du die Story exklusiv. Aber bis dorthin kein Wort. Versprichst du mir das?«

Maria Laura vibrierte am ganzen Körper. Diese Vorrede, die auf saftige News schließen ließ, jagte ihr eine gewaltige Dosis Adrenalin durch den Körper.

»Einverstanden. Du kannst dich auf mich verlassen«, sagte sie und legte den Minirekorder in die Tasche zurück. »Erzähl mir alles von Anfang an.«

Beide stocherten ohne Appetit in ihrem Salat herum, während Marcella Maria Laura eine komplette Zusammenfassung der Ereignisse seit ihrem Anruf bei Massimo Azeglio gab.

Sie erzählte ihr alles, jedes Detail, und obwohl Maria Laura die Sendung auch gesehen hatte, unterbrach sie nicht. Als Marcella ihr von dem Brief erzählte, den sie an diesem Morgen unter ihrer Tür gefunden hatte, war es schon nach drei Uhr. Zeit für Maria Laura, in die Redaktion zu gehen.

»Ich werde dir jetzt nicht erzählen, dass ich es dir ja gesagt habe und so weiter«, meinte sie zu Marcella und stand auf. »Du hattest das Gefühl, nach deiner Familie suchen zu müssen, und hast es getan. Jetzt musst du aber sehr vorsichtig sein. Überleg dir deine künftigen Schritte ganz genau.«

»Darüber zerbreche ich mir schon seit Tagen den Kopf. Ich weiß nicht, was ich tun werde, aber sobald ich kann, beende ich das alles. Ich habe Angst.«

»Die hätte ich an deiner Stelle auch. Keine Angst, dass man mir körperlich etwas antun wird, denn wenn das jemand im Sinn gehabt hätte, hätte er es schon getan. Eher Angst, etwas Schreckliches herauszufinden. Komm, Marcella, lass das doch alles hinter dir. Du hast keine Verpflichtungen, verlass Mailand für eine Weile. Fahr ans Meer.«

»Das kann ich jetzt nicht.« Sie waren ins Gespräch vertieft zur Tür gegangen. Marcella wollte sie schon öffnen, als Maria Laura sie stoppte.

»Und versuch herauszubekommen, ob deine Nachbarn am Abend, an dem Nadias Mutter gestorben ist, seltsame Geräusche gehört oder jemanden gesehen haben. Du hast doch gesagt, sie haben einen Hund, vielleicht hat der ja gebellt … Wenn diese arme Frau wirklich an Asthma gestorben ist, okay, tut einem leid, das zu hören, aber daran kann man nichts mehr ändern. Wenn aber etwas passiert ist, für das man keine Beweise gefunden hat … keine Ahnung, jemand könnte sie zum Beispiel zu Tode erschreckt haben, ich bin kein Arzt, aber ich glaube, wenn jemand ein schwaches Herz hat, könnte ihn ein großer Schreck umbringen, na, dann ist es doch besser, du weißt davon. Ich behalte alles, was du mir erzählt hast, für mich. Mach es aber genauso. Wenn ich nur eine Zeile eines Interviews von dir bei der Konkurrenz lese, dann rede ich nie mehr mit dir. Küsschen.«

Maria Laura verschwand im Aufzug. Wieder war Marcella allein und hatte noch etwas, worüber sie nachdenken musste.

Falls jemand unbemerkt ins Haus gelangt und Signora Clara so sehr erschreckt hatte, dass sie einen heftigen Anfall erlitt, musste es sich dabei um die gleiche Person handeln, die den Umschlag unter ihrer Tür durchgeschoben hatte. Das hieß, sie war wirklich verwundbar.

Inzwischen fühlte sie sich in dieser Wohnung wie eine Schildkröte ohne Panzer.

# KAPITEL 26

Der Brief enthielt eine zweite anonyme Botschaft.

Als Lucio Mauris gegen sieben Uhr wieder zu Marcella kam, brachte er eine Kopie mit. Wenige Sätze in Druckbuchstaben, wie das letzte Mal, wahrscheinlich mit der gleichen Schablone geschrieben.

JETZT WEISST DU, WER DU BIST.
GENAU WIE DIE TOTEN, DIE DU AUFGEWECKT HAST. BALD WIRST DU ALLES WISSEN. FÜRS ERSTE DARFST DU NICHT WEITERSUCHEN. ES WIRD KEINE WEITEREN BOTSCHAFTEN GEBEN, MARIANA.

»Was ist das? Ein Rat, eine Drohung oder was sonst?«

Marcella war leichenblass geworden. Es wirkte, als strömte mit dem Schweiß auch alles Leben aus ihr. Bald würde sie genauso von innen her vertrocknen wie die Geranien auf dem Fensterbrett, die sie schon seit ein paar Tagen nicht mehr gegossen hatte. Und wie sie immer mehr erstarren, bis sie einging.

»Ein wenig von beidem, nehme ich an.«

»Aber was ergibt das für einen Sinn?« Diese Frage galt mehr ihr selbst als Mauris. »Zuerst klärt man mich auf, welchem Blutbad ich entkommen bin, dann warnt man mich wieder, ich könnte das gleiche Schicksal erleiden wie meine

Familie. Denn das ist doch der eigentliche Sinn dieser Botschaft, oder?«

»Ja, so ungefähr. Ich weiß nicht viel über die Geheimsprache der Mafia, aber die Worte Tote, Tod, Grab und Begräbnis sind wohl immer als Drohung zu werten. Da muss ich mal die Kollegen von der Antimafia-Behörde fragen. Die haben eine Menge Spezialisten für so etwas. Jedenfalls glaube ich, dass diese Botschaft eigentlich als Drohung gemeint ist.«

»Oh Gott, und nun? Was soll ich jetzt bloß tun?«, stöhnte Marcella.

»Du könntest dir zum Beispiel etwas Hübsches, nicht zu Elegantes anziehen und mit mir essen gehen. Wahrscheinlich ist alles nicht so dramatisch, wie man uns glauben machen will. Falls dir jemand wirklich etwas antun wollte, hätte er das einfach getan, ohne dir vorher groß Ratschläge oder Vorwarnungen zu schicken. Ich glaube, man will dich mit diesen Drohbotschaften bloß erschrecken, damit du dich von Fernsehkameras fernhältst. Das ist alles.«

»Und wer ist Mariana?«

»Das bleibt ein ziemliches Rätsel. Maria, Mariana, Mariuccia … das könnte die Unterschrift sein. Jemand unterschreibt mit irgendeinem falschen Namen, um der Botschaft mehr Gewicht zu verleihen. Aber dann wirkt dieses Komma vor dem Namen merkwürdig. Laut dem Gutachten unseres Sprachexperten besitzt die Person, die den Brief geschrieben hat, eine gewisse Bildung. Sie benutzt ein hochsprachliches Vokabular, wählt ihre Worte sorgfältig, die Grammatik ist korrekt. Die betreffende Person hat gute Schulen besucht und kann sich sprachlich hervorragend ausdrücken. Also ist es bestimmt kein Zufall, dass vor diesem Namen ein Komma und kein Punkt steht. Wahrscheinlich hat es eine ganz bestimmte Bedeutung. Aber es bringt überhaupt nichts, wenn wir uns hier sinnlos den Kopf zerbrechen. Ich kenne jemanden, der uns weiterhelfen kann. Aber jetzt gehen wir besser. Mit vollem Magen lässt es sich besser Pläne schmieden, *ou bien?*«

Obwohl Marcella mittags ihren Salat kaum angerührt hatte, fühlte sie sich, als läge ihr etwas schwer im Magen. Trotzdem widersprach sie nicht. Sie zog sich eine Seidenbluse an, die genau zur Farbe ihrer hellblauen Jeans passte, bürstete ihre wunderschönen Haare und sah nach, ob sie genug Geld im Portemonnaie hatte, bevor sie mit dem Ispettore die Wohnung verließ. Der hatte wohl einen etwas rauen Meinungsaustausch mit Marlene hinter sich, von dem ihm ein auffälliges »Souvenir« am Handgelenk geblieben war. Sie fuhren bereits im Aufzug hinunter, als Marcella den Kratzer bemerkte.

»Oh Gott, diese Katze ist ein kleiner Teufel! Möchtest du noch einmal rauffahren, um die Wunde zu desinfizieren?«

»Komm, das ist doch nichts. Aber ich habe den Verdacht, sie mag mich nicht. Sie wird doch nicht eifersüchtig sein?«

»Eifersüchtig? Warum sollte sie?«

»Hmm, sag du es mir.«

Marcella ging lieber nicht auf seine anzügliche Bemerkung ein. Sie mochte diesen Mann wirklich sehr, und in diesem Moment war er sogar der einzige Mensch, an den sie sich im Notfall wenden konnte. Aber besser, es blieb alles so, wie es war. Gäbe sie jetzt dem Gefühl nach, das in ihr aufkeimte, hätte das alles nur noch komplizierter gemacht.

Das Abendessen war beinahe eine Wiederholung ihres letzten Mals. Die gleiche Osteria, der gleiche köstlich eiskalte Chardonnay vor dem Essen und dann Dolcetto d'Alba zu den wunderbaren Linguine mit Fleischsoße, mit *bagna cauda*, dieser pikanten, warmen Sardellensauce, typischen Piemonteser Wurst- und Schinkensorten und warme kleine Käse. Und zum Abschluss einfach göttliche Desserts.

Marcella war so schlank, dass sie bestimmt nicht Diät halten musste, doch beim Käse musste sie aufgeben.

»Wenn ich noch den kleinsten Krümel esse, muss man mich hier hinaustragen«, sagte sie und legte ihr Besteck auf den Teller.

»Oh, na das ist kein Problem, im Gegenteil!« Eine banale Pointe und sie hatte sie ihm geradezu auf dem Silbertablett serviert. Doch der Ispettore glich das schnell wieder aus, indem er ihr so theatralisch zuzwinkerte, dass es schon wieder komisch wirkte.

Während des gesamten Essens war Mauris bewusst geistreich, nett und bezaubernd. Geschickt führte er die Unterhaltung so, dass sie nur über das Essen redeten und ihr Vergnügen, so hervorragende, ursprüngliche Gerichte zu probieren, doch ab und zu stellte er Marcella in seiner routiniert – natürlichen Art, mit der er sonst sogar Steine zum Reden brachte, wie beiläufig ein paar Fragen über ihre Vorlieben, Gewohnheiten, ihr Studium, ihre berufliche Zukunft, ihre Pläne und Sehnsüchte.

Es war ein richtiges Verhör, das zwar im leichten Plauderton geführt wurde, aber doch ein Verhör, dem man Mauris' Neugier und Indiskretion anmerkte. Irgendwann war es Marcella aufgefallen, aber schon beim ersten Versuch, seine indiskretesten Fragen zu umgehen, musste sie bemerken, dass man sich diesen leuchtend blauen Augen, die einem auf den Grund der Seele zu blicken schienen, einfach nicht entziehen konnte. Selbst wenn sie versuchte, einer Frage auszuweichen, sah er sie an, als würde er die Wahrheit schon kennen und wollte sie nur noch einmal von ihr hören. Und blieb stumm und regungslos sitzen, bis sie ihm die Frage erschöpfend beantwortete.

Es wäre ihr gar nicht so unangenehm gewesen, sich Mauris anzuvertrauen. Doch sie konnte nicht vergessen, dass der

Mann ihr gegenüber Polizist war und es ihn sicher mehr interessierte, sie so bald wie möglich in seinen Akten ablegen zu können, als ihr aufrichtig Trost zu spenden. Deshalb war sie sehr erleichtert, als er nach dem Essen ihre Hände nahm und das Thema wechselte.

»Marcella, ich werde dir jetzt nicht erklären, wer oder was mich dazu veranlasst, aber ich bin überzeugt, dass die eigentliche Botschaft des Briefes nicht in den Worten liegt, dazu später, sondern in der Tatsache, dass der Schreiber ihn vor deine Wohnungstür gelegt hat. Und genau darin, glaube ich, liegt der ganze Sinn. Statt dieser Worte hätte er genauso gut einen Kinderreim hinschreiben können, was weiß ich, ene meene miste … Seine eigentliche Absicht ist, dich wissen zu lassen, dass er alles über dich weiß, dass er dich überwacht, deine üblichen Wege und Gewohnheiten kennt.«

Marcella lief es eiskalt den Rücken hinunter. Sie erinnerte sich an Maria Lauras Ratschläge und bekam Gänsehaut.

»Heute hat mich eine Freundin besucht, die Journalistin ist«, erzählte sie Mauris. »Sie hatte vom Tod der armen Signora Clara gehört. Sie und ich haben die gleiche Schule besucht, wie Nadia, du weißt schon, Signora Claras Tochter, die gestorben ist. Und als sie den Namen las, hat sie sich an mich erinnert. Während dieses Gesprächs hat sie mir klargemacht, wie ungewöhnlich es ist, dass an jenem Abend niemand etwas gehört haben will. Sie ist zu mir gekommen, weil sie einen Artikel darüber schreiben wollte, dass man in dieser Stadt einsam auf den Treppen eines Wohnhauses sterben kann.«

»Das stimmt«, bekräftigte Mauris. »Ein sehr vernünftiger Gedanke. Dem Bericht der Beamten, die an den Fundort der Leiche gerufen wurden, lagen auch die Zeugenaussagen deiner Nachbarn bei. Die Herrschaften aus dem Stockwerk über dir haben erklärt, sie hätten nichts gehört, weil sie ferngesehen hätten und danach ins Bett gegangen wären.

Sie behaupten, sie hätten erst am nächsten Morgen davon erfahren ...«

»Merkwürdig. Er geht am späten Abend immer mit dem Hund raus. Ich kann mir nicht vorstellen, dass er nichts von dem Durcheinander mitbekommen hat, nachdem ich die Leiche gefunden hatte.«

»Sie haben schon zugegeben, dass sie etwas gehört haben, aber sie glaubten, da sei nur der Notarzt gekommen, weil jemand sich nicht wohl fühlte, daher hätten sie sich nicht gerührt.«

»Aber das ist noch unwahrscheinlicher.«

»Na ja, wenn das ihre Version der Ereignisse ist, können wir nichts daran ändern. Der Fall ist abgeschlossen. Keine Ermittlungen mehr und keine Zeugenaussagen, die eingeholt und verglichen werden müssten. Jedenfalls fürs Erste. Hast du der Journalistin eigentlich alles erzählt?«

»Ja, das habe ich. Man kann Maria Laura vertrauen. Sie hat mir versprochen, alles für sich zu behalten, und das wird sie auch tun.«

»Das wäre zu schade.«

»Entschuldige, was hast du gerade gesagt?«

»Ach nichts, ich hatte nur gerade eine Idee, aber darüber reden wir gleich. Jetzt ist nur eins wichtig: Du darfst nicht den Kopf verlieren. Von jetzt an muss man sich für eine Strategie entscheiden und die auch beibehalten. Also, mal abgesehen von diesen merkwürdigen Hinweisen auf die »Toten« in der Botschaft, glaubt niemand, dass du tatsächlich in Gefahr bist. Es ist eine Weile her, dass du an die Öffentlichkeit gegangen bist, und wenn man dir wirklich etwas antun wollte, hätte man dir keine Warnung geschickt, sondern hätte dich in aller Stille getötet. Du lebst allein, hast keine Verwandten, wer sollte also den Wunsch haben, dich verschwinden zu lassen?«

»Wirklich nett von dir, dass du mich daran erinnerst! Aber du vergisst dabei, dass schon jemand in aller Stille gestorben ist. Die arme Signora Clara …«

»Für den Tod der armen Signora Clara sind Zufälle und ganz natürliche Ursachen verantwortlich. Sie ist an einem heftigen Asthmaanfall gestorben, daran besteht kein Zweifel. Ach so, ich habe inzwischen den vollständigen Bericht des Gerichtsmediziners gelesen, und der schließt die Möglichkeit eines Herzanfalls nach einem heftigen Schreck aus. Ein so starkes Gefühl führt zu einem kräftigen Adrenalinausstoß, der das Blut zum Herzen strömen lässt. Daraufhin pumpt das Herz schneller. Doch davon hat man bei ihr keine Anzeichen gefunden. Dagegen wiesen die Bronchien der armen Frau Anzeichen einer starken Verkrampfung auf und viel Blut, das sie durch die Luftröhre eingeatmet hat. Nein, es muss so gewesen sein, wie der Gerichtsmediziner es vermutet. Sie hat das Bewusstsein verloren, ist gefallen, und das Blut, das sie eingeatmet hat, hat ihr dann den Rest gegeben. Sie hat sich die Nase und den Kiefer gebrochen, und das Blut muss aus ihr herausgeschossen sein *c'mme un rival*, wie aus einem Springbrunnen.«

»Gott, wie schrecklich! Bitte …«

»Verzeih mir, ich hätte diese Details nicht erwähnen sollen. Aber ich wollte dich wenigstens in einer Beziehung beruhigen. Signora D'Amicos Tod ist nur das Ergebnis einer Verkettung von unglücklichen Umständen.«

»Okay, dann brauche ich mir darüber wenigstens keine Sorgen mehr zu machen. Solange ich nicht auf der Treppe hinfalle und mir das Gesicht zerschmettere, während ich gerade einen Asthmaanfall habe, werde ich wohl noch ein wenig am Leben bleiben. Aber wie soll ich ruhig sein, wenn da draußen jemand herumläuft, der mich verfolgt und mir nachspioniert?«

»Ich werde versuchen, Personenschutz für dich zu bekommen, aber ich habe wenig Hoffnung. Die beiden Briefe, die du erhalten hast, werden nicht ausreichen, meine Vorgesetzten davon zu überzeugen, dass wirklich Gefahr für dich besteht. Leider, oder besser zum Glück bist du in keinen aktuellen Fall verwickelt. Du bist kein Opfer. Du bist keine Zeugin. Wahrscheinlich kann ich höchstens erreichen, dass die Kollegen mir zuliebe hier ab und zu vorbeifahren, um das Haus zu beobachten und verdächtige Umstände zu überprüfen. Aber vergiss nie, wann immer du glaubst, in Gefahr zu sein, werde ich für dich da sein. Und jetzt arbeiten wir einen Schlachtplan aus.«

»Einen Schlachtplan? Was kann ich denn tun, außer aufzupassen und vorsichtig zu sein?«

»Darüber habe ich nachgedacht, und ich glaube, im Moment wäre der richtige Schritt, das Einzige zu tun, was den Menschen, der dich so quält, aus der Fassung bringen könnte. Das heißt, du musst vollkommen aus der Deckung kommen, dich so öffentlich wie möglich präsentieren, um demjenigen, der hinter der ganzen Geschichte steckt, zuvorzukommen, und ihn so zu zwingen, die Karten auf den Tisch zu legen.«

»Warum? Was könnte er uns offenbaren? Noch ein Verbrechen vielleicht?«

»Ich kann mich natürlich irren, Marcella, aber meiner Meinung nach geschieht all dies aus ganz bestimmten Gründen. Vergiss nicht, das Rätsel um dieses schreckliche Blutbad wurde nie gelöst. Vielleicht hat dich jemand durch diese Sendung aufgespürt und möchte dich nun für seine eigenen Zwecke missbrauchen, dich manipulieren. Und falls du wirklich die einzige Überlebende der Familie Cinisi bist, könnte er auch verhindern wollen, dass du die Wahrheit über das Blutbad erfährst. Denk darüber nach.«

# KAPITEL 27

Es war beinahe Mitternacht, als Marcella und Ispettore Mauris die Trattoria verließen, in der es inzwischen unglaublich voll geworden war. Sie hatten ihr Thema noch nicht hinreichend geklärt. Doch inzwischen war es in diesem winzigen, von zahlreichen, späten Gästen besetzten Raum so laut geworden, dass sie beinahe schreien mussten, damit sie einander verstanden. Also hatten sie beschlossen, aufzubrechen und ein paar Schritte zu gehen.

Als Marcella nach ihrer Tasche suchte, war die Rechnung auch diesmal schon bezahlt, und das machte sie ziemlich nervös. Ihre Nervosität stieg noch, als der Ispettore, der sie nach Hause gebracht hatte, ihr in Erinnerung an das, was beim letzten Mal vorgefallen war, vorschlug, sie zu ihrer Wohnung zu begleiten.

»Hör mal, Marcella, vielleicht sollte ich noch eine halbe Stunde bleiben, damit wir das Thema abschließen können, über das wir gerade gesprochen haben.«

»Es ist ein bisschen spät ...«, wandte Marcella ein und verkrampfte sich plötzlich.

Mauris bemerkte es und fragte: »Ist etwas nicht in Ordnung? Hast du etwa Angst vor mir?«

»Nein, es ist nur, dass ...«

»Dass du noch nie einen Mann abends in deine Wohnung gelassen hast?«, vollendete er den Satz mit einem sarkastischen Lächeln. »Du bist fast dreißig, *ma p'tite*. Meinst du nicht, du bist alt genug, um damit anzufangen?«

»*Ispettore* Mauris«, sagte Marcella und betonte ganz bewusst seinen Titel. »Womit sollte ich anfangen? Im Moment habe ich so viele Probleme am Hals, dass ich, selbst wenn ich gern wollte, mit niemandem auch nur irgendetwas anfangen könnte. Und so langsam fühle ich mich von dir ein wenig unter Druck gesetzt.«

Jetzt war es heraus.

Doch als sie kurz darauf sah, wie sein Blick vereiste, bereute sie, dass sie »unter Druck gesetzt« gesagt hatte, eine Anspielung auf etwas, das wohl nur in ihrer Vorstellung existierte.

Sie bereute es nicht nur, sondern es war ihr unangenehm, und sie schämte sich so, dass sie errötete. Sie stotterte etwas, das eigentlich eine Erklärung sein sollte, aber wie eine alberne Ausrede klang.

»Lucio, glaub bitte nicht, ich würde dich nicht schätzen, aber wie du schon gesagt hast, ist es das erste Mal, dass ich nachts jemanden in meine Wohnung lasse. Und das macht mich nervös. Ich hoffe, du verstehst das nicht falsch. Es ist nur, ich wollte eigentlich …«

»… das Gleiche wie ich. Einen Kaffee und die Möglichkeit, sich in aller Ruhe hinzusetzen und die Angelegenheit so schnell wie möglich zu klären. Kann ich jetzt kurz mit hinaufkommen oder müssen wir weiter hier im Wagen reden? Ich warne dich aber, die Klimaanlage ist defekt, und hier auf der Straße sind es mindestens fünfunddreißig Grad.«

»Na gut, gehen wir.«

Oben angekommen rissen sie erst einmal alle Fenster auf, um die nächtliche Brise zu nutzen. Sobald er es sich mit einer großen Tasse im Lieblingssessel der armen Signora Clara gemütlich gemacht hatte, während die Katze ihn misstrauisch umschlich, erklärte Lucio Mauris Marcella seinen Plan.

»Ich habe dir doch vor einer Weile geraten, von den Fernsehfritzen zu verlangen, deine Geschichte fallen zu lassen? Hast du es getan?«

»Ja, ich habe den Redakteur angerufen, der sich um meinen Fall gekümmert hat, und er hat mir versichert, es geschähe nichts ohne meine Einwilligung. Natürlich hat er mich gebeten, ihn auf dem Laufenden zu halten. Ich muss sagen, sie haben sich äußerst korrekt verhalten.«

»Na ja, das müssen sie auch«, gab Mauris zu. »Das sind Profis. Und sehr gute dazu. Also werden sie auch schnell begreifen, wie wichtig es ist, jetzt genau das Gegenteil zu tun, wenn du es ihnen erklärst. Ruf den Menschen an, sag ihm alles, was bis jetzt passiert ist, kitzele seine berufsbedingte Neugier und erzähle ihm von der armen Signora, die vor deiner Tür gestorben ist. Er wird schon darüber in der Zeitung gelesen haben, aber wenn du es ihm erzählst, ist das noch etwas anderes. Also tu dein Möglichstes, dass sie den Fall wieder in der Sendung bringen, und wenn du das schaffst, sag dort, du hättest vor, nach Sizilien zu fahren, um selbst Nachforschungen über deine Eltern anzustellen. Ideal wäre natürlich, wenn sie dich in eine der nächsten Folgen nehmen könnten.«

»Ich fürchte, dazu ist es zu spät, denn die Sendung läuft nur noch ein bis zwei Wochen und wird dann bis zum Herbst ausgesetzt. Aber was bringt dich auf diese Idee? Was willst du damit bezwecken?«

»Eines, nein sogar zwei Dinge. Zuerst möchte ich, dass du möglichst viel in der Öffentlichkeit stehst, denn für dich ist Öffentlichkeit jetzt der beste Schutz. Außerdem möchte ich möglichst viel Aufsehen, damit deine Verfolger gezwungen sind, zu handeln und dann vielleicht einen Fehler begehen.«

»Könnte das nicht gefährlich werden? Wenn ich es richtig verstanden habe, bin ich dann der Köder ...«

»Du bist schon jetzt ein Köder, *ma p'tite*. Seit du im Fernsehen aufgetreten bist. Jetzt müssen wir ebenfalls eine Warnung aussenden.«

»Und die wäre?«

»*Et voilà*, hier bin ich, seht ihr? Ich trete an die Öffentlichkeit, und ganz Italien weiß jetzt, wer ich bin, was ich tue, wo ich lebe, was ich vorhabe. Wenn ihr es wagt, mir nur ein Haar zu krümmen, bricht hier die Hölle los. Je bekannter eine Person ist, desto riskanter ist es, ihr etwas anzutun. Deswegen solltest du dich auch so bald wie möglich mit deiner Freundin in Verbindung setzen, damit sie einen schönen Sensationsartikel über dich schreibt. Der und dein zweiter Fernsehauftritt sollten wirken wie ein Knallfrosch in der Kirche.«

Mauris schwieg und ließ ihr ein wenig Zeit, um das Gesagte aufzunehmen, dann fuhr er fort: »Marcella, das hier ist ein Spiel ohne Regeln. Niemand kann dir sagen, auf welche Weise du es gewinnen kannst. Eins ist klar, was auch immer du tust, du wirst Risiken eingehen. Aber ich glaube, es ist immer noch am gefährlichsten, gar nichts zu tun. Denn jetzt wissen sie, wo sie dich finden können, und vielleicht warten sie ja nur darauf, dass sich die Wogen glätten und du aus dem Scheinwerferlicht verschwindest.«

»Gleich morgen früh rufe ich Maria Laura und Massimo an. Aber, entschuldige, hältst du es wirklich für eine gute Idee, wenn ich nach Sizilien fahre? Was soll ich denn dort?«

»Ja, ich halte das für eine gute Idee. Du solltest direkt zu den Verwandten der Ermordeten gehen, damit sie deine Identität bestätigen.«

»Lebt denn noch jemand von dieser unglücklichen Familie?«

»Ja, ich habe mich erkundigt. Ein Bruder und eine Schwester deines mutmaßlichen Vaters leben mit ihren Familien in Catania. Der alte Cinisi und seine Frau, die dann deine Großeltern wären, und ihr ältester Sohn Ignazio sind vor einigen Jahren gestorben.«

Marcella musste daran denken, dass sie eigentlich wirklich ein Findelkind war. Wenn sie eine Cinisi war, warum hatten diese Verwandten sie nach der Tragödie nicht bei sich aufgenommen? Sie hatte Onkel, Tanten, Großeltern, vielleicht sogar Cousins. Sie hätten verhindern können, dass das Jugendgericht sie wie ein Paket an die Graziosos abgab. In diesem Moment drehte ihr der Gedanke, zu diesen Leuten zu gehen, nur den Magen um.

»Lucio«, sagte sie mit gepresster Stimme, »was glaubst du, wie sie mich empfangen werden, wenn ich plötzlich bei ihnen vor der Tür stehe?«

»Genau das ist ja der Punkt. Die vertraulichen Informationen aus Sizilien sprechen von einer gewissen Gleichgültigkeit der Enkelin gegenüber, die überlebt hat. Damals wollten die Cinisis anscheinend nichts von ihr wissen, und vor ein paar Tagen hat eine deiner mutmaßlichen Tanten der Antimafia-Behörde gegenüber geäußert, es wäre nicht das erste Mal, dass jemand zu ihnen käme und behauptete, er sei Mariana Cinisi.«

»Mariana? Dann wusstest du also schon, was der Name unter der Nachricht bedeutete? Wer das geschrieben hat, wollte mich also nur direkt ansprechen und hat mich so wie das Mädchen genannt, das überlebt hat?«

»Ja, ich wusste es, aber ich wollte dir alles auf meine Weise erklären, nach dem Abendessen. Mariana trug den Namen des alten Cinisi, so haben es deine Eltern beim Einwohnermeldeamt angegeben, gesetzt den Fall, du bist wirklich diese Cinisi, die überlebt hat.«

»Was kann ich tun, um herauszufinden, ob das wirklich mein Name ist?«

»Offen gesagt, nicht viel. Nach der Adoption wird der ursprüngliche Name aus den Akten gelöscht. Das hat man mir erklärt, als ich das Gleiche gefragt habe.« Mauris erklärte nicht, wen. »Du könntest einen Antrag beim Jugendgericht in Catania stellen, um die Akte einzusehen, aber ich bezweifle, dass dir das etwas bringt. Trotzdem, meinen Glückwunsch! Mariana ist ein schöner Name. Sehr melodisch, aber auch sehr ungewöhnlich.«

Noch ein Schock für Marcella.

»Oh Gott, ich komme mir vor, als würde ich meinen eigenen Körper verlassen. Ich glaube, jetzt verliere ich langsam den Boden unter den Füßen.«

»Halt durch, das Beste kommt noch«, nahm Mauris das Gespräch wieder auf, ohne sich um ihre heftigen Gefühle und ihren Einwurf zu kümmern.

»Es gibt da einen alten Film, wenn ich mich recht erinnere, mit Ingrid Bergman und Yul Brynner. Ich glaube, er hieß *Anastasia*, kennst du ihn?«

»Ich denke, ich habe ihn mal im Fernsehen gesehen. War Anastasia nicht die jüngste Tochter von Zar Nikolaus dem Zweiten, die dem Massaker an ihrer Familie während der Oktoberrevolution entkommen ist? Ich verstehe nicht, was …«

»Der Film erzählt die Geschichte einer jungen Frau, die ihr Gedächtnis verloren hat, und auf den Straßen umherirrt. Eine Organisation will sie als die rechtmäßige Erbin des riesigen Vermögens des Zaren ausgeben. Und es gelingt ihr schließlich. Eine reiche Adlige erkennt in der jungen Frau die Zarentochter Anastasia wieder. Es wird nicht klar, ob sie es wirklich ist oder nicht, es ist nur wichtig, dass diese Adlige sie erkennt …«

»Die Historiker sind überzeugt, dass …«

»*Bon*«, unterbrach sie Mauris sofort, »natürlich kann man das Vermögen der Cinisis nicht mit dem Schatz der Zaren vergleichen, aber es bleibt trotzdem noch ein ganz schöner Haufen Geld. Kein Wunder, wenn jemand versucht, es in die Hände zu bekommen, indem er sich als die rechtmäßige Erbin ausgibt. Ganz logisch, dass die Cinisis misstrauisch sind.«

»Genauso kann es sein, dass jemand, nachdem er mich im Fernsehen gesehen hat, auf den Gedanken gekommen ist, mich zu benutzen, um sich das Geld anzueignen«, folgerte Marcella. »Vielleicht bin ich überhaupt nicht die einzige Überlebende der Familie Cinisi. Doch wer auch immer mir den Zeitungsausschnitt mit den Einzelheiten über das Blutbad geschickt hat und mich jetzt auf die Folter spannt, will mir das einreden.«

»Immer langsam. Vergiss nicht, heute ist es nicht mehr so leicht, sich für jemand anderen auszugeben. Zu Zeiten Anastasias beruhte alles auf einem Wiedererkennen der Person bei einer Gegenüberstellung. Heute hätte so eine Story keinen Sinn mehr, denn man braucht nur noch eine simple Blutprobe, ein Haar, ein Stück Fingernagel für einen DNA-Test. Trotzdem haben die Cinisis Recht, wenn sie misstrauisch sind.«

»Misstrauisch und gleichgültig … Hast du mir nicht erzählt, einer eurer Ermittler hätte sie befragt? Bedeutet das etwa, man hat den Fall wiederaufgenommen?«

»Nein, das heißt nur, ein gewisser Jemand hat jemand anderen darum gebeten. Nach deinem Fernsehauftritt hat es dort ein wenig Wirbel gegeben. Aber ich erzähle dir Dinge, die ich eigentlich für mich behalten sollte. Also noch einmal: Die Akte ist nie geschlossen worden. Wie du sicher weißt, ist es bis heute ein Rätsel, wo Professore Cinisis Vermögen abgeblieben ist. Wie sehr sich die Familie auch bemüht hat, anscheinend befindet sich das gesamte Geld noch genau dort, wo der Professore es vor seinem Tod versteckt hat. Falls es nicht irgendein Mafiaclan stillschweigend eingesackt hat, vielleicht der gleiche, der den Auftrag für das Blutbad gegeben hat, muss es noch irgendwo verborgen sein. Und es könnte die einzige Möglichkeit sein, die Hand darauf zu legen, wenn man sich als rechtmäßige Erbin anerkennen lässt.«

»Und das bedeutet?«

»Also anstelle der Familie Cinisi würde ich auch jedem misstrauen, der an meine Tür klopft und behauptet, er wäre die Tochter, die überlebt hat. Sehen wir es einmal so: Sollten sie nichts mit dem Massaker zu tun haben, können sie annehmen, derjenige, dem es gelegen kam, die einzige Erbin auf dem Weg der Adoption verschwinden zu lassen, sei auch der Auftraggeber der Morde. Sollten sie den Mord selbst in Auftrag gegeben haben, auch diese Vermutung bestand damals, könnten sie sehr gut jahrelang nach der rechtmäßigen Erbin gesucht haben und vor Freude vom Sessel hochgesprungen sein, als du im Fernsehen erschienen bist und gesagt hast: ›Schaut, hier bin ich‹.«

»Aber es gibt doch so viele Adoptivkinder, die im Fernsehen nach ihren richtigen Eltern suchen! Warum gerade ich?«

»*Cherie*, versuch doch, dich noch einmal genau an die Sendung zu erinnern. Da war ein Bericht, der in dem Heim gedreht wurde. Es gibt nicht viele Waisenhäuser in Catania, also könnte es sich um das gleiche handeln, in dem die kleine Cinisi aufgenommen wurde. Die Verwandten erkennen es wieder. Das Alter des Mädchens passt. Und vielleicht hat irgendetwas von dem, was du erzählt hast, bei ihnen eine Alarmglocke schrillen lassen. Du kannst nicht sicher sein, dass du

Mariana Cinisi bist. Aber du weißt nicht einmal, ob du es nicht bist. Sie hingegen wissen Dinge, an die du dich nicht erinnerst oder die du nicht weißt. In deiner Geschichte kann irgendein Detail aufgetaucht sein, das nur die echte Tochter der Cinisis wissen konnte.«

»Schau mal, ich habe keine Erinnerung an die Zeit, und das habe ich auch ganz deutlich gesagt. Alles, was in der Sendung gesagt wurde, stand bestimmt schon in den Zeitungen.«

»Ich weiß nicht, was ich glauben soll, Marcella.«

Mauris wirkte zweifelnd, geradezu besorgt.

»Gerade um diese Zweifel auszuräumen und einen Ausweg aus diesem Labyrinth zu finden, in das du dich verstrickt hast, musst du weitermachen. Die Reaktion der Cinisis wird dir Vieles verraten.«

»Schon, aber trotzdem hätten sie jedes Recht, mich als Abenteuerin wegzujagen, wenn ich bei ihnen erscheinen würde. Ich war erst vier Jahre alt, als mich die Graziosos adoptiert haben.«

»Vielleicht wird es anfangs so sein. Eventuell reagieren sie nicht gerade freundlich. Aber sie werden auch wissen, dass man solche Zweifelsfälle leicht klären kann. Entweder bist du Mariana Cinisi oder nicht. Der DNA-Test, erinnerst du dich? Aber das ist gar nicht der Punkt, *ma p'tite*.«

»Sondern was?«

»Es geht darum, aus den Reaktionen deiner … nennen wir sie ruhig mal mutmaßlichen Verwandten zu begreifen, ob sie nicht etwa hinter den Botschaften stecken. Ob sie nicht alles so manipulieren, damit du sie direkt zu dem Geld führst.«

»Ach komm!«

»Glaub mir, es ist wichtig, dass du zu ihnen gehst, aber du wärst viel sicherer, wenn du dich vorher mit einem weiteren Auftritt im Fernsehen und einem großen Zeitungsartikel an die Öffentlichkeit wendest. Dann könnte dir niemand mehr ein Haar krümmen, weder sie noch irgendjemand anderer, der dir etwas antun will.«

»Das erschreckt mich. Ich muss mich also noch einmal in aller Öffentlichkeit präsentieren und meine Probleme ausbreiten.«

»Das hast du doch schon getan, oder? Jetzt kannst du nur noch weitermachen.«

»Ich kann auch hier aufhören.«

»Davon rate ich dir ab. Wer dir nachspioniert, fürchtet dich wahrscheinlich und könnte nie sicher sein, was du vorhast. Also meiner Erfahrung nach darf man nicht stehen bleiben, wenn man in eine Dornenhecke schlüpft. Dann muss man sich stechen und sich kratzen lassen, aber alles daransetzen, dort hinauszukommen. Die kleine Cinisi hat die Flammen der Hölle gesehen. Wenn sie das überlebt hat, kannst du es auch.«

»Natürlich. Besonders, wenn wir ein und dieselbe Person sind. Eine Frage der Übung, richtig? Aber ich werde nie den Mut finden, zu diesen Leuten zu gehen.«

»Das könntest du, wenn dich jemand begleitet, dem du vertrauen kannst.«

Marcella fasste Mauris' Worte als Angebot auf.

»Du willst mit mir kommen? Was für ein Interesse hast du an der Sache? Ist das der Polizist, ein Missionar in dir oder noch etwas anderes?«

»*Calme-toi cherie*, ganz ruhig!«, sagte Mauris und hob seine Hand, um ihre Begeisterung zu stoppen. »Als ich sagte, jemand, dem du vertraust, habe ich damit nicht mich gemeint. Ich würde gern mit dir verreisen. Das wäre ein herrlicher Urlaub«, gab er mit einem leicht spöttischen Lächeln zu. »Leider ist das eine ernste Angelegenheit, und die muss man richtig angehen. Diese Vertrauensperson kann nur jemand sein, der sich auf dem Terrain, auf dem du dich bewegen wirst, sehr gut auskennt.«

»Ich kenne dort niemanden.«

»Du nicht, aber ich. Ein sehr guter Freund von mir ist stellvertretender Staatsanwalt in Caltanissetta. Er heißt Domenico Callura. Er hat mir alle Informationen über den Fall gegeben. Wir haben auch heute miteinander gesprochen, nein, jetzt können wir sagen, es war gestern, da Mitternacht schon lange vorbei ist. Als er mir die Namen genannt hat, die in den Akten auftauchen, hat er mir auch erklärt, was es mit dem Namen Mariana auf sich hat. Domenico Callura kann dich bestens beraten, aber ihn habe ich nicht gemeint. Um in Kontakt zu den Cinisis zu treten, ohne dich selbst zu sehr zu exponieren, könntest du dich an jemanden wenden, den mir Mimì, ich meine Domenico, genannt hat. Ein ehemaliger Commissario aus dem Präsidium von Catania, der heute in Pension ist. Er heißt Rocco Bonarriva und führt ab und zu kleinere private Ermittlungen durch. Ein anständiger Mensch, aber vor allem war er zur Zeit des Blutbads im Polizeidienst und weiß also alles darüber. Du könntest ihn anrufen und ihn bitten, deinen Fall zu übernehmen. Später könntest du nach Sizilien fahren und dich bei der Familie Cinisi melden, aber nur wenn er das für richtig hält, und dich von ihm dabei begleiten lassen. Da die Familie ihn kennt, könnte das sowohl für dich als auch für sie eine Garantie bedeuten. Was meinst du? Es hätte noch einen Vorteil, wenn du dich an jemanden wie Bonarriva wendest«, meinte Mauris und zwinkerte Marcella zu, die daraufhin lächeln musste. »Er ist ein wahrer Gentleman, um die siebzig. Laut Mimì, der mir etwa eine Stunde lang auf meine Kosten in einem Ferngespräch aus Sizilien von ihm erzählt hat, ist er sehr höflich, sieht ganz gut aus, aber aufgrund seines Alters wärst du vor Avancen sicher, außerdem hat er eine Frau, die ihn nie aus den Augen lässt.«

Marcella, die ein wenig enttäuscht war, dass nicht Mauris sie begleiten würde, und sich deshalb über sich selber ärgerte, überhörte diese Anspielung geflissentlich.

»Also, wenn er Detektiv ist, weiß ich nicht, ob ich mir das leisten kann.«

»*Voyons*, ach komm, er macht das mehr als Hobby und nimmt bestimmt nicht die Tarife eines Superdetektivs wie Tom Ponzi. Ruf ihn wenigstens an.«

»Also gut«, versprach sie zögernd. »Wo kann ich ihn erreichen?«

Lucio Mauris holte ein gelbes Blatt aus der Tasche, das er von dem Notizblock auf seinem Schreibtisch abgerissen hatte, und gab es ihr. Offensichtlich hatte er alles vorbereitet.

»Ruf erst die Fernsehleute an, bevor du mit Bonarriva telefonierst. Also noch einmal, es wäre ideal, wenn du vor dem Besuch bei den Cinisis noch einmal im Fernsehen erscheinen würdest.«

»Ich versuche es, aber ich weiß natürlich nicht, ob sie auf mich hören. Vielleicht interessiert meine Geschichte nicht mehr, und sicher ist es jetzt sowieso schon zu spät.«

»Ruf einfach an.« Mauris stand auf und wollte gehen. Es war nach zwei Uhr, und Marcella machte keine Anstalten, ihn zurückzuhalten. Sie war völlig erschöpft.

»Ist noch etwas?«

»Ja.«

»Sag schon.«

»Übertreibst du es nicht ein wenig mit deinem französischen R? Es wirkt wie ein Sprachfehler. Und diese französischen Füllwörter sind eine schlechte Angewohnheit, die …«

»*J' y sais*, ja, ich weiß. Aber ich verzichte trotzdem nicht darauf. Das ist eine Erinnerung an meine valdostanischen Wurzeln. Als ich ein kleiner Junge war, habe ich nur Französisch gesprochen, nein, *Patois*, das ist ein frankoprovença-lischer Dialekt mit einem sehr ausgeprägten Akzent, den man nie wieder loswird. Meine Eltern stammen aus einem kleinen Dorf namens Villeneuve, nur ein paar Kilometer von Aosta entfernt. Sie arbeiteten alle beide in einer Fabrik in Cogne, weißt du, die Stahlwerke in der Umgebung von Aosta. Dann kam die Wirtschaftskrise. Die Gießereien wurden geschlossen, und als mein Vater bei Fiat einen Arbeitsplatz bekam, zogen sie nach Turin um. Ich bin bis zur sechsten Klasse bei meinen Großeltern mütterlicherseits geblieben. Ich hatte überhaupt keine Lust, das Tal zu verlassen. Und auch später, als ich hinunter nach Turin ging, um das Gymnasium zu besuchen, kam ich so oft wie möglich zurück. Mein Großvater war Aufseher im Naturschutzpark und Bergführer. Ab und zu fuhr er mich nachmittags mit dem Jeep bis auf die Hochebenen am Gran Paradiso. Er war ein knallharter *montagnard*. *Un vrai rapondu*, ein richtiger Bergmensch, der das Aostatal sein ganzes Leben nicht verlassen hat und kein Wort Italienisch sprach, wenn er nicht unbedingt musste. Mit ihm und meiner Großmutter habe ich immer *Patois* geredet, also, ich bitte dich! Jetzt muss ich aber wirklich gehen«, beendete er das Gespräch und wandte sich entschlossen zur Tür. »Ruf die Fernsehleute an, und mach dir keine Sorgen.« Dann legte er ihr die Hände auf die Schultern und sagte: »Ich lasse dich nicht aus den Augen.«

»Das ist ja meine größte Sorge«, stöhnte Marcella. Der Mann tat doch sein Möglichstes, um ihr zu helfen. Wenn er noch ein wenig mit ihr flirtete, war das sicher nicht unangenehm.

Mauris ging nicht auf ihre Bemerkung ein, doch als er an der Tür war, nahm er ihr Gesicht in beide Hände, und bevor sie reagieren konnte, küsste er sie unendlich sanft auf die Lippen.

»Das war nur ein Gutenachtkuss, *ma choute*«, erklärte er und ging mit einem »Ciao«.

Als Marcella wieder zu sich kam, war er schon gegangen.

Draußen sah sich Mauris wie immer noch einmal um, bevor er zu seinem Wagen ging. Es war wirklich sehr spät, der Mond war hinter den Wohnhäusern verschwunden. Es wurde bald hell. Im Licht der Straßenlaternen entdeckte er jedoch den Schönling mitten auf der Grünfläche. Er unterhielt sich angeregt mit drei Typen, die Mauris noch nie gesehen hatte.

Von dem Pferd war nichts zu sehen. Vielleicht holte er gerade den Nachschub an Tütchen.

Vielleicht.

# KAPITEL 28

*Catania, 21. Juli 2000*

Der Mann wurde wütend, als er Marcella noch einmal im Fernsehen auftreten sah. Sie war in der letzten Folge von *Chi l'ha visto* vor der Sommerpause im Studio zu Gast.

Er bereitete sich gerade in der winzigen Küche seiner Wohnung einen Salat aus Tomaten, Mozzarella und schwarzen Oliven zu und hatte den Fernseher im Wohnzimmer laufen lassen, als er den Moderator ihren Namen nennen hörte: Marcella Grazioso.

Der Mann ließ sein Abendessen stehen und rannte zum Fernseher.

Da war sie und erzählte ihre ganze Geschichte von Anfang an.

Er konnte es nicht glauben! Wie hypnotisiert hörte er zu, und als sie auch noch ihren richtigen Namen nannte, Mariana Cinisi, ließ er sich auf das Sofa fallen, und ihm wurde schlecht vor Angst. Dieser Name hätte ein Geheimnis zwischen ihnen bleiben sollen.

Es war ein Fehler gewesen, ihn in der Nachricht an sie zu nennen. Sie hatte sich seiner bemächtigt, denn schließlich war es doch genau das, wonach sie suchte, oder? Doch besonders nach seiner letzten Warnung hätte er nie erwartet, dass diese dumme, leichtsinnige kleine Schlampe gleich damit zum Fernsehen laufen würde und ihn dort vor aller Welt ausposaunte.

Sie war wahnsinnig!

Eine Frau ohne jegliche Würde und Diskretion!

Ganz zu schweigen von Vorsicht.

Als seine Beine nachgaben und er zu weit vom Bad entfernt war, wo er seine Tabletten aufbewahrte, war er der heftigen Reaktion seiner angegriffenen Nerven schutzlos ausgeliefert. Während er sich unter dem Eindruck einer Panikattacke auf dem Sofa krümmte und nach Atem rang, liefen Bilder und Sätze über den Bildschirm, die seinen Zustand noch verschlimmerten.

Im Informationsteil wurden auch Vergrößerungen der Zeitungsfotos gezeigt. Aufnahmen von den Toten. Und das gab ihm endgültig den Rest.

Es dauerte die ganze Nacht, bis er sich davon erholt hatte. Als er endlich seine Muskulatur und seine Körperfunktionen wieder unter Kontrolle hatte, war er völlig erschöpft. Dieser Anfall, der schlimmste seit vielen Jahren, raubte ihm noch Stunden danach die Kraft, und sein Kopf war wie leer gefegt.

Marcella hatte es geschafft.

Als sie Maria Laura anrief, war die überglücklich gewesen, etwas über sie schreiben zu können. Der Artikel war allerdings nur im Mailänder Lokalteil erschienen und hatte nicht viel Aufsehen erregt. Doch die Verantwortlichen von *Chi l'ha visto* hatten begriffen, wie wichtig es war, diesen Fall noch einmal in ihrer Sendung zu bringen, und dafür im letzten Moment ihr Programm geändert.

Massimo Azeglio war sofort tätig geworden, als sie ihm die jüngsten Ereignisse erzählte. Er hatte mit dem Autor der Sendung und der Moderatorin gesprochen, und gemeinsam entschieden sie, einen langen Beitrag über die Entwicklungen in Marcellas Fall zu bringen, in dem Clara D'Amicos Tod ebenfalls ausführlich behandelt wurde.

Nur ein tragischer Unglücksfall, oder gab es eine direkte Verbindung zu Marcellas Aufruf im Fernsehen? Es wäre nicht das erste Mal, dass ein alter Fall, in dem es um ungelöste Morde ging, nach einer Sendung eine unerwartete Wendung nahm. Der Beitrag endete mit dem Versprechen, man würde im Herbst auf das Thema zurückkommen und über eventuelle neue Entwicklungen berichten.

Nachdem er am nächsten Morgen wieder klar denken konnte, fragte sich der Mann erschrocken, was er tun konnte, um die rasende Entwicklung der Ereignisse aufzuhalten.

# KAPITEL 29

*Mailand, 22. Juli 2000*

Am Abend nach ihrem Fernsehauftritt setzte Marcella den zweiten Teil des Plans um, den sie mit Lucio Mauris vereinbart hatte. Sie rief Rocco Bonarriva an.

Ganz offensichtlich hatte der pensionierte Commissario ihren Anruf schon erwartet. Sobald sie sein Honorar erwähnte, beruhigte er sie hastig.

»Signorina, jemand, den ich sehr schätze, hat mir von Ihnen erzählt. Dottore Callura. Er hat mir versichert, dass Sie in Ordnung sind. Ich werde Sie bestimmt nicht in den Ruin treiben. Ich bin pensioniert, und zum Glück ist bei uns das Leben nicht so teuer wie bei Ihnen auf dem Festland. Sie leben in Mailand, behalten Sie Ihr Geld, dort brauchen Sie es nötiger als ich. Ich möchte nur meine Auslagen ersetzt haben. Sind Sie damit einverstanden?«

»Sie sind sehr freundlich, aber ich kann Ihnen doch nicht Ihre Zeit stehlen, ohne Sie dafür zu bezahlen.«

»Signorina Marcella ... ich darf Sie doch so nennen? Zeit ist ein Luxus, einer der wenigen, die ich mir erlauben kann. Ich kann tun und lassen, was ich möchte. Keine Sorge, schließlich muss ich ja nur ein paar Akten im Archiv durchblättern. Sobald ich mich mit dem Fall vertraut gemacht habe, melde ich mich bei Ihnen. Der Ordnung halber schicken Sie mir bitte noch per Post die paar Zeilen, die ich Ihnen jetzt diktieren werde. Holen Sie sich Stift und Papier.«

Marcella hatte immer einen Notizblock und einen Kugel-schreiber neben dem Telefon liegen und war deshalb sofort bereit.

»Ja bitte.«

»Schreiben Sie: Ich, die Unterzeichnende und so weiter Komma beauftrage mit diesem Schriftstück Dottore Rocco Bonarriva Komma Inhaber des Detektivbüros Cat 1 Komma in meinem Namen streng vertrauliche Ermittlungen durch-zuführen Komma die jedoch keinesfalls gegen die Bestim-mungen verstoßen Komma die die Aktivitäten von Detek-tivbüros regeln Punkt und Absatz.

Ich verpflichte mich Komma sämtliche Verbindlichkei-ten Komma die sich aus diesem Auftrag ergeben Komma zu übernehmen Komma soweit dies im Gesetz festgehalten ist Punkt. Haben Sie das?«

»Ja, ich habe alles.«

»Sehr gut, Sie schreiben äußerst schnell. Also weiter: Er-fährt das Detektivbüro im Zusammenhang mit diesen Er-mittlungen von eventuellen Verbrechen Komma, wird es dies den zuständigen Behörden melden Punkt und Absatz.

Hochachtungsvoll und so weiter … Haben Sie das?«

»Ja.«

»Gut. Schicken Sie mir das, was ich Ihnen gerade diktiert habe, in zweifacher Kopie und von Ihnen unterschrieben per Einschreiben. Ich schicke Ihnen postwendend eine Kopie mit meiner Unterschrift zurück. Diese Vereinbarung ermächtigt mich, in Ihrem Namen tätig zu werden. Ich rufe Sie an, so-bald ich das Terrain vorbereitet habe. Auf Wiederhören, und machen Sie sich keine Sorgen. Schlafen Sie gut, Signorina.«

Marcella folgte seinen Anweisungen. Jetzt konnte sie nur noch abwarten.

Je weiter der Sommer fortschritt, desto unerträglicher wurde die Hitze hinter den Rollläden, und Marcella verließ nur morgens das Haus, um das Nötigste für sich und Marlene einzukaufen. Sie zerbrach sich den Kopf darüber, warum sie dem Ispettore in allem nachgegeben hatte. Bis jetzt hatte sie seine Ratschläge bis ins Kleinste befolgt, aber war es überhaupt richtig, sich diesem Mann vollkommen anzuvertrauen?

In den endlosen Tagen, die sie vor dem Telefon saß und auf einen Anruf von Rocco Bonarriva wartete, schwankte Marcella zwischen Phasen düsterster Depression und großem Optimismus, ja sogar Euphorie. Dann schmiedete sie Pläne, um ihren Bruder aufzuspüren, der ihrer festen Überzeugung nach irgendwo auf sie warten musste.

Was würde sie tun, wenn ihre mutmaßlichen Verwandten und ihr Stiefbruder sie abwiesen? Doch es gab kein Zurück. Dann müsste sie es ertragen, noch einmal verlassen zu werden.

Wenn sie sich diesen Gedanken überließ, sah sie unausweichlich Bilder aus ihrem Leben mit den Adoptiveltern vor sich. Ewig gleiche Tage, Monate, Jahre, eintönig und ereignislos, in die nur ihre Auseinandersetzungen mit den Graziosos, die sich allem entgegenstellten, ein wenig Abwechslung brachten.

Besonders als sie noch klein war, hatte Marcella Mamma Angiolina und Papa Aldo geliebt, doch sie hatte nie gewusst, ob sie ihr so etwas wie Zuneigung entgegenbrachten. Sie hatten sie angemessen versorgt und ernährt, waren bei Bedarf mit ihr zum Arzt gegangen, hatten ihre Hausaufgaben kontrolliert, mehr nicht. Kleine Feste bei ihren Mitschülerinnen, Schulausflüge, Freundschaften, Flirts, alles, was zum Leben einer normalen Heranwachsenden gehörte, hatten sie ihr systematisch verboten. Außerdem hatte Marcella in der ständigen Angst gelebt, sie käme zu spät, könnte etwas kaputt machen, zu schlechte Noten nach Hause bringen und dafür angeschrien oder bestraft werden.

Sie kannte nur Angst und Beklemmung.

Keine Zuneigung, Freundlichkeit, Vertrauen.

Die Tage vergingen, einer so feucht und schwül wie der andere. Endlich fand Marcella auch Zeit, in Ruhe und mit klarem Kopf über ihr seltsames Verhältnis zu Lucio Mauris nachzudenken. Der Ispettore gefiel ihr und löste in ihr einen Sturm der Gefühle aus, den sie nur mühsam unter Kontrolle behielt. Aber sie hatte Angst. Eine schreckliche Angst, derer sie sich auch noch schämte. Sie konnte doch nichts dafür, dass sie mit knapp dreißig nur eine Erfahrung mit einem Mann hinter sich hatte, noch dazu eine so traumatische, dass sich diese Wunde nie wieder ganz schließen würde.

Mauris wäre also wirklich der Erste, angenommen, er empfand mehr als Sympathie und interessierte sich nicht nur rein beruflich für sie.

Der Erste wobei?

Liebe? Sex?

Allein bei dem Gedanken daran wurde ihr schwindelig.

Marcella war immer hübsch gewesen, und schon von der sechsten Klasse an hatten ihre Mitschüler sie umschwärmt, doch seit sie zwölf oder dreizehn Jahre alt war, überwachten die Graziosos jede ihrer Bewegungen wie Polizisten.

Sie lasen ihre Post, hielten das Telefon unter Verschluss, und von Ausgehen war nicht die Rede. Nach den ersten Auseinandersetzungen mit den Graziosos, weil Marcella mit Beginn der Pubertät, angeregt durch die geflüsterten Geständnisse, die ihre Mitschülerinnen in den Pausen austauschten, selbst ein bisschen mehr Freiheiten forderte, hatte sie aufgehört, nach Dingen zu fragen, die sie ihr doch nie erlaubt hätten. Ihre Tage wurden vom Rhythmus Wohnung – Schule,

Schule – Wohnung diktiert, sie war immer in Zeitdruck und hatte nie mehr in der Tasche als die Schülermonatskarte, mit der sie am Tag genau zwei Fahrten machen konnte, zur Schule und zurück nach Hause. Sonst durfte sie nur noch eine Telefonmünze mitnehmen, falls sie wirklich einmal dringend anrufen musste.

Nur einmal hatte sie die Vormittagsvorlesungen an der Uni ausfallen lassen, um mit einer Freundin in die Stadt zu gehen.

Das Zentrum von Mailand, was für ein Glück!

Mit offenem Mund hatte sie die Galleria bewundert.

Diesen wundervollen Platz hatte sie vorher nur einmal, ein paar Minuten lang gesehen. An einem Sonntagmorgen, als ihre Adoptiveltern aus einer Laune heraus die Messe im Dom besucht hatten.

Sie waren zu dritt dorthin gegangen: Mamma Angiolina im Sonntagsstaat, natürlich ganz in Schwarz, Papa Aldo in dem Anzug und der Krawatte, die er auch auf seinen Geschäftsreisen trug. Marcella war damals acht Jahre alt und in letzter Zeit so gewachsen, dass ihre Mutter ihre Alltagsröcke für diesen feierlichen Anlass als zu kurz befand, daher trug sie ein braunes Faltenkleid ihrer Adoptivmutter, das in der Taille von einem Gürtel zusammengehalten wurde. Zwar hingen die Schultern, und das Oberteil war ihr viel zu weit, aber unter dem Mantel fiel das nicht auf.

Während der Messe hatte Mamma Angiolina Marcella mehrfach ermahnt, andächtiger zu sein, so gebannt hatte diese die herrliche Kathedrale und die vielen Leute darin angestarrt.

Ein Traum.

Als sie den riesigen Kirchenbau verließen, hätte Marcella gern die Tauben gefüttert, wie sie das bei anderen Kindern gesehen hatte, doch ihre Mutter zerrte sie weg. Stumm und verärgert hatte sie sie zur U-Bahn-Station geführt, die direkt am Eingang zur Galleria lag. Dort konnte Marcella gerade noch einen Blick auf die großartige Erhabenheit der Arkaden werfen, unter denen sich die Glücklichen drängten, die dort solange sie wollten flanieren konnten oder in die Konditorei *Motta* gehen und vielleicht sogar noch Gebäck kaufen.

An dem bewussten Vormittag war sie mit der Freundin stundenlang auf dem Corso Vittorio Emmanuele gebummelt und hatte fasziniert die Schaufenster betrachtet. Danach hatten die beiden Mädchen das Kaufhaus *Rinascente* betreten, hatten sich in einigen Abteilungen umgesehen und dort zum Spaß Kleider anprobiert, die sie sich nie im Leben leisten konnten.

Die Stunden waren wie im Fluge vergangen, und Marcella war zu spät nach Hause gekommen.

Mamma Angiolina hatte zunächst getan, als wäre nichts, aber misstrauisch wie sie war, hatte sie bei der ersten Gelegenheit Marcellas Taschen durchsucht und dort den U-Bahn-Fahrschein entdeckt, den die Freundin auch für sie gekauft hatte, da sie ja nie Geld hatte. Natürlich hatte Mamma Angiolina sie so in die Enge getrieben, dass sie ihr ihren Ausflug gestehen musste, doch an dieser Stelle hatte Marcella zum ersten Mal eine ungewöhnliche Aufsässigkeit an den Tag gelegt.

So einen Ton kannten ihre Adoptiveltern nicht von ihr und hatten zunächst ihren Ohren nicht getraut. Sie hatten einander angeschaut und sich in ihrem unverständlichen Dialekt unterhalten, bevor sie sich beide auf sie stürzten.

Der Vater hatte sie an den Schultern festgehalten, während die Mutter sie ohrfeigte.

Voller kalter Wut, ohne die Stimme zu erheben, hatten sie Marcella auf Italienisch und Sizilianisch beschimpft.

»Hure!«

»Du Schlampe!«

»Undankbare!«

»Am besten wärst du gleich im Waisenhaus geblieben! Von wegen Universität!«

»Wenn du das noch einmal tust, werfen wir dich hinaus!«

Nach dieser Auseinandersetzung blieb Marcella fast eine Woche in ihrem Zimmer, und als sie wieder hinausdurfte, war sie völlig zahm. Mit niedergeschlagenen Augen hatte sie um Verzeihung gebeten und danach ihr normales Leben wieder aufgenommen.

Ein banales, farb- und glanzloses Leben, und noch trauriger als vorher, wenn das überhaupt noch möglich war, weil sie keine Hoffnung hatte, dass sich früher oder später etwas daran ändern würde.

Von dem Tag an hatte Marcella immer »gespurt«, wie Mamma Angiolina ihrem Ehemann zufrieden erzählte. Es war ihr zur zweiten Natur geworden, zu gehorchen und dem Willen anderer Leute nachzukommen. Eine Konditionierung, von der sie sich nicht einmal nach dem Tod beider Graziosos völlig befreit hatte.

Diese nüchterne, schonungslose Analyse machte Marcella endlich klar, was sie veranlasst hatte, so rasch und bedingungslos Clara D'Amicos verrücktem Rat zu folgen und sich an das Fernsehen zu wenden. Und warum sie sich Mauris gegenüber so passiv verhielt.

Es war ein Unglück gewesen, auf die arme Signora Clara zu hören, denn das hatte etwas in Gang gesetzt, das jetzt wohl nicht mehr aufzuhalten war.

Was würde ihr zustoßen, wenn sie den Ratschlägen des Ispettore folgte?

Doch jetzt war es zu spät, um einen Rückzieher zu machen. Marcella konnte nur noch vorwärtsgehen. Früher oder später würde sie am Ende dieses Tunnels Licht sehen.

# KAPITEL 30

*Mailand, 30. Juli 2000*

Rocco Bonarriva meldete sich nicht.

Marcella fragte sich langsam, ob sie nicht einen weiteren Fehler begangen hatte, als sie einem völlig Fremden vertraute, den sie nur vom Telefon kannte, als sie früh am Morgen vom Klingeln des Telefons geweckt wurde.

Es war Lucio Mauris.

Seit dem Abend, an dem er sie geküsst hatte und sie fast bis zum Morgengrauen gemeinsam in ihrer Wohnung gesessen hatten, hatten sie nichts voneinander gehört. Obwohl sie noch halb schlief, bemerkte Marcella, dass der Ispettore am Telefon flach, farblos, auf jeden Fall merkwürdig klang.

»Ich muss dich sofort sehen. Kann ich kurz zu dir kommen?«

»Ja, natürlich. Ist etwas passiert?«

»Warte auf mich. Ich bin gleich da.«

Ohne auch nur Ciao zu sagen, legte er auf. Ein wenig ängstlich bereitete sich Marcella darauf vor, ihn zu empfangen.

Lucio Mauris brauchte keine halbe Stunde. Als Marcella ihm die Tür öffnete, fiel ihr sofort sein angespannter Gesichtsausdruck auf. Doch da sie ihn inzwischen kannte, stellte sie ihm keine Fragen. Er ging in die Küche, setzte sich hin und bat sie, einen Kaffee zu kochen. Und zwar einen sehr starken!

Schweigend warteten beide darauf, dass der Espresso im Kocher hochstieg. Marcella saß wie auf glühenden Kohlen, aber er fing erst an zu reden, als beide ihre Kaffeetasse in der Hand hielten.

»Marcella, ich muss dir etwas Schlimmes sagen. Bonarriva ist ermordet worden.«

»Waas?«

»Du hast richtig gehört, man hat ihn umgebracht. *On l'a tué comme un chien.* Wie einen Hund.«

»Wie? Wann ist das passiert?«

»Gestern Abend. Ich bin lieber selbst gekommen, um es dir zu sagen, denn ich wollte nicht, dass du es aus dem Fernsehen oder dem Radio erfährst. Sicher bringen sie es auch in den Abendnachrichten. Es war eine Hinrichtung. Bonarriva fuhr gerade zum Abendessen nach Hause, als auf der Promenade in Catania, mitten im Zentrum, volle Cafés, Verkehrsstau und so weiter, an einer Ampel plötzlich rechts von seinem Wagen eine Vespa mit zwei Typen auftauchte, die Integralhelme trugen. Kurz bevor es Grün wurde, hat einer der Kerle sich zu ihm herübergebeugt und zweimal durch das Seitenfenster geschossen und dabei Bonarriva in die linke Seite und in den Kopf getroffen. Zwei Profis. Perfektes Timing. Dann schaltete die Ampel auf Grün, und die Vespa war wie der Blitz verschwunden. Als die Carabinieri fünfzehn Minuten später dort ankamen, herrschte an der Kreuzung ein Verkehrschaos, und sie mussten erst einmal den Stau auflösen, bevor sie mit den Ermittlungen beginnen konnten. Natürlich hat niemand etwas gesehen oder gehört.«

»Oh mein Gott!«

Marcella war schon von Natur aus blass, aber jetzt war sie kalkweiß geworden. Mauris nahm keine Rücksicht darauf und fragte:

»Hast du ihm offiziell den Auftrag erteilt, zwischen dir und den Cinisis zu vermitteln, wie ich es dir geraten hatte?«

»Ja, ich habe ihn angerufen. Er wusste schon Bescheid – zumindest hatte ich den Eindruck.«

»Mimi, äh ich meine Dottore Callura, hatte wohl schon mit ihm gesprochen. Wie seid ihr verblieben?«

»Er hat mir so eine Art Vertrag diktiert. Ich habe zwei Kopien gemacht und sie ihm geschickt. Ein paar Tage später habe ich eine von ihm unterschriebene Kopie erhalten. Das war alles.«

»*Merde!* Dann ist ein Dokument im Umlauf, aus dem hervorgeht, dass Bonarriva für dich gearbeitet hat. Der Untersuchungsrichter wird dich verhören wollen. Das kompliziert alles.«

»Warum?«

»Falls der arme Commissario ermordet wurde, weil er bei seinen Ermittlungen für dich etwas herausgefunden hat, was aber erst noch bewiesen werden müsste, dann will offensichtlich jemand nicht, dass daran gerührt wird.«

»Du machst mir Angst.«

Marcella war so blass geworden, dass Mauris befürchtete, sie würde gleich ohnmächtig. Deshalb stand er von seinem unbequemen Stuhl auf, nahm sie am Arm, geleitete sie sanft ins Wohnzimmer und setzte sie dort auf das Sofa. Dann setzte er sich neben sie, und als er ihr zur Beruhigung den Arm um die Schultern legte, merkte er, dass sie heftig zitterte.

»Entspann dich, Marcella. In meinem Beruf stößt man oft auf Fälle, in denen Leute aus den seltsamsten, oft nichtigsten Gründen umgebracht werden. Bonarriva war sicher noch mit anderen Dingen befasst. Er ermittelte vor allem in Sachen Ehebruch, ein Thema, das in manchen Dörfern in der sizilianischen Provinz heute noch Zündstoff sein kann. Im Augenblick wissen wir noch nicht, warum man ihn erschossen hat. Das Blutbad im Hause Cinisi liegt fast dreißig Jahre zurück. Zu lange, als dass jemand jetzt plötzlich anfängt zu morden.«

»Das stimmt. Aber wenn du wirklich überzeugt wärst, dass meine Geschichte nichts mit diesem Mord zu tun hat, säßest du jetzt nicht hier, um mit mir darüber zu reden, und würdest so ein Gesicht machen!«

»Du hast Recht. Bevor nicht klar ist, warum Bonarriva ermordet wurde, bleiben Zweifel. Ich fühle mich schuldig, weil ich dir geraten habe, ihn zu beauftragen. Mimì hatte mir versichert, man könnte ihm wirklich vertrauen. Er sei ein außergewöhnlicher Mensch und ein ausgezeichneter Ermittler. Außerdem kannte er sich dort in der Gegend aus wie niemand sonst. Wenn er wirklich aus den Gründen sterben musste, die wir befürchten, heißt das, wir haben die Sache völlig falsch angefasst und müssen noch einmal ganz von vorn anfangen. Aber jetzt kann ich Schutz für dich anfordern.«

»Was meinst du mit Schutz?«

»Ein unauffälliges Auto mit zwei Beamten, die deine Haustür überwachen und dir diskret folgen, bis alles geklärt ist. Ich spreche mit dem Staatsanwalt. Jetzt bist du eine Zeugin und hast ein Anrecht auf Schutz.«

»Heißt das etwa, ich muss ständig Fremde um mich haben? Und wie lange? Dieses ›bis alles geklärt ist‹ ist mir ein bisschen vage. Außerdem, was muss eigentlich geklärt werden?«

»Die Untersuchung von Bonarrivas Tod. Vielleicht stellt sich schon sehr bald heraus, dass sein Tod nichts mit deiner Angelegenheit zu tun hat.«

»Und wenn nicht? Wenn nichts dabei herauskommt?« Marcellas Stimme wurde immer höher, bis sie schließlich schrill klang. Mauris begriff, dass sie kurz vor einem Nervenzusammenbruch stand. Er antwortete ihr nicht, sondern drückte nur ihre Schultern nach unten, damit sie sich hinlegte. Dann lagerte er ihre Beine auf dem Sofa hoch und erklärte ihr überraschend freundlich, er würde ihr zur Seite stehen und sie beschützen.

»Ich weiß, was du jetzt empfindest Marcella, und fühle mich zum Teil dafür verantwortlich. Falls du Angst hast, komme ich her und bleibe bei dir. Du hast eine große Wohnung und könntest mir ohne Schwierigkeiten ein Zimmer herrichten. Keine Sorge, ich habe nicht vor, die Situation auszunutzen. Du gefällst mir, aber ich verspreche dir, es wird nichts geschehen, was du nicht selbst willst. Du wirst schon sehen, unser Zusammenleben wäre gar nicht so unangenehm! Aber du musst akzeptieren, dass ein oder zwei Beamte über dich wachen, wenn ich tagsüber nicht hier bin. Sie verstehen ihren Job und sind daran gewöhnt, Menschen so zu begleiten, dass ihre Anwesenheit nicht zur Belastung wird. Du wirst sie nicht einmal bemerken. Was meinst du?«

»Zu den Beamten, na gut, wenn es unbedingt sein muss.«

»Es muss. Und was ist mit mir?«

»Du …« Marcella zögerte, war völlig verwirrt. »Darüber muss ich nachdenken.«

»C'est juste, in Ordnung. Ich werde jetzt gehen. Möchtest du, dass wir uns heute Abend sehen?«

»Ruf mich an.«

Marcella fühlte, wie ihr Kopf schwer wurde und sich eine bleierne Müdigkeit auf sie herabsenkte.

Eine Nachwirkung des Schocks.

Sie würde sich gleich hinlegen, und vielleicht war sie nach ein paar Stunden Schlaf wieder klar genug, um eine Entscheidung zu treffen. Marcella hörte nicht einmal mehr, wie der Ispettore kurz darauf die Tür hinter sich schloss.

# KAPITEL 31

Die Tage, die auf die Nachricht von Bonarrivas Ermordung folgten, waren ein einziger Alptraum. Marcellas Leben, das vorher in so geordneten, ruhigen Bahnen verlaufen war, wurde durch die Anwesenheit der Beamten, zweier leiser, beinahe unsichtbarer, doch allgegenwärtiger Wächter, völlig auf den Kopf gestellt.

Auf Mauris' Vorschlag, zu ihr zu ziehen, solange die Umstände des Mordes ungeklärt waren, war sie lieber nicht mehr zurückgekommen. Zwar hatte sie ihn nicht kategorisch abgelehnt, doch auch nicht zugestimmt, sondern einfach so getan, als hätte es dieses Angebot nie gegeben.

Aus Feinfühligkeit hatte Mauris das Thema nicht mehr angesprochen und schien sogar entschlossen, sie vorübergehend nicht einmal mehr besuchen zu wollen. Sie war also ganz allein – bis auf die Beamten natürlich.

Allein, verwirrt und von einer ständig wachsenden Angst gequält. Nur eins in ihrem jetzigen Leben war beständig, und das waren die Schuldgefühle, die sie jedes Mal beißend quälten, wenn sie an den armen Commissario Bonarriva dachte. Unabhängig davon, aus welchem Grund man ihn tatsächlich umgebracht hatte, bereute sie es auf jeden Fall, ihn in diese Angelegenheit mit hineingezogen zu haben, die sich allmählich zu einem mörderischen Bumerang entwickelte.

Marcella ging so gut wie gar nicht mehr aus dem Haus,

damit die Beamten nicht gezwungen waren, ihr durch den dichten Verkehr zu folgen. Außerdem fühlte sie sich am Boden zerstört, weil Mauris, der vielleicht beleidigt war, weil sie sein Angebot abgewiesen hatte, oder auch nur zu beschäftigt war, sie kaum noch anrief und das auch nur, um bei ihr nachzufragen, ob es etwas Neues gab.

Knappe, sachlich-kühle Anrufe.

Marcella tat Mauris Unrecht, in Wirklichkeit dachte er ständig an sie und machte sich ihretwegen große Sorgen, war aber in dieser Zeit vollauf mit einer Großfahndung in der Stadt beschäftigt. Eine großangelegte Operation, zu der man ihn hinzugezogen hatte, obwohl sein Dezernat normalerweise nichts mit den Angelegenheiten der Drogenfahndung zu tun hatte.

Eines Morgens, als er gerade wegen irgendwelcher Recherchen am Computer saß, bekam er ein Memo auf den Bildschirm. In einem Maisfeld außerhalb von Mailand, in der Nähe des Friedhofs von Chiaravalle, hatte man die fast nackte, teilweise verbrannte Leiche eines jungen Mannes gefunden. Er hatte keine Ausweispapiere bei sich, und bevor der Körper den Flammen übergeben worden war, waren Fingerkuppen und Gebiss unkenntlich gemacht worden, sodass es nicht viel gab, woran man ihn noch hätte identifizieren können.

Der Tote, den der Gerichtsmediziner nach einer ersten äußerlichen Untersuchung aufgrund von alten Einstichen zwischen den Zehen und an anderen Stellen des Körpers, die das Feuer verschont hatte, als harten Fixer einschätzte, wartete im Leichenschauhaus darauf, dass ihm jemand einen Namen zuordnete. Und die Identifizierung sollte so schnell wie möglich stattfinden, da die Polizei zur gleichen Zeit in der Lombardei wegen Satanismus ermittelte. Leute wurden gefoltert, ermordet, irgendwo aufs Land verbracht und dort verbrannt. Genau wie dieser arme Teufel hier. Also eilte die Sache, damit die Ermittlungen nicht in die falsche Richtung gingen und man damit Zeit verlor.

Dieses Memo hatten alle Dezernate und Kommissariate in der Provinz Mailand bekommen, die es dann unter ihren Beamten verteilen sollten. Wer hatte diesen Mann schon mal gesehen oder noch besser verhaftet? Man musste seine Fantasie allerdings schon etwas anstrengen, denn die beigefügten Fotos waren nicht nur abstoßend, sondern zeigten auch herzlich wenig.

Mauris meinte trotzdem, ihn wiederzuerkennen.

Nicht das Gesicht, von dem praktisch nichts mehr übrig war. Sondern an den Resten des T-Shirts und einer Tätowierung auf der Schulter, die das Feuer verschont hatte.

Das Pferd? Schon möglich.

Er musste die Kollegen von der Drogenfahndung zumindest anrufen.

»Meine Lieben, erinnert ihr euch noch an den Tipp, den ich euch vor einem Monat in Bezug auf eine bestimmte Grünanlage gegeben habe? Nun, ich glaube, der Tote ist einer der beiden, auf die ich euch aufmerksam gemacht habe. Es geht mich natürlich nichts an, aber es wäre schon gut, wenn jemand von euch mal seinen Hintern vom Stuhl bewegte und etwas unternehmen würde, denn der Typ hat auf mich nicht wie ein x-beliebiger Junkie gewirkt. Er war ein Pferd, und wenn die Dealer jetzt schon ihre eigenen Leute umbringen, bedeutet das, da draußen herrscht mal wieder Krieg. Dann können wir damit rechnen, dass es noch weitere Leichen gibt.«

Natürlich hatte der Ispettore sich nicht genau mit diesen Worten an seine Kollegen gewandt, aber das, was er sagte, zeigte Wirkung. Die Drogenfahndung stürzte sich fieberhaft in eine Ermittlung, die weit über die Grenzen der Stadt hinausging und fast die gleichen Ausmaße annahm wie damals bei der *Duomo Connection* der neunziger Jahre.

Dabei spürte man unverdächtige Bürger auf, die als Zwischenglied zwischen den Händlern und den Dealern fungierten. Hausfrauen, Angestellte, Handwerker, die ihre Bezüge aufbesserten, indem sie das Zeug für Dritte bei sich zu Hause weiterverarbeiteten. Vor allem Hasch, aber auch viel Kokain, Heroin, Amphetamine und Ketamin. Sie verschnitten, wogen und füllten das Zeug in kleine Tütchen oder formten es zu Kügelchen aus Stanniolpapier, die sich dann leichter in Autoauspuffen oder in Abfallkörben verstecken ließen.

Der Kette folgend, die nach dem Prinzip »ich rede, und du landest im Gefängnis« funktionierte, fand man Hobbychemiker, die mit einem Minimum an Ausrüstung die mörderischen neuen Designerdrogen erzeugten: MDMA, das in Ecstasypillen vertickt wurde. Kristall, ein Mix aus Kokain und Atropin, für Reisen, von denen man oft nicht wiederkehrte. Cat auf Ephedrinbasis fürs Doping in den Fitnessstudios, Gratistrip inklusive. Ice, diese netten, kleinen Kristalle mit mörderischer Wirkung – und billig. Eben alles, womit sich auf dem Rücken der Idioten auf den Straßen, in den Discos und den Fitnessstudios Geld machen ließ.

Damit es keine Probleme gab, brauchte man spezielle »Vorkoster«, die dieses ganze Dreckszeug vorher testeten und auch den Reinheitsgrad der Ausgangsstoffe bewerteten, vor allem bei »H« und Koks. Und die fand man heutzutage nicht mehr so leicht wie früher. Denn im Jahr 2000 waren die Junkies entweder schlau geworden und hatten aufgrund eigener schlechter Erfahrungen gelernt, sich von gratis verteilten Heroin- und Koksrationen fernzuhalten, oder sie hielten sich in Entziehungseinrichtungen oder im Gefängnis auf.

Es liefen daher immer weniger Leute herum, die verrückt genug waren, diese Rolle zu übernehmen. Wer also einen zu fassen kriegte, ließ ihn nicht mehr los.

Das war also das Verhältnis zwischen dem Schönling und dem Typen gewesen, den Mauris für das Pferd des Dealers gehalten hatte. Mit seinen über zehn Jahren Drogenerfahrung war er ein erstklassiger Vorkoster gewesen und hatte bereitwillig alles, was es zu schniefen, spritzen, rauchen oder schlucken gab, probiert.

Die letzte Kostprobe hatte ihm den Rest gegeben, und er war daran gestorben.

Ein nutzloser Körper, der verschwinden musste, damit man ihn nicht identifizieren und durch ihn auf die Dealer und die gesamte Organisation dahinter stoßen konnte.

Deshalb hatten der Schönling und seine Kumpel ihre Skooter stehen lassen und sich mithilfe eines Schraubenziehers in Ripamonti einen Kombi »geliehen«, mit dem sie das Pferd ein Stückchen weiter aufs freie Feld brachten, dann hatten sie sein Gesicht und seine Fingerkuppen unkenntlich gemacht und ihn dann mit ein wenig Benzin aus dem Tank des Wagens, der später verlassen aufgefunden wurde, angezündet. Doch irgendjemand musste sie dabei gestört haben, denn sie waren etwas zu früh verschwunden. Das unbeaufsichtigt gebliebene Feuer wurde von einem automatischen Bewässerungssystem des Feldes gelöscht, ehe die Flammen ihre Aufgabe erfüllt hatten, und die Überreste, die das Feuer verschont hatte, hatten Mauris auf die richtige Idee gebracht. Der Tote war wirklich das arme »Pferd«, für seine Verwandten trug er natürlich einen richtigen Namen, er hieß Sergio Lombardi und hatte sogar einen Abschluss als Zahntechniker. Merkwürdig, dachte Mauris, dass jemand wie er, der in seinem Leben nur den Menschen die Zähne verschönern wollte, wie eine traurige Ironie des Schicksals

mit einem gebrochenen Kiefer und zertrümmerten Schnei-
dezähnen endete.

In den Tagen nach der Identifizierung der Leiche raste
Mauris mit seinen Leuten ständig durch die gesamte Lombardei und die angrenzenden Regionen, um suspekte Gestalten zu überprüfen, Wanzen in ihren Wohnungen anzubrin-
gen und so die Verbindungen aufzubauen, die es Monate
später einem abteilungsübergreifenden Team ermöglichten,
einem weit gespannten Dealernetz auf die Spur zu kommen, das in Fitnessstudios und Bodybuildingcentern ope-
rierte.

Marcella konnte nichts von den fieberhaften Ermittlungen
wissen, die Lucio Mauris in dieser Zeit von Mailand fern-
hielten. Außerdem war sie so mit ihren eigenen Problemen
beschäftigt, dass sie weder Zeit noch Lust hatte, über ihr
Verhältnis zu ihm nachzudenken. Sie hätte gern mit ihm
geredet, traute sich aber nicht, ihn anzurufen und zu sich
einzuladen, weil ihn dann die Beamten in ihre Wohnung
gehen sehen würden. Und in dieser quälenden Untätigkeit
vergingen die ersten beiden Augustwochen.

Kurz nach der Monatsmitte, als sie sich schon bang fragte,
wie sie das neue Schuljahr anpacken sollte, das bald begann,
erhielt sie eine Vorladung in die Carabinieristation ihres
Viertels. Auf dem Dokument, das ihr die inzwischen ihr gegenüber ganz offen feindselig und misstrauisch auftretende
Portiersfrau gab, waren Tag und Uhrzeit ihres Termins sowie
die Nummer des Raums aufgeführt und der Name des Of-
fiziers, bei dem sie sich melden sollte.

Resigniert machte sie sich auf den Weg dahin.

Natürlich in Begleitung der Beamten.

Man hatte sie wegen einer Aussage hinbestellt. Sie musste
die Fragen eines Beamten beantworten, der dann die von ihr

unterschriebene Niederschrift an den sizilianischen Richter weiterleiten würde, der im Fall Bonarriva ermittelte.

Der Maresciallo, der sie empfing und befragte, war sehr höflich und so feinfühlig, das Ganze nur als eine »einfache Unterredung« zu bezeichnen.

Marcella sei nur eine Nebenzeugin bei einem Verbrechen, das in Sizilien geschehen sei. Deshalb war es – jedenfalls für den Moment – nicht nötig, dass sie direkt vor Ort aussagte. Falls der Untersuchungsrichter es für notwendig erachtete, würde man sie vielleicht später an den offiziellen Ort der Ermittlungen vorladen, also nach Catania. Aber das war nur eine entfernte Möglichkeit, und sie solle sich keine Sorgen machen.

Der Offizier erklärte ihr in kurzen Worten, worum es ging und was Marcellas Rolle dabei war, doch sosehr er sich auch bemühte, die Situation für sie so angenehm wie möglich zu gestalten, bedeutete die Aussage, die erst auf Band aufgenommen und dann in den Computer eingegeben wurde, eine schreckliche Erfahrung für sie. Sie musste unglaublich viele Fragen beantworten, die so formuliert waren, dass sie in allen Einzelheiten darlegen musste, warum sie Bonarrivas Detektivbüro beauftragt hatte, und deshalb auch eine Zusammenfassung der vorangegangenen Ereignisse geben musste.

Es dauerte Stunden. Sie musste diese lange Geschichte einige Male wiederholen, noch die peinlichsten Details offenlegen, bevor der Carabiniere, der den Auftrag hatte, ihre Antworten niederzuschreiben, sie schlüssig zusammenfassen konnte. Als sie endlich ihre Unterschrift unter das Dokument setzen konnte, war sie völlig erschöpft.

Völlig erschöpft und verunsichert.

Auf die drängenden Fragen des Maresciallos hin hatte sie auch über ihr Verhältnis zu Ispettore Mauris sprechen müssen, um zu erklären, welche Rolle er in der Angelegenheit spielte, und hatte dabei befürchtet, sie könne ihm damit beruflich schaden.

Als sie endlich alles hinter sich hatte, stellte Marcella fest, dass sie wieder ganz am Anfang stand. Jedoch mit dem beängstigenden Gefühl, dass die Leute um sie herum aus Gründen starben, die irgendwie mit ihr zusammenhingen.

Der Sommer verging rasch, und in ein paar Wochen würde die Schule wieder anfangen. Als sie darüber nachdachte, wie peinlich es sein würde, mit Begleitschutz zum Unterricht zu kommen, beschloss sie, von nun an auf ihre Schutzengel zu verzichten. Sie bat den Maresciallo zu veranlassen, dass man den Begleitschutz abzog. Und er erklärte sich dazu bereit.

»Sie sind ein freier Mensch«, sagte er ihr. »Und haben eine komplette, schlüssige und ausführliche Aussage gemacht. Also ich glaube, aber das ist natürlich nur meine persönliche Meinung, dass Ihnen keine Gefahr droht. Falls es zum Prozess kommt, wenn es überhaupt gelingt, jemanden für diese Tat vor Gericht zu bringen, werden wir sehen. Aber ich denke, dass Sie im Augenblick gut auf die Beamten verzichten können. Ich werde selbst mit den Zuständigen reden, damit Sie keine weiteren Unannehmlichkeiten damit haben. Aber seien Sie bitte weiterhin vorsichtig. Und sprechen Sie mit niemandem über Ihre Aussage.«

Ein wenig beruhigt kam es Marcella nicht einmal in den Sinn, Mauris darüber zu informieren, dass niemand mehr über sie wachte. Na ja gut, sie hatte bereits einige Male versucht, ihn im Präsidium zu erreichen, aber sein Kollege Salerni hatte ihr immer nur gesagt, Mauris sei nicht in der Stadt, ohne das näher zu erläutern, sodass Marcella angenommen hatte, der Ispettore sei vielleicht in Urlaub gefahren, ohne sich von ihr zu verabschieden.

Oder er ließ sich verleugnen.

Der letzte Gedanke brachte sie dazu, es dabei zu belassen.

Sein Interesse für sie hatte wohl nur in ihrem Kopf existiert. Dieser Mann hatte überhaupt nicht die Absicht, ein über das Berufliche hinausgehendes Verhältnis zu ihr aufzubauen. Am besten dachte sie nicht mehr an ihn.

Ja, aber …

Nein, sie setzte lieber einen Schlussstrich unter die ganze Sache.


Jetzt, da sie endlich wieder ganz allein war, beschloss Marcella, ihre Probleme ein wenig zurückzustellen und den letzten Rest des Sommers in der Stadt zu genießen. Anfangs überlegte sie, ein paar Tage ans Meer zu fahren, nach Ligurien, aber es war schon ziemlich spät, um dort noch eine Unterkunft zu finden, und auf jeden Fall würden die Strände überfüllt sein.

Also verwarf sie diese Idee gleich wieder.

Das Meer reizte sie ungeheuer. Sie hatte es in ihrem Leben bislang nur einmal und das auch nur ganz kurz gesehen, als sie als kleines Mädchen mit ihren Adoptiveltern am Tag der Heiligen Margherita an einem Busausflug teilgenommen hatte. Eine von diesen Kaffeefahrten, bei der völlig überteuerte Töpfe und Teller an den Mann gebracht werden sollten, doch Aldo und Angiolina waren trotz der drängenden Anpreisungen des Verkäufers standhaft geblieben.

Bei der Ankunft konnte sie einen kurzen Blick auf das Meer erhaschen. Nur einen Moment lang. Doch der hatte genügt, um in ihr das verrückte Begehren zu wecken, einmal mit nackten Füßen über den Sand zu laufen.

Doch es war keine gute Idee, jetzt dorthin zu fahren. Sie hatte keine Lust, sich unter all diese Menschen zu mischen, denn sie war traurig und wusste genau, wenn sie lauter Pärchen und Familien um sich herum gesehen hätte, hätte das ihre Melancholie noch verstärkt.

Es endete damit, dass sie sich ein paar leichte Romane zur Ablenkung kaufte und beschloss, endlich ein Vorhaben umzusetzen, das ihr schon seit Längerem vorschwebte. Jeden Tag einen anderen Park in der Stadt zu entdecken, angefangen mit dem an der Porta Venezia, den sie so liebte.

Und dann wartete ja immer noch der Park von Monza auf sie.

Einmal hatten zwei Kollegen und sie mit ihren Klassen die Villa Reale besucht, die inmitten dieses riesigen Parks lag. Nach dem üblichen geführten Rundgang hatten Schüler und Lehrer ein Picknick mit dem gemacht, was sie mitgebracht hatten, und während sie danach auf den Bus warteten, der sie zurückbringen sollte, hatten die Schüler auf der Wiese gespielt. Marcella hatte sich nicht eine Sekunde entspannen können, denn ihre Bande musste ständig streng überwacht werden, aber als sie die Villa verließen, hatte sie doch noch einen Blick auf ein wahres Juwel werfen können: Ein Rosengarten hinter dem Haupteingang der Villa. Zu der Zeit hatte er in voller Blüte gestanden und so intensiv geduftet, dass der Wind den Duft bis auf die Straße wehte.

Ihr war der Garten wie ein kleines Paradies vorgekommen.

Sie würde irgendwann morgens dahin zurückkehren, Brötchen und Bücher mitnehmen. Und inmitten dieser Herrlichkeit würde sie ihrem Unglück einen Fußtritt versetzen. Endlich war sie frei, konnte frei über sich und ihr Geld verfügen. Und sogar über ein Auto. Sie musste endlich anfangen, sich ein paar Wünsche zu erfüllen.

Marcella plante, sich jetzt auch den einen oder anderen kleinen Luxus zu gönnen, zum Beispiel vor einem Caffè in

der Galleria am Dom zu sitzen und die Passanten zu beobachten. Schließlich hatte sie Ferien, und das Einzige, was
sie wollte, war, sich ein wenig von ihren Problemen zu ent-
fernen, die sie ängstigten. Ein paar Stunden Fröhlichkeit,
Glück …

# KAPITEL 32

*Mailand, 22. August 2000*

Leider passiert im Leben immer dann etwas, wenn man gerade an etwas ganz Anderes denkt. Marcellas Ferien währten keine Woche. Eines Morgens, es war noch früh, und Marcella nutzte die Kühle, um ihre Wohnung zu putzen, klingelte das Telefon. Eine unbekannte Stimme, sie klang weich und unnatürlich sanft und hatte einen nicht genau zu ortenden Akzent, nannte sie beim Vornamen und duzte sie einfach.

Marcella bekam Gänsehaut.

»Marcella?«

»Ja, wer ist da?«

»Ich bin Gustav. Ja, dein Bruder.«

»Ich verstehe nicht, das kann doch nicht sein!«

»Natürlich kann es das, Liebes. Und niemand weiß das besser als du selbst. Du hast doch nach mir gesucht, nicht wahr? Ich bin Gustav und du Marcella. Oder soll ich dich lieber bei deinem richtigen Namen nennen? Mariana? Ja?«

Marcella kam es vor, als presste eine eiskalte Hand ihr Herz zusammen. Der Mann am anderen Ende nutzte ihr Schweigen und redete weiter.

»Der Name spielt keine Rolle. Wichtig ist nur, wer du bist. Siehst du, wir haben uns schließlich doch wiedergefunden. Jetzt ist es an der Zeit, dass wir uns treffen.«

»Ich weiß nicht ... ich möchte nicht ...«

Marcella stand kurz vor einer Panikattacke. Ihr Atem wurde schon immer kürzer und schneller.

»Ich muss dich sehen, Liebes. Sollen wir uns draußen treffen, oder soll ich lieber zu dir kommen? Du weißt ja, dass ich weiß, wo du wohnst.«

Die Stimme am anderen Ende der Leitung produzierte nun ein merkwürdiges Gurgeln, das wohl ein Kichern sein sollte.

Sie wusste, dass ihr kein Ausweg blieb. Wenn sie dies Treffen schon nicht vermeiden konnte, dann fand es besser draußen unter anderen Menschen statt. Marcella, die verzweifelt versuchte, mit ihrem Willen ihre Nerven und ihren Kopf unter Kontrolle zu behalten, brachte nur mühsam heraus: »Einverstanden, wir treffen uns, aber irgendwo draußen. Wo? Wann?«

»Heute, Liebes. Wir treffen uns am Nachmittag, zwischen fünf und sechs Uhr. Ich weiß, dass du gern im Grünen spazieren gehst. Also treffen wir uns im Park des Castello Sforzesco.«

Es konnte einen eiskalt überlaufen! Dieser Mann war ihr gefolgt, oder er konnte ihre Gedanken lesen. Doch die Stimme fuhr unerschütterlich fort:

»Du kommst mit der U-Bahn zum Piazzale Cadorna. Nimm den Ausgang zur Stazione Nord. Du kannst ihn nicht verfehlen, in der Mitte des Brunnens steht diese riesige Skulptur in Form einer Nadel mit Faden. Dann hältst du dich rechts, unter den Arkaden des Bahnhofs, gehst an der Ampel über die Straße, erst links, dann sofort rechts. Dann biegst du in den Viale Gadio ein und betrittst den Park durch das große Tor. Sobald du auf die Hauptallee kommst, läufst du immer auf den Turm zu. Ganz ruhig, ja. Als ob du einen dieser Spaziergänge machen würdest, die du so liebst, und dann werden wir uns irgendwann treffen.«

»Aber ich kenne Sie doch nicht. Ich habe Sie noch nie gesehen. Wie soll ich Sie denn erkennen?«

Noch ein gurgelndes Kichern.

»Sollen wir uns denn lieber vor dem Brunnen treffen, mitten unter den Touristen? Keine Sorge, Liebes, ich werde dich schon finden. Tu mir den Gefallen, trag keine Jeans, zieh bitte dieses wunderschöne blauweiße Seidenkleid an.«

Dieser letzten Bitte entnahm Marcella, und beim bloßen Gedanken daran wurde sie beinahe ohnmächtig, dieser Mann wollte sie wissen lassen, dass er sie genau kannte, auch den Inhalt ihres nicht sehr üppig bestückten Kleiderschrankes.

»Freust du dich nicht darüber, dass du bald die Wahrheit wissen wirst? Ich erwarte dich, Liebes. Du kommst doch, ja?«

Diese Frage war eigentlich nur eine Bestätigung, ein Befehl.

»Ich werde da sein. Lassen Sie mich nur noch …«

»Ich erwarte dich!« Die Stimme am anderen Ende der Leitung klang plötzlich hart. »Und informiere ja nicht deinen seltsamen Polizisten. Ruf ihn auf keinen Fall an!«

Marcella schwieg. Die Stimme fuhr fort, jetzt klang sie wieder weicher:

»Sieh mal, Liebes, Familienangelegenheiten müssen auch in der Familie bleiben. Er kann nichts für dich tun. Das hast du doch schon begriffen, ja? Ruf ihn also nicht an.«

Marcella schwieg weiter. Grußlos legte der Mann auf.

Den übrigen Vormittag verbrachte sie in einer Art Achterbahn der Gefühle. Ihr war abwechselnd heiß und kalt, sie spürte Angst und Erleichterung, Neugier und Furcht. Am Ende dieses stummen Kampfes trug jedoch ihr gesunder Menschenverstand den Sieg davon.

Sie entschied, es sei völlig verrückt, sich mit diesem Unbekannten allein in dem einzigen Park von Mailand zu treffen, in den sie noch nie einen Fuß gesetzt hatte. Und dieses Wissen löste ein Gefühl der Beklemmung in ihr aus. Doch ihr war völlig klar, dass dieser Mann, der alles über sie zu wissen schien, sie auf einem für sie unbekannten Terrain treffen wollte, weil sie dadurch noch verwundbarer war.

Mailand war im August immer wie ausgestorben. Es war sicher kein Zufall, dass dieser Mann sich für ihr Treffen den größten und unübersichtlichsten Park der ganzen Stadt ausgesucht hatte, der von Straßen voller riesiger Palazzi aus dem neunzehnten Jahrhundert mit abweisenden Fassaden umgeben war. Keine Bars oder Geschäfte oder andere Lokale in der Nähe. Bis auf einige wenige Getränkekioske, die aber, darauf konnte sie wetten, zurzeit sicher geschlossen waren.

Dort wäre Marcella ganz auf sich allein gestellt. Und falls es plötzlich gefährlich würde, wäre niemand da, um ihr zu helfen.


Gegen drei Uhr nachmittags, es waren nur noch wenige Stunden bis zu ihrer Verabredung, schob Marcella endlich ihren Stolz beiseite und entschloss sich, den Ispettore anzurufen. Seit dem Tag, an dem er ihr die Nachricht von Bonarrivas Ermordung überbracht hatte und sie sein Angebot, zu ihr in die Wohnung zu ziehen, abgelehnt hatte, hatte sie ihn nicht mehr gesehen. Sie wusste nicht, wie er auf ihren Anruf reagieren würde, doch in diesem Augenblick hatte sie das verzweifelte Bedürfnis, seine Stimme zu hören.

Um Mauris in seinem Büro im Präsidium anzurufen, ging Marcella ein Stockwerk tiefer in das Notarsbüro, das dank der fast umsonst schuftenden jungen Praktikanten nicht einmal im August für Betriebsferien schloss. Lächerlicher Verfolgungswahn, dachte sie, aber wer garantierte ihr, dass dieser Mann nicht sogar einen Weg gefunden hatte, ihr Telefon abzuhören.

Ihr Telefon abzuhören? Warum nicht, da er doch auch ihre Vorlieben kannte und den Inhalt ihres Kleiderschranks.

Marcella war eine schlechte Lügnerin, aber die junge Frau, die ihr die Tür öffnete, hörte sich nicht mal die Ausrede an, die sie sich zurechtgelegt hatte, um sie zu bitten, von dort aus telefonieren zu dürfen. Sie brachte sie schweigend in ein unbesetztes Büro, schloss diskret die Tür hinter sich und kehrte an ihre Arbeit zurück.

Marcella hatte Glück.

Mauris, der an seinem Schreibtisch gesessen haben musste, meldete sich bereits beim zweiten Klingeln.

»*A la bonne heure!* Ciao, wie geht es dir?«

Seine Stimme klang herzlich, beinahe freudig. In einem Anfall von Pessimismus dachte Marcella, so klang vielleicht jemand, der zu allen höflich sein wollte, dem aber letzten Endes alle Leute gleichgültig waren.

»Es ist etwas passiert …«, begann sie unsicher. Dann aber, weil sie sich erinnerte, dass sie von hier aus kein langes Gespräch führen konnte, fasste sie sich kurz und sagte nur:

»Ich brauche dich.«

»Das höre ich zum ersten Mal von dir. Geht es dir gut? Ist wirklich etwas passiert, oder möchtest du mich nur sehen?«

Marcella wurde ärgerlich, aber sie tat so, als hätte sie nichts gehört und informierte ihn kurz über den Anruf, den sie am Morgen erhalten hatte und über die Verabredung für den Nachmittag. Mauris' Stimme klang sofort ernst und angespannt, als er fragte:

»Du willst doch nicht etwa hingehen?«

»Ich muss. Er weiß ja sowieso, wer ich bin und wo ich wohne, er kennt sogar die Farbe meiner Kleider. Er kann mich finden, wann immer er will. Ich glaube, ich sollte ihn lieber nicht verärgern.«

»Stimmt. Hör mir gut zu, du wirst einen Schutzengel haben.«

»Aber nicht du. Er kennt dich. Und hat mir ausdrücklich verboten, dich anzurufen.«

»Ich habe nicht gesagt, dass ich es sein werde. Verhalte dich ganz normal, aber denk immer daran, dass du nicht allein sein wirst.«

»Er hat gesagt, ich soll in den Park am Castello Sforzesco kommen, der zu dieser Jahreszeit bestimmt menschenleer ist. Er hat mir keinen genauen Ort dort genannt, sondern nur gesagt, er wird mich finden. Also wird er es so einrichten, dass er die Umgebung beobachten kann. Wenn er dort jemanden sieht, wird er Verdacht schöpfen.«

»Du weißt nicht, wie gut unsere Beamten mit ihrer Umgebung verschmelzen können. Wenn dort Bäume stehen, verwandeln sie sich in Blätter.«

»Und wenn die Situation sich zuspitzt? Es gefährlich wird?«

»Genau deshalb darfst du nicht allein hingehen. Ach, und Marcella?«

»Ja?«

»Ich habe gehofft, dass du mich anrufst. Ich mag dich nämlich sehr.«

Marcella standen plötzlich Tränen in den Augen. Dieses Bekenntnis in einem so schwierigen Moment ließ den Panzer zerbröckeln, den sie sich in den vergangenen Tagen aufgebaut hatte. Jetzt drohten ihr die Nerven zu versagen, die schon bis zum Äußersten angespannt waren. Doch da sie sich erinnerte, wo sie sich befand, verabschiedete sie sich nur mit einem gepressten »Ciao« und legte auf.

# KAPITEL 33

Um halb fünf war Marcella schon unterwegs.

Mit Straßenbahn und U-Bahn brauchte man von ihrer Wohnung zur Stazione Nord normalerweise etwa eine halbe Stunde. Doch jetzt im Sommer und zu dieser Tageszeit würde es länger dauern, da die öffentlichen Verkehrsmittel seltener fuhren.

Auf der Linie fünfzehn, die sie von ihrer Wohnung ins Stadtzentrum brachte, waren sogenannte »Jumbotrams« der neuesten Generation eingesetzt. Aerodynamische Formen, geräumige Wagen, Klimaanlage, automatische Haltestellenansage und nur um Weniges langsamer als U-Bahnen.

In der Theorie.

In der Praxis hatten sie sich als so sperrig herausgestellt, so unbeweglich beim Räumen der Kreuzungen und als so wenig geeignet für eine Stadt, wo in vielen Straßenzügen eine Ampel auf die andere folgt, dass sie in Wirklichkeit langsamer waren als die alten, ratternden Holztrambahnen, die *gamba de legn*, dass die Mailänder sie sofort in »Dumbotram« umbenannt hatten.

Marcella hatte sich angewöhnt, immer sehr früh loszugehen, denn besonders, wenn sie es eilig hatte, fuhr ihr die Fünfzehn immer vor der Nase weg, und man konnte nie wissen, ob man auf die nächste nur fünf Minuten oder eine halbe Stunde warten musste. An diesem Nachmittag standen alle Ampeln auf Grün, und sie erreichte in zwanzig Minuten die Piazza Duomo. Sie verließ die halbleere Straßenbahn, und auf dem kurzen Weg zur U-Bahn-Station blieb ihr sogar noch die Zeit, um mit einer gewissen Sorge zu bemerken, dass das Stadtzentrum menschenleer war. Wenn Mitte August schon hier im Herzen Mailands offene Lokale so selten waren wie Oasen in der Sahara, wie mochte es dann erst in der Nähe des Parks sein.

Obwohl Mauris sie beruhigt hatte und sie wusste, dass jemand von irgendwo, wie auch immer, über sie wachen würde, war sie nervös und verängstigt. Sie war so aufgeregt, dass sie sich, als sie die Treppe zur U-Bahn hinunterging, auf das schmutzige, klebrige Geländer stützen musste.

Der Piazzale Cadorna war etwas belebter, aber dort befand sich der Pendlerbahnhof Stazione Nord, also war es ganz normal, dass hier mehr Leute vorbeikamen.

Während Marcella langsam auf die Allee zulief, die am Park entlangführte, bemerkte sie dabei mit Besorgnis, dass je weiter sie ging, immer weniger Autos und Fußgänger zu sehen waren. Wer sollte sich auch an diesem heißen Nachmittag ohne einen bestimmten Grund in diese Gegend wagen?

Sie ging bis zum Parkeingang und schien dabei immer geradeaus zu schauen, doch hinter den dunklen Gläsern ihrer Sonnenbrille erforschten ihre Augen hektisch möglichst unauffällig die Umgebung.

Kein Mensch zu sehen.

Der Kiosk gegenüber dem Eingang, der Getränke und belegte Brötchen verkaufte, war natürlich geschlossen. Sie erschauerte, als sie dies im Vorbeikommen bemerkte.

Marcella ging durch das Tor und lief die Hauptallee entlang. Noch nie hatte sie dieses riesige Areal aus Bäumen und Wiesen betreten, das sich weit über das eingezäunte Gebiet hinaus erstreckte, das am Abend abgeschlossen wurde. Nur einmal war sie in seine Nähe gekommen. Das war Jahre her, damals hatte sie ihre Schüler zum Palazzo dell'Arte begleitet, in dem die Triennale stattfand und der am Rand dieser Grünfläche stand. Eine denkwürdige Erfahrung.

Die Gegend, die auch am helllichten Tag von brasilianischen Transsexuellen bevölkert wurde, die sie als ihr Jagdrevier betrachteten, hatte die Fantasie der Schüler weit mehr angeregt als die Ausstellung selbst. Der Anblick dieser Wesen, von denen man nicht genau wusste, ob sie Männlein oder Weiblein waren, alle beinahe zwei Meter groß, High Heels, Riesenbrüste, Paillettentangas und knappste Miniröcke, hatte in der Schule wochenlang Stoff für unanständige Witze und Bemerkungen geliefert, bis die Lehrer irgendwann beschlossen, in den Klassen Diskussionen über Prostitution im Allgemeinen, besonders aber über die männliche, zu eröffnen, nur um das Thema endlich zu beenden, indem sie es zum Unterrichtsstoff machten.

In Erinnerung an diesen Vorfall sah sich Marcella besorgt um. Nicht, weil sie glaubte, sie hätte etwas von den Transen zu befürchten, sondern wegen dem Typ Mann, der sich normalerweise von ihnen angezogen fühlte.

Es war niemand zu sehen.

Noch war es mitten am Tag und sogar unter den Eichen brütend heiß. Marcellas Herzschlag beschleunigte sich, während sie vorwärtsging, verängstigt genau darauf achtete, den Hauptweg nicht zu verlassen, und der Versuchung widerstand, in einen der Nebenwege abzubiegen, wo es wesentlich angenehmer und kühler war.

Doch wo war der Turm?

Marcella war schon eine Weile unterwegs und begann sich langsam zu fragen, wo zum Teufel sie hinging, als sich hinter ihr unüberhörbar Schritte näherten.

Tapp, tapp, tapp, tapp.

Joggingschuhe.

Während es ihr eiskalt den Rücken hinunterlief und ihr Herz wie wahnsinnig klopfte, ging sie langsamer, schließlich konnte sie ihrem Verfolger ebenso gut gleich von Angesicht zu Angesicht gegenüberstehen.

Plötzlich hörte sie die Schritte neben sich, dann zogen sie an ihr vorbei. Marcella atmete auf, als sie eine junge Frau in Shorts und T-Shirt sah, die rannte und dabei mit den Armen kreiste. Eine von vielen Aerobicübungen, die die Schilder der Sportparcours vorschlugen. Marcella hätte sie am liebsten umarmt, denn sie war das erste menschliche Wesen, das sie seit Betreten des Parks zu Gesicht bekam.

Die junge Frau bog in einen Seitenweg ein und verschwand, ohne sie eines Blickes zu würdigen, aber schon das Wissen, dass sie in der Nähe war, genügte, damit sich Marcella nicht mehr so einsam vorkam.

Sie lief weiter und sah sich dabei besorgt um.

Wie zum Teufel kam man zu diesem verdammten Turm, den man von außen sehr gut sah, aber der hier, von den Baumkronen verdeckt, unauffindbar zu sein schien.

Unterwegs warf sie Blicke in die Seitenpfade, die sich im Dunkel der Laubdächer verloren. Dabei kam in ihr nach und nach die melancholische Trauer um das hoch, was man ihr verwehrt hatte. Schmerz über all diese Jahre, die sie in einer düsteren Wohnung verbracht hatte, während die Stadt um sie herum pulsierte, nein schön und unerreichbar funkelte.

Fünfundzwanzig Jahre lang hatte Marcella knapp eine halbe Stunde Fahrt mit der Straßenbahn entfernt von all dieser üppigen Pracht gewohnt, ohne jemals die Gelegenheit zu bekommen, ihren Fuß hineinzusetzen. Wie hatte sie ihre Mitschülerinnen beneidet, die ganze Nachmittage in den öffentlichen Parks verbringen durften, dort spielten, spazieren gingen und an den weißen Tischen vor der *Bar Bianco* ihre ersten Flirts anknüpften.

Die Erinnerung an diese Zeiten ließ Marcella aufseufzen. Noch nach all diesen Jahren füllte sich ihr Mund, wenn sie daran denken musste, mit dem bitteren Geschmack der Rebellion.

Während sie weiterlief, bemerkte sie, dass das Licht sich unmerklich veränderte, jetzt weicher und goldener wirkte, und die Schatten immer länger wurden. Von den Beamten, die Mauris ihr versprochen hatte, war nichts zu sehen. Bei dem Gedanken, von den Zweigen der Eichen hingen mit Blättern getarnte Männer wie Faultiere herab, musste sie lächeln. Sie sah niemanden. Nun konnte sie nur hoffen, dass man sie nicht aus den Augen verlor.

Sie lief mit erhobenem Kopf, weil sie nach Hinweisschildern zum Turm suchte, als sie ganz plötzlich aus dem Nichts diese Stimme hinter sich hörte. Obwohl sie auf etwas Ähnliches gefasst war, fuhr sie dennoch zusammen.

»Sehr schön, du bist pünktlich, ja. Dreh dich nicht um, und geh einfach weiter.«

Die Stimme klang genauso wie die am Telefon. Der gleiche, ganz leichte Akzent, nur wirkte sie aus der Nähe noch weicher, sanfter. Marcella klammerte sich zäh an ihre Selbstbeherrschung, und so gelang es ihr, sich nicht umzudrehen, obwohl sie unter ihrem leichten Kleid die Gänsehaut spüren konnte.

Der Mann musste ganz nah hinter ihr sein. Einen Moment lang glaubte sie sogar, seinen warmen Atem dicht an ihrem Ohr zu spüren. Marcella ging den Anweisungen folgend wie in Trance den gewundenen Pfad weiter. Ihr Herz schlug nun seltsamerweise ganz ruhig, und auf die Aufregung von vorher war eine unnatürliche Ruhe gefolgt.

Der Mann, der buchstäblich an ihrem Rücken kleben musste, lief so lautlos wie ein Luchs auf der nächtlichen Jagd.

Sie gingen ein paar hundert Meter, bis sie an eine Weggabelung kamen. Dort bogen sie nach links, in einen Seitenweg ein. Einige Meter später hörte sie ein Flüstern, sie solle nach rechts in einen Schotterweg abbiegen. Der war mit trockenen Blättern und Kiefernnadeln bedeckt, die unter ihren Schuhen knirschten.

Nach einer Biegung endete der Weg an einer kleinen Lichtung, die von Bäumen umrahmt wurde.

Hier war niemand.

Kein menschlicher Laut war zu vernehmen. Nur das Gezwitscher der Vögel auf der Suche nach ihrem Abendessen und das Zirpen der sonnentrunkenen Zikaden.

Die Stimme befahl Marcella, sich auf eine Bank zu setzen.

Sie war sich der Anwesenheit des Unbekannten hinter ihr genau bewusst und starrte deshalb geradeaus, selbst als sie merkte, dass der Mann vorsichtig neben sie kam.

»Du kannst dich jetzt umdrehen«, sagte der Unbekannte, der sich am anderen Ende der Bank niedergelassen hatte. »Sieh mich an.«

Als Marcella sich umdrehte, war es, als schlüge ihr jemand mit einem Hammer direkt zwischen die Augen. Fast hätte sie bei dem Anblick vor Entsetzen aufgeschrien.

Neben ihr saß ein Monster.

Die linke Gesichtshälfte des Mannes, der einen weißen Leinenanzug trug, war wie ausradiert. Diese Seite existierte nicht mehr. Das Auge war halb geschlossen, die Haut von weißlichen Narben durchzogen, die dort, wo sich die Konturen der Wangen und des Oberkiefers hätten wölben sollen, Löcher aufwiesen. Der Unterkiefer schien unverletzt geblieben zu sein, doch das Kinn fiel nach hinten ab und ging nahtlos in den Hals über, dessen Haut so verschrumpelt war wie zusammengeknülltes Papier.

Marcella zwang sich dazu, ihn anzusehen, und so konnte sie feststellen, dass die rechte Gesichtshälfte unversehrt war und angenehme, sehr regelmäßige Züge aufwies.

»Mache ich dir Angst?«

»Nein. Es ist nur … ich bin …«

»Ich weiß, Liebes. Du bist erschüttert. Ich habe dich gesucht, habe viel Zeit damit verbracht, dich von fern, in Ruhe zu beobachten. Jetzt ist es an der Zeit, dass wir uns kennen lernen. Ich muss dir Einiges erklären. Es gibt so viel, was du wissen musst.«

»Was wollen Sie von mir?« Bei diesen Worten war ihre Stimme in kreischende Tonlagen abgeglitten, die deutlich ihre Furcht verrieten. Marcella fürchtete, die Beherrschung zu verlieren.

»Eins nach dem anderen. Zuerst einmal, duze mich bitte. Ich bin dein Bruder. Aber das wusstest du schon. Das wusstest du doch, ja?«

Marcella versuchte, etwas zu sagen, doch ihre Stimme versagte ihr den Dienst. Deshalb nickte sie nur. Dann bereitete sie sich darauf vor, ihm zuzuhören. Ihre Hände umklammerten krampfhaft das raue Holz der Sitzfläche, als suchte sie in der Berührung dieser festen Unterlage ein wenig Sicherheit.

# KAPITEL 34

Ihr Bruder!

Was hatte sie vor Ewigkeiten zu Lucio Mauris während eines Abendessens gesagt, das ihr nun in diesem Moment nur noch wie ein Traum erschien?

»Ich habe also einen Bruder!«

»Einen Stiefbruder«, hatte er sie damals berichtigt.

»Ich werde alles daransetzen, ihn zu finden«, hatte sie ihm mit der gleichen übermütigen Sicherheit geantwortet wie jemand, der sich entschieden hat, ins Meer zu springen. Ohne sich vorher darüber informiert zu haben, wie tief es an der Stelle ist.

»Ich bin dein Bruder« wiederholte der Mann und ließ sie nicht aus den Augen.

Marcella nahm diese Enthüllung, die er ihr glücklicherweise schon telefonisch angekündigt hatte, scheinbar gelassen auf. Sie war inzwischen so benommen, dass jetzt alles an ihr abglitt, ohne sie im Inneren zu berühren. Sie kam sich vor, als bewegte sie sich in Zeitlupe oder wie in einem Aquarium.

Oder in einem schrecklichen Alptraum.

Sie schwieg. Und wartete darauf, dass der andere vielleicht fortfahren würde.

»Ich habe zwar Bruder gesagt, aber der korrekte Ausdruck ist Stiefbruder«, berichtigte er sich, als könnte er ihre Gedan-

273

ken lesen. »Ich heiße Gustav Krause, aber das weißt du auch, ja? Und du weißt, dass wir die gleiche Mutter haben, aber verschiedene Väter. Wir beide sind durch ein enges Band vereint, aber da ist noch etwas, das uns verbindet.«

»Was?«

»Versuch, darüber nachzudenken, Liebes.« Jetzt klang seine Stimme unerträglich sanft, einschmeichelnd, klebrig.

»Uns verbindet etwas aus der Vergangenheit. Es ist das Blut unserer Familie, das in einer Nacht vergossen wurde. Wir sind wie Brüder. Wie Blutsbrüder. Und nicht nur in biologischem Sinn, wenn du verstehst, was ich meine … Ja, Blutsbrüder!« Befriedigt schien der Mann noch einmal seine letzte Bemerkung zu genießen, ohne sich darum zu kümmern, dass Marcella erschauerte, ehe sie plötzlich die Nerven zu verlieren schien.

»Und warum all diese Geheimnistuerei?«, brach es plötzlich aus ihr heraus. »Warum hast du dich die ganzen Jahre nicht gemeldet? Warum hast du mich mit diesen anonymen Briefen erschreckt? Wäre es nicht einfacher für alle Beteiligten gewesen, wenn du mich früher gesucht hättest? Ich habe schlimme Jahre hinter mir, und wo warst du?«

Jetzt weinte Marcella ununterbrochen, rückhaltlos.

Sie hatte nicht gewollt, dass es dazu kam, aber die Anspannung, die sich bei ihr in den letzten Wochen angesammelt hatte, löste sich jetzt in langen Schluchzern, die sie am ganzen Körper schüttelten, sodass ihre Schultern zuckten.

Schweigend ließ er sie sich ausweinen, während sich seine Augen in der Melancholie dieses späten Nachmittags verloren. Als er sich endlich entschloss, etwas zu sagen, klang seine Stimme härter, entschiedener.

»Ich konnte nicht. Und wollte nicht. Es gibt Dinge, die ich dir lieber nicht enthüllen würde, glaub mir, Mariana. Schreckliche Dinge.«

»Ich heiße Marcella«, brauste sie auf.

»Ja, so steht es in deinen Papieren. Aber meine Schwester, die einzige Verwandte, die ich noch habe, heißt Mariana, und deshalb werde ich dich weiter so nennen. Es gibt nur noch uns beide allein. Und allein waren wir die ganze Zeit. Alle beide.«

»Aber ich verstehe immer noch nicht, warum du heute dieses Versteckspiel mit mir veranstaltet hast.«

Marcellas Weinkrampf hatte aufgehört und eine völlige Leere in ihr hinterlassen. Als sie nun wieder sprach, klang sie ruhig.

»Warum hast du dich nicht ganz normal und offen gezeigt? Warum müssen wir uns heimlich treffen wie Spione?«

»Das ist ganz leicht zu erklären.« Der Mund des Mannes verzog sich zu einer Grimasse, die für ihn ein Lächeln bedeutete. »Ich wollte nicht, dass du mich irgendwo unterwegs oder auf dem Hauptweg zum ersten Mal siehst. Ich konnte nicht wissen, wie du dann reagieren würdest. Viele Frauen fangen an zu schreien, wenn sie mich sehen.«

Er hatte natürlich Recht. Aber sie spielte es lieber herunter. »Nun übertreib mal nicht. Ja, du bist durch einen Unfall verunstaltet, aber nach dem ersten Schreck …«

»Genau, nach dem ersten Schreck. Möchtest du gar nicht wissen, wer mich so zugerichtet hat?«

»Das ist in jener Nacht geschehen, oder? Ich habe gelesen, dass damals ein Junge sehr schwer verletzt wurde.« Marcella gelang es nicht, diese Tragödie, die sie nur aus der Zeitung kannte, auf das wirkliche Leben zu übertragen. Auf ihr Leben.

»Der Junge war ich«, stellte er klar. »Sehr schwer verletzt, verunstaltet, aber wie du siehst, bin ich noch am Leben.«

»Wer hat das getan? Warum hast du so lange gewartet, bis du nach mir gesucht hast? Und wie kannst du so sicher sein, dass ich wirklich die bin, die du suchst? Dass ich Mariana bin?«

»Zu viele Fragen auf einmal. Um sie zu beantworten, müssen wir ganz von vorn anfangen. Mit jener Nacht. Bist du bereit für die Wahrheit, ja?«

Innerlich zitterte Marcella, doch ihre Stimme war fest.

»Ja, ich bin bereit.«

»Ich weiß, was in jener Nacht geschehen ist, denn ich war dabei, und das«, sagte der Mann und berührte sein Gesicht, »das ist der Beweis. Damals war ich dreizehn. Ich hielt mich gemeinsam mit meinen Großeltern seit knapp einer Woche in eurem Haus auf. Zwischen unserer Mutter und deinem Vater gab es Probleme. Großvater hoffte, er könne Frieden stiften. Falls ihm das nicht gelang, wollte er Mama mit uns nehmen, zurück nach Deutschland. Nach Freiburg.

Diese Nacht war die letzte, die wir in Italien verbringen wollten. Nach außen hin hatte sich die Lage ein wenig beruhigt. Aber das stimmte nicht. Eigentlich hatte er alles schon vorher geplant. Schon vor einiger Zeit. Er hätte uns nie zurückfahren lassen.«

»Er?«

»Ja, er. Dein Vater! Adolfo Cinisi.«

Marcella war so entsetzt, dass es ihr die Sprache verschlug. Der Mann nahm ihr Schweigen als Aufforderung weiterzuerzählen.

»An diesem Abend waren wir früh zu Bett gegangen, weil wir schon bei Sonnenaufgang losfahren wollten. Ich lag im Gästezimmer im ersten Stock und schlief tief und fest, als ich von Schreien geweckt wurde. Ich habe gehört, wie mein Großvater auf Deutsch rief: ›Lauf weg, lauf weg!‹, und dann rannte jemand die Treppe hinunter. Ich bin zur Tür gegangen, habe hinausgeschaut, und da habe ich ihn gesehen. Er verfolgte meine Großmutter.

Meine liebe Liselore, meine geliebte Oma!

Zu Tode erschrocken ging ich in mein Zimmer zurück und habe mir die Bettdecke über den Kopf gezogen. Ich war doch nur ein verängstigter kleiner Junge. Dort bin ich mit fest geschlossenen Augen liegen geblieben, bis es wieder ganz ruhig war. Ich hatte schon gedacht, ich hätte nur schlecht geträumt, als jemand plötzlich die Tür zu meinem Zimmer weit aufriss.

Ich habe mich aufgerichtet, und da habe ich ihn im Flurlicht erkannt. Er stand regungslos auf der Schwelle und hielt ein Gewehr in der Hand.

›Alzati‹, hat er zu mir gesagt, aber ich verstand kein Italienisch, dann hat er es in seinem Deutsch wiederholt: ›Steh auf! Komme hier.‹

Ich erinnere mich, dass ich mich nicht rühren konnte. Ich war wie gelähmt und spürte, dass ich mich gleich übergeben musste. Er hat die Decke weggerissen und gesehen, dass ich ins Bett gemacht hatte. Dann ist er einfach nur stehen geblieben und hielt das Gewehr auf mich gerichtet. Ich bin aufgesprungen und wollte zur Tür rennen, aber das ging nicht, denn er stand vor mir und zielte auf mich. Dabei ging er rückwärts, und wir waren beinahe schon aus dem Zimmer, als er abdrückte.«

Marcella hätte sich am liebsten die Ohren zugehalten.

»Oh, Gott, nein, oh Gott! Er hat auf ein Kind geschossen. Gott, das darf nicht wahr sein! Das kann ich nicht glauben!«

»Es stimmt. Du musst es mir glauben.«

»Aber warum hast du nicht früher geredet? Warum hast du in all diesen Jahren niemandem erzählt, was wirklich passiert ist? Warum willst du es jetzt ausgerechnet mir erzählen und warum gerade jetzt?«

»Zu viele Warum. Du bekommst deine Erklärungen, aber

später. Und nicht alle. Ich kann dir nur sagen, dass man mich gezwungen hat, nichts klarzustellen. Außerdem hat er auf eine Weise Selbstmord begangen, dass alle annehmen sollten, es seien Verbrecher gewesen, die von außen kamen. Was hätte es sonst für einen Sinn gehabt, ein Gewehr mit langem Lauf zu nehmen, um Selbstmord zu begehen? Ich weiß nicht, wie er das geschafft hat, denn als der Schuss fiel, war ich schon bewusstlos und am Verbluten. Aber er war es, ja, er. Er ganz allein. Niemand ist in jener Nacht ins Haus eingedrungen. Darüber besteht kein Zweifel.«

»Und ich? Wo war ich damals? Warum kann ich mich an nichts erinnern?«

»Du warst im Garten, Mariana. Damals warst du noch sehr klein. Er wollte dich retten, deshalb hatte er dich schlafend nach draußen in Sicherheit gebracht, bevor er mit dem Blutbad begann. Dein Gehirn hat alles gelöscht. Ich hatte nicht so viel Glück. Ich erinnere mich immer noch an jede einzelne Minute von dem Moment an, als ich aufgewacht bin, bis dahin, als auf mich geschossen wurde. Das ist mein Fluch.«

»Das kann nicht sein! Das Hirn löscht doch …«

»Mein Gehirn hat alles aufgenommen und nichts ausgelöscht. Als Erwachsener habe ich mich tausendmal gefragt, wie er es geschafft hat, sich selbst in die Brust zu schießen. Das ist das einzige Detail, was mir zur ganzen Wahrheit fehlt. Er muss das Gewehr zwischen seinem Körper und der Treppe eingeklemmt haben. Da gab es so ein schmiedeeisernes Geländer, sehr hübsch, mit vergoldeten Schnörkeln. Dort muss er das Gewehr so eingeklemmt haben, dass der Abzug irgendwie betätigt wurde, indem er mit der Brust dagegendrückte. Als der Schuss losging, ist er die Treppe heruntergefallen und das Gewehr weit weggeflogen.«

»Was war mit den Fingerabdrücken? Den Ermittlungen? Wem gehörte das Gewehr?«

»Ha, ha … Fingerabdrücke, Ermittlungen … wir waren in Sizilien, meine Liebe, nicht in New York. Zu uns ist nie ein Perry Mason ins Haus gekommen, sondern ein paar Polizisten, die daran gewöhnt waren, jeden Tag Mordopfer zu sehen, auf den Straßen, in den Bauernhöfen, auf dem freien Feld. Und zwar tagtäglich. Als sie dann in der Villa im Blut ausrutschten und über die Leichen stolperten, haben sie nur ein Wort gedacht, das am offensichtlichsten, am einfachsten war: Mafia. Und dann haben sie in keine andere Richtung gesucht.«

Marcella traute ihren Ohren nicht.

»Warum hat er nur mich verschont?«

»Du Liebes, warst seine Tochter. Seine einzige Tochter. Er hat dich geliebt.«

»Aber da war noch ein kleineres Kind, habe ich gelesen. Es hieß …«, Marcella bemühte sich, sich an den Namen zu erinnern. Doch ihr Gehirn ließ sie im Stich.

»Das Kind hieß Luca«, half er ihr auf die Sprünge. »Luca war dein Bruder. Er war drei Jahre alt und der eigentliche Grund für das, was dann passierte. Dieses Kind war der Funke, der die Gewalt in diesem Mann explodieren ließ. Mit seiner Geburt hat alles angefangen, nein, eigentlich schon früher, als Adolfo Cinisi Verdacht schöpfte, das Kind, das im Bauch unserer Mutter heranwuchs, wäre vielleicht nicht von ihm. Sie hatte ihn betrogen. Sie war mit jemandem aus der Familie ins Bett gegangen. Mit seinem Bruder Antonio. Deshalb musste er sich rächen. Nicht etwa aus Eifersucht. Sondern wegen dieses Ehrgefühls, das die Sizilianer eben haben.«

»Woher weißt du das alles? Dass es nicht um Eifersucht ging und das Übrige?« Marcella erschien das alles so unglaublich, dass sie das Bedürfnis verspürte, sich an jeden Strohhalm zu klammern, damit sie nicht den Sinn für die Realität verlor.

»In all diesen Jahren habe ich viel darüber nachgedacht. Habe alle Teile zusammengefügt, die ich hatte. Das, was man mir erzählt hat, was ich gelesen habe, und das, woran ich mich selbst erinnerte. Siehst du, Liebes, ich wusste, dass Mama und er sich nicht mehr liebten. Und dass ihre Ehe ein Irrtum war. Für beide übrigens. Ich wusste auch, dass sie mit uns nach Deutschland zurückkehren wollte, aber nie ohne dich und Luca gefahren wäre.

Mama wollte das Sorgerecht für ihre Kinder, und sie hätte es bekommen, weil ihr noch so klein wart. Ihr Mann, dein Vater, hätte sie mit Luca, mit ihrem Bastard, ziehen lassen. Aber nicht mit dir. Er war nicht bereit, seine einzige Tochter zu verlieren.

Ich erinnere mich, wie sie sich in jenen Tagen angebrüllt haben. Ich habe sie nicht verstanden, weil er und Mama Italienisch miteinander sprachen und ich damals nur Deutsch konnte. Aber nachts redeten die Großeltern miteinander darüber, und unsere Zimmer lagen Wand an Wand.«

Marcella wusste nicht, was sie sagen sollte. Das, was sie hörte, überstieg jeden erdenklichen Schrecken.

»Du hast meine Frage nicht beantwortet. Warum hast du nicht früher darüber geredet? Warum hast du alle glauben lassen, es sei ein Blutbad, das Mafiakiller verübt haben? Mafia, natürlich immer die Mafia!«

»Und was hätte das gebracht? Ich habe es eben nicht getan. Anfangs, weil ich nur ein kleiner Junge war, wer hätte mir denn schon geglaubt? Später, weil es die Cinisis so wollten.«

»Waaas?«

»Du hast richtig gehört, die Cinisis. Der Vater, die Mutter und die Geschwister deines Vaters. Als ich aus dem Koma erwachte und so verunstaltet war, wie du mich jetzt siehst, wäre ich in einem Waisenhaus gelandet, bei den behinderten

Kindern, die niemand will, wenn mich die Cinisis, die durch nichts dazu verpflichtet waren, nicht bei sich aufgenommen hätten. Ich hatte kein leichtes Leben, denn in diesem Haus, dem Haus deiner Großeltern, war ich nur geduldet. Aber ich wusste sehr schnell, dass mir keine andere Möglichkeit blieb. Ich musste tun, was sie sagten, also habe ich es getan.«

»Ich kann einfach nicht glauben, dass du da mitgemacht hast!«

»Nenn es, wie du willst, Liebes. Aber denk daran, du kannst jetzt ganz leicht sagen: ›Du hast mitgespielt.‹ Hast du denn nicht das Gleiche getan? Auch du bist nur eine Figur in ihrem Spiel gewesen. Wir hatten beide keine Wahl. Ich war zu klein und zu unglücklich, um es zu verstehen. Eines Tages habe ich versucht, dem ältesten Sohn der Cinisis, Ignazio, zu erzählen, welche Erinnerungen ich an diese Nacht hatte. Er wusste, dass er nach dem Tod des Vaters das Oberhaupt der Familie sein würde, und ihm war klar, was der Familie am meisten nützte. Also, er hat mir befohlen, darüber zu schweigen. ›Man hat auf dich geschossen, und du erinnerst dich an nichts, musst du sagen, wenn dich jemand fragt.‹ Das hat er mir gesagt. Und das war kein Rat, sondern ein Befehl.«

»Hat er dir dafür Gründe genannt?«

»Natürlich, Liebes. Er hat mir erklärt, in der Familie habe es schon zu viel Leid, zu viel Schande gegeben. Wenn ich geredet hätte, hätte dies Antonios Leben zerstört. Das ist der jüngere Bruder, mit dem unsere Mutter eine Affäre hatte. Und Antonio hatte Frau und Kinder. Warum sollten sie für die Verfehlungen dieser deutschen Hure büßen? Diese Hure war meine Mutter. Unsere Mutter.

Doch die Cinisis wussten schon lange darüber Bescheid«, fuhr der Mann nach einer langen Pause fort, in der er anscheinend überlegt hatte, was er ihr noch erzählen und was er lieber verschweigen sollte. »Bevor er seine Familie umbrachte, hatte Adolfo Cinisi einen Brief an seinen Vater geschickt. Er kam wenige Tage vor dem Begräbnis an. Ich habe ihn zwar nicht gelesen, aber ich kenne seinen Inhalt, weil Ignazio ihn mir wiedergegeben hat. Im Umschlag lag auch eine Kopie des Testaments, das er einem Notar übergeben hatte, nein dem Treuhänder, dem er sein gesamtes Vermögen anvertraut hatte, außerdem war da noch eine persönliche Botschaft für die Familie.«

»Du meinst also, die Cinisis wussten Bescheid und haben geschwiegen?«

»Die Schande der eigenen Familie zu verschweigen liegt in der Natur jedes anständigen Sizilianers. Außerdem interessierte die Cinisis nur eines. Das Geld.«

»Ach, der berühmte Schatz des Professore?«

»Ja, über dieses Geld wurde viel geschrieben. Was du aber nicht gelesen haben kannst, dein Vater hat alles dir hinterlassen. Und du wirst es bekommen, Mariana. Aber du wirst nur sehr kurz eine reiche Frau sein, denn ich habe den Auftrag, es denen zurückzubringen, die ein größeres Anrecht darauf haben. Der Familie.«

»Wo ist dieses Geld jetzt?«

Marcella hörte sich selbst diese Fragen stellen, und dabei hatte sie das seltsame Gefühl, dass diese Stimme nicht zu ihr gehörte.

»In der Schweiz, dort wurde es, wie ich dir schon erzählt habe, einem Treuhänder übergeben, der es bis zu deinem dreißigsten Geburtstag verwaltet.«

»Bis zum dreißigsten? Ich werde in ein paar Tagen dreißig. Am fünften September.«

»So ist es. Verstehst du, warum das alles jetzt geschieht? Ja? Verstehst du das?«

»Und ich dachte, es wäre wegen meines Auftritts in dieser Sendung.«

»Ach das?«, sagte der Mann und tat so, als würde er eine Fliege verscheuchen. »Das war natürlich keine gute Idee, aber es hat nur ein wenig Staub aufgewirbelt, sonst nichts.« Als er lächelte, verzog sich sein Gesicht wieder zu dieser Grimasse. Marcella begriff, dass er die Muskeln seiner zerstörten Gesichtshälfte nicht unter Kontrolle hatte.

Sie wandte den Blick ab. Der Mann fuhr fort:

»Sie haben dich gesehen und Angst bekommen.«

»Vor mir?«

»Nicht vor dir. Vor der Wahrheit. Dabei hätte alles zum Vorschein kommen können, und dann hätten sie keine Kontrolle mehr über dich gehabt. Zwei Monate können eine lange Zeit sein, da kann sehr viel passieren.«

»Du willst sagen, sie haben immer gewusst, wer und wo ich war?«

»Oh ja, meine Liebe. Das haben sie immer gewusst, schließlich haben sie dich adoptieren lassen.«

»Das ist nicht möglich.«

»Für jemanden, der zahlen kann, ist alles möglich. Wir waren auf Sizilien. Einer Insel. Einer eigenen Welt. Besonders in jenen Jahren. Ein Wort hier, dort eine Spende und alles ist nach ihrem Willen gegangen. Sie haben nach einem Ehepaar gesucht, das bereit war, dich bei sich aufzunehmen, und da hat ihnen jemand die Graziosos genannt. Unbescholtene Bürger, obwohl er von jemandem empfohlen wurde, dessen Namen ich lieber nicht nenne.«

»Das erklärt …«

Der Mann ignorierte ihren Einwand und folgte seinen eigenen Gedanken.

»Die beiden konnten dich natürlich nicht einfach so übernehmen wie ein Kätzchen, denn du standest unter dem Schutz des Gerichts, das dich den Nonnen übergeben hatte. Man musste eine legale Adoption organisieren. Die Graziosos waren erst seit kurzer Zeit verheiratet, hatten keine eigenen Kinder. Sie haben sich bereit erklärt. Jetzt kannst du zwei und zwei zusammenzählen ...«

»Was? Willst du etwa sagen ...«

»Ja, das, was du gerade denkst, stimmt. Deine Verwandten haben mit der Mutter Oberin über dieses junge Paar gesprochen, und man hat ein Treffen verabredet. Alles Weitere lief dann wie von selbst. Für die Nonnen gab es keinen Grund, an den guten Absichten dieses anständigen, so bereitwilligen Paars zu zweifeln. Sie haben sich schnell davon überzeugen lassen, dass die Graziosos die Richtigen seien, um dich ihnen anzuvertrauen. Und so haben sie dich in Pflege genommen. Später wurdest du dann ordentlich adoptiert.«

»Das kann nicht sein. Niemand würde einem Kind seinen Namen geben, eine lebenslange Verpflichtung übernehmen, nur um jemandem einen Gefallen zu tun! Du erzählst einen Haufen Unsinn.« Marcella wollte aufstehen. Doch er legte ihre eine Hand auf den Arm, die sie bleischwer niederdrückte. »Liebes, jetzt sollst du alles hören. Ich weiß nicht, welche Bindungen die beiden zu dir aufgebaut haben. Vielleicht hat das Zusammenleben mit sich gebracht, dass sie dich lieb gewonnen und dich schließlich als ihre richtige Tochter angesehen haben. Doch von Anfang an warst du nur ein Auftrag, den sie übernommen hatten. Eine heikle Aufgabe, die sie ausführen mussten. Diese beiden hätten sonst für ihren Lebensunterhalt wie Tiere schuften müssen. Sie auf dem Feld oder als Magd. Er hätte jeden Tag da draußen sein Leben riskiert. Da ist es doch kein Wunder, dass sie sich lieber um dich gekümmert haben, anstatt sich so abzumühen. Denk doch mal, fünfundzwanzig Jahre lang ein schönes Leben, weitab von aller Gefahr, in Mailand. Eine schöne Wohnung. Am Monatsende sind alle Rechnungen bezahlt, und man kann noch ein kleines Sümmchen für das Alter zu-

rücklegen. Und das alles nur, damit man ein Mädchen groß-
zieht, es studieren lässt und es immer streng unter Kontrolle
hält. Sie wären doch verrückt gewesen, wenn sie ein solches
Angebot abgelehnt hätten, meinst du nicht, meine Liebe?
Außerdem konnte er sich noch etwas dazuverdienen, indem
er für die Familie kleinere Aufträge übernahm.«

»Er war Vertreter und ist herumgereist …«, Marcella gelang
es nicht, sich mit dieser Ungeheuerlichkeit abzufinden.

»Natürlich ist er gereist. Mailand – Catania, Catania – Lugano, Lugano – Zürich. Einmal wurde er sogar geschäftlich
zu einem Cousin nach New York geschickt.«

»Aber warum haben sich nicht meine Onkel und Tanten,
meine Großeltern um mich gekümmert? Warum haben sie
lieber dich aufgenommen und mich diesen, diesen …«

»Ich weiß es nicht. Die Denkweise deines Großvaters
ist sehr kompliziert. Ich kann mir aber vorstellen, dass er
das alles so organisiert hat, weil er keinen Verdacht erregen
wollte. Vielleicht meinte er, es könnte jemand misstrauisch
werden, wenn er die rechtliche Vormundschaft für die Alleinerbin des Familienvermögens beantragt hätte. Ja, so kann
es gewesen sein. Ich war völlig unwichtig. Sie haben mich
aufgenommen, weil sie dadurch großzügig wirkten. Und später fiel es ihnen dann ein, mich zu benutzen.«

»Hat sich denn niemand nach dem Grund für diese seltsame Entscheidung gefragt? Bevor man mich an die Graziosos übergab, wird doch irgendjemand bei meinen Blutsverwandten nachgefragt haben, warum sie mich nicht wollten,
oder?«

»Die offizielle Begründung war, deine Anwesenheit hätte
in der Familie zu viele schmerzliche Erinnerungen am Leben
erhalten. Ich denke, das hat niemand geglaubt. Aber wie gesagt, die Cinisis sind sehr mächtig. Und damals stellte man
das Wort ehrenwerter Leute nicht in Frage.«

Wenn das alles wirklich stimmte, erklärte es einiges.

Marcella erinnerte sich an ihre farblose, triste Kindheit. An die Zwänge, die Einschränkungen ihrer Freiheit, denen sie bis zum Tod der Graziosos unterworfen war. Die beiden hatten keinerlei Beziehung zu ihr aufgebaut.

Vom ersten bis zum letzten Tag waren sie keine Eltern gewesen, sondern Bedienstete.

Nein, unnachgiebige, unpersönliche Bewacher. Doch sie hatten kein menschliches Wesen bewacht, sondern eine wertvolle Ware, die sie unbeschädigt bewahren sollten, weil es so in ihrem Vertrag stand.

Der Mann ließ ihr keine Zeit, sich ihrer Bitterkeit zu ergeben.

»Die Cinisis konnten aber nicht vorhersehen, dass deine Wächter ihren Auftrag nicht zu Ende führen konnten. Der bestand darin, dich sofort nach deinem dreißigsten Geburtstag in die Hände ihrer Gebieter zu übergeben. Beide sind vor dem Ziel eines natürlichen Todes gestorben, wer hätte das damals gedacht? Deshalb wurde mir die Aufgabe übertragen, dich die restliche Zeit zu überwachen. Ich musste nicht mehr tun, als dich im Auge zu behalten, Bericht zu erstatten und einzugreifen, wenn du irgendwelche … wie soll ich sagen … gefährlichen Schritte unternommen hättest. Gefährlich für die Familie, versteht sich.«

»Was für Schritte?«

»Dich zu verloben, zum Beispiel.«

»Warum?«

»Die Erklärung dafür liegt im Brief deines Vaters. Sie betrifft die Bedingungen, unter denen du sein Vermögen erbst. Die ersten drei lauten, der Erbe, also du, muss dreißig Jahre alt sein, unverheiratet und einen Studienabschluss haben. Adolfo Cinisi hielt nicht viel vom heiligen Bund der Ehe«, sagte der Mann glucksend. »Er wollte, dass seine Tochter unabhängig wäre und ihr Geld mit niemandem teilen müsste. Schon gar nicht mit einem Mann, den er nie kennen lernen würde.«

»Woher weißt du das alles?«

Marcella konnte ihm immer weniger glauben.

»Wie ich dir schon gesagt habe, habe ich die ganze Zeit bei den Cinisis, bei Mariano und seiner Frau Amalia, gelebt, und sie haben mir das erzählt. Amalia war deine Großmutter, weißt du? Schade, dass du dich nicht an sie erinnerst. Eine stille, ängstliche Frau, die wahrscheinlich ihre Söhne mehr fürchtete als ihren Mann. Besonders Ignazio. Außerdem kamen Antonio und seine Frau Lucia oft zu Besuch. Und Francesca, die einzige Tochter. Die Frauen unterhielten sich gern miteinander. Auf mich achtete niemand. Ich war kaum mehr als ein Diener, und mit Dienern hält man sich nicht groß auf. Außerdem gingen sie davon aus, dass ich nicht viel Italienisch verstand und ihren Dialekt noch weniger. Jahrelang wurde in diesem Haus über nichts anderes geredet. Und dann war da ja noch der Brief.«

»Ach ja, der Brief!«

»Ja, der Brief. Der Abschiedsbrief deines Vaters. Sie haben mir erklärt, wenn du zum Zeitpunkt der Erbschaft verheiratet wärst, bekämst du nur eine lebenslange Rente. Genug, dass du sorglos davon leben könntest, aber mehr eben nicht. Das Kapital und die aufgelaufenen Zinsen wären dann an deine Kinder gegangen. Gab es keine Erben, hätte die gleiche Treuhandgesellschaft das Vermögen bis zu deinem Tod verwaltet, danach wäre es unter einigen medizinischen Forschungseinrichtungen verteilt worden. Dein Vater war ein bedeutender Chirurg. Das Einzige, woran er glaubte, war die Wissenschaft, nehme ich an.«

»Und wenn ich vor meinem dreißigsten Geburtstag gestorben wäre?«

»Am Tag deines dreißigsten Geburtstags wird sich die

Treuhandgesellschaft, die bestimmt eigene Nachforschungen angestellt hat, um nach dir zu suchen, mit dir in Verbindung setzen. Fände sie heraus, dass du nicht mehr am Leben bist, würde sie, nachdem sie sich überzeugt hätte, dass du wirklich tot bist, nach eventuellen Nachkommen suchen. Wären auch keine Kinder da, würde sie das Kapital in viele Schenkungen aufteilen. Verstehst du jetzt, warum du überwacht werden musstest?«

Marcella verstand nur, dass die Graziosos ihr im Ausgleich für persönliche Vorteile ihre Kindheit zerstört hatten. Und sie hatte immer geglaubt, ihre Strenge sei eben ihre Art gewesen, sie zu erziehen. Übertrieben, vielleicht auch falsch, aber doch Ausdruck von Liebe und Verantwortungsgefühl. Aber nein. Sie waren nichts als Wächter gewesen, so hatte der Mann sie genannt, obwohl der Ausdruck Kerkermeister hier besser gepasst hätte.

»Mein Vater hat wirklich an alles gedacht«, rutschte ihr heraus, und sie seufzte traurig und bitter.

»Nein, nicht an alles. Er hat dich geliebt und wollte, dass du eines Tages reich sein würdest. Außerdem sollte das Geld dich beschützen. Er nahm an, bis du erben würdest, würde dir niemand ein Haar krümmen. Und danach, mit dreißig, solltest du erwachsen genug sein, um auf dich selbst aufzupassen und reich genug, um dich selbst zu beschützen. Aber er hatte nicht mit der Habgier und der Ausdauer der Cinisis gerechnet. Und ihrer Schlauheit. Als Mariano, das alte Familienoberhaupt, starb, ging das Kommando an den ältesten Sohn, deinen Onkel Ignazio. Und er hat die Strategie weiterverfolgt, die sich alle zusammen nach dem Blutbad überlegt hatten, um an das Geld zu kommen.«

»Aber sie waren doch schon reich genug, auch ohne dieses Geld. Warum diese Besessenheit? Hat nie jemand in der Familie daran gedacht aufzugeben?«

»Du verstehst das nicht. Wie könntest du auch? Du bist in anderen Verhältnissen aufgewachsen. Ja, Geld ist immer sehr wichtig für die Cinisis gewesen. Und denk daran, wir sprechen von vielen Milliarden Lire, nicht etwa von ein paar Millionen. Aber am meisten lag ihnen, glaube ich, daran, ihre Ehre zu retten. Alles wieder in Ordnung zu bringen.

Als dein Vater sich alles unter den Nagel riss, hat er damit der Familie ein schweres Unrecht zugefügt. Sie verspottet und beleidigt. Sie mussten das irgendwie wiedergutmachen. Egal, wie lange sie dafür brauchen würden. Dieses Geld zurückzuholen, würde die Schande abwaschen, ihr Bild wieder in neuem Glanz erstrahlen lassen. Ihr in Stücke zerfallenes Ansehen wieder zusammensetzen. Du warst von Anfang an dafür vorgesehen, als Mittel zu ihrer Rehabilitation zu dienen. Und mich hat man zum gleichen Zweck großgezogen. Selbst wenn Ignazio jetzt tot ist, bleibt da immer noch Antonio. Und die Cousins …«

»Was bedeutet das?«

»Du wirst dieses Geld nicht genießen können, Mariana. Du wirst es der Familie geben müssen. Und zwar alles.«

»Das Geld interessiert mich nicht. Bis vor kurzem wusste ich noch nicht einmal, dass es existiert. Trotzdem frage ich mich natürlich, was passieren würde, wenn ich nicht mitspiele.«

»Wenn du nicht tust, was ich dir sage, werde ich dich töten müssen, Mariana.«

Das sagte er ganz leicht dahin, beinahe sanft, aber gerade deshalb klangen die Worte noch bedrohlicher als ein Jagdhorn für einen aufgeschreckten Hirsch. Marcella erstarrte innerlich zu Eis. Als sie sich umsah, merkte sie plötzlich, dass es dunkel wurde. Das Stückchen Himmel, das durch die Wipfel der Akazien hindurchschaute, war indigoblau. Als sie aufschaute und feststellte, wie finster und verlassen dieser Ort war, stieg beinahe panische Angst in ihr hoch.

Sie wusste, dass der Park über Nacht verschlossen wurde, und dachte, dass ab einer bestimmten Zeit Parkwächter auf Fahrrädern ihre Runden drehten, um die fanatischen abendlichen Jogger und die Liebespärchen darauf aufmerksam zu machen, dass geschlossen wurde. Wieder fragte sie sich, wo wohl die Schutzengel waren, die Lucio Mauris ihr versprochen hatte.

Der Mann bemerkte ihren entsetzten Gesichtsausdruck.

»Du bist nicht in Gefahr. Wir werden gleich von dieser Bank aufstehen, ich werde meiner Wege gehen, und du fährst zurück nach Hause. Dann werden wir uns erst wieder am vierten September sprechen.«

»Warum hasst du mich so?«, meinte sie traurig.

Die Frage war ihr einfach so über ihre Lippen gekommen, sie konnte sie nicht zurückhalten. Marcella war am Boden zerstört.

»Nein, Mariana, ich hasse dich nicht. Ich bin mit dem Hass auf deinen Vater groß geworden, der mich zu diesem Monster gemacht hat, das du hier vor dir siehst. In all diesen Jahren habe ich immer gedacht, du seist ein glücklicher Mensch, weil du verschont wurdest. Aber ich kann dich nicht hassen.«

»Warum nicht?«

»Du bist meine Schwester.«

»Ja sicher. Die Stimme des Blutes.«

Entweder bemerkte er den bitteren Unterton in ihrer Bemerkung nicht, oder er zog es vor, ihn zu überhören.

»Nicht nur die Stimme des Blutes. Auch die des Mitleids. Dir hat man genauso etwas genommen wie mir. Man hat dir deine Mutter, deine Kindheit geraubt. Du bist wunderschön. Dein Körper ist zwar unversehrt, aber deswegen ist dein Leben noch nicht glücklicher gewesen. Und jetzt, da zwischen uns all dieses Geld steht …«

»Ich habe nie von diesem Geld gewusst und will es nicht.«

»Gut. Dann wird es keine Probleme geben. Aber ich kann nicht auf den Anteil verzichten, den man mir versprochen hat. Er ist meine einzige Hoffnung, irgendwann ein normales Leben zu führen. Kieferchirurgen sind sehr, sehr teuer. Sie haben nicht gewollt, dass ich damals richtig behandelt wurde, mit Knochentransplantationen und allem, was dazugehört. Ich könnte es mir heute nie leisten, mir die Hälfte meines Gesichts wiederherstellen zu lassen. Ich bin jetzt beinahe neununddreißig, und seit ich dreizehn Jahre alt war, habe ich auf jedem Gesicht eines Menschen, der mir begegnete, nichts als Abscheu gesehen. Die Cinisis haben mich ernährt, mir alles Notwendige gegeben und mir sogar Privatunterricht geben lassen, sie sind echte Herrschaften, das muss man anerkennen. Doch sie haben sich gehütet, mir zu einem einigermaßen annehmbaren Aussehen zu verhelfen. Sie haben mich entstellt aufwachsen lassen, weil sie damit meinen Hass jeden Tag nähren wollten. Die Schlüssel zu deinem Gefängnis hatten die Graziosos. Meine hatte ich selbst in der Hand, mit diesem Gesicht, in das du jetzt schaust, und das dich vorhin fast aufschreien ließ.«

»Ich hätte dich gern früher kennen gelernt, nehmen wir mal an, dass du wirklich mein Bruder bist.« Marcella klang jetzt seltsam distanziert. Trotzdem hörte er aus ihren Worten eine gewisse Anteilnahme heraus.

»Ja, das hätte ich auch gewollt, Liebes. Du kannst dir gar nicht vorstellen, wie sehr ich es mir gewünscht habe. Im Gegensatz zu dir wusste ich, dass du lebst. Ich wusste, dass ich eine Schwester habe. Und ich durfte mich dir nicht nähern. Wenn ich wieder ein normaler Mensch bin, werden wir uns sehen können, ja sogar gegenseitig besuchen, wenn du möchtest. Aber jetzt nicht. Ich ertrage kein Mitleid.«

»Würdest du mich wirklich töten, wenn ich mich weigere, ihnen das Geld zu überlassen?«

»Ja, das würde ich. Zweifle lieber nicht daran. Uns verbindet zwar das Blut, doch mein Überlebenswille ist noch viel stärker.«

»Was meinst du damit?«

»Dass die Cinisis mich umbringen würden, wenn ich die Aufgabe nicht erfülle, für die sie mich großgezogen haben. Und dich ebenfalls. Auf Wiedersehen, Mariana oder Marcella, wenn du das lieber magst. Das war ein langes Gespräch. Zu lang. Die Beamten, die dich im Auge behalten haben, werden sich sicher mal die Beine vertreten müssen.«

»Welche Beamten?«, fragte Marcella erschrocken.

»Die da unten, außerhalb des Parks. Du kannst sie nicht sehen, aber sie sind dort. Ich weiß, dass sie dort sind.«

»Nur noch eins. Hast du Bonarriva umgebracht?«

»Den Detektiv? Ihn auf die Sache anzusetzen war eine ganz schlechte Idee, meine Liebe. Deine allerschlechteste. Er begann, zu viele Fragen zu stellen. Die Cinisis konnten nicht riskieren, dass der Fall wiederaufgenommen wurde. Nicht jetzt, wo sie beinahe am Ziel sind.«

»Hast du ihn umgebracht?«, beharrte Marcella.

»Nein, ich war es nicht. Wenn du Zeitung gelesen hast, weißt du, dass zwei Profis auf einem Motorrad ihn erschossen haben. Ich wusste aber, dass er nicht mehr lange leben würde. Als er anrief, war ich gerade bei Antonio zu Hause. Sie haben miteinander geredet, und nachdem Antonio aufgelegt hatte, hat er uns erklärt, wer der Mann war und was er vorhatte. Er wollte eine Begegnung zwischen der Familie und dir verabreden, hat er erklärt. Antonio hat sich an seine Frau Lucia und seinen Sohn gewandt, die im Raum waren, und zu ihnen gesagt: ›Dieser Idiot will nicht lernen, dass er sich um seine eigenen Angelegenheiten kümmern soll. Dann müssen wir es ihm beibringen.‹

Er hat Dialekt geredet, deshalb wusste ich, dass er Böses vorhatte. Du musst wissen, meine Liebe, wenn ein Mann der ehrenwerten Gesellschaft, der ein annehmbares Italienisch spricht, dein Onkel ist immerhin Apotheker, es vorzieht, Dialekt zu reden, muss man jedes Wort ernst nehmen. Auf Wiedersehen, Mariana. Jetzt ist unser Gespräch wirklich beendet.«

Gustav Krause stand auf, bog in den Weg ein, ohne sich noch einmal umzudrehen, und verschwand hinter der nächsten Biegung. Genauso leise und rätselhaft, wie er vorher aufgetaucht war.

# KAPITEL 35

Marcella blieb sitzen und beobachtete, wie der Mann aufstand und in die verzweifelte Melancholie dieses seltsamen Sonnenuntergangs verschwand. Obwohl sie bemerkte, dass sie jetzt ganz allein war und es immer schneller dunkel wurde, war sie wie gelähmt. Die Abscheulichkeiten, die man gerade über ihr ausgekippt hatte, hatten jedes körperliche Gefühl in ihr so betäubt, dass sie nicht einmal Angst verspürte.

Sie blieb längere Zeit wie erstarrt auf der Bank sitzen. Erst als vom Boden her eine schwüle, feuchtwarme Luft voller Mückenschwärme aufstieg, zwang sie sich aufzustehen. Sie sah sich um. Inzwischen brannten die Laternen im Park. Sie folgte ihrem schwachen Schein, in dem es vor Insekten nur so wimmelte, und kehrte so auf den Hauptweg zurück, auf dem sie dann durch den ganzen Park lief, wobei sie dort, wo er Nebenwege kreuzte, einigen Radfahrern begegnete, die wie sie zum Ausgang strebten. Dieses Treiben, das der abendlichen Schließung des eingezäunten Teils vorausging, erleichterte Marcella, sie ging an die Seite, um die Radfahrer vorbeizulassen, und fragte sich, ob unter ihnen auch ein paar der Beamten waren, die sie im Auge behalten sollten.

Auf dem Weg zur U-Bahn beschleunigte sie den Schritt, überquerte den Viale Gadio. Dann tauchte der unerwartet belebte Piazzale Cadorna in all seiner imponierenden Schönheit vor ihr auf, überall brannten die Straßenlaternen, und in dem riesigen, am Grund von blaugrünen Strahlern beleuchteten Wasserbecken spiegelten sich die umliegenden Palazzi.

In dieser großen, glitzernden Wasseroberfläche, die mehr an ein Schwimmbecken als an einen städtischen Brunnen erinnerte, war ganz deutlich die Digitalanzeige einer Uhr zu erkennen, die an einem der benachbarten Gebäude hing.

*Montag, 23. August 2000*
*21:15*
*32 °C*

Es war nach neun. Marcella hatte mehr als drei Stunden in Gesellschaft dieses Mannes verbracht. Sie war müde, und als sie merkte, dass sich in ihrem Kopf vor Erschöpfung alles drehte, fiel ihr ein, dass sie bis auf das leichte Frühstück heute Morgen nichts mehr gegessen hatte. Sie rannte die Treppen zur U-Bahn hinunter und erwischte den Zug noch, kurz bevor sich die Türen schlossen.

An der Straßenbahnhaltestelle musste sie dann über zwanzig Minuten auf die Fünfzehn warten, denn um diese Jahreszeit kamen die Bahnen so selten vorbei wie der Halley'sche Komet. Auf der Fahrt nach Hause zwang sie sich, an nichts zu denken. Sie konzentrierte sich ganz auf die Stadt, die da hinter den Panoramafenstern an ihr vorbeiglitt, und bemerkte, dass die Straßen, die am Nachmittag so verwaist waren, sich nun wieder belebten. Jetzt sah man hier reichlich Menschen, Autofahrer und Fußgänger. Anscheinend erwachte diese Stadt, die am Tag vor sich hin dämmerte wie ein Salamander, erst bei Sonnenuntergang wieder.

Um sich zu amüsieren.

Oder auf die Jagd zu gehen.

Um kurz vor zehn erreichte sie endlich das Le Torri-Viertel.

Während sie mit dem Aufzug nach oben fuhr, tröstete sie der Gedanke, dass sie sich sehr bald auf dem Sofa ausstrecken würde, mit Marlene auf der Brust, und allmählich würde das beruhigende Schnurren der Katze den Knoten, der ihr die Brust zusammenpresste, auflösen. Und alles käme wieder in Ordnung. Noch zwei Stockwerke, noch eins …

Als sie ihre Wohnung erreichte und aufschließen wollte, ließ sich der Schlüssel nicht mehrmals herumdrehen. Merkwürdig, die Tür war nicht verschlossen. Verblüfft öffnete sie und merkte sofort beim Betreten der Wohnung, dass im Wohnzimmer Licht brannte. Ihr stockte das Herz.

Es war jemand in der Wohnung.

Marcella blieb keine Zeit, im Mund den bitteren Geschmack von Furcht zu spüren: Während sie noch verwirrt in der Tür stand, entdeckte sie hinten im Flur, vor dem Licht, das aus dem Wohnzimmer kam, die schlanke Silhouette von Lucio Mauris.

Das war zu viel für sie. Ihre Knie gaben nach.

Sie ließ sich wie ein nasser Sack auf eine Truhe im Flur fallen und brachte zunächst kein Wort heraus.

»Was machst du hier? Wie bist du überhaupt hereingekommen?«, flüsterte sie, als sie ihre Sprache wiedergefunden hatte.

»O *merde!* Entschuldige, das war eine ganz dumme Idee. Ich war mit dem Wagen schneller hier, weil du am Dom beim Umsteigen Zeit verloren hast, und da ich ja die Schlüssel hatte, habe ich beschlossen, in der Wohnung auf dich zu warten. Ich habe inzwischen Marlene gefüttert, und wir haben Frieden miteinander geschlossen.«

»Woher hattest du die Schlüssel?«

»Ich trage schon seit Tagen den Bund mit mir herum,

den wir bei der armen Signora D'Amico gefunden haben, erinnerst du dich? Ich habe ihn im Leichenhaus abgeholt und wollte ihn dir zurückgeben. Jetzt sieh mich nicht so an, Marcella!«, brach es aus ihm heraus, und er wurde dabei ein wenig lauter. »Ich gehe auf der Stelle, wenn du das willst. Aber es wäre mir natürlich lieber, wenn du mir vorher sagst, wie es gelaufen ist. In diesen drei Stunden müsst ihr euch eine Menge erzählt haben. Es war eine Qual für mich, dich die ganze Zeit mit dem Fernglas zu beobachten, während mich die Mücken bei lebendigem Leibe aufgefressen haben.«

»Also warst du tatsächlich da. Und ich habe geglaubt, ich bin ganz allein.«

»Ja, ich war dort. Ich habe dich nur ein paar Minuten aus den Augen verloren, als ihr den Weg zu der Lichtung eingeschlagen habt. Einige Beamte waren auf dem Turm postiert, andere als normale Radfahrer oder Fußgänger getarnt über den ganzen Park verteilt. Also, du warst alles andere als allein. Ich war mit auf dem Turm. Offiziell hätte ich überhaupt nicht dort sein dürfen, denn dies ist nicht mein Fall. Um den kümmern sich die Kollegen von der DIA, aber die haben keine Schwierigkeiten gemacht, als ich sie gebeten habe, ob ich als einfacher Beobachter mitkommen dürfte.«

»Die von der DIA?«

»Ja, eben die von der Antimafia-Behörde. Die sind für das Blutbad von 1974, Bonarrivas Tod und alles, was damit zusammenhängt, zuständig. Ziemlich viele Beamte, die sich dann verteilt haben. Einige steckten in einem abgestellten Kleintransporter vor dem Park, andere waren, wie schon gesagt, im Park postiert, als Jogger, Spaziergänger oder Fahrradfahrer getarnt. Marcella, dieser Mann ist gefährlich, ganz gleich, was er gesagt hat.«

»Er hat gesagt, er ist mein Bruder. Mein Stiefbruder.«

»Das ist er auch, wenn du wirklich Mariana Cinisi bist. Er heißt Gustav Krause.«

»Du weißt ja sowieso schon alles«, sagte Marcella, die langsam zornig wurde.

Als Marlene, die ungewöhnlich zufrieden wirkte, an ihr vorbeilief, hob sie sie hoch, setzte sie auf ihren Schoß und drückte sie an sich. »Was hast du ihr gegeben?«, fragte sie naserümpfend.

»Na ja, nichts Besonderes. Etwas Fisch.«

»Klar, etwas Fisch. Sie stinkt wie ein ganzes Fischgeschäft! Wo hattest du den her?«

»Den Fisch? Ich habe ihn mitgebracht. Eine Dose, die ich unterwegs gekauft habe.«

»Aber Marlene hasst Dosenfutter!«

»Also, an dem arktischen Dorsch in Krabbensoße hatte sie nichts auszusetzen. Er hat ihr geschmeckt.«

»Arktischer Dorsch ... du bist doch komplett verrückt!«

Marcella prustete los und schien überhaupt kein Ende zu finden. Ihr stiegen die Tränen in die Augen, und irgendwann wusste sie nicht mehr, ob sie lachte oder weinte. Sie konnte einfach nicht aufhören. Mauris kam zu ihr und nahm sie fest, aber ziemlich ungeschickt in die Arme.

»Unser Abendessen steht im Ofen warm«, flüsterte er ihr ins Ohr. »Magst du Chinesisch? Ich habe alles in einem Imbiss gekauft. Jetzt essen wir erst einmal, und dann erzählst du mir alles.«

So begann der Abend mit einem ruhigen, für Marcella ungewohnten Essen.

Essen vom Chinesen, das wäre Mama Angiolina nicht auf den Tisch gekommen!

Aber es war nicht schlecht. Sie entdeckte eine ganze Palette neuer Aromen, die sich aber gar nicht so sehr von den gewohnten unterschieden, wie sie es sich vorgestellt hatte.

Dieses Huhn mit Mandeln zum Beispiel erinnerte sie leicht an Safranrisotto.

Marcella hatte geglaubt, sie würde keinen Bissen herunterbringen, stattdessen putzte sie alles weg, von den gebratenen Nudeln mit Gemüse bis zum Glückskeks. Fast hätte sie sich an dem Zettel verschluckt, der in dem Gebäck mit Kokosnussraspeln versteckt war. Als sie ihn herausfischte, konnte man ihn gerade noch lesen.

Darauf stand: *Reichtümer kann man tief in der Erde verbergen, Liebe nur tief im Herzen.*

Marcella musste bitter auflachen. Sie verfügte über beide Dinge, aber wo auch immer sie sich verbargen, sie wusste, dass sie wohl nie wirklich Freude daran haben würde.

Mauris versuchte ihr beizubringen, mit Stäbchen zu essen und lachte über ihre ungeschickten Versuche, das Essen damit aufzuspießen, anstatt es dazwischenzuklemmen. Als sie etwa die Hälfte der Speisen vertilgt hatten, hatte sich bei Marcella wieder ein Gefühl von Normalität eingestellt, das ihr in den vergangenen Stunden ziemlich abhandengekommen war.

Wie sie es von Mauris gewohnt war, plauderten sie während des Essens nur über unwichtige Dinge. Erst als sie in der Küche gemeinsam den Abwasch machten, während der Espressokocher auf dem Herd gluckerte, erzählte sie ihm alles und begann mit dem Augenblick, als sie den Park betreten hatte.

Der Ispettore hörte ihr aufmerksam zu und unterbrach sie kein Mal.

»Wir wussten, dass da Geld im Spiel war«, gab er schließlich zu. »Das Cinisi-Vermögen. Wie viele Tage sind es noch bis zu eurer Verabredung?«

»Ist das alles, was du dazu zu sagen hast? Geld? Ich habe gerade erfahren, dass der Mann, der mein Vater sein müsste, meine Mutter, meine Großeltern, meinen Bruder und den Hund umgebracht hat. Dass der einzige Bruder, der mir noch geblieben ist, ein Monster ist, und du redest nur von dem Geld?«

»Dass Adolfo Cinisi wirklich seine Familie ermordet hat, ist noch nicht bewiesen. Ich merke schon, dass du diesem Mann trotz allem blind vertraust.«

»Ja, ich glaube ihm. Er war dabei. Außerdem, warum sollte er mich anlügen?«

»Warum nicht? Was weißt du schon über seine wahren Beweggründe?«

»Er ist mein Bruder. Ich habe sofort gefühlt, dass es stimmt, als er es mir gesagt hat.«

»Natürlich ist er dein Bruder, wenn du wirklich Mariana Cinisi bist. Aber gestatte mir, dass ich daran noch ein wenig zweifle. Nur ein DNA-Test könnte die Blutsverwandtschaft zwischen dir und dieser unglückseligen Familie bestätigen oder ausschließen. Sicher nicht die Stimme des Herzens. Ist dir nie der Gedanke gekommen, jemand könnte dich ausgesucht haben, um die echte Cinisi zu spielen, nur weil einige Details aus deiner Lebensgeschichte mit den bekannten Fakten übereinstimmen? Anastasia, Ingrid Bergman, Yul Brynner, erinnerst du dich?«

»Was könnte so eine Aktion bringen? Du hast selbst gesagt, niemand als die echte Mariana Cinisi könnte an das Geld kommen.«

»Ich habe nur gesagt, es ist heutzutage nicht schwer, einen Betrüger zu entlarven, der versucht, sich für jemand anderen auszugeben. Was das Geld betrifft, da kommt es darauf an, wo es ist und welche Bedingungen an die Erbschaft geknüpft sind. An dem, was der Mann erzählt hat, könnte etwas Wahres dran sein. Auch damals hat man schon die These in Erwägung gezogen, Adolfo Cinisi habe im Affekt seine gesamte Familie niedergemetzelt. Aber sie wurde nie bewiesen. Für jedes Indiz, was für diese Vermutung sprach, gab es mindestens zwei dagegen.«

»Ich würde gern erfahren, dass es nicht so war, wie er es mir geschildert hat, aber glaub mir …«

Mauris ließ sie nicht ausreden. »Da ist zum Beispiel das Gewehr. Warum hat Adolfo Cinisi nicht seine eigene Waffe benutzt, die legal angemeldet war und unbenutzt in ihrem Futteral gefunden wurde, sondern hat sich eines mit einer weggefeilten Seriennummer besorgt?«

»Aber in der Zeitung hieß es doch, es habe sich um sein Jagdgewehr gehandelt.«

»Ich weiß nicht, was in der Zeitung stand. In den Akten steht, man habe sein Gewehr an seinem gewohnten Platz, in dem zugehörigen Futteral gefunden. Aus ihm wurde damals kein Schuss abgegeben. Der GSR-Test fiel zwar positiv aus, aber das beweist nichts, denn er hatte einen Schuss mitten in die Brust bekommen, und auf seinem ganzen Körper fanden sich Spuren von Schießpulver. Er war vollkommen damit bedeckt. Also beweist das positive Testergebnis nicht, dass er auch geschossen hat.«

»Was ist das für ein Test?«

»Man benutzt dazu einen Paraffinhandschuh. Er dient dazu, die Spuren von Schießpulver zu erfassen, die nach einem Schuss an den Händen haften bleiben. Und dann ist auch noch ungeklärt, wie er mit einem langläufigen Gewehr Selbstmord begehen konnte. Wie hat er es geschafft, es auf seine Brust zu richten, zu laden und abzudrücken? Und vor allem, woher hatte er noch die Kraft, die Waffe weit weg von sich zu schleudern, nachdem er sich ein gähnendes Loch in die Brust geschossen hatte, noch dazu auf Höhe des Herzens. Man hat es tausendmal durchgespielt, was glaubst du? Natürlich, damals verfügte die Spurensicherung nicht über die gleichen Mittel wie heute. Es gab keine RIS, man musste sich mit wenig mehr als dem Paraffintest, Fingerabdrücken und dem Mikroskop begnügen. Aber dieser Fall hat zu seiner Zeit reichlich Staub aufgewirbelt. Die Polizei hat monatelang parallel zu den Carabinieri ermittelt. Man hat Ballistikfachleute hinzugezogen. Und vergiss nicht, es wurden zwei Waffen benutzt.«

»Oh Gott, das Rasiermesser!« Marcella zitterte. »Das hat Krause nicht erwähnt.«

»Siehst du? Selbst wenn es stimmt, was er geschildert hat, so hat er dir doch nicht die ganze Wahrheit erzählt. Also, wann wolltet ihr wieder miteinander sprechen?«

»Am vierten September hat er gesagt. Da hat die Schule schon wieder begonnen.«

»Das ist das kleinste Problem, glaub mir. Das Wichtigste ist jetzt ein Plan, um dich in Sicherheit zu bringen. Falls man dich wirklich benutzen will, um an das Geld zu kommen, ob du nun die echte Erbin bist oder nicht, glaubst du doch nicht im Ernst, sie lassen dich wieder in dein normales Leben zurückkehren, wenn sie haben, was sie wollen, oder? Was wirst du tun, wenn, ich wiederhole ausdrücklich, wenn die Treuhandgesellschaft, von der Krause dir erzählt hat, dich wirklich als legitime Erbin des Vermögens anerkennt?«

»Darüber habe ich noch nicht nachgedacht. Ich kann weiter gut auf dieses Geld verzichten. Schließlich habe ich nicht gewusst, dass es überhaupt existiert, und brauche es nicht. Ich will es überhaupt nicht. Er braucht es dringender als ich. Er … er sieht aus wie ein Monster.«

»*J'y ai vu.* Ja, das habe ich gesehen. Aber auch er ist nur ein Werkzeug und wird von jemandem benutzt, der sich einen Haufen Geld aneignen will, das jemand vor fünfundzwanzig Jahren irgendwie ins Ausland verschwinden ließ, und damals war die illegale Ausfuhr von Devisen ein schweres Verbrechen. Der italienische Staat hat einiges Anrecht auf dieses größtenteils illegal angehäufte Vermögen wegen hinterzogener Steuern und der begangenen Straftaten. Selbst wenn man es dir übergibt, könntest du nicht in seinen Genuss kommen. Und wenn du versuchen würdest, es für dich zu behalten, indem du es auf ausländische Konten überweist, würdest du damit selbst eine Reihe von schweren strafbaren Handlungen begehen: Geldwäsche, Hehlerei, illegale Finanzgeschäfte. Nur ein Trickkünstler der internationalen Finanzwelt könnte es vielleicht schaffen, es sich heimlich anzueignen. Doch das Schlimmste daran wäre, dass du in Zukunft immer von gefährlichen Leuten verfolgt würdest, die es dir abnehmen wollen. Willst du wirklich dein Leben lang fliehen und dich verstecken müssen?«

»Ich habe doch schon gesagt, ich will dieses Geld nicht. Aber ich fürchte, dass ich tun muss, was man von mir verlangen wird. Sonst würde er mich umbringen.«

»Ein netter Bruder!«

Mauris sprach nicht aus, was er dachte, nämlich dass dieser Mann sie auf jeden Fall töten würde. Das war nicht der richtige Zeitpunkt, um die Angst in ihr noch weiter zu schüren.

Es war zwei Uhr nachts, als sie ihr Gespräch beendeten. Beide waren vollkommen erschöpft.

»Soll ich heute Nacht hierbleiben, Marcella?« Diese Frage ließ Mauris scheinbar beiläufig in ihr Gespräch einfließen, doch Marcella meinte seiner Stimme einen Hauch von Zärtlichkeit anzuhören, der sie bewegte.

Vielleicht war die Hitze daran schuld oder der Bambusschnaps, den sie nach dem Kaffee in kleinen Schlucken getrunken hatten.

Oder das ungewohnte Essen.

Oder die intensiven und erschreckenden Gefühle an diesem endlosen Tag.

Vielleicht war ihre wechselseitige Anziehung auch zu stark, um diesen Abend wie immer mit einem »Bis bald, wir telefonieren« und so weiter zu beenden.

Wahrscheinlich war es aber so, dass beide in diesem Moment nichts dringender brauchten als eine gemeinsame Liebesnacht.

Für Mauris bedeutete das, die Welt und ihre ganzen Widerlichkeiten auszuschließen und ein paar Stunden lang nicht an sich herankommen zu lassen.

Für Marcella war es das schlichte Bedürfnis, sich auf etwas einzulassen, was sie seit langer Zeit in gleichem Maße ersehnte wie fürchtete. Vielleicht war dies jetzt der richtige Moment, um sich selbst auf die Probe zu stellen, denn das Verlangen in ihr überstieg inzwischen ihre Furcht und ihren Ekel. Dass sie sich fühlte, als hätte sie den Boden unter den Füßen verloren und fürchtete, nicht lange genug zu leben, um noch eine weitere Chance zu bekommen, verstärkte dieses Sehnen noch.

Seit Tagen stellte sie sich immer die gleiche Frage.

»Wie würde ich reagieren, wenn er mit mir schlafen will?«

Sie hatte nie eine Antwort darauf gefunden.

Bis zu diesem Moment.

Deshalb spielte sie nicht Verstecken, als er ihr anbot zu bleiben. Sie tat nicht so, als ob sie zögerte. Oder als ob sie nicht wüsste, was er wollte. Nein, sie war sofort offen zu ihm.

»Ja natürlich«, hörte sie sich antworten. »Ja, bitte bleib. Ich möchte wirklich, dass du bleibst«, wiederholte sie, damit auch ganz klar wurde, dass sie dasselbe wollte, was sie in seinen Augen las, in seinen Bewegungen und der Art, wie er plötzlich leiser redete, bis er flüsterte.

Sie begannen schon im Wohnzimmer, sich auszuziehen, dann gingen sie in einer Umarmung in das Schlafzimmer der Graziosos, wo ein Doppelbett stand. Marcella leistete nicht den geringsten Widerstand, als er sie »dahin« führte, im Gegenteil, sie empfand sogar ein boshaftes Vergnügen bei dem Gedanken, sich nackt, in den Armen dieses starken und attraktiven Mannes auf den rauen Laken aus Angiolinas Aussteuer zu wälzen, die nach keuschen Hausfrauentugenden, altem Lavendelwasser und geschlossenen Schränken rochen.

Anfangs fiel es Marcella schwer, ihre eigenen mentalen Sperren aufzubrechen. Mauris war jedoch ein aufmerksamer und sehr zärtlicher Liebhaber und fähig, in ihr Gefühle zu erwecken, die übermächtiger waren als die alten Ängste, überwältigender als die Erinnerung an jene brutalen, obszönen Hände.

Er zog sie langsam und vorsichtig aus, dabei berührte er jeden Zentimeter ihrer Haut mit scheinbar zufälligen Liebkosungen, aber in Wahrheit wusste er genau, wie er sie damit erregte. Und sie entdeckte überrascht, wie ihr Körper völlig natürlich darauf reagierte, mit jenen Bewegungen, an denen sich seit Evas Zeiten nichts geändert hat.

War sie anfangs noch verkrampft und empfand eine Spur Ekel, bestimmt ein Reflex auf die Erinnerung an den Nachmittag, an dem man sie vergewaltigt hatte, waren all ihre Sinne in Alarmbereitschaft, so löste sich das langsam auf, bis sie Empfindungen erfuhr, die schließlich ihr Hirn in eine andere Dimension katapultierten.

Am liebsten hätte sie laut aufgeschrien, denn immer wenn ihr Verlangen, sich ganz hinzugeben, beinahe unerträglich wurde, hörte er auf, sie zu streicheln.

Es war noch nicht so weit.

Mauris wusste, dass Opfer einer Vergewaltigung sich immer daran erinnern und ein Nichts genügt, um den Strom der Gefühle zu unterbrechen und die Schande, den Schmerz und die Angst die Oberhand gewinnen zu lassen. Deshalb verzichtete er darauf, seine eigene Lust zu befriedigen, um ihre so weit zu steigern, bis er sicher sein konnte, die mentalen Sperren durchbrochen zu haben, die ihren Kopf noch blockierten.

Er streichelte sie weiter, sanft, erregte sie an Stellen, von denen er wusste, dass sie nicht widerstehen konnte, küsste sie überall und berührte sie zärtlich wie ein Kind, bis er spürte, dass sie bereit war, sich hinzugeben. Erst dann drang er in sie ein.

Alles war sanft, natürlich, vollkommen.

Als Marcella schließlich erschöpft und schweißnass in seinen Armen lag, war sie ein anderer Mensch. Endlich war sie eine Frau, die sich von ihren Ängsten befreit hatte und wie sie festgestellt hatte, fiel es ihr erstaunlich leicht, ganz ohne Scham den nackten Körper eines Mannes überall zu streicheln und zu berühren.

»Du hattest alles vorher geplant!«, beschuldigte sie ihn lachend.

»*Oui. Pourquoi?* Ja. Warum? Du etwa nicht?«, antwortete er und verschwand im Bad.


Es wurde eine endlos lange Nacht.

Für beide eine konzentrierte Mischung aus Freiheit, Sex und Zärtlichkeit.

Sie unterhielten sich, tauschten Küsse aus und schliefen so oft miteinander, dass sie irgendwann aufhörten zu zählen. Keiner von beiden fragte sich, wie es zwischen ihnen weitergehen würde. Sie fragten sich nicht einmal, ob irgendetwas zwischen ihnen war. In diesem Moment wünschten sie sich nur eins, für ein paar Stunden das große frühere Ehebett der Graziosos miteinander zu teilen.

Als sie schließlich erschöpft einschliefen, war es sechs Uhr morgens.

# KAPITEL 36

*Mailand, 4. September 2000*

Gustav Krause meldete sich pünktlich, was sie schlagartig in ihren Alptraum zurückbrachte. Es war Nachmittag, als er sie anrief.

»Morgen ist der fünfte September. Alles Gute, meine Liebe«, sagte er mit seiner seltsam weichen Stimme, die sie erschauern ließ. »Das soll erst einmal genügen. Die wirklichen Glückwünsche bekommst du morgen dann persönlich. Wir treffen uns morgen früh, ja? Ich habe einen Flug um 12 Uhr nach Lugano reserviert. Ich habe die Tickets für Hin- und Rückflug für dich dabei. Du landest um 13 Uhr, das ist früh genug, um zu der Adresse zu fahren, die ich dir geben werde. Bist du bereit, ja?«

»Bereit wofür?«

»Das habe ich dir doch gesagt, Liebes. Weißt du es nicht mehr?«

»Ja sicher, die Erbschaft.«

»Braves Mädchen. Du wirst dort erwartet. Eigentlich solltest du nichts davon wissen. Es wäre ihre Aufgabe gewesen, dich zu kontaktieren und dir mit der nötigen Vorsicht mitzuteilen, wer du bist, was dich erwartet und dir alle Bedingungen für die Erbschaft zu erklären. Aber du weißt ja schon Bescheid …«

»Durch dich.«

»Stimmt. Also, ich sagte, du weißt ja schon Bescheid. Und

sie wissen darüber Bescheid. Dein Auftritt im Fernsehen hat alles vorzeitig ans Licht gebracht. Es wäre jetzt völlig absurd, so zu tun, als wüsstest du von nichts. Deshalb haben wir alles ein wenig vereinfacht. Wir haben Kontakt aufgenommen und das Treffen vereinbart. Sie erwarten dich, Liebes.«

»Von wem redest du eigentlich? Wer sind ›sie‹?«

»Ich rede von den Nibelungen, den Hütern des Schatzes. Kennst du das Epos, meine schöne Gudrun?«

»Ja, aber warum redest du in Bildern? Wer sollen diese Nibelungen sein?«, fragte Marcella, die langsam unruhig wurde. Sie begriff nicht, ob diese Art, so hochtrabend, bizarr und übertrieben höflich zu sprechen, schlicht eine Angewohnheit von ihm war oder nur ein Mittel, damit sie sich noch unbehaglicher fühlte.

»Ich habe dir neulich von ihnen erzählt, erinnerst du dich nicht? Die Nibelungen sind die Zwerge, denen dein Vater den für dich bestimmten Schatz übergeben hat, damit sie ihn für dich aufheben und vervielfachen sollten«, antwortete er sanft. »Das sind die Treuhänder in Lugano, die auch zu Testamentsvollstreckern ernannt wurden. Ist es dir so klarer?«, fügte er in sachlichem und doch leicht ironischem Ton hinzu, als wollte er sie wissen lassen, dass er nicht daran glaubte, dass sie wirklich so naiv war. »Du wirst morgen nach Lugano fahren, damit sie dir übergeben können, was dir zusteht. Schade, dass auf dem Vermögen schon viele Ansprüche ruhen. Na, bald wirst du jedenfalls alles erfahren«, beendete er das Thema abrupt.

»Fliege ich allein?«

»Ja. Aber du wirst die Anweisungen, die ich dir geben werde, bis auf das letzte Komma befolgen. Ich werde pünktlich um zehn bei dir sein. Sei bereit.«

Lucio Mauris, der nach ihrer Liebesnacht die Wohnungs-schlüssel behalten hatte, eilte noch am gleichen Abend ins Le Torri-Viertel.

»Was soll ich tun?«, fragte ihn Marcella, die kurz vor einem Nervenzusammenbruch stand. »Wenn ich mich weigere, werde ich mich für den Rest meines Lebens immer ängst-lich umschauen müssen, ob mich nicht jemand verfolgt. Tue ich, was man von mir verlangt, weiß ich auch nicht, was mich erwartet.«

»Du kannst dich dem nicht entziehen. Du musst gehen«, sagte er so sanft, wie er nur konnte. »Befolge die Anweisun-gen, und denk immer daran, dass du nicht in Gefahr bist. Zumindest, solange sie noch nicht haben, was sie wollen. Außerdem wirst du nicht allein sein. Genau wie im Park wird dich jemand im Flugzeug begleiten und dich im Auge behalten. Ich habe dir ja schon erzählt, dass die DIA den Fall verfolgt. Schau!«

Mauris ging zum Telefon, einem alten grauen Apparat mit Wählscheibe. Er schraubte den Deckel des Hörers ab und zeigte Marcella ein kleines flaches Gerät, das mit einem Saugnapf dort befestigt war. »Das ist eine Wanze.«

Marcella fühlte sich, als fiele sie ins Leere. Ihr wurde schwindelig.

»Willst du mir etwa sagen, meine Gespräche sind die ganze Zeit abgehört worden?«, fragte sie ihn ungläubig.

»Abgehört und aufgenommen. Erinnerst du dich an deine Schutzengel? Die Eskorte? Die hatte dir der Richter zu-geteilt, weil er annahm, du könntest in Gefahr sein, und fürchtete, du könntest gegen deinen Willen in einen Fall ver-wickelt werden, an dem die Ermittler der Antimafia-Behörde arbeiteten. Weißt du, die Cinisis stehen seit Jahren unter Beobachtung. Nicht nur wegen der Morde damals. Bis jetzt ist es aber nicht gelungen, sie festzunageln, und das könnte jetzt die Gelegenheit dafür sein, da die Ermittlungen durch den Mord an Bonarriva wiederaufgenommen wurden. Außerdem wüssten die Untersuchungsrichter gern mehr über das Vermögen, das du theoretisch bald besitzen sollst. Anscheinend besteht es zum Großteil aus Einnahmen aus illegalen Aktivitäten.«

»Das wird ja immer besser! Ich glaube es einfach nicht! Das kann doch nicht alles mir passieren!«

»*Calme-toi!* Bald ist alles vorbei. Du bist nur eine Figur in dem Spiel. Weißt du übrigens, dass ich das eigentlich nicht erzählen dürfte? Aber mir gefällt der Gedanke nicht, dass du nicht weißt, was dich erwarten könnte. Außerdem hast du nicht einmal ein Handy. Also, wenn du willst, besorge ich dir eins.«

»Nein danke. Ich werde mir irgendwann schon eines kaufen, aber nicht jetzt.«

»*Mais pourquoi non?* Warum nicht, genau jetzt könntest du es brauchen.«

»Weil …«

Marcella konnte nicht weitersprechen. Wie sollte sie ihm erklären, ohne sich selbst zu sehr zu demütigen, dass sie sich noch einsamer fühlen würde, wenn sie ein Telefon in der Tasche hätte und nie jemand anriefe?

»Weil«, fuhr sie nach einer Weile fort, »ein Handy nur sinnvoll ist, wenn zu Hause jemand auf dich wartet, dem du sagen musst, dass es später wird oder so was in der Art. Ich habe nur Marlene.«

»Du hast mich«, sagte Mauris schlicht. »Außerdem kannst du mit einem Handy auch jemanden alarmieren, wenn du in Gefahr bist. In diesem Fall wäre ich viel ruhiger, wenn ich wüsste, dass du ein Handy hättest.«

»Ich bin dreißig Jahre ohne ausgekommen …«

»*T'es bien têtue!* Du bist stur wie ein Maulesel! Aber ich

werde nicht weiter darauf beharren. Versprich mir nur, dass du nichts Unüberlegtes tust.«

»Etwas Unüberlegtes? Seit Tagen habe ich schon das Gefühl, als würde mich jemand an einem Halsband mal hierhin, mal dorthin ziehen!«

An diesem Abend ging der Ispettore früh. Und traf Vorkehrungen, um dabei nicht gesehen zu werden. Er ging die Innentreppe bis in den Keller, dort schlängelte er sich durch das Labyrinth der Gänge, bis er den Weg zur Garage gefunden hatte. Er ging die kurze Auffahrt zu Fuß hinauf und fand sich dann in einiger Entfernung von der Haustür auf der Straße wieder. Er wusste nicht, ob das Haus überwacht wurde. Aber es war besser, nicht noch in letzter Minute Komplikationen heraufzubeschwören.

Marcella hatte sich bemüht, sich nach der ersten Liebesnacht ihres Lebens möglichst natürlich zu verhalten, und Mauris mit vorsichtiger Zurückhaltung behandelt. Als er Anstalten gemacht hatte, dass er gehen wollte, war sie sofort aufgestanden, um ihn zur Tür zu bringen. Ihr wäre es lieber gewesen, Mauris wäre noch ein wenig länger geblieben, vielleicht sogar die ganze Nacht, doch sie zog es vor, ihr Verhältnis nicht zu vertiefen. Das hätte für sie bedeutet, sich andere Ängste aufzuladen, und diesen Luxus konnte sie sich im Augenblick wirklich nicht erlauben.

Als er ging, begnügte sich Mauris mit einem flüchtigen Kuss und einem kurzen »Ciao«, das ein Lächeln begleitete. Leicht dahingehaucht wie eine Seifenblase, die dann durch die Luft schwebte, damit sie nicht mitbekam, wie besorgt er war.

Aus welchem Blickwinkel er ihre Situation auch betrachtete, sie erschien ihm unsicher und gefährlich. Doch sie hatte keine andere Wahl. Da er wusste, dass er diese Nacht kein

Auge schließen würde, entschloss er sich, zur Entspannung durch das Brera-Viertel zu bummeln. Von dort aus war es nicht weit in sein Wohnviertel, L'Isola. Am besten parkte er den Wagen in der Nähe seiner Wohnung, bevor die Stammgäste der vielen Pubs und Kneipen in der Gegend alle Plätze besetzen würden. Das kurze Stück dorthin konnte er ja laufen.

Keine gute Idee.

Ausgerechnet, als er gerade in Richtung Zentrum lief, frischte der Wind auf, und in wenigen Minuten brach ein Gewitter los. Kurz, aber heftig. Einer dieser beinahe tropischen Regengüsse, die in Mailand wegen der dauernden Feuchtigkeit sehr häufig sind.

In wenigen Minuten verdunkelte sich der Himmel und goss Wassermassen über die Stadt aus, die die Straßen in Bäche verwandelten.

Der Ispettore ging schneller, während ihm der Regen am Hals entlanglief, sein Herz litt kurz, aber intensiv wegen seiner teuren, gefütterten Mokassins, die vor Feuchtigkeit schmatzten. Die würde er morgen wegschmeißen können.

Na ja, was soll's!

Als er angekommen war, regnete es nicht mehr, und dieser Winkel des alten Mailands präsentierte sich ihm ungewöhnlich geordnet und menschenleer.

Das Brera-Viertel war auch nicht mehr, das, was es einmal war.

Mauris war erst seit ein paar Jahren in der Stadt und konnte deshalb nicht wissen, wie sich das alte Bohemienviertel verändert hatte, um schließlich in den achtziger Jahren, in der Ära von Craxi, zum Epizentrum der pseudoradikalen, aufstrebenden Schickeria vom Typ »Rucola und Martini« zu werden.

Er ging manchmal dorthin, weil er ganz in der Nähe

wohnte und in der Stadt die Orte rar gesät waren, an denen man in Ruhe etwas trinken konnte und die Kellner nicht schon um neun Uhr abends schließen wollten und schon mal die Stühle auf die Tische stellten.

Sobald der Regen aufhörte, kam eine kühle Brise auf. Durchweicht wie er war, zitterte er vor Kälte und lief deshalb schneller durch das Gewirr der gewundenen Straßen um die Accademia Brera, die wegen des Gewitters verwaist waren, das das übliche basarähnliche Treiben aus Wahrsagern, Marktschreiern und Pseudokünstlern mit wertlosen Zeichnungen, die sie an Touristen verscherbelten, verjagt hatte. Nur ein billiger Abklatsch der echten Freaks und wahren Künstler, die zwar nicht mit Geld, dafür jedoch mit Talent ausgestattet waren und die bis Mitte der siebziger Jahre in diesen Straßen ihre Visionen ausgelebt hatten. Dann kamen die aufstrebenden Neureichen und rissen sich Stück für Stück die malerischsten und zentralsten Viertel der Stadt unter den Nagel.

In jener Zeit standen das Brera-Viertel und die Navigli im Zentrum eines hektischen Interesses, das von den gutbürgerlichen Salons ausging.

Lofts? Einfach un-glaub-lich!

Mansarden? Das ab-so-lute Muss!

Die Wohnhäuser mit ihren Gemeinschaftsbalkonen? Absolut ma-le-risch! Ein Traum!

Und so hatten diese auf arm getrimmten Reichen fast alles aufgekauft und die wirklich mittellosen Menschen verjagt, die für dieses Viertel Herz-Leber-Lungen und vielleicht auch noch ein weiteres, weniger beachtetes, aber notwendiges Organ gewesen waren.

Als die Architekten endlich alle Lofts ausgebaut, alle Mansarden eingerichtet, die Wohnhäuser umgebaut hatten, als Blumenkästen mit farblich zu den Fassaden passenden Geranien die Wäsche auf den Balkons ersetzt hatten, hatte sich das Brera-Viertel völlig verändert.

Es war zu diesem Konzentrat aus mieser Geschäftemacherei und protziger Äußerlichkeit geworden, das man heute sehen kann.

Trotzdem ist dieses Viertel in der nächtlichen Öde Mailands einer der wenigen Orte geblieben, an denen man in Ruhe trinken, essen, Musik hören und einen Joint rauchen kann. Mauris, dessen Arbeitszeiten wirklich unmöglich waren, kam ziemlich oft hierher.

Selbst an diesem Abend, obwohl er durchnässt war und fror, entschied er sich nicht für irgendein Lokal in der Nähe, sondern ging direkt zu seiner bevorzugten Jazzbar, dem »2«.

Das Lokal, wie üblich dunkel und verräuchert, war knallvoll.

Mauris drängte sich zum Tresen durch. Er bestellte einen wärmenden Irish Coffee und verbrachte die Wartezeit auf der Toilette, um sich wenigstens das Gesicht und die Haare zu trocknen.

Obwohl der Platzregen die Temperaturen nur ein wenig abgesenkt hatte, war ihm furchtbar kalt. Zitternd dachte er, dass er morgen bestimmt mit Halsweh und Fieber aufwachen würde, und seltsamerweise beruhigte ihn diese Aussicht.

Mit Jeans, die so eng anlagen wie eine zweite, allerdings kratzende Haut, kehrte er ins Lokal zurück, suchte sich einen Barhocker und setzte sich mit seinem heißen Drink in den Raum, in dem das Klavier stand.

Heute Abend gab es Blues im »2«.

Ein großartiges Mädchen sang, eine Weiße, aber mit einer Stimme wie Bessie Smith. Während er ihr über das Stimmengewirr hin zuhörte, spürte Mauris, wie mit der Feuchtigkeit aus seiner Kleidung auch die Anspannung aus ihm wich. Er gab sich seinen Träumen hin und schob die Düsternis, die ihn seit Tagen umgab, mit Gewalt von sich weg, wobei er ganz unerwartet etwas entdeckte: Er empfand so etwas Ähnliches wie Glück, Zufriedenheit.

Das Ganze dauerte nur einen Augenblick, aber es genügte, um ihn wenigstens für heute Abend mit der Stadt auszusöhnen.

Mailand hatte doch auch seine Vorteile. Eine Stadt, die dir überraschend einen solchen Liveauftritt bietet, kann doch kein so schlechter Ort zum Leben sein.

Nein, wirklich nicht.

Als Mauris ging, blieb Marcella allein mit ihrer Katze in dieser großen, dunklen Wohnung voller Schatten zurück. Sie schaltete in allen Zimmern das Licht ein, lief unruhig hin und her und stellte ein paar Dinge um.

Sie konnte sich einfach nicht entschließen, schlafen zu gehen, und als das Gewitter anfing, riss sie das Fenster im Wohnzimmer weit auf, um ein paar Züge dieser würzigen Luft einzuatmen, die nach nassem Asphalt und Ozon roch.

Marlene, die schon länger nervös um sie herumlief, schoss bei den ersten Donnerschlägen wie der Blitz unter das Bett, und Marcella gelang es nur mit Geduld und ein paar Katzenkeksen, sie dort wieder hervorzuholen. Als sie sich endlich greifen ließ, drückte sie Marcella an ihre Brust und fragte sich, wem sie diese dicke Fellkugel anvertrauen konnte, der ihre gesamte Zuneigung galt, falls sie diesen Alptraum nicht überlebte.

Die Vorstellung, die Katze könnte allein zurückbleiben, jämmerlich maunzen und in dieser düsteren Wohnung verhungern, erschien ihr seltsamerweise noch unerträglicher als die Aussicht, ihr eigenes Leben zu verlieren. Während sie sie streichelte, hätte sie alles für die Gewissheit gegeben, dass sie alle beide irgendwann in ihr fades, banales, farbloses Leben von früher zurückkehren würden.

Ja, es war fade, banal und farblos. Aber ihr auch so lieb und beruhigend.

# KAPITEL 37

*Mailand, 5. September 2000*

Am Fünften war Marcella schon auf den Beinen, als die Sonne aufging.

Sie hatte bläuliche Schatten unter den Augen und Kopfschmerzen, weil sie so angespannt war und sie zu wenig geschlafen hatte. Doch sie war entschlossen, den Weg zu Ende zu gehen. Zum ersten Mal, seit sie einander kennen gelernt hatten, ergriff sie die Initiative und rief Mauris zu Hause an, den sie damit aus dem Schlaf riss.

»Ciao, ich weiß, es ist eine unmögliche Zeit, um anzurufen, aber ich muss dich um etwas bitten.«

»Ciao«, erwiderte er, und man hörte ihm an, dass er sehr schlecht geschlafen hatte. »Ich hätte dich später angerufen.«

»Also, falls mir etwas zustoßen sollte, falls ich nicht mehr zurückkomme, würdest du dich dann um Marlene kümmern? Sie ist gut erzogen, und es sollte nicht schwer sein, einen Platz für sie zu finden.«

Als der Ispettore merkte, dass sie den Tränen nahe war, wurde er weich.

»*Olalà*! Dir wird nichts geschehen. Ich habe dir doch gesagt, du wirst nicht allein sein. Heute Abend bist du wieder zu Hause, und wir werden ihn gemeinsam verbringen.«

»Würdest du es tun? Kannst du mir das versprechen? Ich habe sonst niemanden, den ich darum bitten könnte ...«

»Marcella, *ça va sans dire*, du solltest mich um so etwas nicht bitten müssen! Und ich sollte dir nicht antworten müssen, dass ich es tun würde! Das solltest du einfach als selbstverständlich annehmen. Aber wenn es dir etwas hilft, verspreche ich es dir. Mach dir keine Sorgen um die Katze, die müsste sich nur an mich und vielleicht an meine Mutter gewöhnen, die das halbe Jahr in Turin und die andere Hälfte in einem idyllischen Ort namens Rhême-Notre-Dame im Aostatal verbringt. In einem Haus mit Garten, inmitten von Wäldern und Wiesen. Dort würde sie Murmeltiere jagen und sich an Grillen den Magen verderben.«

»Danke. Aber da ist noch etwas«, erklärte Marcella. »Ich habe mir in der Schule für heute einen Tag freinehmen müssen. Könntest du dem Rektor Bescheid geben, falls ich morgen nicht wieder in Mailand bin?«

»Was ist mit dir los, Marcella?«

Mauris machte sich langsam ernsthafte Sorgen. Wenn sie so verzweifelt war, hatte sie vielleicht nicht den klaren Kopf, den sie brauchte, um diesen Tag durchzustehen.

»Ich habe es dir doch gesagt, du bist nicht in Gefahr, wenigstens nicht heute. Mach nur das, was man von dir verlangt, und ergreif nicht selbst die Initiative. Es braucht Zeit und viel Bürokratie, um in den Besitz eines solchen Vermögens zu kommen, und bis dahin bist du in Sicherheit. Du kannst also beruhigt fliegen.«

Punkt zehn klingelte Marcellas Telefon.

»Komm runter. Wir müssen zum Flugplatz. Wir reden dann im Taxi.«

Gustav Krause kam gleich zur Sache. Seine Stimme klang wie immer: tief, weich wie Hefeteig, aber man hörte ihr die typische Ungeduld eines Menschen an, der gewöhnt ist, Anweisungen zu geben, die dann nicht in Frage gestellt werden.

Marcella war schon seit Stunden bereit. Sie füllte die beiden Näpfe der Katze bis zum Rand mit Wasser und Trockenfutter, dann machte sie die Tür hinter sich zu und schloss so oft ab, wie es ging.

Er wartete vor dem Haus im Taxi auf sie.

Als Marcella im Eingang erschien, stieg er aus, um ihr die Wagentür zu öffnen und wies ihr den Platz hinten neben sich an. Offensichtlich hatte er dem Fahrer schon Anweisungen gegeben, denn der fuhr sofort los und mischte sich in den Verkehr.

»Heute ist ein besonderer Tag, Liebes. Es ist dein Geburtstag, und du wirst reich werden. Bist du bereit? Ja?«, sagte er sehr leise. Marcella begriff, dass er nicht wollte, dass der Mann am Steuer hörte, was er sagte.

»Ja«, antwortete sie genauso leise. »Was muss ich tun?«

»Alles, was hier auf diesem Notizzettel steht«, erklärte Krause und reichte ihr ein zweimal gefaltetes Blatt. »Lies ihn dir im Flugzeug durch. Hast du Angst vor dem Fliegen?«

»Das ist das zweite, nein das dritte Mal, dass ich ein Flugzeug besteige. Und mein erster Flug ins Ausland«, antwortete Marcella ganz schlicht. »Ich weiß nicht, ob ich Angst vor dem Fliegen habe. Die Umstände haben es nicht zugelassen, darüber nachzudenken. In diesem Augenblick fürchte ich mich vor ganz anderen Dingen.«

»Sicher. Du bist für die Sendung nach Rom geflogen, ja. Heute ist jedenfalls ein schöner Tag. Klar und wolkenlos. Ich habe dir einen Platz am Fenster reservieren lassen. Du kannst dir die Landschaft von oben betrachten. Es wird dir gefallen.«

»Das würde es nur, wenn ich mir diese Reise selbst ausgesucht hätte. Ich wäre lieber …«

»Mariana!« Der Mann drehte ihr die unversehrte Seite seines Gesichts zu und nahm ihre Hand. »Ich schwöre dir, ich würde dir das alles am liebsten nicht zumuten. Aber es geht vorbei. Ich bin dein Bruder, und ich werde nicht zulassen, dass man dir etwas antut. Ich habe in den letzten Tagen oft an dich gedacht.«

»Nenn mich nicht Mariana«, fuhr sie auf, entriss ihm ihre Hand und wurde plötzlich laut. »Solange in meinem Ausweis der Name Marcella steht, will ich auch so genannt werden. Falls ich eines Tages gezwungen sein werde, mich an einen anderen Namen zu gewöhnen, werde ich das tun. Aber im Moment, wenn es dir nichts ausmacht …« Marcella beendete den Satz nicht. Sie wusste nicht, als wie prophetisch er sich erweisen würde.

Er bemerkte, dass der Fahrer einen besorgten Blick in den Rückspiegel warf, und ging deshalb nicht weiter darauf ein.

»Psst! Einverstanden, Liebes. Du hast ja Recht.«

Doch sie war zu wütend, um aufzuhören.

»Und ich bitte dich auch, nenn mich nicht immer Liebes. Ich bin Marcella. Die Frau, zu der du an jenem Abend auf der Parkbank gesagt hast, du wärest bereit, sie zu tö…«

»Seit dem Abend ist viel Zeit vergangen«, unterbrach er sie hastig und senkte seine Stimme so weit, dass sie nur noch wie ein Flüstern war.

Sie verabschiedeten sich am Flughafen Linate. Marcella stieg aus, Gustav Krause blieb im Taxi sitzen.

»Geh und mach dir keine Sorgen«, ermutigte er sie. »Bald wirst du eine reiche Frau sein«, fügte er hinzu, was für Marcella leicht spöttisch klang. »Und befolg die Anweisungen. Lern die Namen und die Nummern der Konten auswendig, und vernichte den Zettel danach. Das wirst du doch tun, ja?«

»Habe ich eine Wahl? Natürlich werde ich es tun.«

»Auf Wiedersehen. Das Ticket gilt auch für den Rückflug. Wenn du heute Abend wieder nach Hause kommst, verhalte dich, als sei nichts geschehen. Ich melde mich dann bei dir.«

Eineinhalb Stunden später saß Marcella im Flugzeug.

Der Tag war klar, und die Landschaft unter ihr bot einen fantastischen Anblick. Trotz der Angst, die sie fest im Griff hatte, genoss sie den Flug, der viel kürzer war, als sie erwartet hätte. Kaum hatten die Stewardessen den Kaffee serviert, begann schon der Landeanflug. Marcella hätte gern mehr Zeit zum Nachdenken gehabt. Um zu begreifen, ob ihr wirklich kein Ausweg blieb.

Es interessierte sie überhaupt nicht, in den Besitz der Erbschaft zu kommen. Sie war seit jeher an ein spartanisches Leben gewöhnt, und es genügte ihr vollauf, sich ab und an einen kleinen Luxus zu gönnen, was ihr seit dem Tod ihrer Adoptiveltern möglich war. Sie hatte nicht die leiseste Ahnung, was es bedeutete, reich zu sein, und konnte deshalb nichts nachtrauern, das sie überhaupt nicht kannte.

Nein, Geld reizte sie nicht, also wäre es für sie auch kein Problem, es denen zu überlassen, die es so verbissen begehrten. Doch sie wusste, dass es nicht so einfach war. Eine ihrer Ängste erschreckte sie besonders.

Was würde aus ihr, nachdem diese Leute ihr alles abgenommen hatten?

# KAPITEL 38

Es war genau, wie Mauris es vorausgesagt hatte: In den Besitz eines Vermögens zu kommen, das, ursprünglich schon beachtlich, sich mit der Zeit dank umsichtiger Investitionen beträchtlich vermehrt hatte, war weder einfach, noch ging es schnell. Die Adresse auf dem Zettel, den ihr Krause in die Hand gedrückt hatte, gehörte zu einer Notarkanzlei in Lugano. Der Eigentümer war gleichzeitig auch einziger Geschäftsführer der Treuhandgesellschaft, die einzig zu dem Zweck gegründet worden war, dieses Vermögen zu verwalten. Eine Gesellschaft, die zahlreiche andere, miteinander verflochtene Unterfirmen kontrollierte.

Nach kurzer Wartezeit empfing der Notar Marcella in seinem Büro, das wie der Thronsaal einer Burg wirkte.

Ein übertrieben großer und auf den ersten Blick spartanisch eingerichteter Raum.

Nur einige wenige, dafür äußerst wertvolle antike Möbelstücke mit wundervollen Ornamenten.

Der Mann ließ sie in einem Stuhl Platz nehmen, der einige hundert Jahre alt sein musste, sich aber trotzdem als bequem erwies. Der massige Tisch davor stammte aus der gleichen Epoche. Der Notar versuchte, ihre Anspannung zu lockern, indem er sie fragte, ob sie einen guten Flug gehabt habe, ob er ihr etwas zu trinken anbieten könne, doch dann kam er gleich zur Sache.

»Sie sind uns zuvorgekommen, Signorina. Eigentlich wäre es an uns gewesen, Sie zu finden. Darf ich fragen, wie Sie von der Erbschaft erfahren haben? Wer hat Ihnen davon erzählt?«, fragte er ganz sachlich, ohne jede Neugier, als läse er die Fragen von einem Zettel ab.

»Gustav Krause. Das müsste mein Stiefbruder sein.«

»Sicher, der Stiefbruder. Wie hat er Sie gefunden? Sie tragen schließlich einen anderen Namen als die Erbin des Cinisi-Vermögens.«

Marcella erzählte, dass sie sich an eine Fernsehsendung gewandt hatte, weil sie ihre ursprüngliche Familie wiederfinden wollte. Sie berichtete von dem anonymen Brief und dem Treffen mit Gustav Krause, doch der Notar unterbrach sie, ehe sie weiter ins Detail gehen konnte.

»Das genügt. Für uns sind all diese Details nebensächlich. Unsere Aufgabe ist es nur, Ihre Identität zu bestimmen, um dann Ihre tatsächlichen Rechte an dem Vermögen festlegen zu können. Aber das ist kein Problem. Ihr Vater war Arzt und hat an alles gedacht. Er hat Proben von seinem eigenen Blut und dem der Tochter hinterlassen, die er begünstigen wollte.«

Der Mann hatte wirklich »begünstigen« gesagt. Marcella überlief es eiskalt, weil ihre Gedanken zu dem Blutbad zurückgingen, das laut Krause allein aus ebendiesem Grund begangen wurde. Plötzlich sah sie Gustav Krause vor sich und stellte sich daneben den kleinen Luca vor, ihre Brüder, die weniger Glück gehabt hatten. Einer war verunstaltet, der andere getötet worden, als er noch ein Kleinkind war.

Dem aufmerksamen Auge des Notars entging ihre Bestürzung nicht.

»Geht es Ihnen wirklich gut? Brauchen Sie vielleicht etwas?«

»Nein danke, es ist alles in Ordnung.«

»Dann fahren wir fort. Wie Ihnen sicher bekannt ist, gab es 1974 noch nicht die Möglichkeiten, die Identität einer Person durch DNA-Analyse mit hundertprozentiger Sicherheit festzustellen. Man konnte nur genetische Spuren vergleichen und die Wahrscheinlichkeit berechnen. Also, ich erkläre es Ihnen: man unterzog die Blutproben der Eltern und des mutmaßlichen Kindes dem Verfahren der Typisierung. Wissen Sie, was das ist?«

»Nicht genau.«

»Ich versuche also, es Ihnen kurz zu erklären. Dabei handelt es sich um eine tiefer gehende Blutanalyse, bei der die Blutgruppen bestimmt und nach deren Untergruppen gesucht wird, A1, A2 und nach dem Rhesusfaktor und so weiter. Die medizinischen Details sind nicht so wichtig. Kurz gesagt, Anfang der siebziger Jahre wurden bei Zweifeln an der Vaterschaft die gleichen Tests gemacht, die man heute für Organ- oder Knochenmarktransplantationen anwendet, um festzustellen, ob zwei Personen miteinander kompatibel sind. Die Ergebnisse wurden verglichen, und aufgrund der Übereinstimmungen konnte man dann mit entsprechenden Tabellen berechnen, wie hoch die Wahrscheinlichkeit war, dass diese Menschen miteinander blutsverwandt waren. Mit dieser Methode erreichte man nie mathematische Gewissheit, man musste sich mit einer logischen Schlussfolgerung begnügen, die man auch erhielt, indem man weitere Elemente überprüfte, zum Beispiel das Datum der Empfängnis und so weiter.

Unser Klient Adolfo Cinisi wollte ganz sichergehen, dass seine Tochter in den Genuss der Erbschaft kam, wo auch immer sie sich aufhielt und welchen Namen sie auch trug, und dass niemand sie darum betrügen konnte. Deshalb hat er unsere Gesellschaft beauftragt, alle notwendigen Untersuchungen durchzuführen, um die Blutsverwandtschaft zwischen ihm und der vermeintlichen Erbin zweifelsfrei festzustellen.

Das ist heute dank der DNA-Tests viel einfacher und sicherer. Keine komplizierten Berechnungen mehr, die nur zu einer Wahrscheinlichkeit führen, sondern absolute Gewissheit. Deshalb müssten Sie, um jeden Zweifel auszuräumen, möglichst bald, vielleicht sogar heute noch, in dieses Hämatologielabor gehen.« Er reichte ihr eine Visitenkarte mit dem Namen und der Adresse eines Klinikzentrums in Lugano. »Dort wird man Ihnen Blut abnehmen, danach können Sie wieder nach Hause fliegen und auf unseren Anruf warten. Soll ich im Labor anrufen, um Sie anzumelden?«

»Ja bitte, dafür wäre ich Ihnen dankbar.«

Jetzt war sie schon so weit gegangen, dachte Marcella, dann brachte sie alles auch möglichst schnell hinter sich. Sie wartete ab, bis der Geschäftsführer seiner Sekretärin die entsprechenden Anweisungen gegeben hatte, und als sie ihn jetzt ansprach, klang ihre Stimme viel sicherer und gelassener.

»Meine Telefonnummer in Mailand ist …«

»Wir wissen, wer Sie sind und wo wir Sie finden können, Signorina. Unsere Detektive haben Monate nach Ihnen gesucht. Seit sie uns Ihr Dossier übergeben haben, haben wir Sie nicht mehr aus den Augen verloren.«

Vor ihrer Haustür musste es von Beschattern ja nur so gewimmelt haben. Bei diesem Gedanken huschte der Anflug eines Lächelns über Marcellas Gesicht.

»Sie wissen zwar alles, aber trotzdem müssen Sie sich noch überzeugen, dass ich auch diejenige bin, die ich zu sein behaupte …«, bemerkte sie sachlich.

»Wir vollstrecken nur ein Testament.« Der Notar wirkte verärgert. »Wir tragen die Verantwortung für ein großes Vermögen. Und müssen den Willen des Mannes respektieren, der es uns vor langer Zeit anvertraut hat. Und zwar Wort für

Wort. Ich entschuldige mich für die Unannehmlichkeiten, die wir Ihnen bereiten müssen, aber bitte verstehen Sie, dass dies notwendig und nur in Ihrem Interesse ist.«

Der Mann stand auf und zeigte ihr damit, dass das Gespräch beendet war. Marcella konnte sich des Gedankens nicht erwehren, dass sie wohl ein Wort zu viel gesagt hatte. Hastig stand sie ebenfalls auf, und beide gingen zur Tür. Dort hielt der Mann Marcella noch einen Moment zurück.

»Dass Sie an dieser Sendung teilgenommen haben, war sehr dumm, wenn ich meine Meinung sagen darf, Signorina. Ich verstehe Ihre Beweggründe, aber von heute an sollten Sie sich von Journalisten und Kameras lieber fernhalten. Besonders sollten Sie mit niemandem über die Erbschaft sprechen.«

Marcella sah ihn verdutzt an. Er verzog keine Miene.

»Das ist natürlich nur ein Rat. Auf Wiedersehen.«

Der Rest war einfach.

Ein Taxi, das die Dame am Empfang für sie gerufen hatte, ohne dass sie sie erst darum bitten musste, brachte sie zum Labor, das wie eine Klinik für reiche Leute wirkte. Dort wurde sie bereits erwartet.

Eine blonde Krankenschwester, die aussah wie eine Filmschauspielerin, die eine blonde Krankenschwester spielte, ließ sie in einem übertrieben luxuriös ausgestatteten kleinen Raum warten, dann kam ein Arzt und nahm ihr Blut ab.

Eine halbe Stunde später saß sie bereits wieder im Taxi zum Flughafen.

Um acht Uhr abends betrat sie ihre Wohnung, völlig erschöpft von der Anspannung, die sich den ganzen Tag in ihr angestaut hatte, und dachte daran, dass sie für den Flug in die Schweiz und zurück weniger Zeit gebraucht hatte als für die Fahrten quer durch Mailand.

Sie war pünktlich zum Feierabendverkehr gelandet, und der Taxifahrer, der sie von Linate ins Le Torri-Viertel gebracht hatte, musste gerade seine Schicht begonnen haben, denn er ließ sich Zeit, wartete hinter Bussen und nahm an den Ampeln ausgerechnet immer die Spur, in der die meisten Autos standen.

Als sie nach Hause kam, konnte sie sich gerade noch die Schuhe ausziehen, da klingelte schon das Telefon.

Es war Krause.

»Ich habe mir Sorgen gemacht, meine Liebe. Wie ist es gelaufen?«

Mit möglichst wenig Worten gab sie ihm eine kurze Zusammenfassung dieses Tages, und er wirkte zufrieden. Als sie schwieg, stieß er dieses seltsame Gurgeln aus, das ein Lachen sein sollte.

»Mit so etwas haben wir ja gerechnet. Hast du den Zettel mit den Anweisungen vernichtet, ja?«

Marcella hatte ihn vollkommen vergessen. Der Zettel steckte noch in ihrer Handtasche. Sie hatte ihn gar nicht benutzen müssen. Um es kurz zu machen, log sie lieber.

»Ja, ich habe ihn zerrissen und die Fetzen am Flughafen Lugano in einen Abfallkorb geworfen. Warum willst du das wissen?« In einem plötzlichen Aufbegehren fragte sie zornig: »Wie kannst du überhaupt sicher sein, dass ich es wirklich getan habe? Wie kannst du sicher sein, dass ich alles tun werde, was du mir sagst?«

Als Antwort kam nur sein übliches Lachen.

»Oh, dieser Zettel war nur ein unwichtiges Detail, meine Liebe. Aber bei dem, was wirklich zählt, wirst du bestimmt tun, was ich sage, weil du klug bist und einschätzen kannst, was das Beste für dich ist. Wir sprechen uns bald wieder. Schlaf gut.«

Marcella erschauerte. Sie holte den Zettel und las ihn noch

einmal in Ruhe durch. Außer der Adresse des Notars standen dort noch einige Abkürzungen: BIL, UBS, CS, CL, dahinter Zahlen und Namen. Marcella verstand nichts von Finanzen und Kapitaltransfer, aber sie kam schnell darauf, dass die Abkürzungen mit Banken zu tun hatten. Namen und Zahlen mussten dagegen Passwörter für den Zugang zu Depots sein. Sie überlegte, ob sie den Zettel Mauris geben sollte, aber dann entschied sie, dass es klüger war zu tun, was Krause ihr gesagt hatte.

Sie zerriss ihn und warf ihn ins Toilettenbecken.

Es dauerte fast einen Monat, bis sich die Schweizer meldeten.

Während dieser Zeit der scheinbaren Ruhe, unter deren Oberfläche sich die Anspannung verbarg, rief Krause sie jeden Abend an. Kurze Gespräche, um zu hören, ob es etwas Neues gab, die für Marcella jedoch jedes Mal eine Qual bedeuteten.

Was sie zugleich erstaunte und empörte, war, dass dieser Mann nach all den schrecklichen Dingen, die er ihr an jenem Nachmittag auf der Parkbank enthüllt hatte, sich weiterhin so benahm, als sei nur eins wichtig, nämlich den Auftrag zu erfüllen, mit dem man ihn betraut hatte, nämlich sich des Vermögens zu bemächtigen.

Den ganzen September über hatte Marcella ganz normal Unterricht gegeben und den Ispettore im Schnitt zwei oder drei Abende in der Woche getroffen, was seltener war, als sie es sich wünschte, denn inzwischen war sie sich ihrer wachsenden Gefühle für ihn sehr bewusst.

Mauris war stets nett und liebevoll zu ihr. Er hatte sich immer als fürsorglich erwiesen, und wenn er bei ihr übernachtete, hatte er nie darauf bestanden, dass sie miteinander schliefen. Ein paar Mal, wenn sie besonders angespannt und niedergeschlagen auf ihn wirkte, hatte er sie zum Essen ausgeführt.

Eines Abends hatten sie nur schnell eine Pizza gegessen und waren dann in eine Jazzbar im Brera-Viertel gegangen. Danach waren alle beide zu erschöpft für anderes und schliefen nach einem Gutenachtkuss gemeinsam in dem großen Ehebett ein. Wie ein altes Ehepaar, dem die Normalität von Sex zumindest die Dringlichkeit, wenn nicht sogar die Lust daran genommen hatte.

Nur selten, wenn sie ihm zu verstehen gab, dass sie bereit war und sich nach ihm sehnte, hatte er die Initiative ergriffen. Und dann hatte es zwischen ihnen Funken geschlagen. Einer war für den anderen eine unerschöpfliche Quelle von Gefühlen und Empfindungen.

Stummen Gefühlen.

Intensiven aber flüchtigen Empfindungen.

Bei diesen Gelegenheiten waren sie miteinander umgegangen, als stünde für sie fest, dass sie ein Paar seien. Zwei Verliebte, zwei Liebende in ihrer eigenen Welt.

Eine wundervolle Welt, die nicht von Dauer war.

Alle beide achteten genau darauf, dass ihnen nichts entschlüpfte, was nach Beständigkeit geklungen hätte, kein Wort kam ihnen über die Lippen, was ihre Zukunft betraf.

Mauris war diskret, aufmerksam und zärtlich, doch er vermied geschickt jedes Gespräch über die Zeit danach.

Marcella machte es genauso, obwohl sie ein wenig darunter litt. Von ihnen beiden hatte sie mehr Bedürfnis nach Sicherheit, aber sie war zu zurückhaltend und stolz, um Fragen zu stellen.

Als sie ihm eines Tages noch trauriger, schweigsamer und apathischer vorkam als sonst, hatte er schließlich begriffen, dass er der Anlass ihrer Qual war, die sie noch zusätzlich bedrückte, neben all den Ängsten, die sie sowieso schon plagten.

»Du bedeutest mir sehr viel, aber ich kann dir nicht die Sicherheit bieten, die du gern hättest. Nicht jetzt«, sagte er ihr, dabei hob er ihren Kopf mit den Händen an und küsste sie zart. »Ich kann nur bei dir sein und abwarten. Mit der Zeit wird man sehen. Bald könnte sich viel verändern. Dann sind wir vielleicht beide viel freier und offener für den anderen. Du wirst sehen ...«

»Willst du mir damit sagen, dass du dich nicht binden willst?«, fragte Marcella, und ihre Stimme brach.

»So einfach ist das nicht«, erwiderte der Ispettore und streichelte ihr Gesicht. »Ich habe dich sehr gern, und nichts spricht dagegen, dass ich dich später einmal ganz für mich allein haben will. Ich habe nie an die Liebe fürs ganze Leben geglaubt, jedoch schließe ich auch nicht aus, dass sich zwischen uns eine dauerhafte Beziehung entwickelt. Aber jetzt müssen wir erst einmal diese Probleme lösen. Ich muss wissen, ob du ein Vermögen erbst oder nicht. Ich muss wissen, ob es eine Basis dafür gibt, dass unsere Verbindung eine Zukunft haben kann.«

»Geld, Geld, Geld! Seit einer Weile höre ich nichts anderes mehr!«

»*Oui, bien sûr*. Sicher, denn Geld verändert nun mal das Leben von Menschen, besonders, wenn es so viel ist. Entwicklungen, Perspektiven, Beziehungen, alles verändert sich. Solltest du dieses Geld wirklich bekommen, wirst du es vor allem dazu brauchen, um dich selbst zu schützen. Wenn alles vorbei ist, wird man für dich ein Schutzprogramm ausarbeiten müssen, das dich eine gewisse Zeit eventuell weit fort von hier bringt. Und deshalb müssen wir beide vorsichtig sein. Du siehst also, im Augenblick ist alles viel zu ungewiss, um Zukunftspläne zu schmieden.«

»Du hast Recht, aber ...«

»Marcella«, sagte Mauris und nahm ihre Hände. »Wenn

man eine Beziehung eingeht, leidet man am Ende immer. Ich möchte nicht, dass wir beide mehr leiden müssen als unbedingt nötig. Lass uns deshalb bitte diese Zeit genießen und an nichts anderes denken. Für den Moment jedenfalls.«

Er hatte ja Recht! Aber sich das eingestehen zu müssen war nur ein schwacher Trost. Marcella resignierte und erwartete nun keine Worte mehr von ihm, die er doch nicht hätte sagen können.

Der Anruf aus Lugano kam an einem Nachmittag Ende September.

Noch am gleichen Abend, als Krause sie wie üblich anrief, berichtete sie ihm, dass man sie nach Lugano bestellt hatte.

»Na endlich«, meinte er eiskalt. »Bist du bereit?«

»Ja. Wenn mir nichts anderes übrigbleibt, werde ich es tun.«

»Wann musst du hinfliegen?«

»Sie erwarten mich nächsten Montag.«

»Sehr gut. Heute ist Donnerstag. Also noch drei Tage. Ich komme Montag früh mit dem Flugticket und der Reservierung zu dir. Mit dem Taxi, wie beim letzten Mal.«

In ihrer Aufregung konnte Marcella sich nicht dazu entschließen, bei Mauris anzurufen. Dieser kam am nächsten Morgen aus eigenem Antrieb zu ihr, denn da das Telefon überwacht wurde, wusste er über alles Bescheid.

»Hör mir zu, heute oder spätestens morgen wirst du Besuch bekommen. Einige Kollegen von der DIA. Die erklären dir dann, was du tun sollst. Sei bitte vorsichtig. Leider muss ich gehen. Man darf mich nicht hier antreffen. Ich habe dir ja gesagt, dies ist nicht mein Fall. Ich habe durch einen Kollegen erfahren, dass man dich kontaktiert hat, aber ich darf mich hier nicht einmischen. Keine Sorge, ich werde auf jeden Fall alles tun, um dich im Auge zu behalten.«

Ihnen blieb nicht einmal die Zeit, um den ersten Kaffee am Morgen miteinander zu trinken. Mauris war während ihres Gesprächs sogar in der Tür stehen geblieben. Bevor er ging, umarmte er sie kurz.

»*Au revoir ma p'tite. Des fois c'est dur. Ça, j'aime pas y faire*«, flüsterte er, den Kopf in ihre Haare vergraben.

»Was hast du gesagt?«, fragte Marcella sofort misstrauisch.

»Nichts. Ich habe mich nur von dir verabschiedet. Ciao.«
Mauris küsste sie leicht auf den Mund, bevor er ging.

Er sagte ihr nicht, dass er sich bis zum letzten Moment eingeredet hatte, sie sei nicht Mariana Cinisi.

Er sagte ihr nicht, dass er gehofft hatte, es handele sich um eine Verwechslung und dass sich dieser Alptraum in Luft auflösen würde, wenn feststand, dass ihre DNA nicht mit der ihres angeblichen Vaters übereinstimmte.

Er sagte ihr auch nicht, dass er sie liebte.

Und sagte ihr nicht, dass sie einander aller Wahrscheinlichkeit nach nie wiedersehen würden.

Mauris ging einfach durch die Tür und war verschwunden.

# KAPITEL 39

Der restliche Tag war wie ein Alptraum, aus dem es jedoch kein Erwachen gab.

Am Nachmittag bekam Marcella Besuch von zwei Angestellten der Gaswerke im Blaumann, die Werkzeugkästen in der Hand trugen. Sobald sie die Wohnung betraten, zückten sie die Dienstausweise und wiesen sich als Beamte der Antimafia-Behörde aus. Sie erklärten ihr, Krause sei gefährlich und handele im Auftrag der Cinisis, genauer gesagt im Auftrag von Antonio, dem jüngeren Bruder ihres Vaters, der inzwischen eine Art Mafia-Boss im feinen Zwirn, einer der ehrenwerten Geschäftsleute von Catania war.

Ihr Onkel Antonio Cinisi, sagten sie ihr, sei einer der wichtigen Köpfe auf der komplizierten Landkarte des organisierten Verbrechens. Er gehörte nicht zu dieser klassischen Mafia mit Schiebermütze und abgesägtem Gewehr, sondern zur neuen Mafia, einer mächtigen, ziemlich undurchsichtigen Finanzorganisation mit zahlreichen Verbindungen und Verflechtungen ins Ausland.

Die Beamten erklärten Marcella, sie solle Krauses Anweisungen nur so lange befolgen, bis sie wieder auf italienischem Boden sei. Sobald sie die Sache mit der Erbschaft geregelt und dafür gesorgt hatte, dass das Geld auf die Konten überwiesen wurde, die er ihr geben würde, würde ein Schutzprogramm anlaufen, um sie in Sicherheit zu bringen. Aber damit alles funktionierte, müsse sie hundertprozentig mit ihnen kooperieren.

»Es ist lebensnotwendig, dass Sie sich an alles halten, was wir vereinbaren«, schärfte ihr einer der Beamten ein, von dem Marcella annahm, er trage die Verantwortung. »Und vor allem zweifeln Sie nicht, und überlegen Sie es sich nicht noch im letzten Moment anders, denn für Ihre eigene Sicherheit ist schnelles Handeln lebenswichtig. Also, wenn Sie Fragen haben, stellen Sie sie jetzt. Dazu sind wir hier.«

»Ich werde alles Nötige tun«, versprach Marcella. »Aber nur, wenn ich das Ganze nicht allein durchstehen muss. Ich habe Angst, irgendetwas Unvorhergesehenes könnte geschehen, mit dem ich nicht klarkommen werde.«

»Sie werden nie wirklich allein sein. Sie werden einen Minisender am Körper tragen, mit dessen Hilfe die Personen, die Ihnen folgen, jedes Wort, das in einem Umkreis von einigen Metern um Sie gesprochen wird, hören und aufnehmen. Dadurch bleiben wir ständig mit Ihnen in Kontakt und können eingreifen, falls Gefahr droht. Wir können Ihnen allerdings die Leute, die Sie verdeckt begleiten werden, nicht vorstellen, denn dann wären Sie beeinflusst und würden sich nicht mehr normal verhalten. Außerdem könnten Sie sie gegen Ihren Willen verraten und dadurch gefährden. Es muss Ihnen also reichen, dass es sie gibt. Noch Fragen?«

»Der Minisender. Was geschieht, wenn er herunterfällt, kaputt geht, sich ausschaltet?«

»Das wird nicht passieren. Unsere Geräte sind so klein, dass man sie an Stellen anbringen kann, an denen nie jemand nach ihnen suchen würde. Sie sind hochsensibel und sicher. Der Minisender wird in einem Kleidungsstück stecken und um ihn loszuwerden, müssten Sie ihn schon selbst abnehmen und ins WC werfen.«

»Noch etwas. Soweit ich es verstanden habe, wird mein …

wird Gustav Krause mir Konten nennen, auf die ich das Vermögen überweisen soll. Das bedeutet doch, ist das Geld einmal überwiesen, werden die Cinisis sofort auf dieses Geld zugreifen können.«

»Alle Achtung, Sie haben den wesentlichsten Punkt der ganzen Aktion angesprochen. Das werden wir zu verhindern wissen. Der Minisender ... Unsere Beamten werden alles hören und aufzeichnen, einschließlich der Nummern und Namensbezeichnungen der Konten, bitte denken Sie daran, sie genau zu wiederholen und dabei Buchstaben oder Zahlen einzeln nacheinander zu nennen, als wollten Sie sie sich einprägen, verstehen Sie? Dadurch können wir den Weg des Geldes verfolgen und die Depots einfrieren, bevor jemand es auf ein anderes Konto transferieren kann. Die Schweizer Behörden haben versprochen, mit uns zusammenzuarbeiten, sollte das Geld auf Schweizer Konten landen, gibt es keine Probleme. Bei Ländern wie den Cayman-Inseln wird alles komplizierter. Dann müssten wir sehr schnell reagieren.«

»Wer bekommt das ganze Geld am Ende?«

»Zum größten Teil Sie, aber es wird lange dauern, bevor Ihnen das ganze Vermögen zur Verfügung stehen wird. Zu Ihrem Glück wird es nach so vielen Jahren nicht mehr möglich sein festzustellen, wie stark illegale Aktivitäten, zum Beispiel Handel mit gefälschten Wertpapieren oder Obligationen, Glücksspiel, Bestechungsgelder und so weiter zur Entstehung des Anfangsvermögens beigetragen haben, sonst würde man es sperren und danach beschlagnahmen. Sagen wir mal, heute hat der Staat bloß noch Forderungen an Sie wegen hinterzogener Steuern und unbedeutenderer Wirtschaftsdelikte. Deshalb wird man Ihnen zu gegebener Zeit alles zurückgeben, was Ihnen zusteht, und Sie werden reich sein. Und was noch wichtiger ist, dieses Geld wird dann ganz legal sein. Aber Sie müssen genau die Anweisungen befolgen, sonst würde niemand von uns eine Lira auf Ihr Leben wetten.«

»Ich bin also nicht in Gefahr, wenn ich alles tue, was Sie sagen, richtig?«

»Sagen wir mal, wir können angemessen sicher sein, dass Ihnen nichts Schlimmes widerfährt, denn wir haben alles bis in die kleinste Einzelheit überprüft. Also hören Sie mir jetzt aufmerksam zu. Sobald die Formalitäten um die Erbschaft beendet sind, wird man Sie in Lugano bitten, Anordnungen für die Verwaltung des Vermögens zu geben. Dann gibt es zwei Möglichkeiten. Sie könnten der Firma, die das Vermögen bis jetzt verwaltet hat, Prokura erteilen, damit sie sich weiter um alles kümmert. Aber ich nehme mit einiger Sicherheit an, dass die Cinisis das nicht zulassen werden, denn dann hätte kein anderer als Sie mehr Zugriff auf das Kapital und seine Nutzung. Oder Sie könnten verlangen, dass das Geld sofort auf die bewussten Konten überwiesen wird. In diesem Fall bestehen Sie bitte auf Bankbelege für alle Überweisungsvorgänge. Keine Angst, das sind ganz normale Bankgutschriften.«

»So wie wenn man einen Scheck einreicht?«

»So ungefähr. Der einzige Unterschied ist, dass Sie dafür keine Bank betreten müssen. Das Notarsbüro verfügt bestimmt über Computer, mit denen man sich in Echtzeit mit den Börsen und den wichtigsten Kreditinstituten der Welt verbinden kann, und das Tag und Nacht. Diese Vorgänge sind für jemanden alltäglich, der im Auftrag anderer Leute Vermögen verwaltet. Für jeden abgeschlossenen Vorgang müssten Sie vom Drucker eine entsprechende Quittung erhalten. Sollte man sich dort bereit erklären, die Transaktionen vorzunehmen, während Sie noch dort sind, dann verfolgen Sie alles persönlich, als würden Sie etwas von Finanzen verstehen, und überprüfen Sie genau, ob Sie alle Quittungen haben und die Beträge stimmen. Ist Ihnen bis hier alles klar?«

»Ja, aber ich frage mich, was passiert, wenn man dort nicht tun will, was Krause verlangt. Das Geld zu überweisen, meine ich.«

»Man könnte sich dort höchstens einen kurzen Aufschub erbitten, damit Sie noch einmal darüber nachdenken können, wo Ihr Geld hingehen soll. Natürlich wird man bestimmt nicht glücklich darüber sein, dass Sie alles von dort abziehen. Dann müssten Sie, fürchten wir, leider noch einmal fahren. Aber im Moment gehen wir einmal davon aus, dass alles am Montag klappt. Nun passen Sie auf. Mit Ihrem Stapel Quittungen in der Handtasche verlassen Sie dann die Kanzlei, die zum Glück in einem sehr belebten Viertel im Zentrum von Lugano liegt, auf beiden Straßenseiten sind Geschäfte und Bars. Es gibt keine Taxihalteplätze in der Nähe, aber eine Telefonzelle. Dort gehen Sie hinein, nehmen das örtliche Telefonbuch und schlagen die letzte Seite auf. Auf der Rückseite finden Sie die Werbeanzeigen der Funktaxiunternehmen. Rufen Sie eines davon an, und bestellen Sie einen Wagen. Sollten Sie zu lange warten müssen, verzichten Sie, und rufen Sie das nächste an. Es ist ganz wichtig, dass Sie schnell in das Taxi steigen, das Sie selbst gerufen haben, und nicht eins nehmen, das man Ihnen in der Kanzlei sicher gern rufen wird. Und überprüfen Sie vor dem Einsteigen, ob der Name des Taxiunternehmens übereinstimmt.«

»Und wenn man in der Kanzlei darauf besteht, mir ein Taxi zu rufen? Das letzte Mal habe ich nicht einmal danach fragen müssen.«

»Kommen Sie dem zuvor, indem Sie sagen, Sie möchten lieber noch einen Spaziergang machen und sich die Schaufenster ansehen. Zum Teufel, die können Sie schließlich nicht daran hindern!«

»Und warum ist das nötig?«

»Nur wenn Sie in ein Taxi steigen, das Sie selbst bestellt haben, können wir sicher sein, dass man Sie hinbringt, wohin Sie wollen. Die Notarkanzlei wurde als Treuhandgesellschaft gegründet, um das Vermögen Ihres Vaters zu verwalten. Später ist sie gewachsen, hat weitere Klienten hinzugewonnen und wirkt sehr respektabel. Wir wissen jedoch nicht, in welchem Verhältnis sie heute zu den Cinisis steht. Es könnten gefährliche Verbindungen bestehen. Also gehen wir besser kein Risiko ein.«

»Wenn sie wirklich deren Komplizen wären, hätten sie ihnen doch schon vor langer Zeit das Geld übergeben und nicht fünfundzwanzig Jahre damit gewartet. Hätten … Adolfo Cinisis Verfügungen nicht bis ins letzte Detail ausgeführt.« Die Worte »mein Vater« brachte Marcella nicht über die Lippen.

»Nein, das würden sie niemals tun. Ein Schweizer Treuhänder, dazu noch ein Notar, würde seinen Klienten um nichts in der Welt betrügen. Damit würde er die Fundamente untergraben, auf denen die wirtschaftliche Stärke der Schweiz aufbaut. Aber sobald der Auftrag abgeschlossen und die Erbschaft übergeben ist, könnte sich das ändern. Vergessen Sie nicht, außer dem Besitzer arbeiten noch zahlreiche andere Leute in der Kanzlei. Partner, Gesellschafter, Angestellte. Jeder von ihnen könnte ein Maulwurf sein.«

»Jetzt erschrecken Sie mal nicht«, schaltete sich der Beamte ein, der bisher geschwiegen hatte, als er Marcellas bestürzte Miene bemerkte. »Wir nehmen ja nicht an, dass Ihnen von dort Gefahr droht. Aber wenn es um so viel Geld geht, schützt man sich besser vor jeder möglichen Überraschung.«

»Na gut, dann mache ich also einen kleinen Spaziergang zu der Telefonzelle.«

»Nun passen Sie genau auf, jetzt kommt der schwierigste Teil. Die, nennen wir es mal, Action. Wenn Sie im Taxi sitzen, sagen Sie dem Fahrer, er soll Sie zum Flughafen bringen. Dann, bevor Sie die Stadt verlassen, überlegen Sie es sich anders und sagen, er soll Sie zum Bahnhof fahren. Als hätten Sie sich plötzlich entschieden, mit dem Zug nach Italien zurückzukehren. Sobald Sie die Bahnhofshalle betreten, gehen Sie zur Polizei. Nennen Sie den Beamten Ihren Namen und bitten sie, bis zur Grenze begleitet zu werden. Dort weiß man Bescheid. Man wird Sie bitten, sich auszuweisen, Sie aber ganz höflich behandeln. Sie müssen nur allem folgen, was man von Ihnen verlangt. Kleine Formalitäten, zum Beispiel ein paar Fragen zu beantworten, Ihren Ausweis zu zeigen und vielleicht eine oberflächliche Durchsuchung über sich ergehen zu lassen.«

»Und was geschieht dann? Muss ich dann in einen Wagen mit heulender Sirene steigen, wie eine Verbrecherin?«

»Nicht wie eine Verbrecherin, sondern wie eine Zeugin, die beschützt werden muss. Von dem Moment an, in dem Sie in diesen Wagen steigen, werden Sie sich um nichts mehr kümmern müssen. Direkt an der Grenze nehmen Sie italienische Polizeibeamte in Empfang und begleiten Sie nach Hause.«

»Und dann?«

»Dann …«, dem Beamten entschlüpfte ein leiser Seufzer. »Ja, was dann folgt, ist nicht leicht zu erklären«, gab er zu. »Für Sie steht dann das Schutzprogramm bereit.«

»Was bedeutet das? Wie lange wird das dauern?«, fragte Marcella. Sie konnte ja nicht wissen, dass ihr gesamtes bisheriges Leben bald nur noch eine Erinnerung für sie sein würde. Aber, das, was sie den Gesichtern der Beamten ansah, war schon beunruhigend genug.

»Diese Fragen können wir Ihnen wirklich nicht beantworten«, sagte ihr der Beamte freundlich, der die Unterhaltung bis zu diesem Moment geführt hatte. »Das hängt ganz davon ab, wie schnell derjenige ermittelt wird, der für Commissario Bonarrivas Tod verantwortlich ist … und man eventuelle Verbindungen zum Massaker an Ihrer Familie herausfindet. Sollte dann auch noch dieser Fall neu aufgerollt werden … Falls Anklage erhoben und ein Hauptverfahren eröffnet wird, werden Sie als Zeugin dazugerufen. Im Moment lässt sich da nichts Genaueres vorhersagen, aber wir fürchten, dass bestimmte Sicherheitsvorkehrungen dauerhaft eingehalten werden müssen. Noch Fragen? Oder Zweifel?«

»Unendlich viele«, sagte Marcella seufzend. »Könnten Sie mir bitte erklären, warum die Cinisis Ansprüche auf Geld erheben, das eigentlich mein Erbe ist? Soweit ich aus den Zeitungen von damals weiß, hat mein Vater seinen ganzen Besitz verkauft. Also gehörte doch alles ihm …Vor dem …«

»Vor dem Blutbad, wollten Sie sagen? Diese Frage müssen Sie dem Untersuchungsrichter stellen, wenn Sie ihn treffen. Doch aus dem Wenigen, was man uns gesagt hat, geht hervor, dass das Geld, das Ihr Vater aus Italien ausgeführt hat, ihm gar nicht gehörte. Zumindest nicht alles. Wir reden da von einer Menge Geld, das mithilfe der Kliniken gewaschen wurde. Bestechungsgelder von Pharmafirmen, staatliche Subventionen, gefälschte Beglaubigungen und so etwas.«

»Also war er gar nicht verantwortlich für …«

»Nicht so schnell! Täuschen Sie sich nicht. Adolfo Cinisi hat all das heimlich verkaufen und ein riesiges Vermögen zusammentragen können, weil alles auf ihn eingetragen war. Kliniken, Wohnungen, Grundstücke, schwarze Depots bei verschiedenen Kreditinstituten, Finanzgesellschaften. Alles. Viele Jahre hat er mit seiner Familie gemeinsame Sache gemacht und sich mit ihnen dieses politischen Netzwerkes bedient, das seinen Geschäften förderlich war. Der größte Teil des Besitzes gehörte ihm also gar nicht. Sondern mehr oder minder legal denen, die ihn sich jetzt mit Zins und Zinseszins zurückholen wollen. Aber irgendwann muss es ihm gereicht haben …«

»Und er hat sich dagegen aufgelehnt! Und wie kann es dann sein, dass ein Mann, der zu ehrenhaft ist, um weiter dunkle Geschäfte zu decken, seine ganze Familie abschlachtet?«, fragte Marcella und klammerte sich verzweifelt an einen Hoffnungsschimmer.

»Vielleicht werden wir nie ganz genau wissen, was in jener Nacht wirklich passiert ist. Auf jeden Fall müssen es mindestens zwei Täter gewesen sein. Wer geschossen hat, hat kein Rasiermesser benutzt und umgekehrt. Vielleicht – aber das wird kaum zu beweisen sein – wurde das Massaker ja auch von Mariano in Auftrag gegeben, dem früheren Oberhaupt der Familie, der schon vor Jahren gestorben ist. Doch das werden Sie später sicher direkt vom Richter erfahren können. Man hat uns nur erlaubt, kurz mit Ihnen darüber zu reden, weil Sie unbedingt wissen müssen, wie gefährlich die Leute sind, die Sie bedrohen. Aber wir kennen nicht alle Details.«

An dieser Stelle konnte Marcella gar nicht mehr aufhören zu fragen. Für jeden Punkt, der sich klärte, kamen neue Zweifel hinzu. Und sie hatte ein Anrecht auf möglichst viele Antworten, das spürte sie genau.

»Gustav Krause, mein Stiefbruder, hielt sich in jener Nacht mit seinen Großeltern in der Villa auf. Er war nur ein kleiner Junge und die Großeltern alte Leute. Warum hat, wer auch immer es gewesen ist, sie auch ermordet? Krause behauptet, er habe gesehen, wie mein Vater mit dem Gewehr auf ihn zielte und abdrückte.«

»Sie sagen es, Krause war noch ein kleiner Junge. Er wurde sehr schwer verletzt. Er kann weder mit hundertprozentiger

Sicherheit wissen oder sich genau erinnern, was wirklich passiert ist. Danach haben ihn die Cinisis bei sich aufgenommen, die sicher alles dafür getan haben, um ihm eine Erinnerung einzurichten, die ihnen nützte. Man weiß, dass Professore Cinisi an diesem Abend die Klinik erst sehr spät verließ. Damals war man sich beinahe sicher, dass seine Frau, der kleine Sohn und die Schwiegereltern getötet wurden, während er einen Notfallpatienten behandelte. Das steht alles in den Akten. Laut dem Bericht des Gerichtsmediziners wurden die Morde zu verschiedenen Zeiten verübt. Die beiden alten Leute, die Ehefrau und der kleine Sohn wurden vor Mitternacht getötet. Viel später, zwischen vier und fünf Uhr früh, erwischte es Adolfo Cinisi, Gustav Krause und den Hund. Wie Sie wissen, hat Krause überlebt.«

»Aber warum hat mein Vater, als er an den Schauplatz des Verbrechens kam, nicht die Polizei gerufen, sondern sollte mit dem Morden weitergemacht und sich dann erschossen haben?«

Trotz ihrer Verwirrung war Marcella klar genug bei Verstand, um dieser schwierigen Konstellation zu folgen.

»Ein weiteres Rätsel, das noch gelöst werden muss. Man weiß auch nicht, ob er sich wirklich selbst umgebracht hat. Es könnte auch sein, dass er erschossen wurde und man ihm dann das Gewehr kurz in die Hand gedrückt hat, um damit vorzutäuschen, dass er erst im Affekt seine Familie und dann sich selbst erschossen hatte. Falls er es wirklich getan hat, aber dafür haben wir nur Gustav Krauses Aussage, der fünfundzwanzig Jahre darüber geschwiegen hat, dann vermutlich unter Schock und aus Verzweiflung. Er wusste, dass er für diese Tragödie verantwortlich war. Aber aller Wahrscheinlichkeit nach hat es sich nicht so abgespielt. Mit dieser schrecklichen Strafaktion wurde Professore Cinisi gestoppt, als er sich mit der ganzen Familie ins Ausland davonmachen wollte, um diesen Haufen Geld zu genießen. Wir können es zwar nicht beweisen, aber das ist wohl die glaubwürdigste Theorie.«

»Wird man je genau wissen, was passiert ist?«, fragte sie mit dünner Stimme. Diese beängstigenden Erklärungen hatten sie vollkommen erschöpft.

»Sollte der Fall unter dem Eindruck der Ermittlungen im Todesfall Bonarriva offiziell wiederaufgenommen werden, wird man vielleicht die Wahrheit herausfinden. Im Vergleich zu damals haben wir heute eine zusätzliche Möglichkeit. Die Kronzeugenregelung für Mafiaverbrechen. Jemand, der mit eigenen Händen ein so brutales Massaker verübt hat, sitzt vielleicht wegen anderer Verbrechen im Gefängnis. Er hat bestimmt mit einem Zellengenossen darüber geredet, der es jemand anderem erzählt hat. In den Vollzugsanstalten ziehen solche Bekenntnisse ihre Kreise. Wenn man erst einmal weiß, wem man zuhören muss und wie man ihn dazu bringen kann, einen Tipp zu geben … Wer dem Paragrafen 41 bis unterliegt, kann viel gewinnen, wenn er mit der Justiz zusammenarbeitet. Kennen Sie ihn? Dieser Absatz von Gesetz 354 aus dem Jahr 1975 setzt für Mitglieder krimineller Vereinigungen verschärfte Haftbedingungen fest. Um zu verhindern, dass er auf sie angewendet wird, entschließen sich viele Mafiosi auszupacken. Wir hoffen weiter darauf.«

Marcella wiederum hatte immer noch Zweifel.

»Ja, aber wenn … Adolfo Cinisi mir das Vermögen vor dem Blutbad vermacht hat«, meinte sie nach einer kurzen Denkpause, »wie konnte er denn wissen, dass ich es überlebe, wenn er es nicht selbst geplant und begangen hat?«

»Das konnte er tatsächlich nicht wissen. Vielleicht hat er das nur getan, um das Vermögen in Sicherheit zu bringen, weil er das Schlimmste ahnte. So ähnlich wie jemand eine Lebensversicherung abschließt, obwohl er hofft, ein gesegnetes Alter zu erreichen. Adolfo Cinisi hatte mehr als einen Grund zu befürchten, dass man ihn für seine Tat büßen lassen würde. Er kannte seine Familie besser als jeder andere. Und wusste, wozu sie fähig waren.«

»Krause hat mir von einem Brief erzählt, den die Familie nach dem Blutbad erhalten hat. Ein Abschiedsbrief mit Adolfo Cinisis letzten Verfügungen …«

An dieser Stelle unterbrach der Beamte Marcellas Worte.

»Ja, das ist noch so ein Rätsel. Anscheinend wurde zurzeit des Blutbades viel über diesen Brief geredet. Jemand aus der Familie, vielleicht eine Tochter oder die Frau eines Sohns, hatte ihn bei den Ermittlungsbeamten erwähnt. Doch niemand hat ihn je zu Gesicht bekommen. Der alte Cinisi hat immer geleugnet, einen Abschiedsbrief oder etwas Ähnliches erhalten zu haben. Falls dieser Brief tatsächlich existiert hat, muss ihn nach dem Tod des Professore eine Person seines Vertrauens an die Familie geschickt haben. Jemand, dem er den Brief eigenhändig anvertraut hatte, nach dem Motto ›Falls mir etwas zustoßen sollte, schickst du dies hier an …‹ Eine Art posthume Rache, um seine Familie wissen zu lassen, dass sie nie eine Lira von dem Geld wiedersehen würden. Ist Ihnen jetzt alles klar?«

»Ja.«

Nach all diesen Erklärungen begriff Marcella endlich, dass sie in eine Falle gegangen war, die jemand vor langer Zeit für sie aufgestellt hatte. Als sie gerade einmal vier Jahre alt war.

Bevor die Beamten gingen, überreichten sie ihr einen ganz besonderen BH. In einem Polster war das winzige Gerät versteckt, das sie am nächsten Tag unbedingt am Körper tragen sollte.

Als die Beamten gingen, hatte sich Marcella entschieden. Sie wollte hundertprozentig mit ihnen zusammenarbeiten.

# KAPITEL 40

Endlich war es Montag.

Marcella spürte eine eisige Ruhe. Nach einer schlaflosen Nacht stand sie bei Sonnenaufgang auf und erwartete, bereits reisefertig, Krauses Anruf.

Er folgte dem gleichen Szenario wie beim letzten Mal.

Krause kam im Taxi, gab ihr wieder ein Ticket für Hin- und Rückflug, den üblichen Zettel, der diesmal nur die verschlüsselten Codes für die Konten enthielt, und gratulierte ihr zu ihrem Erbe. Bevor er sie vor dem Eingang zum Flughafen aussteigen ließ, bat er dieses Mal den Fahrer, seinen Wagen abzustellen und sie einen Moment allein zu lassen.

Der Mann hatte Einwände, doch als Krause mit einem Fünfzigtausend-Lire-Schein als Extratrinkgeld wedelte, falls er sie kurz allein ließe, war er einverstanden. Der Fahrer stellte den Wagen in einer Haltezone zum Entladen für Gepäck ab. Dann stieg er aus, entfernte sich ein paar Schritte, um eine Zigarette zu rauchen, wobei er seine Fahrgäste auf dem Rücksitz des Wagens ständig im Auge behielt.

Sobald sie allein waren, nahm Krause Marcellas Hand und streichelte sie, sodass sie Gänsehaut bekam.

»Dass die Schweizer dich zu sich bestellt haben, bedeutet, deine Identität ist jetzt bestätigt. Jetzt besteht kein Zweifel mehr, dass du Mariana Cinisi bist, eine sehr reiche Frau. Überweise also umgehend das Geld auf die Konten, die ich auf diesem neuen Notizzettel angegeben habe«, sagte er und drückte ihren Arm so heftig, dass es schmerzte. »Wir wissen nicht, wie hoch das Gesamtvermögen heute ist, deshalb habe ich dir die Höhe der Anteile in Prozent aufgeschrieben, die du auf jedes Depot überweisen sollst.«

»Was ist, wenn man mich das Geld nicht sofort überweisen lässt? Wenn sie versuchen, Zeit zu gewinnen?«

»Das ist unmöglich. Sie werden tun, was du willst. Schließlich gehört alles dir. Also, sobald die Transaktionen abgeschlossen sind, nimmst du dir ein Taxi zum Flughafen und gehst ganz normal zum Check-in, als wolltest du nach Mailand zurückfliegen. Aber statt zum Flugsteig weiterzugehen, meldest du dich am Schalter von *AirOne*. Dort liegt ein Ticket nach Zürich für dich auf den Namen Marcella Grazioso bereit. Du machst noch einmal den Check-in für das neue Flugziel und nimmst das erste Flugzeug.«

»Nach Zürich?«

»Ja, nach Zürich. Wenn du gelandet bist, gehst du sofort in die VIP-Lounge des Flughafens. Dazu bist du berechtigt, weil ich dir ein Erste-Klasse-Ticket gekauft habe. Wenn du dort bist, entspann dich, trink etwas, und warte auf mich.«

»Was hast du vor?«

»Nach Brasilien zu fliegen. Und zwar mit dir. Wir werden nach Rio gehen, und dort lasse ich mich operieren. Danach können wir in irgendein südamerikanisches Land gehen, wo wir beide unsere Namen und unsere Identität ändern. Wenn du das willst, werden wir in Kontakt bleiben, sonst teilen wir uns nur das Geld, und das war's, ganz wie du willst, meine Liebe.«

»Ich will nach Italien zurück, nach Hause. Ich möchte keine neue Identität!«

»Welche Identität möchtest du nicht aufgeben? Die von Marcella Grazioso oder Mariana Cinisi? Du hast es immer noch nicht begriffen, Liebes. Wenn du überleben willst, musst du nicht nur einen anderen Namen annehmen, sondern auch Italien verlassen. Sonst würdest du genauso enden wie all die anderen.«

»Also, wenn ich richtig verstanden habe, heißt das, von jetzt an muss ich vollkommen dir vertrauen und tun, was du willst?«

Das war keine Frage, sondern nur eine Feststellung. Man hörte Marcella deutlich an, wie resigniert und mutlos sie war. Der Mann neben ihr gab abrupt ihre Hand frei, die er die ganze Zeit über gehalten hatte, und sagte:

»Ich bin dein Bruder, Marcella. Der einzige Mensch, den du noch auf dieser Welt hast. Du musst mir vertrauen. Sieh mich an!« Er hob sanft mit der Hand ihr Kinn an. »Glaub mir, ich brauche dieses Geld wirklich. Für mich ist das meine Eintrittskarte in ein normales Leben. Vergiss nicht, man hat dich nur für diesen Moment aufgezogen. Die Leute, die über dir und mir stehen, würden dir etwas antun, wenn du ihren Anweisungen nicht folgst. Die sich ein wenig von denen unterscheiden, die ich dir das letzte Mal weitergegeben habe.«

Er gluckste wie üblich, dann fuhr er fort: »Ich habe einen Plan ausgearbeitet, um dich, um uns beide zu beschützen, aber du musst mir vertrauen, ja?«

Dem war nichts hinzuzufügen. Marcella spürte, dass er es ehrlich meinte. Sie ließ zu, dass er sie streichelte, drückte zum Zeichen ihrer Zustimmung seinen Arm. Kurz bevor sie den Wagen verließ, hielt er sie noch einmal auf.

»Wenn wir uns in Zürich treffen, habe ich deinen Pass dabei.«

»Meinen Pass?« Marcella begriff, dass er ihr zu verstehen geben wollte, wie sehr er sie im Griff hatte. Für den Flug nach Brasilien benötigte man einen Reisepass. Sie hatte keinen. Hatte nie geglaubt, einen zu brauchen. Niemand hatte sie je danach gefragt.

»Wie hast du es geschafft, einen Pass für mich zu bekommen?«, fragte sie, und plötzlich klang ihre Stimme eiskalt.

»Mach dir keine Gedanken. Denk lieber daran, dass du erst wirklich frei sein wirst, wenn ich ihn dir gebe. Jetzt geh, Liebes. Guten Flug.«

Er wartete, bis sie ausgestiegen war, dann schloss er die Wagentür hinter ihr.

Während Marcella in Richtung Check-in lief, fuhr das Taxi mit unbekanntem Ziel davon. Marcella wandte sich um und sah ihm nach, ehe es verschwand.

Sie hatte sich entschieden.

In diesem Moment kam sie sich vor wie Judas.

Wie eine echte Cinisi.

# KAPITEL 41

Marcellas Kopf fühlte sich an, als sei er mit Watte gefüllt, und sie hatte Krämpfe im Unterleib, als sie ins Flugzeug stieg. Das Gefühl, in Gefahr zu sein, das ihr Hirn seit Tagen besetzte, wurde nun noch von einem quälenden Gefühl des Abschieds verschärft, und als sie beobachtete, wie die Stadt unter ihr immer kleiner wurde, verwandelte es sich in Verzweiflung.

Mit Tränen in den Augen nahm sie stumm Abschied:

Von allem, was sie bis zu diesem Moment geliebt hatte.

Von sich selbst.

Von den wenigen Fixpunkten in ihrem Leben.

Von Mailand.

Nun wäre sie bestimmt in Selbstmitleid versunken, hätte dies nicht die Übelkeit verhindert, die sie befiel, kaum dass das Flugzeug seine Höhe erreicht hatte. Zum Glück hatte sie heute noch nichts gegessen, deshalb beschäftigte diese Unpässlichkeit auch nur ihren Kopf. Bei der Landung war sie zwar erschöpft, aber doch viel ruhiger als vorher.

Schon beim Betreten der Kanzlei in Lugano, deren Adresse sie bereits auswendig konnte, merkte sie, dass man sie diesmal ganz anders empfing. Viel – wie sollte sie es ausdrücken? – respektvoller, feierlicher.

Der Inhaber begrüßte sie sofort, stellte sich ihr mit sämtlichen Titeln und Funktionen noch einmal vor, bevor er ihr erklärte, dass der DNA-Test positiv ausgefallen sei.

Sie war Mariana Cinisi.

Sie war ledig.

Hatte einen Universitätsabschluss.

War dreißig Jahre alt.

Sie war die Erbin.

Alle Bedingungen waren erfüllt. Zwei Partner des Notars wurden als Zeugen hinzugezogen. Als Erstes holte der Mann einen versiegelten Umschlag aus einem Tresor, erbrach das Siegel und las seinen Inhalt laut vor:

*An meine Tochter Mariana Cinisi,*
*welchen Namen sie auch tragen mag, bis sie dreißig ge-*
*worden ist.*

*Geliebte Tochter, wenn man dir heute diesen Brief vor-*
*liest, so bedeutet das, die Umstände waren gegen uns.*

*Ich hätte dich gern aufwachsen gesehen, doch das ist*
*mir leider verwehrt geblieben, und du weißt jetzt, was ich*
*heute, während ich dies schreibe, nicht wissen kann, näm-*
*lich wann, wie und aus welchem Grund wir getrennt wur-*
*den.*

*Was man dir auch immer über mich erzählt, Mariana,*
*du musst wissen, dass ich dich vom ersten Moment an*
*geliebt habe, als ich dein Herz im Bauch deiner Mutter,*
*meiner innig geliebten Renate, schlagen hörte. Seit ich dir*
*geholfen habe, auf die Welt zu kommen, und dich das erste*
*Mal in meinen Armen hielt.*

*Ich habe dir allein meinen ganzen Besitz vermacht, weil*
*ich mir wünsche, dass du all die Freude, Freiheit und Si-*
*cherheit bekommst, die nur Geld bieten kann.*

*Sei glücklich, mein Kind. Sei es für mich mit.*
*Dein Vater*
*Adolfo Cinisi*
*Catania, den 30. August 1974*

Noch ein Schock für Mariana.

»Kann ich das Original haben«, fragte sie, sobald sie sicher war, ihre Stimme wieder unter Kontrolle zu haben.

»Der Brief ist an Sie adressiert, also gehört er Ihnen. Uns genügt auch eine Kopie, wenn Sie erlauben«, antwortete der Notar und zog kaum merklich eine Augenbraue hoch, als fände er ihre Forderung unpassend. Dann steckte er das Blatt wieder in den Umschlag, der noch Spuren des roten Siegellacks trug, die wie getrocknetes Blut aussahen, und reichte ihn ihr.

Danach folgte eine endlose Reihe von bürokratischen Formalitäten.

Zunächst las man Mariana die testamentarischen Verfügungen ihres Vaters vor, dann folgte eine lange Liste der im Laufe der Jahre getätigten Investitionen. Vor allem Wertpapierkäufe und -verkäufe, von denen Mariana eigentlich nur verstand, dass das Vermögen astronomisch hoch war. Zahlen über Zahlen, so viel Papier, dass ihr ganz schwindelig dabei wurde. Sie musste zahllose Unterschriften leisten und dann warten, bis die Zeugen jedes Dokument feierlich gegengezeichnet hatten. Als endlich alles abgeschlossen war, fragte sie der Notar, ob sie Anweisungen in bezug auf die künftige Verwaltung dieses ganzen Geldes habe.

Mariana hatte im Flugzeug trotz der Übelkeit, die sie immer wieder überfallen hatte, Gelegenheit gefunden, Krauses Anweisungen für die Geldtransfers abzuschreiben. Diese Kopie behielt sie und hielt dem Notar seinen Zettel hin.

»Hier ist eine Liste der Konten, auf die alles unverzüglich überwiesen werden soll.«

Bestürztes Schweigen. Der Notar und seine Partner starrten einander überrascht an.

»Sind Sie sicher?«

»Ja.«

»Möchten Sie sich das nicht noch einmal in Ruhe überlegen? Sie sind jetzt eine sehr reiche Frau. Falls Sie einen Vorschuss brauchen, werden wir Ihnen den sofort überweisen, wohin auch immer Sie möchten. Natürlich ist es Ihr Geld, aber wir raten Ihnen, lieber ein wenig zu warten. Alles zu überdenken. Und wenn Sie möchten, stehen wir Ihnen dabei zur Seite.«

»Ich habe bereits nachgedacht und mich entschieden«, antwortete sie und erkannte ihre Stimme gar nicht wieder. »Ich möchte, dass das heute noch geschieht, damit ich die Bankbelege aller Transfers mitnehmen kann.«

»Sehr wohl«, sagte der Notar knapp und warf nicht einmal einen Blick auf den Zettel. »Unser Mitarbeiter kann sich um alles kümmern, wenn Sie so freundlich wären und ihm die dafür nötigen Vollmachten erteilen.«

Ein weiterer Haufen Dokumente, die sie lesen und unterzeichnen musste. Danach begleitete man Marcella in einen Raum mit zahlreichen Bildschirmen und Tastaturen, in dem ein junger, kompetent wirkender Mann saß. Er begrüßte sie kurz, bot ihr den Platz in einem Bürosessel neben ihm an und erklärte Marcella, wie das Geld überwiesen wurde.

»Ich kontaktiere jede dieser Banken, führe alle Vorgänge für die Eröffnung der Konten durch, aber die Codes müssen Sie dann eingeben. Die dürfen nur Sie allein kennen, deshalb rate ich Ihnen, den Zettel, auf dem Sie sie sich notiert haben, niemandem zu zeigen. Das Ganze wird dauern. Wahrscheinlich den Vormittag und den ganzen Nachmittag, wenn das reichen wird. Sind Sie bereit?«

»Ja.«

»Dann sagen Sie mir jetzt bitte den Namen der Bank und das dazugehörige Land, mit der wir beginnen sollen.«

Namen, Abkürzungen, exotische, ferne Länder. Von den Bahamas bis Liechtenstein, von Wien bis Kuwait. Marcella kam es vor, als reise sie einmal um die Welt. Der junge Angestellte rechnete die Summen aus und kontaktierte in alphabetischer Reihenfolge eine Bank nach der anderen. Sobald das Konto eröffnet war, verließ er diskret den Raum und ließ Marcella den alphanumerischen Zugangscode für die Transaktion auf der Tastatur eingeben. Im Laufe eines Tages wurden Aktien und andere Wertpapiere ge- und verkauft, Konten eröffnet und geschlossen, riesige Beträge von einem Teil der Erde zum anderen transferiert.

Es konnte einem schwindelig dabei werden.

Als sie fertig waren, konnte Marcella nicht mehr.

Man ließ ihr noch einen üppigen Imbiss bringen, den ein Kellner servierte, der wirkte, als habe ihn jemand in seine Uniform eingegipst. Dann konnte sie gehen.


In Lugano wurde es langsam dunkel.

Die Straßenlaternen an der Seepromenade brannten bereits. Marcella bat den Fahrer, einmal die ganze Bucht entlangzufahren, bevor er sie zum Flughafen brachte. Sie wollte noch ein wenig diesen herrlichen Anblick genießen, der nach Wasser, Reichtum und glücklichen, freien Menschen aussah. Aber vor allem wollte sie Zeit gewinnen.

Während in der Stadt, die noch im goldenen Abendlicht lag, langsam die Lichter angingen, überlegte sie fieberhaft. Jetzt musste sie sich endgültig entscheiden. Aber eigentlich hatte sie das schon getan.

Doch dieser Entschluss fiel ihr nicht leicht.

Die ganzen zwanzig Minuten, die das Taxi die Straße am See entlangfuhr, stand ihr Gustav Krauses verunstaltetes Gesicht vor Augen. Den Blick, den er ihr durch das Wagenfenster zugeworfen hatte, bevor sie den Flughafen betrat, würde sie ihr Leben lang nicht vergessen.

*Ich brauche dieses Geld wirklich, glaub mir.*

*Für mich ist das die Eintrittskarte ins normale Leben.*

*Du bist meine Schwester, ich werde nicht zulassen, dass man dir etwas antut.*

Bei dem Gedanken, dass er in diesem Moment vielleicht schon auf sie wartete, hätte sie am liebsten losgeweint.

Nach Zürich?

Oder zum Bahnhof?

Jede Wahl würde Leid und Trauer mit sich bringen. Entweder für sie oder für ihn. Wahrscheinlich sogar für sie beide.

Inzwischen wartete Gustav auf sie.

Ihr Herz krampfte sich schmerzhaft zusammen, als sie ihm innerlich Lebewohl sagte.

»Ich habe es mir anders überlegt. Bringen Sie mich bitte zum Bahnhof«, sagte sie kaum hörbar zum Fahrer, dann sank sie in den Sitz zurück.


In ein paar Minuten erreichte der Wagen den großen Bahnhofsvorplatz. Als sie die Halle betrat, sah sie sich kurz ein wenig desorientiert um, dann ging sie entschlossen auf die Information zu und ließ sich erklären, wo es zur Polizeistation ging. Als sie ankam, entdeckte sie, dass man dort schon seit Stunden auf sie wartete.

Zunächst wurden ihre Personalien festgestellt, dann durchsuchten die Schweizer Beamten sie flüchtig. Schließlich brachte man sie in einen schmucklosen Raum und ließ sie dort einige Zeit, ihr kam es endlos vor, allein warten, was ihr großes Unbehagen bereitete und ihre Angst ins Unermessliche steigerte.

Gegen zehn Uhr abends setzte man sie auf die Rückbank eines grauen Wagens, der ein Kennzeichen der Schweizer Polizei trug, und brachte sie mit Höchstgeschwindigkeit an die Grenze nach Chiasso, wo die italienischen Beamten sie dann übernahmen.

Noch einmal die gleiche, quälende Prozedur: Personalien –

Durchsuchung – Warten. Nachdem sie zusammen mit einer jungen Beamtin einen Kaffee aus dem Automaten getrunken hatte, setzte man sie in einen unauffälligen Wagen und brachte sie nach Mailand zurück.

Es war schon weit nach Mitternacht, als Marcella in Begleitung von zwei Beamten, einem Mann und einer Frau, endlich wieder ihre Wohnung betreten konnte. Am liebsten wäre sie gleich schlafen gegangen, aber das erlaubte man ihr nicht. Gemeinsam mit den Polizisten, die sie hergebracht hatten, musste sie auf deren Kollegen vom Zeugenschutzprogramm warten, die sie eine Stunde später übernahmen.

Als sei ich eine gefährliche Verbrecherin, dachte sie.

Marcella war todmüde, aber sie hatte keine Zeit, um sich auszuruhen oder zu duschen. Ihre neuen Bewacher erklärten ihr, sie müssten vor dem Morgen wieder unterwegs sein. Man habe sie nur in ihre Wohnung zurückgebracht, damit sie ein paar Koffer mit den Dingen, die sie am nötigsten brauchte und die ihr wichtig waren, packen konnte.

Es war schrecklich für Marcella, Kleidung, Dinge, Bücher auswählen und aussortieren zu müssen. Zum ersten Mal begriff sie wirklich, dass es noch einmal Zeit für einen endgültigen Abschied war.

Um vier Uhr morgens hatte sie alles gepackt.

Marlene, die sich wütend über das Durcheinander und aus Angst vor den Fremden unter das Bett verkrochen hatte, musste man erst dort hervorzerren. Als man sie endlich erwischte und mit Gewalt in ihren Transportkäfig setzte, war ihre Stimme heiser von dem fortwährenden Miauen.

Bevor sie die Wohnung verließ, wollte Marcella telefonieren. Einer der Beamten hielt sie auf. Keine Anrufe von diesem Apparat. Sie konnte ihm die Nummer diktieren, die sie anrufen wollte.

»Danke, es ist nicht so wichtig«, sagte sie schnell, als sie sah, wie er sein Notizbuch hervorholte, um sich die Nummer zu notieren. »Ich werde das selbst tun, sobald ich kann.«

Sie hatte Lucio Mauris anrufen wollen. Wehmütig verzichtete sie also darauf, sich von ihm zu verabschieden. Er würde auf jeden Fall von ihrer Umsiedlung erfahren. Sie nahm den Transportkäfig mit der kläglich maunzenden Katze in die Hand und ging zur Tür. Auf der Schwelle zögerte sie kurz und sagte unsicher:

»Ich muss noch die Nebenkosten bezahlen.«

»Machen Sie sich keine Sorgen. Man hat Sie ins Zeugenschutzprogramm aufgenommen«, antwortete die wohl ranghöhere Beamtin. »Sie müssen sich um nichts mehr kümmern. Jemand wird das für Sie erledigen.«

»Was ist mit der Schule?«, fragte Marcella, die sich auf einen Schlag erinnerte, dass sie ja um acht Uhr in der Klasse stehen musste.

»Ich habe Ihnen doch gesagt, Sie müssen sich um nichts mehr kümmern. In ein paar Stunden werden Sie erfahren, was man für Sie vorgesehen hat, und können diesen Plan mit den Verantwortlichen abstimmen. Aber wir müssen jetzt los. Es ist schon spät.«

Marcella hatte vor einiger Zeit einen Film im Fernsehen gesehen, in dem es um deutsche Wissenschaftler ging, die während des Zweiten Weltkriegs an der geheimen Wunderwaffe des Führers arbeiten mussten. Die Leute von der Gestapo hatten sie einzeln nachts aus ihren Wohnungen geholt und genauso weggebracht wie sie jetzt.

»Kommen Sie mit. Schnell. Man wird Sie bald informieren.«

Keiner von ihnen war nach Hause zurückgekehrt.

Natürlich ließ sich das, was mit ihr geschah, nicht damit vergleichen. Die Beamten, die sie zur Eile antrieben und ihr beim Koffertragen halfen, wollten sie beschützen und nicht entführen. Trotzdem konnte sie sich einer gewissen Traurigkeit nicht erwehren, weil sie sich von dieser Wohnung trennen musste, die, so bedrückend sie auch war, doch fünfundzwanzig Jahre lang ihr einziger Bezugspunkt gewesen war.

»Nur noch eine Minute …«

Bevor sie die Wohnung verließ, wollte sie noch einmal durch alle Zimmer gehen und sie sich genau einprägen. Als sie ins Elternschlafzimmer kam, sah sie das verblasste Hochzeitsfoto auf der Kommode stehen. Aus einem Impuls heraus nahm sie es aus dem Rahmen und steckte es in ihre Handtasche.

»Ich bin fertig. Wir können jetzt«, sagte sie und ging rasch zum Aufzug, ehe Marlene mit ihrem kläglichen Miauen noch das ganze Haus weckte.

Es dämmerte, als die erschöpfte und verwirrte Marcella und Marlene, die laut kreischend nach ihrer Mahlzeit verlangte, in ein kleines Apartmenthaus an einem unbekannten Ort gebracht wurden. Später fand Marcella heraus, dass es sich um ein Dorf im Veltlin handelte.

Die Einrichtung war nichts Besonderes. Ein Wohnraum mit Kochnische, in der sie das Nötigste vorfand, um sich eine Mahlzeit zu bereiten, und ein paar Dinge für ein Frühstück. Ein Schlafzimmer, ein Bad und ein winziger Flur. Aber alles sah neu und sauber aus, und aus dem Fenster hatte man einen weiten Blick auf die Berge.

Marcella befreite die Katze aus ihrem Transportkäfig und improvisierte für sie mit einem Karton und der Streu, die sie aus Mailand mitgebracht hatte, eine Katzentoilette. Dann servierte sie ihr eine reichliche Mahlzeit, in der Hoffnung, wenn sie einmal satt wäre, würde sie schließlich still sein. Endlich konnte sie sich selbst ein wenig Ruhe gönnen. Sie legte sich in ihren Kleidern auf das frischbezogene Doppelbett mit der gestärkten, raschelnden Wäsche und hatte eigentlich nur vor, ihre angespannten Muskeln ein wenig auszuruhen, bevor sie sich einrichtete. Stattdessen schlief sie auf der Stelle ein.

Als sie ihre Augen wieder öffnete, war es später Nachmittag. Marlene lag neben ihr und schnurrte. Marcella hatte tief und traumlos geschlafen. Beim Aufwachen wusste sie zunächst nicht, wo sie war.

Doch dann stellte sie fest, dass sie endlich allein war.

Die Beamten hatten die Wohnung verlassen, und sie konnte jetzt in Ruhe duschen und sich mit dem, was sie vorhin kurz in der Küche gesehen hatte, ein spätes Frühstück bereiten: gemahlener Kaffee, ein Espressokocher, H-Milch, ein neues Glas Marmelade, Kekse, Eier. Sie saß gerade im Bademantel, um die Haare ein Handtuch gewickelt, am Tisch und versuchte, das bisschen Essen, was sie vor sich stehen hatte, herunterzubringen, als Beamte die Wohnung betraten.

Wieder ein Mann und eine Frau, aber nicht die, die Marcella hergebracht hatten. Er war groß, eine Figur wie ein Ringer, stechender Blick, trug Jeans und Pulli. Sie war blond, hübsch und zierlich, bewegte sich schnell und hatte einen schlichten, aber ausgezeichnet geschnittenen blauen Hosenanzug an.

So sanft wie möglich informierten die beiden sie, dass man sie ins Zeugenschutzprogramm aufgenommen habe. Das bedeute, sie schlösse ein Abkommen mit dem Staat.

»Was für ein Abkommen?«, fragte Marcella.

»Sie erhalten Sicherheit, Ruhe, vielleicht sogar Wohlstand. Im Gegenzug müssen Sie dafür natürlich mit uns zusammenarbeiten.«

Ja, Zusammenarbeit, darum ging es eigentlich.

Marcella erfuhr, dass sie bald ein völlig neues Leben haben würde und für alles gesorgt würde, was sie dafür brauchte.

Und all das dank eines Gesetzes aus dem Jahr 1981, das bei den »Kronzeugen der Justiz« zwischen den *Pentiti*, den Mafia-Aussteigern, die meist zahlreiche Verbrechen begangen hatten, und den anständigen Bürgern, die einfach nur »Zeugen« waren und ihr Leben aufs Spiel setzten, um ihre Pflicht zu tun, unterschied. Marcella erwartete jetzt eine sorglose Zukunft mit dem gleichen Lebensstandard wie vorher. Theoretisch wenigstens.

»Was bedeutet das?«, fragte sie bestürzt.

»Das bedeutet, Sie erhalten eine neue Identität«, erklärte ihr die Frau lächelnd. »Sie werden ein anderer Mensch, bekommen neue Papiere, einen anderen Beruf. Sie können noch einmal von vorn anfangen.«

Natürlich nicht sofort, führte sie aus. Vorher musste man noch viele Formalitäten erfüllen, und sie würde Zeit brauchen, um in ihre neue Identität hineinzuwachsen. Bevor sie sich wieder frei bewegen und sich selbst ihren Lebensunterhalt verdienen konnte, würde der Staat sie versorgen. Natürlich würde sie auch danach noch staatliche Unterstützung erhalten, falls sie das benötigte.

Kurz gesagt, während ihre Kolleginnen sich jeden Morgen mit immer undisziplinierteren Schülern herumschlagen mussten, würde Marcella ihr Gehalt bekommen, ohne dafür zu arbeiten. Dazu eine Wohnung, Telefon und weitere Annehmlichkeiten, alles umsonst. Wenn ihre neuen Papiere fertig waren, würde man ihr auch einen Wagen zur Verfügung stellen. Während sie darauf wartete, dass die Untersuchungen in dem Fall abgeschlossen wurden, in dem sie später als Zeugin aussagen sollte, konnte sie ihr Leben genießen und ausspannen.

Natürlich verlangte der Staat zum Ausgleich für all diese Wohltaten eine kleine »Formalität« von ihr.

»Und zwar?«

Zu gegebener Zeit würde sie gegen ihre eigenen Verwandten aussagen müssen.

Gefährliche Leute.

Vor ihnen musste man sie beschützen.

»Sie müssen nur den Vertrag unterschreiben«, erklärte ihr die Beamtin, »und schon sind Sie in Sicherheit, wenn Sie sich an alle Regeln halten, die die Leute festlegen, die für Ihren Schutz verantwortlich sind. Wenn Sie nur eine davon übertreten, werden Sie automatisch aus dem Schutzprogramm ausgeschlossen. Sollte das, hoffentlich nie, eintreten, werden Sie ganz auf sich gestellt sein.«

»Was für Regeln?«, fragte Marcella, noch verwirrter als vorher.

Die Beamtin, sie hatte sich als Sandra vorgestellt und Marcella gefragt, ob sie einander duzen könnten, zählte sie mit teilnahmsloser Stimme auf, als läse sie sie von einem Formblatt ab.

»Keinen Kontakt per Telefon, Brief oder Mail mit Personen aus Ihrem früheren Leben. Freunde, Verwandte, Kollegen, Verlobte – alle müssen glauben, dass Marcella Grazioso tot ist. Verstehst du?«

Marcella zerriss es das Herz. Sie würde Lucio Mauris nie wiedersehen. Nie mehr seine Stimme am Telefon hören. Jetzt begriff sie, dass er gewusst hatte, vielleicht sogar von Anfang an, dass ihre Liebe keine Zukunft hatte, nur eine Sache auf Zeit war. Vielleicht war es auch nie wirkliche Liebe gewesen.

Er hatte es gewusst und versucht, es ihr begreiflich zu machen. Während sie Sandra weiter zuhörte, weinte sie so heftig, dass die alles noch einmal wiederholen musste.

»Alle Spaziergänge und jeder Schritt außerhalb der Wohnung müssen mit uns abgesprochen werden. Und vor allem verschwinde nicht einfach. Außerdem darfst du mit niemandem Freundschaften oder Beziehungen eingehen, die über reine Höflichkeit hinausgehen, und zwar über den gesamten Zeitraum, dieser, nennen wir es mal »Übergangszeit«, also, bis du deine neue Identität definitiv angenommen hast. Und auch danach wirst du sehr aufpassen müssen. Verstehst du? Und keine Alleingänge, Kurzschlusshandlungen oder Rückzieher. Vergiss nie, wir sind keine Gefängniswärter, sondern Beschützer. Wir sind hier, um dich zu beschützen, und dadurch gehen wir dieselben Risiken ein wie du. Wenn du einmal diesen Schutzpakt offiziell anerkannt hast, musst du dich hundertprozentig den Entscheidungen des für dich zuständigen Beamten anvertrauen. Das bin jetzt ich. Aber morgen kann es schon jemand anders sein. Doch wir sind alle perfekt für diese Aufgabe ausgebildet und werden nicht zögern, alles Notwendige für deine und unsere Sicherheit zu tun. Hast du mich genau verstanden?«

Marcella nickte nur, denn sie wusste nicht, ob sie ihre Stimme unter Kontrolle hatte.

Sie unterschrieb alles, was man ihr vorlegte. Alle Unterlagen dieses seltsamen Vertrages, in dem sie immer als »die Zeugin« firmierte.

Während sie zu alldem ihre Zustimmung gab, fragte sie sich, ob das Leben, das nun vor ihr lag, all diese Mühe überhaupt lohnte.

Als sie die letzte Vereinbarung unterschrieb, mit der sie die Behörde ermächtigte, ihre Personalien zu ändern, begriff sie, dass Marcella Grazioso in diesem Moment aufhörte zu existieren. Plötzlich musste sie an die Sendung *Chi l'ha visto* denken, und sie lächelte bei der Vorstellung, jemand könnte sich irgendwann dorthin wenden, um herauszufinden, wohin sie verschwunden war.

Ihre Kolleginnen vielleicht? Oder eher Maria Laura Franceschini?

Bevor »die Zeugin« ihre neuen Papiere erhielt und auf ihren neuen Namen wartete, musste sie noch dreimal in sichere Wohnungen umziehen. Eine wie die andere, gesichtslos, alle in norditalienischen Städten. Damit wollte man verhindern, dass bei den wenigen unvermeidlichen Kontakten mit der örtlichen Bevölkerung ihr Mailänder Tonfall unerwünscht auffiel.

Doch man versprach ihr, diese Art Verbannung würde nicht lange dauern. Ausschließlich, bis sie ihre neue Identität vollkommen angenommen hatte und alles Nötige dafür gelernt hatte, danach war sie frei.

Und wann?

Das hing nur von ihr ab. Wie leicht es ihr fiel, sich neu zu programmieren.

Jedenfalls nicht mehr als ein paar Wochen.

Höchstens zwei, drei Monate.

Tatsächlich dauerte es dann viele Monate, bis alles abgeschlossen war. »Die Zeugin« brauchte den ganzen Herbst und einen Teil des Winters, um ihr altes Leben abzulegen und in ein vollkommen neues zu schlüpfen. Marlene war das Einzige, was ihr aus ihrem früheren Leben geblieben war, und nur ihretwegen drehte sie vor Einsamkeit und Schmerz nicht durch. Sie war Marcellas einziger emotionaler Bezugspunkt auf dieser Welt. Leicht an Gewicht, aber schwierig im Umgang, denn die Katze, der die ständigen Umzüge wohl auf die Nerven gingen, tobte sich öfter in wilden Wutanfällen aus.

Sie zogen gemeinsam in zahlreiche Wohnungen um. In denen Marlene schrecklich wütete.

Marlene kratzte und biss die Beamten.

Marlene zerstörte Möbel.

Marlene zerfetzte Sofas und Sessel.

Marlene benahm sich immer unausstehlicher.

Marlene stellte auch das Nervenkostüm ihres Frauchens

auf eine harte Bewährungsprobe, der sie trotz ihrer Launen und Zicken jeden Tag mehr ans Herz wuchs. Die Katze war ihr einziges Bindeglied mit einem kleinen Teil ihrer Vergangenheit, den sie niemals vergessen würde. Er betraf Lucio Mauris.

Marlene und Lucio hatten einander auf den ersten Blick gehasst, doch in den letzten Tagen hatte sich der raue Ton zwischen ihnen gemildert und war einer spröden Herzlichkeit gewichen. Als Marcella sich an Mauris' vorsichtige Annäherungsversuche erinnerte, zerfloss ihr Herz vor Zärtlichkeit. Natürlich konnte sie nicht wissen, und würde auch nie erfahren, dass sie es ausgerechnet dem Ispettore verdankte, dass sie ihre Katze mitnehmen durfte. Um dieses »Privileg« für sie zu erhalten, hatte er mit Mimì Calluras Hilfe einen hohen Beamten im Innenministerium buchstäblich anflehen müssen, der es ihm schließlich sehr von oben herab als »persönlichen Gefallen« gewährte.

Tatsächlich ein großer Gefallen.

Denn Marlene war immerhin eine Verbindung zu Marcellas altem Leben. Und konnte sich später als einziges schwaches Glied des ganzen Plans herausstellen.

Während der gesamten Übergangszeit lebte »die Zeugin« in einer Art Schwebezustand, der ihr weder angenehm noch unangenehm war. Innerhalb der Wohnung, in der sie sich gerade aufhielt, konnte sie tun und lassen, was sie wollte, aber sobald sie einen Fuß vor die Tür setzte, um eine Zeitung zu kaufen, für einen Einkauf im Supermarkt oder einen kurzen Spaziergang, begleitete sie immer jemand diskret.

Sie fühlte sich wie ein Häftling mit Hausarrest, der ein Anrecht auf eine Stunde Freigang am Tag hatte und dem zusätzlich noch ein Intensivkurs erteilt wird, damit er alles über die Person lernt, in die er sich verwandeln soll.

Ein Kurs, um Marcella Grazioso aus ihr auszulöschen und sie auf Bianca Danesi zu programmieren.

Mit Mariana Cinisi gab es keine Probleme. Sie hatte schon vor Jahren aufgehört zu existieren.

Bianca Danesi war achtundzwanzig.

Ach, wie schön, jünger zu werden, hatte »die Zeugin« mit bitterer Ironie gedacht, als man ihr ihre neuen Papiere zeigte.

Bianca hatte einen Abschluss in Literaturwissenschaft, wenn auch nicht von der gleichen Universität wie Marcella. Noch ein Privileg, das sie Mauris verdankte, denn das Schutzprogramm, das den »Kronzeugen der Justiz« zwar auf dem Papier den gleichen Lebensstandard und den gleichen sozialen Status wie vorher zusicherte, berücksichtigte eigentlich keine Studienabschlüsse. Steuerberater, Anwälte, sogar ein Neurochirurg hatten in ihrem neuen Leben plötzlich nicht einmal mehr mittlere Reife.

*Vielen Dank jedenfalls.*

Bianca Danesi war nicht Lehrerin geworden. Aus familiären Gründen hatte sie nicht die übliche Reihe von schlechtbezahlten befristeten Anstellungen annehmen können. Nach dem Studium hatte sie sich deshalb bei der Post beworben, mit Erfolg, und man hatte sie angestellt.

*Hmm, ganz toll.*

Bianca Danesi war groß, brünett, trug die Haare kurz und gelockt, denn Marcellas lange, glatte goldblonde Haare wären zu leicht wiederzuerkennen gewesen. Aber sie war immer noch sehr, sehr schön.

*Vielen Dank!*

Sobald Bianca Danesi bereit war, würde sie ihren Arbeitsplatz am Schalter für Einschreiben in einem kleinen Postamt am nördlichen Rand von Turin einnehmen. Anfangs würde ihr Gehalt nicht besonders sein, doch mit etwas Geduld konnte sie in absehbarer Zukunft aufsteigen. Sogar auf eine Stelle als Leiterin der Filiale hoffen.

*Wie aufregend!*

Bianca Danesi, über der wie ein Damoklesschwert die Aussicht hing, irgendwann aussagen zu müssen, begann an schrecklichen Kopfschmerzen und Schlaflosigkeit zu leiden, sobald sie begriff, dass sie sich ein vollkommen neues Leben aufbauen musste und außer Marlene niemanden an ihrer Seite hatte.

# KAPITEL 42

*Turin, 5. September 2005*

An diesem Morgen wurde Bianca Danesi nicht so früh wie sonst wach, aber sie blieb trotzdem faul im Bett liegen. Heute war ihr heimlicher fünfunddreißigster Geburtstag, und sie hatte beschlossen, ihn auf irgendeine Weise zu feiern. Zunächst würde sie im Bett frühstücken und lange liegen bleiben. Abends würde sie sich eine Pizza gönnen und vielleicht einen Film ausleihen.

Sie rief im Postamt an und erzählte dort, sie käme später, weil sie eine schlechte Nacht hinter sich habe. Dann ging sie in die Küche, gefolgt von der Katze, die ungeduldig ihr Frühstück einforderte.

Mit der Zustimmung, ins Zeugenschutzprogramm zu gehen, hatte Bianca Danesi jeden Widerstand aufgegeben, auch gegen sich selbst. Sehr schnell hatte sie gelernt, was sie über ihren neuen Job im Postamt wissen musste, und über ihr Leben, das sie von Grund auf Tag für Tag neu erfinden musste. Vor allem hatte sie gelernt, sich stets abseits zu halten, so wenig wie möglich über sich zu erzählen und neugierigen Fragen auszuweichen. Sie vergaß nie, dass ihre Vergangenheit nur ein Geflecht aus Lügen war, die man ihr wie ein zu dünnes Kleid auf den Leib geschneidert hatte. Beim kleinsten Widerspruch konnte es zerreißen und sie stände nackt da.

Um diese gefälschte Vergangenheit zu stützen, blieben ihr nur wenige, unentbehrliche Eckdaten, die sie mit einem der Verantwortlichen des Schutzprogramms abgesprochen hatte.

Sie war ein Einzelkind, beide Eltern seit Jahren tot.

Sie war in einem katholischen Internat am Comer See aufgewachsen und hatte dort an der Schule ein humanistisches Abitur abgelegt.

Rechtsvormund und einziger verwandtschaftlicher Bezugspunkt war ein Onkel gewesen, der Bruder ihrer Mutter, in dessen Haus sie die Studienjahre in Genua verbracht hatte. Nachdem ihn ein Herzinfarkt hinweggerafft hatte, war sie ganz allein auf der Welt. Nichts in der Tasche als ihre eigene Fähigkeit, sich den Lebensumständen anzupassen, und als ihren Abschluss in Literaturwissenschaft, der, wie sie hoffte, ihr immerhin erlauben würde, sich wenigstens einen bescheidenen Lebensunterhalt zu verdienen.

Sie hatte nie eine dauerhafte Bindung gehabt.

Ein paar Freunde während des Studiums, aber das waren bedeutungslose Affären, die sie ohne Bedauern hinter sich gelassen hatte.

Bianca Danesi war mit den dreiunddreißig Jahren, wie sie in ihrem neuen Ausweis standen, eine sehr schöne, aber kühle und undurchschaubare Frau.

Bianca Danesi war schüchtern, zurückhaltend, misstrauisch und distanziert.

Bianca Danesi entspannte sich nie.

Bianca Danesi vergaß nie, dass die Anweisungen, die sie von den zuständigen Leuten des Schutzprogramms bekommen hatte, strikt einzuhalten waren. Wenn sie nur eine davon übertrat, könnte das größte Risiken für sie nach sich ziehen, zumindest bis das Gerichtsverfahren gegen die Cinisis noch nicht endgültig abgeschlossen war und es ihr noch nicht freistand, ihre Spuren zu verwischen und in irgendeinen entfernten Winkel dieses Planeten zu flüchten. Ihre neue Identität hatte wirklich jede Verbindung zu ihrer gefährlichen Familie getilgt, aber sie allein konnte ihre eigene Sicherheit nicht gewährleisten. In jedem beliebigen Moment konnte das Netz, das sie beschützte, Lücken bekommen. Und dann wäre sie in Gefahr.

Ihre Verwandten würden sie finden und umbringen.

Das hatte ihr ein Vorfall unauslöschlich eingeprägt, wenn das überhaupt noch nötig gewesen wäre. Und zwar in ihrer »Übergangszeit«. Im November.

Damals war »die Zeugin« noch zu Gast in einer der sicheren Wohnungen, völlig verwirrt und von Zweifeln zerrissen, als eines Morgens ein Beamter mit einem Packen Zeitungen bei ihr auftauchte. Einige waren eine Woche alt und berichteten über eine Nachricht aus dem Mailänder Lokalteil.

Kleinere Meldungen, nur ein paar Zeilen, die sie sicher überlesen hätte, wenn sie nicht jemand mit einem gelben Marker angestrichen hätte. Sie betrafen alle eine mutmaßliche »Abrechnung«, die in einer Exekution geendet hatte, die eindeutig die Handschrift der Mafia trug. Keine Namen. Die Reporter hatten die Fakten auf wenige Zeilen eingedampft, die sie mit einer gewissen Beunruhigung überflogen hatte, während sie sich fragte, warum man ihr dies zu lesen gab.

Sie musste nicht lange raten.

Der letzte Abschnitt, den man ihr gezeigt hatte, war aus der aktuellen Tageszeitung. Dort fand sie die Antwort. Klar, vernichtend wie ein Karateschlag.

Während sie dies las, fühlte sie sich, als würde sie in einen Abgrund gesogen.

## Namenloser Toter identifiziert

*Der Mann, der vor einer Woche auf einem Parkplatz in Linate tot aufgefunden wurde, war Deutscher.*

*Mailand, 12. November 2000*

Der Mann, dessen Leiche vor Tagen im Kofferraum eines Wagens, der einen Monat in der Nähe des Flughafens parkte, gefunden wurde, hieß Gustav Krause und war 39 Jahre alt. Diese makabre Entdeckung machten am vergangenen Donnerstag Beamte der Flughafenpolizei. Ein Mitbürger hatte sie gerufen, den der Gestank, der aus einer dunklen Limousine kam, alarmiert hatte.

Der Wagen gehörte einer Leihfirma und war dort von jemandem unter falschem Namen und mit einem gefälschten Führerschein angemietet worden. Neben der Tatsache, dass sich bei der Leiche keine Dokumente befänden und sie sich schon in einem Zustand fortschreitender Verwesung befand, hat dies die Identifikation hinausgezögert. Die Polizei hat den Namen des Opfers durch ein Hinflugticket nach Mailand auf den Namen Hans Schmidt ermittelt, das sich unter der Fußmatte des Wagens fand. Der Flugschein wurde mit der Kreditkarte eines Dienstleisters aus Catania bezahlt, die Gustav Krause, der seit Tagen vermisst wurde, in Wirtschaftsdingen beriet.

Noch ist das Motiv dieses rätselhaften Verbrechens unbekannt, doch die Umstände lassen den Verdacht aufkommen, es könnte sich um eine Exekution seitens der Mafia handeln.

Sobald der Inhalt des Artikels sich durch das Chaos ihrer in Aufruhr befindlichen Neuronen seinen Weg gebahnt hatte und sie ihn voll erfasst hatte, erlitt »die Zeugin« einen Nervenzusammenbruch. Der Arzt, den die Beamten riefen, musste ihr eine Beruhigungsspritze geben, woraufhin sie in einen tiefen, traumlosen Schlaf gefallen war. Beim Erwachen war sie zwar verwirrt, aber sie hatte sich beruhigt. Mit größter Anstrengung hatte sie all ihre Kräfte zusammengenommen, um ihre Benommenheit abzuschütteln und wieder klar denken zu können. Schließlich hatte sie begriffen, dass ihr kein Ausweg blieb.

Sie saß in der Falle.

Wenn sie überleben wollte, musste sie alles tun, was man von ihr verlangte, zumindest bis sie vollkommen ihre neue Identität angenommen hatte und sie ein anderer Mensch war.

Wollte sie wirklich mit der Last auf ihrem Gewissen leben, dass sie ihren Bruder geopfert hatte?

Das hatte sich Mariana Cinisi, alias Marcella Grazioso, alias Bianca Danesi in den schrecklichen Tagen, die auf die Nachricht von Gustav Krauses Tod folgten, ständig gefragt und dabei zwischen offener Rebellion und vollkommener passiver Schicksalsergebenheit geschwankt.

Was wäre ihr jetzt lieber?

In der grauen Anonymität eines goldenen Käfigs zu leben, niedergedrückt von Schuldgefühlen, oder frei zu sein und den Atem des Todes immer im Nacken zu spüren?

Diese Frage konnte sie sich erst Monate später beantworten, als die Staatsanwaltschaft von Catania endlich das Hauptverfahren gegen Antonio Cinisi eröffnen konnte, den einige *Pentiti* beschuldigt hatten, den Mord an dem ehemaligen Commissario und Privatdetektiv Dottore Rocco Bonarriva in Auftrag gegeben zu haben. Weil gegen Cinisi in Mailand ebenfalls wegen des Mordes an Gustav Krause ermittelt wurde, hatte sich für den Untersuchungsrichter die Möglichkeit abgezeichnet, die beiden Verbrechen in einem Verfahren zusammenzufassen, und deshalb hatte er die Einbeziehung der Akten über das Blutbad vor fünfundzwanzig Jahren beantragen können. Kurz gesagt, der sizilianische Staatsanwalt wollte beantragen, dass auf den Auftraggeber dieser Verbrechen Artikel 416 bis des Strafgesetzes angewandt wurde, also eine Anklage wegen Mitgliedschaft in einer mafiösen Vereinigung, und man hatte Bianca Danesi, die wichtigste Zeugin der Anklage, informiert, dass sie im Gerichtssaal unter ihrem alten Namen aussagen müsse.

Also würde sie als Marcella Grazioso auf der Zeugenbank sitzen, hinter einem dünnen Paravent verborgen, und um sie herum ein Ring von Polizeibeamten zu ihrem Schutz.

Man hatte Bianca Danesi ebenfalls informiert, dass die Fragen der Anklage und der Verteidigung gnadenlos, drängend und indiskret sein würden. Sie würden in jedem verborgenen Winkel ihrer Erinnerung graben, um jedes Detail ihrer persönlichen Geschichte und ihrer Beziehung zu den Opfern bloßzulegen. Und das würde sie wieder Einschüchterungen und Vergeltungsmaßnahmen aussetzen.

Dieser Moment war extrem heikel. Und das Risiko sehr hoch.

Endlich hatte der Prozess begonnen. Während der Verhandlung forderte der sizilianische Staatsanwalt, dass man im Gerichtssaal die Fotos zeigte, die die Spurensicherung von den Opfern aufgenommen hatte. Und zwar alle, auch Vergrößerungen von den schrecklichsten Details.

Und so zogen an Bianca Danesis Augen, während jede Zelle ihres Körpers vor Schmerz aufschrie, Bilder von Rocco Bonarriva vorbei, der tot über dem Steuer seines Wagens lag, seine weißen Haare waren nur noch eine blutige Masse. Sie sah in allen makabren Einzelheiten Gustav Krause, aufgequollen und nicht wiederzuerkennen, zusammengerollt wie ein Bündel Lumpen, im Kofferraum eines Mietwagens. Doch die traumatischste Erfahrung waren die Bilder aus der Villa in Catania. Diese Schwarzweißfotos sollten sich in ihrem Kopf festbrennen und wären nie wieder auszulöschen, wie Tätowierungen.

Bianca Danesi hatte ihre Mutter gesehen. Nicht, wie die

Zeitungen sie damals nach dem Blutbad gezeigt hatten. Schön, jung und lächelnd, den Ehemann an der Seite und die Kinder an der Hand. Sondern wie eine umgekippte Kleiderpuppe, die auf dem Rücken unter von getrocknetem Blut dunklen Laken lag.

Sie sah zwei ältere Leute. Ihre Großeltern mütterlicherseits. Sie lagen auf dem Boden, ihre Nachtgewänder waren zerrissen und dunkel, die Gesichter noch in der Grimasse des Todes verzerrt.

Sie hatte ihren Blick auf den sterblichen Überresten ihres Vaters verweilen lassen. Wie ein zerbrochener Hampelmann lag er völlig verkrümmt auf den Treppenstufen, den Kopf in einem unnatürlichen Winkel verdreht, und seine Brust sah aus wie ein dunkler Schwamm.

Und sie hatte die Bilder angestarrt, die man aus jeder Position von dem Kleinkind gemacht hatte. Eine bleiche Puppe mit halbgeschlossenen Augen, deren kleiner Körper in dem blutbefleckten Kinderbettchen wie unversehrt wirkte.

Erstarrte Gesichter.

Verkrümmte, aufgeschlitzte, gequälte Körper, die sicher Entsetzen in ihr ausgelöst hatten, aber in ihrer Erinnerung regte sich nichts.

Vater, Mutter, Großeltern, kleiner Bruder.

Da war nur Entsetzen gewesen. Keine anderen Gefühle.

Bis sie das letzte Foto sah. Den Hund.

Sein Kopf war nur noch eine blutige Masse, doch der unversehrte Körper gehörte unverkennbar einem Retriever mit langem blondem Fell und einem ein wenig ausgefransten Schwanz, der früher freudig gewedelt haben musste.

Bianca Danesi hatte ein kurzer Blick genügt. Dann traf sie die Erinnerung an damals wie ein Schlag ins Gesicht. Diesen Hund hatte sie zu ihrem vierten Geburtstag geschenkt bekommen.

Als sie ihn ansah, war es, als hätte jemand plötzlich in ihrem Kopf ein Licht angeknipst.

Ihr Vater hatte ihn einem Fischer abgekauft. Als er den Hund nach Hause mitbrachte, hatte der so gestunken, dass die Mutter ihn Müll nannte.

Erbarmungslos diesen Bildern ausgesetzt, hatte Bianca Danesi beschlossen, dass sie auf jeden Fall weiterleben musste. Um ihrer selbst willen. Denn in einem kleinen Winkel ihres Gehirns hielt sich hartnäckig die Hoffnung, dass sie früher oder später das zurückbekommen würde, was von ihrem Leben geblieben war.

Und dann musste sie für all diese Toten leben.

Auch für Gustav Krause natürlich.

Gustav, diese Wunde in ihrer Seele würde sich nie wieder schließen.

Sie musste leben, um auszusagen.

Seit diesem endgültigen Entschluss hatte Bianca Danesi aufgehört, sich Fragen zu stellen, die Worte der Menschen in Zweifel zu ziehen, die ihr Leben riskierten, um sie zu beschützen, sich gegen die Anweisungen des Staatsanwalts aufzulehnen oder sich mit ständigen Zweifeln zu quälen. Zweifel, die alle Zeit der Welt haben sollten, sich in Alpträume zu verwandeln, da im Prozessverlauf von Anfang an kein Ende abzusehen schien. Bianca Danesi war schnell klar, dass bis zu einem endgültigen Urteil Jahre vergehen würden. Aber sie hatte ihre Entscheidung getroffen und würde nicht mehr umkehren. Und als Anfang würde sie ohne Bedauern auf die Dinge verzichten, die sie so geliebt hatte

Auf die Schule.

Keine Stunden mehr vorbereiten, oder fröhliche Kinder auf Schulausflügen begleiten, keine Notenkonferenzen oder Pizzaessen zum Schuljahresende, keine Kaffeepausen mehr mit Kollegen und keine endlos langen Sommerferien. Jetzt würde sie jeden Tag von acht bis eins hinter einem Schalter sitzen, Umschläge stempeln und Postsendungen wiegen, die Sehnsucht im Herzen und Langeweile im Kopf.

Schluss mit ihren herrlichen blonden Haaren.

Keine Mähne aus flüssigem Gold, die über die Schultern floss, sondern ein Kranz aus dunklen kurzen Locken in einem nichtssagenden Dunkelbraun.

Als sie sich das erste Mal nach diesem Opfer im Spiegel gesehen hatte, hatte Bianca Danesi sich fremd gefühlt, und ihr schwindelte leicht. Sie war nicht wiederzuerkennen.

Umso besser!

Von der Italienischlehrerin zur Postangestellten. Nicht schlecht. Aber sie würde keine normale Angestellte sein. Bianca Danesi war eine sehr reiche Frau, doch das wusste niemand außer ihr. Früher oder später würde sie diesen verhassten Postschalter verlassen, ihre Haare wieder wachsen lassen und ihre Naturfarbe annehmen können und dorthin gehen, wo sie leben wollte.

Früher oder später.

Für die Zeit bis dahin hatte sie sich mit ihrem farblosen Leben in einer kleinen Wohnung in Turin abgefunden, einer kalten Stadt mit rauchenden Schornsteinen, die sie vom ersten Tag an gehasst hatte. Ihre einzige Gesellschaft war eine widerspenstige, angriffslustige Siamkatze, die Glückliche hatte wenigstens keine Identitätskrise bekommen, als ihr Name im Gesundheitspass in Malù geändert wurde.

Als Bianca Danesi nun am Morgen ihres geheimen fünfunddreißigsten Geburtstags eine Stunde später zum Dienst kam, stand schon eine lange Warteschlange vor ihrem Schalter.

Seufzend dankte sie ihrer Kollegin, die sie vertreten hatte, nahm auf dem Drehschemel Platz und versuchte das Protestgemurmel zu überhören, das sie empfing.

Das wurde aber auch Zeit!

Mir reicht es jetzt!

Ein Skandal ist das!

Aber sie berührte das alles nicht mehr, und sie überhörte diese aggressiven und beleidigenden Bemerkungen.

»Wer ist der Nächste?«

»Ich.«

Eine zierliche, ältere Dame, sichtlich erschöpft von der Sommerhitze, die einfach nicht enden wollte, ließ ein bereits ausgefülltes Formular und einen braunen Papierumschlag durch den Schlitz in der Trennscheibe gleiten.

»Dieser Brief muss unbedingt übermorgen in Mailand ankommen«, erklärte sie, und ihre Stimme klang ein wenig besorgt. »Per Einschreiben bitte, Signorina.«

Bianca Danesi nahm mechanisch den Brief und las Namen und Adresse des Absenders.

Lucio Mauris, Via Borsieri 23, Milano. Ohne zu merken, dass sie ganz blass geworden war, hob sie den Kopf und sah in zwei aquamarinblaue Augen. Sie zögerte einen Augenblick, bevor sie das Formular stempelte, und die Signora bemerkte gerade noch ihre Verwirrung.

»Seien Sie bitte vorsichtig«, sagte sie besorgt und rollte dabei das R auf eine Bianca Danesi vertraute Art. »In dem Umschlag sind wichtige Dokumente. Sie müssen unbedingt pünktlich ankommen. Sie sind für meinen Sohn. Er heiratet.«

Wortlos nahm Bianca Danesi das Formular, während ihre Augen vor unterdrückten Tränen brannten, stempelte den Einschreibebrief ab und schob ihn auf die Waage.

»Das macht acht Euro fünfzig, Signora«, brachte sie mühsam heraus, sobald sie ihre Stimme wieder unter Kontrolle hatte.

Mit diesen Worten hörten Marcella Grazioso und Mariana Cinisi endgültig auf zu existieren.

# RANDBEMERKUNG

Die hier erzählte Geschichte geht auf einen realen Fall zurück, aber wie jeder Romanschriftsteller weiß, lässt sich nichts erfinden, das nicht schon passiert ist oder irgendwo gerade passiert. Das bedeutet, der Leser sollte nur den Schauplatz Mailand, das Vorgehen der Kriminalpolizei bei ihren Ermittlungen und die Passagen über die Adoptionsgesetze und das Zeugenschutzprogramm als wahrheitsgetreu betrachten und im Großen und Ganzen alles, was den Kontext betrifft, in dem sich die Handlung entwickelt und sich die Schicksale der Figuren miteinander verflechten. Alles Übrige entspringt der Fantasie, und jeder Bezug zu realen Personen ist rein zufällig.

# DANKSAGUNGEN

Ich denke mit Dankbarkeit an Pier Giuseppe Murgia, einen unerreichten Meister seines Fachs, den »Vater« der Sendung *Chi l'ha visto*, weil er mir großzügigerweise gestattet hat, sein Werk in die Handlung meines Romans einzubauen.

Mein besonderer Dank gilt auch Alberto Sala, meinem großartigen Freund und meinem Guru, wenn es darum geht, komplexe Rechtsverfahren zu begreifen oder die Geheimnisse des Off-shore-Bankings. Danke, Alberto, dass du mir gestattet hast, in deinem Büro beim mobilen Einsatzkommando ein bisschen richtige Polizeiluft zu schnuppern.

Außerdem bedanke ich mich sehr gern bei Edoardo Corazzari, Maria Pia Larocchi und Giovanna Strocchi Camporesi für ihren jeweils nicht gerade unwesentlichen Beitrag zu diesem Buch.

Mein letzter Dank geht in Liebe an meinen Ehemann Lionello, weil er mir bei den ebenso notwendigen wie langweiligen abschließenden Feilarbeiten geholfen hat.